DAVID BALDACCI (Virginia, EE. UU., 1960) es autor de diecisiete novelas que han sido best séllers del *New York Times*. Su obra ha sido traducida a cuarenta lenguas y se publica en más de ochenta países; con cerca de setenta millones de ejemplares impresos, es uno de los novelistas más exitosos del mundo. Además, es confundador, junto con su mujer, de Wish You Well Foundation, una organización sin ánimo de lucro dedicada a actividades de alfabetización en Estados Unidos. Zeta Bolsillo ha publicado sus libros *Los coleccionistas*, *Buena suerte*, *Camel Club*, *Una fracción de segundo* y *El juego de las horas*.

Su página web es *www.davidbaldacci.com*

«Apasionante, escalofriante y llena de sorpresas, la última novela de Baldacci revela la anarquía que late tras la hipócrita fachada de los gobiernos corruptos.»

Publishers Weekly

«Un excelente trabajo. Una novela apasionante.»

Associated Press

«La acción es explosiva. Los lectores apenas tendrán tiempo para respirar.»

People

«Ha vuelto a dar en el clavo. Baldacci pisa el acelerador y toma las curvas sobre dos ruedas.»

New York Daily News

ZETA

Título original: *Split Second*
Traducción: Mercè Diago y Abel Debritto
1.ª edición: septiembre 2010

© Columbus Rose, Ltd. 2003
© Ediciones B, S. A., 2010
  para el sello Zeta Bolsillo
  Consell de Cent, 425-427 - 08009 Barcelona (España)
  www.edicionesb.com

Printed in Spain
ISBN: 978-84-9872-430-1
Depósito legal: B. 24.628-2010

Impreso por LIBERDÚPLEX, S.L.U.
Ctra. BV 2249 Km 7,4 Polígono Torrentfondo
08791 - Sant Llorenç d'Hortons (Barcelona)

Una fracción de segundo

DAVID BALDACCI

ZETA

A mi padre, la mayor inspiración para un hijo

Prólogo

Septiembre, 1996

Todo ocurrió en un abrir y cerrar de ojos.

Sin embargo, al agente del Servicio Secreto Sean King le pareció el segundo más largo de la historia.

Estaban siguiendo la campaña en el salón de un hotel anodino, en un lugar perdido de la mano de Dios. Sentado detrás de su protegido, King escrutaba a los asistentes, mientras por el auricular recibía de vez en cuando información irrelevante. En la gran sala, llena de un público emocionado que agitaba banderolas con el lema «Vota a Clyde Ritter», hacía un calor bochornoso. Había unos cuantos niños que intentaban acercarse al sonriente candidato. King odiaba estas situaciones, porque cualquier niño podía servir de escudo para un arma de fuego hasta que ya era demasiado tarde. No obstante, seguían llegando y Clyde los besaba a todos, mientras King tenía la sensación de que se le iban formando úlceras en el estómago mientras observaba este espectáculo potencialmente peligroso.

La multitud se fue acercando, hasta llegar a los soportes del cordón de terciopelo que habían colocado para ordenar la cola. King reaccionó acercándose a Ritter. Había apoyado la mano en la espalda del candidato, que pese a ir en mangas de camisa sudaba profusamente, para apartarlo con rapidez si pasaba algo. No podía situarse delante de él, puesto que aquel hombre era el candidato «del pueblo». La rutina de Ritter nunca cambiaba: dar la mano, saludar, sonreír, encontrar un momento para introducir una declaración en las noticias de las seis y luego hacer carantoñas y dar un beso a algún bebé gordinflón. Y mientras tanto King observaba a la multitud en silencio, con la mano apoyada sobre la camisa sudada de Ritter y atento a cualquier amenaza posible.

Alguien dijo algo desde el fondo de la sala. Ritter respondió con su habitual sentido del humor y la multitud rió afablemente, o por lo menos la mayoría. Había gente que odiaba a Ritter y todo lo que él representaba. Las caras no mentían, al menos para quien supiera leerlas, y King sabía interpretar una expresión, tanto como disparar un arma. Eso es lo que había hecho toda la vida: leer el corazón y el alma de hombres y mujeres a través de sus ojos, de sus tics físicos.

Se fijó en dos hombres en particular, a tres metros de distancia a la derecha. Tenían aspecto de ser un peligro potencial, aunque ambos llevaban camisas de manga corta y pantalones ceñidos que no permitían esconder un arma, lo que reducía su nivel de peligrosidad muchos enteros. Los asesinos suelen llevar ropa holgada y pistolas pequeñas. Aun así, masculló unas palabras al micrófono, comunicando su sospecha. Luego pasó a fijarse en el reloj de la pared trasera. Eran las 10.32 de la mañana. En cinco minutos habrían llegado a la siguiente población, donde se repetirían los mismos saludos, las mismas declaraciones para el informativo, los mismos besos a los bebés y la misma lectura de caras.

Un nuevo sonido y una nueva visión llamaron la atención de King. Era algo totalmente inesperado. Como estaba frente a la multitud y tras el atareado Ritter, fue el único de la sala que lo vio. Se quedó mirando durante un segundo, dos, tres, demasiado tiempo. Pero ¿quién le iba a culpar por no ser capaz de apartar la mirada de aquello? Todo el mundo, según se comprobó, incluido él mismo.

King oyó el disparo, que sonó como un libro al caer. Sintió la humedad en la mano que tenía apoyada en la espalda de Ritter. Y ahora la humedad no era sólo de sudor. Sintió un escozor en la mano, en el punto en que la bala salió del cuerpo llevándole un trozo del dedo corazón antes de alcanzar la pared que tenía detrás. Mientras Ritter caía, King se sintió como un cometa que avanzara a una velocidad de mil demonios y, no obstante, tardara mil millones de años en llegar a su destino.

Entre la multitud se alzaron gritos que parecían fundirse en un único lamento impersonal. Las caras se convertían en imágenes de las que sólo se veían en las casetas de feria. Acto seguido, el desconcierto le golpeó con la fuerza de una granada al explotar; los pies se movían, los cuerpos se agitaban y los gritos llegaban de todas direcciones. La gente empujaba, se abría paso y huía como podía. Recordaba que en ese momento pensó: no hay peor caos que el que se produce cuando una muerte violenta llama de pronto a la puerta de una multitud desprevenida.

Y entonces descubrió que el candidato presidencial Clyde Ritter yacía a sus pies sobre el entarimado con un disparo que le había atravesado el corazón. King apartó la vista del cadáver y dirigió la mirada hacia el asesino, un hombre alto y elegante con una chaqueta de *tweed* y gafas. La Smith & Wesson del 44 del asesino aún apuntaba al lugar que había ocupado Ritter, como si esperara que su víctima se levantara para volver a dispararle. La multitud, presa del pánico, impedía el acceso de los guardas que luchaban por abrirse paso, de modo que King y el asesino eran los únicos que quedaban en la fiesta.

King apuntó con su pistola al pecho del asesino. No le avisó, ni le leyó ninguno de los derechos constitucionales que otorgaba al criminal la jurisprudencia estadounidense. No le cabía la menor duda sobre cuál era su obligación: disparó una vez y luego otra, aunque con la primera habría bastado. El hombre cayó allí mismo. El asesino no llegó a pronunciar ni una palabra, como si esperara morir por lo que había hecho y aceptara estoicamente las consecuencias, como si de un buen mártir se tratara. Y todos los mártires dejaban personas atrás a las que se culpaba por permitir que hubiese sucedido. Aquel día habían muerto tres hombres, y él había sido uno de ellos.

Sean Ignatius King, nacido el 1 de agosto de 1960 y muerto el 21 de septiembre de 1996 en un lugar del que nunca había oído hablar hasta el último día de su vida. Sin embargo, él lo tenía mucho peor que las otras personas abatidas. Ellos acabaron en lujosos ataúdes y fueron objeto del duelo de sus seres amados, o de quienes por lo menos amaban lo que ellos representaban. El que rápidamente pasaría a convertirse en ex agente del Servicio Secreto King no corrió la misma suerte. Tras su muerte, su original castigo consistió en seguir viviendo.

1

Ocho años más tarde

La caravana entró en el aparcamiento, a la sombra de los árboles, y empezó a bajar mucha gente con cara de acaloramiento, cansancio y de auténtica infelicidad. El ejército en miniatura desfiló hacia el feo edificio blanco de ladrillo. La estructura había sido muchas cosas en su día y ahora albergaba una funeraria bastante decrépita que seguía funcionando únicamente porque no había otro establecimiento parecido en cincuenta kilómetros a la redonda y porque era evidente que los muertos habían de ir a algún sitio. Unos caballeros vestidos de negro, como debía ser, esperaban junto a los coches fúnebres, del mismo color. Los componentes del cortejo iban saliendo por la puerta, sollozando en silencio con el pañuelo en la cara. En un banco junto a la entrada estaba sentado un anciano con un traje andrajoso y demasiado grande y con un sucio sombrero vaquero, tallando un palo con una navaja. Era uno de esos pueblos del interior donde se celebran carreras de coches que chocan unos contra otros y se oye música *country*.

El viejo miraba con curiosidad el paso del cortejo: un hombre alto y de aspecto distinguido avanzaba con toda ceremonia en el centro. El anciano sólo sacudió la cabeza e hizo una mueca ante el espectáculo, dejando a la vista los pocos dientes manchados de nicotina que le quedaban. Luego se refrescó la garganta con un trago de una petaca y volvió a su talla artesanal.

La mujer, de poco más de treinta años y vestida con un traje pantalón negro, iba un paso por detrás del hombre alto. Tiempo atrás, la pesada pistola de la cartuchera le rozaba el lateral del pantalón, lo que además de resultarle incómodo le había dejado una marca. Como solución se había cosido una nueva capa de tela en las blusas en esa zona y se había acostumbrado a vivir con una irritación persistente. Hacía caso omiso de las bromas de algunos de sus hombres con respecto a que todas las mujeres del cuerpo deberían llevar doble pistolera porque eso les resaltaba más los pechos sin necesidad de cirugía. Bueno, la testosterona seguía imponiendo su dominio en el mundo.

La agente del Servicio Secreto Michelle Maxwell prosperaba a pasos agigantados. Aún no había llegado al destacamento de la Casa Blanca encargado de la protección del presidente, pero estaba cerca. Apenas nueve años en el Servicio y ya era jefa de una unidad de protección. La mayoría de los agentes se pasan una década en la calle haciendo labores de investigación antes de ascender siquiera a simples agentes de protección, pero Michelle Maxwell estaba acostumbrada a llegar siempre a todas partes antes que los demás.

Ésta era la gran prueba antes de un destino seguro en la Casa Blanca, y estaba preocupada. Era una parada no programada, y ello significaba que no había habido ningún equipo de inspección previa y que la capacidad de obtener refuerzos era limitada. Sin embargo, al ser un cambio de última hora en el plan, tenía la ventaja de que nadie podía saber que iban a estar allí.

Al llegar a la entrada, Michelle puso una mano autoritaria sobre el brazo del hombre alto y le indicó que esperara mientras analizaban la situación.

El lugar estaba tranquilo, aquellas salas en las que la tristeza se concentraba alrededor de los ataúdes que había en cada uno de los velatorios olían a muerte y desesperanza. Apostó a agentes en varios puntos clave del recorrido del hombre, «dando apoyo», tal como se decía en la jerga del Servicio. Si se hacía bien, el simple hecho de tener a un profesional comunicado y con un arma en el umbral de una puerta podía obrar maravillas.

Habló por el *walkie-talkie* e hicieron entrar al hombre alto, John Bruno, que la siguió por el vestíbulo mientras las miradas se posaban en ellos desde las otras salas. Un político y su séquito en plena campaña eran como una manada de elefantes; no podían ir a ningún sitio sin hacer ruido. Pateaban el suelo hasta la saciedad con todo el peso de los guardaespaldas, los jefes de organización, los portavoces, los guionistas, los de publicidad, los mensajeros y personal de toda índole. Era un espectáculo que, de no resultar irrisorio, por lo menos sí suscitaba cierta preocupación por el futuro del país.

John Bruno se presentaba a la presidencia de Estados Unidos y no tenía la menor posibilidad de ganar. Era un candidato independiente de cincuenta y seis años que parecía mucho más joven y que había aprovechado el apoyo de un pequeño pero ruidoso porcentaje del electorado harto de prácticamente todo lo de siempre para ganarse el derecho a presentarse a las elecciones nacionales, por lo que se le había concedido la protección del Servicio Secreto, aunque no la cantidad de agentes que se asignaban a los verdaderos contendientes. El trabajo de Michelle Maxwell consistía en mantenerlo con vida hasta las elecciones. Y contaba los días que faltaban.

Bruno había sido un fiscal con muchas agallas y se

había granjeado una gran cantidad de enemigos, algunos de los cuales estaban entre rejas, aunque desde luego no todos. Los puntales de su programa eran bastante sencillos: decía que sólo quería gobernar con el apoyo de la gente y mediante el gobierno de la libre empresa. En cuanto a los pobres y a los débiles, o los que no estuvieran en disposición de competir, bueno, en otras especies los débiles mueren y los fuertes prosperan, así que ¿por qué iba a ser diferente para los seres humanos? Era sobre todo esta postura la que hacía que ese candidato no tuviera ninguna posibilidad de ganar. Aunque el país adoraba a los hombres duros, no iba a votar a un líder que no mostrara compasión alguna por los abatidos y los desgraciados, porque cualquier día podían llegar a ser mayoría.

Los problemas empezaron cuando Bruno entró en la sala seguido por su jefe de organización, dos ayudantes, Michelle y tres de sus hombres. La viuda que estaba sentada ante el ataúd de su marido los miró fijamente. Aunque llevaba un velo y Michelle no le veía la cara, supuso que se habría sorprendido al ver a un batallón de intrusos invadiendo un terreno sagrado. La anciana se levantó y se retiró a una esquina, temblando ostensiblemente.

El candidato se volvió hacia Michelle.

—Era un buen amigo mío —espetó Bruno— y no pienso ir desfilando por aquí con un ejército. Salgan —añadió en tono amable.

—Me quedaré yo —replicó ella—. Sólo yo.

Él negó con la cabeza. Habían tenido muchos enfrentamientos como ése. Sabía que su candidatura era un arduo camino sin esperanza y eso le hacía poner aún mayor empeño. Habían llevado un ritmo brutal y la logística de seguridad había sido una pesadilla.

—No, esto es privado —gruñó. Bruno levantó la vista hacia la temblorosa mujer de la esquina—. Dios santo, le están dando un susto de muerte. Esto es repugnante.

Michelle no se dejó convencer. Volvió a negarse, mientras los sacaba a todos de la sala. ¿Qué le podía pasar a aquel hombre en una funeraria? ¿Que le saltara al cuello la viuda octogenaria? ¿Que el muerto resucitara? A Michelle le pareció que el candidato estaba molestándose por el valioso tiempo de campaña que le estaba costando su tozudez. Pero no había sido idea suya ir allí. No obstante, Bruno no estaba de humor para oír eso.

No tenía la menor posibilidad de ganar, y el hombre actuaba como si fuera el rey del mambo. Por supuesto, el día de las elecciones los votantes, Michelle incluida, le echarían a la calle de una patada en el culo.

Michelle accedió con la condición de que le diera dos minutos para registrar la sala. Lo consiguió y sus hombres actuaron con celeridad mientras ella echaba chispas en silencio y se decía que debía guardar la munición para las batallas realmente importantes.

Sus hombres salieron al cabo de ciento veinte segundos y le informaron de que todo estaba en orden. Sólo había una puerta de entrada y de salida. Ninguna ventana. La anciana y el muerto eran los únicos ocupantes. Estupendo. No era perfecto, pero bastaba. Michelle le hizo un gesto de aprobación al candidato. Bruno dispondría de sus momentos de intimidad, y ellos saldrían.

En el interior del velatorio, Bruno cerró la puerta tras de sí y se dirigió hacia el ataúd. Había otro ataúd contra la pared más alejada, pero estaba vacío. El ataúd del difunto estaba apoyado sobre una plataforma elevada con unos faldones blancos rodeados de bonitas flores a la altura de la cintura. Bruno presentó sus respetos al cuerpo yaciente murmurando «Hasta la vista, Bill» mientras se volvía hacia la viuda, que había vuelto a su silla. Se arrodilló ante ella y le tomó una mano con suavidad.

—Lo siento mucho, Mildred. Muchísimo. Era un buen hombre.

La viuda lo observó desde detrás del velo, le sonrió y volvió a bajar la mirada. La expresión de Bruno cambió; echó una mirada alrededor, pero el único ocupante de la sala no estaba en condiciones de espiar la conversación.

—Mencionaste alguna otra cosa de la que me querías hablar. En privado.

—Sí —dijo la viuda en voz muy baja.

—Me temo que no dispongo de mucho tiempo, Mildred. ¿De qué se trata?

Ella le respondió colocándole una mano sobre la mejilla y luego le tocó el cuello con los dedos. Bruno hizo una mueca de dolor cuando sintió un fuerte pellizco en la piel, y luego cayó al suelo inconsciente.

2

Michelle recorría el pasillo arriba y abajo, mirando el reloj y escuchando la lúgubre música del hilo musical. Llegó a la conclusión de que, si uno no estaba ya triste, deprimido o quizás al borde del suicidio antes de llegar, aquella música anestesiante conseguía que lo estuviera en cuestión de cinco minutos. Estaba furiosa porque Bruno hubiera cerrado la puerta, pero lo había permitido. Se suponía que no debía perder de vista a su protegido, pero las circunstancias de la vida a veces se imponen a las normas. Aun así, volvió a mirar a uno de sus hombres y preguntó por quinta vez:

—¿Estáis absolutamente seguros de que está todo en orden?

El hombre asintió.

Tras aguardar unos momentos, se acercó a la puerta y llamó con los nudillos.

—¿Señor Bruno? Tenemos que marcharnos, señor.

No hubo respuesta y Michelle exhaló un suspiro inaudible. Conocía al resto de los agentes perfectamente, todos ellos tenían más años de servicio que ella, y estaban pendientes de su actuación. Había aproximadamente dos mil cuatrocientos agentes de campo y sólo el siete por ciento de ellos eran mujeres, muy pocas en cargos de autoridad. No, no era fácil.

Volvió a llamar.

—¿Señor?

Transcurrieron varios segundos más y Michelle sintió un nudo en el estómago. Probó a abrir con el pomo y alzó la vista con una mueca de incredulidad.

—Está cerrada.

Otro agente se la quedó mirando, igualmente perplejo.

—Bueno, entonces tiene que haberla cerrado él.

—Señor Bruno, ¿está bien? —preguntó, e hizo una pausa—. Señor, respóndame o vamos a entrar.

—¡Un momento! —Era la voz de Bruno; no había duda.

—Muy bien, señor, pero hemos de irnos.

Pasaron dos minutos más. Michelle negó con la cabeza y llamó de nuevo a la puerta. No hubo respuesta.

—Señor, llegamos tarde —insistió. Y dirigió una mirada al jefe de personal de Bruno, Fred Dickers—. Fred, ¿te importaría probar?

Dickers y ella ya hacía tiempo que habían llegado a un punto de comprensión mutua. Como vivían prácticamente juntos veinte horas al día, la jefa del equipo de seguridad y el jefe de personal tenían que llevarse bien, por lo menos en los asuntos del trabajo. Aún no lo habían logrado del todo, ni lo harían nunca, pero en este caso evidentemente estaban de acuerdo.

Dickers asintió y llamó al candidato:

—John, soy Fred; tenemos que ponernos en marcha. Vamos retrasados en el horario —dijo; y llamó a la puerta—. John, ¿me oyes?

Una vez más Michelle sintió una tensión en los músculos del estómago. Algo iba mal. Apartó a Dickers de la puerta y volvió a llamar.

—Señor Bruno, ¿por qué ha cerrado la puerta?

No hubo respuesta. En la frente de Michelle apareció una gota de sudor. Dudó por un momento, pensó rápido y de pronto gritó hacia la puerta:

—Señor, su esposa está al teléfono; uno de sus hijos ha sufrido un accidente grave.

La respuesta fue escalofriante:

—¡Un momento!

Michelle gritó a los agentes que le acompañaban:

—¡Echadla abajo! ¡Echadla abajo!

Arremetieron contra la puerta una y otra vez hasta que por fin cedió y entraron todos en la sala.

Allí no había nadie, a excepción de un cadáver.

3

Un cortejo fúnebre se había puesto en marcha. No había más que una docena de coches en la columna, que recorría un paseo arbolado. Antes de que el último vehículo desapareciera al final de la calle, Michelle y su equipo ya habían salido corriendo por la puerta principal de la funeraria y se habían desplegado en todas direcciones.

—Bloquead toda la zona —gritó a los agentes que esperaban en coches junto a la caravana de Bruno, que corrieron a cumplir las órdenes. Michelle habló por el *walkie-talkie*.

«Necesito refuerzos. No me importa de dónde vengan, ¡conseguídmelos ya! Y ponme con el FBI.»

Tenía la mirada puesta en la parte trasera del último coche del cortejo. Rodarían cabezas por esto. La suya. Pero en aquel preciso momento lo único que quería era recuperar a John Bruno, en lo posible, vivo.

Vio que llegaban periodistas y fotógrafos en camionetas de prensa. A pesar de lo bien que quedaría una rueda de prensa y de lo que había insistido Fred Dickers para que se celebrara, John Bruno se había mostrado inflexible y se había negado a que la prensa entrara en la funeraria. Los periodistas no se lo habían tomado bien. Y ahora estaban inquietos, como si se olieran una historia de mucha más magnitud que la visita de un candidato al funeral de un viejo amigo.

No obstante, antes de que llegaran a ella, Michelle agarró por el brazo a un hombre uniformado que había llegado corriendo, aparentemente a la espera de recibir instrucciones.

Michelle señaló la carretera.

—¿Es usted de seguridad? —preguntó. Él asintió con los ojos bien abiertos y la cara pálida; tenía pinta de estar a punto de desvanecerse o mearse en los pantalones—. ¿De quién es ese funeral? —interrogó Michelle.

—De Harvey Killebrew. Lo llevan a los Memorial Gardens.

—Quiero que lo detenga.

El hombre la miró desconcertado.

—¿Detenerlo?

—Han secuestrado a una persona. Y ése —indicó, señalando el cortejo fúnebre— sería un modo estupendo de sacarlo de aquí, ¿no le parece?

—Sí —respondió lentamente—, claro.

—Así que quiero que registre cada vehículo, en particular el coche fúnebre. ¿Entendido?

—¿El coche fúnebre? ¡Pero señora, Harvey está ahí dentro!

Michelle observó el uniforme. Era un guarda contratado, pero no podía permitirse el lujo de exigir demasiado. Le miró la placa de identificación y dijo con voz muy tranquila:

—¿Agente Simmons? Agente Simmons, ¿cuánto tiempo lleva, esto... en seguridad?

—Un mes, más o menos, señora. Pero tengo licencia de armas. Practico la caza desde los ocho años. Arrancaría las alas a un mosquito de un disparo.

—Estupendo —respondió. Un mes; en realidad parecía estar aún más verde—. Muy bien, Simmons, escuche atentamente. Creo que esa persona debe de estar inconsciente. Y un coche fúnebre sería un medio ideal para transportar a una persona inconsciente, ¿no le parece?

Él asintió. Parecía que por fin entendía su hipótesis. Michelle frunció el ceño y atacó con voz decidida:

—Pues ahora mueva el culo, detenga el cortejo y registre esos vehículos.

Simmons salió corriendo. Michelle ordenó a varios de sus hombres que lo siguieran para supervisar el registro y ayudarle. Luego encargó a otros agentes que empezaran a registrar la funeraria a fondo. Cabía la posibilidad de que Bruno estuviera escondido en algún punto del interior. Se abrió camino entre los periodistas y fotógrafos y encontró un lugar donde instalar el centro de mando en el interior de la funeraria. Allí volvió a ponerse al teléfono, consultó los planos de la población y coordinó nuevas iniciativas, estableciendo un perímetro de kilómetro y medio alrededor de la funeraria. Luego hizo la llamada que debía hacer por más que le costara. Telefoneó a sus superiores y pronunció las palabras que se quedarían para siempre asociadas a su nombre y acabarían con su carrera en el Servicio Secreto.

—Aquí la agente Michelle Maxwell, jefa del equipo de seguridad de John Bruno. Llamo para informar de que hemos... de que he perdido a mi protegido. Parece ser que John Bruno ha sido secuestrado. La búsqueda está en marcha, y hemos pedido refuerzos a la policía local y al FBI.

Sentía cómo la guillotina iba cayendo sobre su cuello.

No tenía mucho más que hacer, así que se unió al equipo que estaba volviendo la funeraria del revés buscando a Bruno. Hacerlo sin modificar la escena del delito era cuando menos problemático. Aunque no podían interferir en la investigación posterior, por otra parte tenían que buscar al candidato desaparecido.

En el interior del velatorio donde había desaparecido Bruno, Michelle observó a uno de los agentes que lo habían registrado antes de la entrada del candidato.

—¿Cómo demonios puede haber ocurrido? —preguntó.

Era un agente veterano, un buen agente. Negó con la cabeza con expresión de incredulidad.

—Esto estaba limpio, Mick. Limpio.

A Michelle a menudo la llamaban Mick en el trabajo. Le hacía parecer uno más de los chicos y, por más que le pesara, tenía que aceptar que eso no era tan malo.

—¿Registrasteis a la viuda? ¿La interrogasteis?

Él la miró con escepticismo.

—¿Cómo? ¿Aplicar el tercer grado a una anciana con el cadáver de su marido en un ataúd a un paso de ella? Le miramos el bolso, pero no creí que fuera apropiado un cacheo —añadió—. Teníamos dos minutos para hacerlo. Dime de alguien capaz de hacer un trabajo completo en dos minutos.

Michelle se quedó rígida cuando fue analizando las palabras del agente. Todo el mundo procuraría cubrirse las espaldas y proteger su jubilación. Ahora le parecía una tontería haberles dado sólo dos minutos. Comprobó el pomo. Estaba trucado para que se bloqueara al cerrar la puerta.

«¿Un ataúd a un paso?» Miró la caja de color cobrizo. Hizo llamar al director de la funeraria, que apareció más pálido aún de lo que suele estar quien ocupa tal cargo. Michelle le preguntó si estaba seguro de que el cadáver fuera el de Bill Martin. El hombre asintió.

—¿Y está seguro de que la mujer que estaba aquí era la viuda de Martin?

—¿A qué mujer se refiere? —preguntó él.

—Había aquí una mujer vestida de negro, con un velo, sentada en esta sala.

—No sé si era la señora Martin. No la vi entrar.

—Necesito el teléfono de la casa de la señora Martin. Y que ninguno de sus empleados salga de aquí, por lo menos hasta que llegue el FBI y concluya su investigación. ¿Comprendido?

El hombre palideció aún más, si eso era posible.

—¿El FBI?

Michelle no le hizo caso. Se fijó en el ataúd. Se agachó y recogió del suelo los pétalos de rosa que habían caído. En esa posición tenía el faldón del ataúd a la altura de los ojos. Recogió las flores y con cuidado apartó la tela, dejando a la vista el panel de madera. Michelle golpeó suavemente la madera. Estaba hueca. Se enfundó los guantes y, con otro agente, levantó una de las planchas de madera, con lo que dejó al descubierto un espacio en el que se podría esconder fácilmente un adulto. Michelle no pudo por menos de sacudir la cabeza. Había pasado todo esto por alto.

Uno de sus hombres encontró un aparato en una bolsita de plástico.

—Una especie de grabadora digital —informó.

—¿Así es como reprodujeron la voz de Bruno? —preguntó ella.

—Debieron de grabar unas palabras de alguna parte y las usaron para entretenernos mientras escapaban. Deben de haber pensado que la frase «Un momento» serviría para responder a la mayoría de nuestras preguntas. Lo pillaste con tu comentario sobre los hijos de Bruno. Por aquí también debe de haber un micrófono oculto inalámbrico.

Michelle le leyó el pensamiento.

—Porque tenían que poder oírnos para que la grabación respondiera cuando le llamábamos.

—Exacto. —Señaló la pared más alejada, donde se

había retirado una parte de la tapicería—. Ahí hay una puerta. Tras el muro hay un pasaje.

—Así que salieron por allí. —Michelle le pasó la bolsita—. Ponla exactamente donde la has encontrado. Sólo me faltaría que el FBI me diera una lección sobre cómo mantener intacta la escena del delito.

—Tiene que haberse producido un forcejeo. Me sorprende que no oyéramos nada —dijo el agente.

—¿Cómo íbamos a oírlo, con esa música infernal aturdiéndonos por todas partes? —replicó ella.

Michelle y el agente entraron por el pasaje. El ataúd vacío había quedado en la entrada opuesta, que daba a la parte trasera del edificio. Esta salida desembocaba en un punto que quedaba separado del resto de las puertas de la parte trasera por un muro de ladrillo de dos metros de altura. Volvieron al velatorio, llamaron de nuevo al director de la funeraria y le enseñaron el pasaje. Se quedó perplejo.

—Ni siquiera sabía que existía.

—¿Qué? —respondió Michelle incrédula.

—Sólo llevamos en el negocio un par de años. Desde cuando cerró la única funeraria de la zona. No podíamos usar el otro edificio porque había sido expropiado. Este lugar había servido para muchos fines antes de ser una funeraria. Los propietarios actuales hicieron reformas mínimas. De hecho, estos velatorios apenas se reformaron. No tenía ni idea de que hubiera una puerta o un pasaje ahí.

—Bueno, pues alguien sí lo sabía —replicó bruscamente Michelle—. Al final de ese pasaje hay una puerta que da a la parte trasera del edificio. ¿Me está diciendo que tampoco sabía eso?

—Esa parte del edificio se usa como almacén y se accede a ella desde el interior —respondió.

—¿Ha visto algún vehículo aparcado ahí fuera antes?

—No, pero es que tampoco voy por ahí.

—¿Nadie vio nada?

—Tendré que comprobarlo.

—No. Yo lo comprobaré.

—Le puedo asegurar que esta empresa es muy respetable.

—Tiene pasadizos secretos y puertas de salida de los que no sabe nada. ¿No le preocupa la cuestión de la seguridad?

La miró sin comprender y luego sacudió la cabeza.

—Esto no es una gran ciudad. Nunca se producen delitos graves.

—Bueno, pues esa tradición se acaba de romper. ¿Tiene el número de teléfono de la señora Martin?

Se lo dio y Michelle la llamó. No hubo respuesta.

Se encontraba sola en medio de la estancia. Tantos años de trabajo, tanto tiempo demostrando lo que valía, todo tirado por la borda. Ni siquiera le quedaba el consuelo de haber podido ponerse en la trayectoria de la bala de un asesino en potencia. Michelle Maxwell ya formaba parte de la historia. Y también sabía que su trabajo en el Servicio Secreto pertenecía al pasado. Estaba acabada.

4

El cortejo funerario se detuvo y registraron todos los vehículos, incluso el coche fúnebre. Efectivamente, era Harvey Killebrew, padre, abuelo y marido ejemplar, el que yacía en el interior del ataúd. Casi todos los acompañantes del cortejo eran ancianos y estaban visiblemente asustados ante el despliegue de hombres armados; no parecía que pudiera haber un secuestrador entre ellos, pero aun así los agentes hicieron volver todos los vehículos a la funeraria.

El novato Simmons se acercó al agente del Servicio Secreto que estaba subiéndose a su sedán para dirigir la caravana de nuevo a la funeraria:

—¿Qué más, señor?

—Bien, necesito que vigiles esta carretera. Cualquiera que salga, lo detienes. Cualquiera que entre, lo detienes y le pides la identificación. Te relevaremos en cuanto podamos. Hasta entonces, éste es tu puesto, ¿de acuerdo?

Simmons parecía muy nervioso.

—Esto es muy grave, ¿no?

—Hijo, esto es lo más grave que te va a pasar en toda la vida. Ojalá salga bien, aunque lo dudo mucho.

Otro agente, Neal Richards, apareció enseguida y propuso:

—Ya me quedo yo, Charlie. No me parece muy buena idea que esté aquí solo.

Charlie echó un vistazo a su colega y respondió:

—¿Estás seguro de que no quieres volver y unirte a la fiesta, Neal?

Richards esbozó una sonrisa amarga y replicó:

—Ahora mismo no quiero estar a menos de un kilómetro de Michelle Maxwell. Me quedaré con el chico.

Richards se subió al vehículo junto a Simmons, que enseguida bloqueó la carretera con la camioneta. Observaron cómo iba perdiéndose a lo lejos la caravana de agentes y acompañantes del cortejo, y otearon el campo en todas direcciones. No había ni rastro de nadie. Simmons mantenía la mano firme en la culata de la pistola; el guante de piel negra formaba arrugas al poner el dedo en el gatillo. Se inclinó y subió el volumen de la radio de la policía. Luego miró nervioso al veterano y preguntó en voz alta:

—Sé que probablemente no me lo puedas contar, pero ¿qué demonios ha pasado?

Richards no se molestó en mirarle.

—Tienes razón, no te lo puedo contar.

—Crecí aquí, conozco el terreno como la palma de mi mano. Si tuviera que sacar a alguien de aquí, hay un camino sin asfaltar a menos de un kilómetro. Si cortas por ahí y sales al otro lado, te plantas a diez kilómetros en un momento.

Richards se lo quedó mirando.

—¿Es eso cierto? —le dijo lentamente.

Se inclinó hacia Simmons y buscó en el interior del bolsillo de su abrigo. Al cabo de un momento el agente del Servicio Secreto Neal Richards estaba tumbado boca abajo en el asiento con un pequeño orificio rojo en el centro de la espalda y con el chicle que había sacado del bolsillo aún en la mano. Simmons miró hacia la parte trasera del vehículo, donde la mujer estaba quitando el silenciador a su pistola de pequeño calibre. Se había quedado escondida en un pequeño espacio bajo el falso suelo de la camioneta. Las voces de la emisora policial habían ocultado el ligero ruido que había hecho al salir.

—Una bala dum-dum de bajo calibre. Quería que se quedara en el cuerpo. Menos líos.

—Tal como dijo el tipo ese, esto es grave —afirmó Simmons, sonriendo.

Le quitó el micrófono inalámbrico y las pilas al agente muerto y los tiró al interior del bosque. Puso el vehículo en marcha y se dirigieron hacia la funeraria. A cuatrocientos metros tomó un camino de tierra cubierto de hierbas y echaron el cadáver del agente Richards por un desnivel. Simmons le había dicho la verdad al agente: ese camino era la vía de escape perfecta. Cien metros y un par de curvas más allá había un cobertizo abandonado con el techo medio desmoronado y las puertas abiertas. Introdujo el vehículo en el cobertizo directamente, salió y cerró las puertas. En el interior había un camión blanco abierto.

La mujer salió de la parte trasera de la camioneta. Ya no parecía en absoluto una anciana viuda. Era joven, rubia, delgada pero fuerte y ágil, e iba vestida con vaqueros y una camiseta blanca sin mangas. Había usado muchos nombres a lo largo de su relativamente corta vida y en ese momento se hacía llamar Tasha. Si Simmons era peligroso, Tasha resultaba aún más letal. Tenía el ingrediente esencial de un asesino consumado: una absoluta falta de conciencia.

Simmons se quitó el uniforme; debajo llevaba unos vaqueros y una camiseta. Acto seguido, extrajo un equipo de maquillaje de la parte trasera de la camioneta y se quitó la peluca, las cicatrices, las cejas y otros elementos de su disfraz. En realidad era un hombre mayor de pelo oscuro.

Extrajeron de la camioneta una gran caja en cuyo interior estaba Bruno.

Según las etiquetas, la caja contenía material de comunicaciones, por si a alguien se le ocurría mirar. Apoyada contra el parabrisas trasero del camión había una gran caja de herramientas. Agarraron a Bruno, lo colocaron en el interior de la caja de herramientas y la cerraron con llave. Tenía rejillas de ventilación a los lados y en la parte superior, y habían acolchado el interior.

Acto seguido, cargaron en el camión unas balas de heno que estaban apiladas en una esquina del cobertizo para que cubrieran casi por completo la caja de herramientas. Trabajaron rápido y terminaron en menos de veinte minutos. Saltaron a la cabina del camión, se colocaron sendas gorras y salieron del cobertizo, tomando otro camino de tierra infestado de hierbajos para volver a la vía principal unos tres kilómetros más abajo.

Paradójicamente, pasaron frente a una procesión de coches de policía, sedanes negros y vehículos especiales que sin duda se dirigían hacia la escena del crimen. Un joven policía incluso sonrió a la atractiva mujer que iba en el asiento del acompañante del camión. Tasha le lanzó una mirada coqueta y le saludó con la mano. La pareja se alejó con el candidato presidencial secuestrado sumido en una tranquila inconsciencia en la parte trasera del vehículo.

Tres kilómetros más adelante se encontraba el anciano que estaba sentado en la entrada de la funeraria cuando pasó John Bruno y su séquito. Ya había acabado su talla y había escapado a la orden de inmovilización de Maxwell por minutos. Se fue solo en su antiguo y ruidoso Buick Impala. Acababa de recibir noticias de sus colegas. Bruno estaba a buen recaudo y la única baja era un agente del Servicio Secreto que había tenido la mala fortuna de medirse con un hombre que sin duda había considerado inofensivo.

Después de tanto tiempo y tanto trabajo, por fin había empezado. No podía menos que sonreír.

5

La camioneta se detuvo en las proximidades de una construcción de troncos de cedro rodeada de espeso bosque. La estructura estaba construida con gran cuidado y tenía unas dimensiones más parecidas a las de un hotel que a las de una cabaña familiar, aunque en ella sólo residiera una persona. El hombre salió y se desperezó. Aún era pronto y el sol no había hecho más que iniciar su ascenso.

Sean King subió los anchos escalones de madera tallados a mano y abrió la puerta de su casa. Se detuvo en la amplia cocina para preparar café y, mientras subía, echó un vistazo al interior de la casa, analizando hasta el último rincón, la posición de cada tronco, la proporción de espacio que ocupaban las ventanas en las paredes. Prácticamente se había construido la casa él mismo a lo largo de un período de cuatro años en el que había vivido en el perímetro de una finca de seis hectáreas situada en las montañas de Blue Ridge, a unos cincuenta y cinco kilómetros al oeste de Charlottesville.

El interior estaba amueblado con butacas de cuero y pesados sofás, mesas de madera, alfombras orientales, apliques de cobre, sencillas estanterías cargadas de una ecléctica variedad de títulos, óleos y pasteles en su mayoría obra de artistas locales y otros artículos de los que se coleccionan o se heredan en el transcurso de una vida.

A sus cuarenta y cuatro años, King había vivido por lo menos dos vidas. Y no tenía ningún deseo de reinventarse de nuevo.

Subió, pasó por la pasarela que dividía la casa longitudinalmente y entró en su dormitorio. Al igual que el resto de la casa, estaba muy bien organizado, con los objetos dispuestos a la perfección y sin un centímetro de espacio perdido.

Se despojó de su uniforme de subjefe de policía voluntario, y se introdujo en la ducha para limpiarse el sudor de una noche de trabajo. Se afeitó, se lavó el pelo y dejó que el agua caliente le ablandara la cicatriz que tenía en el dedo corazón, producto de una intervención quirúrgica. Hacía ya tiempo que había aprendido a vivir con aquel pequeño recuerdo de sus días como agente del Servicio Secreto.

Si estuviera en el Servicio, en vez de vivir en una bonita casa de madera en medio del campo en Virginia probablemente estaría encerrado en alguna casa de la ciudad en alguna comunidad rancia y sofocante del extrarradio de Washington y seguiría casado con su ex mujer. Tampoco estaría preparándose para dirigirse a su próspero bufete de abogados. Por supuesto, no haría de voluntario de la policía local una noche a la semana para colaborar con la comunidad. Estaría a punto de subirse a otro avión para observar a algún político que sonreiría, repartiría besos a los niños y mentiría, mientras aguardaba el momento en que alguien intentara matarlo. ¡Menudo trabajo para ganar unos cien mil dólares al año y todos los kilómetros de vuelos gratis que quisiera!

Se puso traje y corbata, se peinó, se tomó el café en la terraza de la cocina mientras leía el periódico. La primera página estaba dedicada, prácticamente en su totalidad, a la noticia sobre el secuestro de John Bruno y la consiguiente investigación del FBI. King leyó el artículo principal y los recuadros complementarios con detenimiento, memorizando todos los detalles relevantes. Conectó el televisor, seleccionó el canal de noticias y se quedó viendo al locutor que hablaba de la muerte de Neal Richards, agente veterano del Servicio Secreto. Había dejado esposa y cuatro hijos.

Innegablemente era una tragedia y todo eso, pero por lo menos el Servicio se hacía cargo de los familiares, que recibirían todo el apoyo. Eso no compensaría la pérdida, pero era mejor que nada.

El locutor luego dijo que el FBI no había hecho declaraciones al respecto. Por supuesto que no, se dijo King; nunca comentaban nada, y sin embargo casualmente alguno se iría de la lengua con alguien que correría a contárselo a un amigo del *Post* o del *Times*, y entonces todo el mundo se enteraría. ¡Aunque lo que salía a la luz siempre era falso! No obstante, los medios de comunicación tenían un apetito insaciable y ninguna organización podía permitirse el lujo de dejarles pasar hambre, ni siquiera el FBI.

Se incorporó y se quedó mirando la imagen de la mujer de la tele que estaba cerca de un grupo de tipos en una tarima. Ésta era la parte de la historia que afectaba al Servicio Secreto; King se dio cuenta enseguida. Conocía bien a esa gente. La mujer parecía profesional, serena, despierta pero tranquila, lo cual le resultaba muy familiar. Y había algo más en su expresión que no conseguía descifrar. Había una tensión controlada que todos ellos tenían en cierta medida. Pero también había algo más: ¿quizás una ligera desconfianza?

El Servicio estaba colaborando con el FBI en todo, según informó uno de los hombres, y también estaba llevando a cabo su propia investigación, por supuesto. El departamento de Inspección del Servicio llevaría la investigación, King lo sabía bien, porque los había tenido pegados al trasero constantemente tras el asesinato de Ritter. Leyendo entre las líneas del lenguaje burocrático, King comprendió que eso significaba que ya habían decidido quién era el culpable y que lo harían público en cuanto las partes implicadas hubieran dimitido convenientemente. La conferencia de prensa se acabó y la mujer salió y se introdujo en un sedán negro. No habló con los periodistas siguiendo instrucciones del Servicio, según decía la voz en *off*. El narrador también la identificó como Michelle Maxwell, jefa del equipo de seguridad que había perdido a John Bruno.

King se preguntaba por qué la paseaban ante los medios de comunicación. ¿Para qué agitar un trozo de carne fresca ante una bestia enjaulada? Casi inmediatamente se respondió su propia pregunta: para que la culpable tuviera un rostro. El Servicio sabía proteger muy bien a los suyos, y no era el primer agente que la cagaba, se le concedía una excedencia y luego un cambio de destino. No obstante, era posible que en ese caso hubiera un trasfondo político que exigía la cabeza de alguien. «Aquí tenéis, amigos —podrían decir—. Toda vuestra; aún tenemos que efectuar nuestra investigación oficial, pero no dejéis que eso os detenga.» Y entonces King comprendió la sutil mirada de desconfianza en el rostro de la mujer. Ella sabía exactamente lo que estaba pasando. Estaba esperando su propia ejecución y no le gustaba lo más mínimo.

King dio un sorbo al café, mordió una tostada y dijo, dirigiéndose a ella y a la tele:

—Bueno, cabréate todo lo que quieras, pero ya puedes ir despidiéndote, Michelle.

A continuación apareció una imagen de Michelle

Maxwell en la pantalla mientras se daba algo más de información sobre la mujer. Había sido jugadora de baloncesto y atleta de talla internacional en su época universitaria, además de estudiante destacada que se licenció en Georgetown en tres años, con la especialización en Derecho Penal. Por si sus logros académicos fueran poco, después había dirigido su gran talento deportivo a otra disciplina y había ganado una medalla olímpica de plata en remo. «Una atleta intelectual, qué sugerente.» Tras un año como agente de policía en su Tennessee natal, había entrado en el Servicio, había ascendido en un tiempo récord y actualmente disfrutaba del magnífico cargo de cabeza de turco.

Y King pensó que para ser cabeza de turco era bastante apuesta. Se traicionó a sí mismo. ¿Apuesta, una mujer? Pero es que tenía ciertos rasgos masculinos, unos andares vigorosos, casi arrogantes, la impresionante amplitud de sus hombros —sin duda debido a la práctica del remo—, la mandíbula que parecía prometer una obstinación extrema y frecuente. Sin embargo, no había duda de que su lado femenino estaba ahí. Medía más de 1,75 y, a pesar de sus anchos hombros, era esbelta y tenía unas curvas sutiles. Lucía una media melena negra y lisa, lo suficientemente discreta para el Servicio pero aun así con estilo. Tenía los pómulos marcados y firmes, los ojos verdes, luminosos e inteligentes, que sin duda se perdían muy pocas cosas. En el Servicio Secreto, esa vista era una necesidad.

No se la podía considerar una belleza en el sentido clásico de la palabra, pero Michelle probablemente fuera la joven que siempre ganaba en rapidez y agudeza a todos los hombres. En el instituto probablemente todos los chicos querrían que fuera su «mejor amiga». En cambio, viéndola a ella, King dudaba de que alguno consiguiera algo más de lo que ella estaba dispuesta a ofrecer.

«Bueno —pensó en silencio ante la pantalla— hay vida después del Servicio. Se puede volver a empezar y reinventarse. Se puede ser razonablemente feliz contra todo pronóstico. Aunque nunca olvidas. Lo siento, Michelle Maxwell, te hablo desde la experiencia, también en eso.»

Consultó su reloj. Era hora de ir a su trabajo de verdad, redactando testamentos y contratos de arrendamiento y cobrando por horas. No era en absoluto tan emocionante como su antiguo empleo, pero a estas alturas de su vida Sean King llevaba muy bien el aburrimiento y la rutina. Ya había tenido emociones suficientes para varias vidas.

6

King sacó su Lexus descapotable del garaje haciendo marcha atrás y se fue a trabajar por segunda vez en ocho horas. Siguió una ruta por carreteras sinuosas con fabulosas vistas, apariciones ocasionales de animales y no mucho tráfico, por lo menos hasta que llegó a la vía de acceso a la ciudad, donde el tráfico aumentó ligeramente. Su despacho estaba situado en Main Street, que efectivamente era la calle principal, puesto que era la única vía importante del centro de Wrightsburg, población pequeña y relativamente nueva a medio camino entre los municipios de Charlottesville y Lynchburg, Virginia.

Dejó el coche en el aparcamiento subterráneo del edificio de ladrillo blanco de dos plantas donde se encontraba King & Baxter, Abogados y Asesores Legales, tal como proclamaba orgullosamente la placa del exterior. Durante dos años había ido a la Facultad de Derecho que había a media hora de distancia, en la Universidad de Virginia, pero dejó los estudios para presentarse al Servicio Secreto. En aquella época buscaba más emociones de las que podía encontrar en un montón de libros de derecho y el método socrático. Y ya había tenido su ración de emociones.

Cuando las aguas volvieron a su cauce tras el asesinato de Clyde Ritter, dejó el Servicio Secreto, terminó sus estudios y abrió un despacho propio en Wrightsburg, que luego se ampliaría convirtiéndose en un bufete de dos abogados, con el que por fin alcanzó el éxito en la vida. Era un abogado respetado y amigo de muchas de las principales personalidades de la región. Contribuía a la comunidad, tanto como ayudante del jefe de policía como de otras maneras. Era uno de los solteros más cotizados del lugar y quedaba con quien quería cuando quería, y no lo hacía si no quería. Tenía una amplia agenda de amigos, aunque pocos que fueran íntimos. Le gustaba su trabajo, disfrutaba de su tiempo libre y no dejaba que le preocuparan muchas cosas. Su vida marchaba sola de un modo ordenado y en absoluto espectacular. Se encontraba perfectamente bien así.

Al salir, vio a la mujer y se planteó la posibilidad de introducirse de nuevo en el coche, pero ella ya lo había visto y corrió hacia él.

—Hola, Susan —dijo mientras sacaba el maletín del asiento del acompañante.

—Pareces cansado —observó ella—. No sé cómo lo haces.

—¿El qué?

—Atareado abogado de día y agente de policía de noche.

—Ayudante voluntario del jefe de policía, Susan, y sólo una noche por semana. De hecho lo más emocionante que me ha pasado esta noche ha sido tener que virar de golpe con la camioneta para evitar atropellar a una comadreja.

—Seguro que cuando estabas en el Servicio Secreto te pasabas días sin dormir. Qué emocionante, aunque cansado.

—No exactamente —respondió, y empezó a caminar hacia su despacho. Ella le siguió.

Susan Whitehead tenía poco más de cuarenta años,

era atractiva, rica y estaba divorciada; al parecer se había obstinado en convertirlo en su cuarto marido. King le había gestionado su último divorcio, conocía de primera mano la cantidad de rarezas imposibles de soportar que tenía la mujer, lo vengativa que podía llegar a ser, y sentía una gran simpatía por el pobre marido número tres. Era un hombre tímido y casero, tan sometido al puño de hierro de su esposa que acabó por irse cuatro días a Las Vegas a disfrutar del alcohol, el juego y el sexo, una decisión que había marcado el principio del fin. Ahora era un alma más pobre pero sin duda más feliz que antes. King no tenía ningún interés en ocupar su puesto.

—Voy a celebrar una pequeña fiesta con cena el sábado y tenía la esperanza de que vinieras.

King repasó mentalmente su agenda, recordó que tenía la noche del sábado libre y, sin perder un instante, dijo:

—Lo siento, pero ya tengo planes. De todos modos, muchas gracias. Quizás en otra ocasión.

—Tienes muchos planes, Sean —replicó ella con coquetería—. Espero encajar en ellos algún día.

—Susan, no es bueno que un abogado y su clienta mantengan una relación personal.

—Pero yo ya no soy tu clienta.

—Aun así es mala idea. Créeme —aseguró. Llegó a la entrada principal y la abrió—. Que os lo paséis muy bien.

Entró con la esperanza de que no le siguiera. Esperó unos segundos en el vestíbulo del edificio, suspiró aliviado al ver que Susan no entraba a la carga y subió la escalera en dirección a su despacho. Casi siempre era el primero en llegar. Su socio, Phil Baxter, era el brazo litigante de la empresa bipersonal, mientras que King se ocupaba del resto de cuestiones: testamentos, fideicomisos, propiedades inmobiliarias, negocios diversos, los típicos asuntos que daban dinero. Había mucha riqueza escondida en los rincones de la plácida Wrightsburg. Muchas estrellas de cine, grandes empresarios, escritores y otros personajes ricos vivían por la zona. Les encantaba por su belleza, su aislamiento, su intimidad y la oferta local en restaurantes de calidad, tiendas, una actividad cultural en expansión y una universidad de categoría reconocida a nivel mundial camino de Charlottesville.

Phil no era muy madrugador —los juzgados no abrían hasta las diez— pero trabajaba hasta muy tarde, lo contrario que King. Hacia las cinco de la tarde King solía estar ya en casa, entreteniéndose en su taller, pescando o remando por el lago de detrás de su casa, mientras Baxter seguía trabajando. De modo que los dos formaban un buen equipo.

Abrió la puerta y entró. La recepcionista y secretaria no habría llegado todavía. Aún no eran las ocho de la mañana. Susan Whitehead seguramente había hecho guardia frente a la oficina de King, esperando su llegada.

Primero se fijó en la silla volcada y después en los objetos que deberían haber estado en la mesa de la recepcionista pero que se encontraban diseminados por el suelo. Se llevó la mano de forma instintiva a la pistolera, sólo que no llevaba ni pistolera ni arma. Lo único que tenía era un aburrido codicilo de un testamento que había esbozado y que no intimidaría más que a los futuros herederos. Cogió un pesado pisapapeles del suelo y echó un vistazo alrededor. Lo que vio a continuación lo dejó helado.

Había sangre en el suelo junto a la puerta del despacho de Baxter. Avanzó con el pisapapeles preparado; con la otra mano sacó el teléfono móvil, marcó el número de emergencias y habló con voz serena y clara a la operadora. Alargó la mano hasta tocar el pomo, se lo pensó mejor y sacó un pañuelo del bolsillo para no dejar huellas. Lentamente abrió la puerta, con los músculos en tensión, listo para un ataque, pero por instinto supo que el lugar estaba vacío. Escudriñó la penumbra de la sala y encendió la luz con el codo.

El cuerpo se hallaba tendido de costado justo frente a King; presentaba una sola herida de bala en el centro del pecho, con salida por la espalda. No era Phil Baxter. Era otro hombre, alguien a quien conocía muy bien. Y la muerte violenta de esta persona iba a alterar completamente la plácida existencia de Sean King.

Soltó el aire que había estado conteniendo y la escena le impactó durante un instante, casi cegándolo.

—Ya estamos otra vez —murmuró.

7

El hombre estaba sentado en el Buick y observaba cómo iban deteniéndose los coches de policía frente al bufete de King y cómo iban entrando los agentes a toda prisa. Había cambiado mucho de aspecto desde el día en que interpretó el papel de un viejo que tallaba madera frente a la funeraria mientras se llevaban a John Bruno. El traje que llevó aquel día era dos tallas más grande, para hacerle parecer pequeño y ajado; los dientes manchados, el bigote, la petaca de licor, la navaja y el chicle de la boca estaban pensados cuidadosamente para llamar la atención. Así el observador podía sacar la impresión indeleble de quién y qué era. Y esa conclusión sería absolutamente incorrecta, que era de lo que se trataba exactamente.

Ahora era más joven, quizás había rejuvenecido más de treinta años. Al igual que King, él también se había reinventado. Mordisqueaba un rosco con mantequilla, daba sorbos a su café solo y analizaba en silencio la reacción de King tras el descubrimiento del cadáver en su oficina. Al principio impresionado, y luego quizá furioso, pero no sorprendido, no; bien mirado, no estaba sorprendido.

Mientras pensaba en ello puso la radio, en la que siempre tenía sintonizado el canal de noticias, y oyó el informativo de las ocho, que empezaba con la abducción de John Bruno, historia de cabecera prácticamente en todos los noticiarios del mundo. En la mente de muchos estadounidenses, había superado en protagonismo al conflicto en Oriente Próximo y a la liga de fútbol americano, al menos temporalmente.

El hombre se chupó la mantequilla y el sésamo de los dedos mientras escuchaba. La noticia hacía referencia a Michelle Maxwell, la jefa del equipo de seguridad del Servicio Secreto. Aunque oficialmente se le había concedido la excedencia, él sabía que eso significaba que su carrera profesional estaba a un paso de la tumba.

De modo que la mujer había quedado fuera de juego, por lo menos oficialmente. Pero ¿y la versión no oficial? Ésa era la razón por la que había memorizado cada rasgo de Maxwell cuando pasó a su lado aquel día. No era descabellado pensar que se la volvería a encontrar en algún momento. Ya sabía todo su historial, pero cuanta más información y más secreta, mejor. Era una mujer que podía acabar amargada en casa, pero también era capaz de entrar a la carga y correr riesgos. Por lo poco que había visto de ella, pensó que la segunda opción era bastante más probable.

Volvió a centrarse en la escena que se desarrollaba en aquel momento ante él. Algunos lugareños que iban a trabajar o que abrían sus tiendas se acercaban al despacho del abogado mientras aparecía otro coche de policía más y luego una camioneta de investigación policial en el reducido aparcamiento. Para la pequeña y respetable metrópoli de Wrightsburg sin duda era un grave suceso. Parecía que los hombres de uniforme apenas sabían qué hacer. Todo le resultaba muy alentador, y siguió mordisqueando su rosco. Había aguardado mucho tiempo este momento; quería disfrutarlo. Y faltaba mucho por venir.

Volvió a ver a la mujer que estaba junto a la oficina.

Había visto a Susan Whitehead cuando ésta abordó a King frente al despacho. ¿Una novia? Por lo que había visto, quizás sería más acertado decir una aspirante a amante. Sacó la cámara y le hizo un par de fotografías. Esperó a que King saliera a tomar aire, pero quizás eso no llegara a pasar. King había corrido mucho en sus rondas como ayudante del jefe de policía; muchas carreteras secundarias y solitarias. En la espesura del bosque se podía encontrar cualquier cosa. Pero, en los tiempos que corren ¿hay alguien que esté seguro?

En el interior de una bolsa con cremallera que tenía en el maletero había algo muy especial que debía ir a un lugar muy especial. De hecho, era el momento perfecto para hacerlo.

Tras echar los restos de su desayuno en una papelera de la acera, puso el oxidado Buick en marcha y salió traqueteando. Siguió la calle, echando una mirada en dirección a la oficina de King, y levantó los pulgares en un gesto apático. Cuando pasó junto a Susan Whitehead, que estaba mirando hacia el despacho de King, pensó: «Quizá nos veamos. Más temprano que tarde.»

El Buick desapareció por la carretera, dejando atrás un Wrightsburg que se despertaba convulso.

Oficialmente el primer asalto ya había acabado. Estaba impaciente por ver el inicio del segundo.

8

Walter Bishop pasó frente a Michelle Maxwell, que estaba sentada ante una mesita y observaba. Se encontraban en una pequeña sala de conferencias en el interior de un edificio gubernamental de Washington lleno de gente ansiosa por obtener noticias sobre los últimos acontecimientos.

—Deberías sentirte satisfecha de que sólo te den la excedencia administrativa, Maxwell —le dijo él por encima del hombro.

—Sí, claro, estoy encantada de que te hayas quedado con mi pistola y mi placa. No soy tonta, Walter. El juicio ya se ha celebrado. Me han dejado fuera.

—La investigación aún prosigue; de hecho, no ha hecho más que empezar.

—Sí. Todos esos años de mi vida tirados por la borda.

Él dio media vuelta y espetó:

—Han secuestrado a un candidato a la presidencia delante de tus narices; es la primera vez que ocurre en la historia de la agencia. Felicidades. Tienes suerte de no encontrarte ante un pelotón de fusilamiento. En otros países lo estarías.

—Walter, ¿crees que yo no lo sé? Eso me está matando.

—Interesante elección de palabras. Neal Richards era un buen agente.

—Eso también lo sé —replicó—. ¿Imaginas que sabía que ese falso policía estaba implicado? No hay nadie en el Servicio que se sienta peor que yo por lo de Neal.

—No deberías haber dejado a Bruno solo en aquella sala. Si hubieras seguido el procedimiento habitual, nada de eso habría ocurrido. Como mínimo la puerta debía estar abierta lo suficiente como para ver a tu hombre. Nunca jamás debes perder de vista a tu protegido, como bien sabes. Eso es la protección personalizada.

Michelle negó con la cabeza.

—A veces, en el trabajo, con todo lo que hay que aguantar, llegas a acuerdos para que todo el mundo se quede contento.

—¡Nuestro trabajo no consiste en que todo el mundo se quede contento! ¡Consiste en tener a todo el mundo a salvo!

—¿Me estás diciendo que es la primera vez que un protegido pide que se le permita quedarse solo en una habitación sin un agente?

—No. Te estoy diciendo que es la primera vez que se ha pedido y que ha pasado algo así. Es un compromiso estricto, Michelle. No valen excusas. El partido político de Bruno está en pie de guerra. Algunos locos incluso dicen que el Servicio ha recibido dinero para sacar a Bruno de la carrera presidencial.

—Eso es absurdo.

—Eso lo sabemos tú y yo, pero si consiguen que lo repita suficiente gente, al final el público empezará a creérselo.

Michelle había estado sentada en el borde de la silla durante la discusión. Volvió a sentarse bien y miró con expresión serena a aquel hombre.

—Entonces está claro: acepto toda la responsabilidad de lo que ha ocurrido y ninguno de mis hombres debe salir perjudicado. Estaban siguiendo órdenes. Era mi responsabilidad y fui yo quien se equivocó.

—Está bien que digas eso. Veré qué puedo hacer —dijo él, e hizo una pausa—. Supongo que no querrás plantearte la posibilidad de dimitir.

—No, Walter. La verdad es que no querría. Y para que lo sepas, pienso contratar a un abogado.

—Por supuesto. En este país cualquier desgraciado puede contratar a un abogado y sacar dinero de su propia incompetencia. Debes de sentirte orgullosa.

Michelle de pronto tuvo que parpadear para contener las lágrimas ante esta cruel reprimenda, pero una parte de ella consideraba que se la merecía.

—Sólo me estoy protegiendo, Walter. En mi situación, tú harías lo mismo.

—Claro. Por supuesto.

El hombre se introdujo las manos en los bolsillos y miró hacia la puerta en un ademán de rechazo.

—¿Puedo pedirte un favor? —le dijo Michelle de pronto.

—Por supuesto. Aunque no entiendo cómo tienes valor para hacerlo.

—No eres la primera persona que lo comenta —respondió fríamente. Él se quedó esperando, sin responder—. Quiero saber cómo avanza la investigación.

—El FBI se ocupa de eso.

—Lo sé, pero tienen que mantener al Servicio informado.

—Lo hacen, pero esa información es sólo para el personal del Servicio.

—Eso significa que yo ya no lo soy.

—Ya lo sabes, Michelle; yo tenía mis dudas cuando el Servicio empezó a reclutar mujeres de forma activa. Inviertes dinero en entrenar a una agente y luego, plaf:

se casa, tiene niños y se retira. Todo el entrenamiento y el tiempo, a la basura.

Michelle no podía creer que estuviera oyendo eso, pero permaneció en silencio.

—Pero cuando llegaste tú, pensé: «Esta chica tiene lo que hay que tener.» Eras un modelo de mujer para el Servicio. La mejor y la más brillante.

—Y así se crearon grandes expectativas.

—Se crean grandes expectativas sobre todos los agentes; no se espera de ellos nada menos que la perfección. —Hizo una pausa—. Sé que tu hoja de servicio estaba inmaculada antes de esto. Sé que estabas ascendiendo con rapidez. Sé que eres una buena agente, pero la has cagado, hemos perdido a un protegido y un agente ha perdido la vida. No tiene por qué ser justo, pero así son las cosas. Tampoco ha sido justo para ellos. —Hizo una pausa y se quedó con la mirada perdida—. Puedes permanecer en el Servicio de algún modo. Pero nunca jamás olvidarás lo sucedido. Te acompañará cada minuto de tu vida durante el resto de tus días. Y eso te dolerá más que cualquier cosa que te pueda hacer el Servicio. Créeme.

—Pareces bastante seguro de lo que dices.

—Yo estaba con Bobby Kennedy en el Hotel Ambassador. Era un novato en la policía de Los Ángeles y se me habían asignado labores de refuerzo para el Servicio Secreto cuando apareció RFK. Yo estaba ahí y vi a un hombre que debía haber llegado a presidente desangrándose en el suelo. Desde entonces, todos los días me he preguntado qué podía haber hecho para evitar que ocurriera aquello. Fue una de las principales razones por las que ingresé en el Servicio años más tarde. Supongo que quería compensar aquello de algún modo. —Sus miradas se cruzaron—. Nunca lo pude compensar. Y no, nunca se olvida.

9

Mientras la prensa acechaba en el exterior de su casa de una pequeña población de Virginia, Michelle se registró en un hotel de Washington D.C. Aprovechó ese respiro para citarse para almorzar con una amiga que era agente del FBI. El Servicio Secreto y el FBI no solían relacionarse directamente. En realidad, en el mundo de las fuerzas del orden, el FBI era la gran bestia negra para todas las demás agencias. No obstante, a Michelle le gustaba recordar a sus colegas del FBI que su agencia se formó con siete ex agentes del Servicio Secreto.

Ambas mujeres eran también miembros del WIFLE, la asociación de mujeres de los cuerpos de seguridad. Era una asociación de apoyo que celebraba convenciones y reuniones anuales y, aunque a sus colegas varones les encantaba tomarle el pelo al respecto, el WIFLE le había resultado muy útil a Michelle para recoger opiniones sobre el trabajo en aspectos de discriminación sexual. Era evidente que su amiga estaba nerviosa por el encuentro con Michelle, pero no sólo era miembro del WIFLE, sino que además Michelle le había ayudado a ganar una medalla olímpica de plata. Ése era un vínculo que casi nada podía romper.

Entre ensaladas César y té helado, Michelle oyó los resultados provisionales de la investigación. Simmons había sido miembro del servicio de seguridad que vigilaba la funeraria, aunque se suponía que no debía estar de servicio aquel día. De hecho, la funeraria sólo se vigilaba de noche. Simmons —aunque por supuesto ése no era su verdadero nombre— había desaparecido. El registro de la empresa no había servido de nada. Ni la información sobre Simmons concordaba: número de la Seguridad Social robado, carné de conducir falso, referencias inventadas, pero todo muy bien hecho. Hacía menos de un mes que trabajaba allí. Hasta el momento, Simmons era una gran vía muerta en la investigación.

—Cuando vino corriendo pensé que no era más que un policía contratado novato; reinaba el caos. Le di órdenes y le puse en marcha. Ni siquiera registramos la furgoneta. Evidentemente, Bruno estaba escondido en algún lugar de la parte trasera. Le seguí el juego y le di una oportunidad perfecta para que matara a uno de mis hombres.

Michelle se sentía tan abatida que se cubrió la cara con las manos. Hizo un esfuerzo por recobrar la serenidad, se introdujo como pudo una hoja de lechuga en la boca y la masticó con tanta fuerza que le dolieron los dientes.

—Antes de que me apartaran del servicio descubrí que habían extraído la bala de Neal Richards. Era una dum-dum. Probablemente nunca se podrá hacer un análisis de balística, aunque nos cayera en las manos el arma sospechosa.

Su amiga asintió y le dijo a Michelle que la furgoneta había aparecido en un cobertizo abandonado. Estaban buscando huellas y otros rastros microscópicos, pero hasta el momento no habían encontrado nada.

A Mildred Martin, la viuda del difunto, la encontraron en su casa, viva y trabajando tranquilamente en el jardín. Pensaba ir a ver a su marido más tarde ese mismo día con unos amigos y familiares. No había llamado a John Bruno para pedirle que fuera a la funeraria. Su marido había sido el supervisor legal de Bruno y habían sido amigos. Si el candidato quería ir a ver a su difunto esposo, podía hacerlo; era tan sencillo como eso, tal como dijo a los investigadores.

—Pero ¿por qué alteró Bruno el calendario y fue a ver a Martin a la funeraria en el último momento? —inquirió Michelle—. Nos lo dijo así, de pronto.

—Según su equipo, aquella mañana recibió una llamada repentina de Mildred Martin pidiéndole que fuera a ver a su marido a la funeraria. Según Fred Dickers, el jefe de personal de Bruno, el candidato parecía inquieto tras la llamada.

—Bueno, se le había muerto un buen amigo.

—Según Dickers, Bruno ya sabía que Martin estaba muerto.

—¿Así que piensas que hay algo más?

—Bueno, escogió un momento en el que no había mucha gente en la funeraria. Y algunas cosas que dijo Bruno después de la llamada hicieron pensar a Dickers que el encuentro era para algo más que para presentarle sus respetos.

—¿Así que por eso insistió tanto en que los dejara solos ahí dentro?

Su amiga asintió.

—Bueno, dependiendo de lo que tuviera que decirle la viuda, supongo que Bruno querría que fuera privado.

—Pero Mildred Martin aseguró que no había llamado.

—Alguien se hizo pasar por ella, Michelle.

—¿Y si Bruno no se hubiera presentado? —dijo, y se respondió ella misma—. Simplemente se habrían marchado. Y si yo hubiera entrado con ellos, no lo habrían intentado y Neal Richards... —se le quebró la voz—. ¿Qué más tienes?

—Creemos que esto estaba planeado desde hacía tiempo. Quiero decir que tenían que coordinar muchos aspectos y que lo ejecutaron a la perfección.

—Deben de haber conseguido fuentes internas en el operativo de campaña de Bruno. ¿Cómo si no iban a saber su horario?

—Un buen medio es la página web oficial de la campaña. El acto al que iba cuando se desvió para pasar por la funeraria estaba previsto desde hacía bastante tiempo.

—Maldita sea, les advertí que no publicaran el calendario en la red. ¿Sabes que una camarera de uno de los hoteles en los que nos alojamos sabía más del itinerario de Bruno que nosotros mismos porque le había oído a él y a sus colaboradores hablando del tema? Y a nosotros no se molestan en contárnoslo hasta el último momento.

—La verdad, con todo eso no entiendo cómo puedes hacer tu trabajo.

Michelle la miró fijamente.

—¿Y si hubieran provocado la muerte del mentor de Bruno? Es decir, que eso desencadenó el resto de los acontecimientos...

La mujer ya estaba asintiendo.

—Bill Martin estaba ya mayor, tenía cáncer terminal en una fase avanzada y murió en la cama por la noche. En esas circunstancias no se hizo ningún informe médico ni se llevó a cabo la autopsia. El médico de guardia firmó el certificado de defunción. No obstante, después de lo que pasó, se recuperó el cadáver y le hicieron pruebas toxicológicas con muestras post mortem.

—¿Y qué encontraron?

—Grandes cantidades de Roxanol, morfina líquida de la que tomaba para el dolor, y más de un litro de fluido de embalsamamiento, entre otras cosas. No había materia gástrica porque se había drenado al embalsamarlo. Nada revelador, en realidad.

Michelle miró de cerca a su amiga.

—Pero aun así no pareces convencida.

La amiga por fin se encogió de hombros.

—El líquido de embalsamamiento se filtra por todos los grandes vasos, cavidades y órganos sólidos, de modo que resulta difícil precisar. Pero dadas las circunstancias, la forense tomó una muestra del cerebro medio, donde el fluido no suele penetrar, y encontró un cristal de metanol.

—¡Metanol! Pero eso es un compuesto del fluido de embalsamamiento, ¿no? ¿Qué significa que el fluido haya llegado hasta allí?

—Da que pensar. Y por si no lo sabías, existen distintos fluidos de embalsamamiento. Los líquidos caros tienen menos metanol pero más formaldehído. Los baratos, como el de Martin, tienen niveles más altos de metanol puro. A eso hay que añadirle que el metanol se encuentra en un montón de sustancias, como el vino y otras bebidas alcohólicas. Se sabe que Martin bebía mucho. Eso podría explicar lo del cristal; la forense no puede asegurarlo. Lo que está claro, no obstante, es que un enfermo terminal como Bill Martin no necesitaría una gran dosis de metanol para morir.

Sacó una carpeta y hojeó el contenido.

—En la autopsia también se observaron daños en los órganos, membranas mucosas encogidas, la membrana gástrica lacerada y todos los indicios de una intoxicación por metanol. Sin embargo, el cáncer se le había extendido por todo el cuerpo y se había sometido a radiación y quimioterapia. Con todo eso, la forense se encontró con un buen lío entre las manos. La causa probable de la muerte fue un fallo circulatorio, pero un hombre anciano aquejado de una enfermedad terminal puede haber muerto de fallo circulatorio de muchas maneras.

—En cualquier caso, matar a alguien con metanol sabiendo que probablemente lo embalsamarán sin autopsia es un procedimiento bastante ingenioso —observó Michelle.

—En realidad es algo truculento.

—Pero tuvo que morir asesinado —afirmó Michelle—. No podían quedarse esperando a que Martin se muriera por sí solo y trasladaran el cadáver a la funeraria justo cuando Bruno pasaba por allí —prosiguió. Hizo una pausa—. ¿Lista de sospechosos?

—En realidad no puedo decirlo. Es una investigación abierta y ya te he contado más de lo que debía. Podrían someterme al polígrafo por esto, ya sabes.

Cuando llegó la oportunidad, Michelle la aprovechó enseguida. Mientras salían, su amiga le dijo:

—Bueno, ¿qué vas a hacer? ¿Ocupar una posición discreta? ¿Buscar otro puesto?

—Lo de la discreción sí; lo de buscar otro puesto, aún no.

—¿Entonces?

—No pienso abandonar mi carrera en el Servicio sin pelear.

Su amiga la miró con recelo.

—Conozco esa mirada. ¿Qué estás tramando?

—Eres del FBI y creo que es mejor que no lo sepas. Tal como has dicho, podrían someterte al polígrafo.

10

El peor día de la vida de Sean King había sido el 26 de septiembre de 1996, el día en que Clyde Ritter había muerto mientras el por entonces agente del Servicio Secreto King estaba mirando a otro lado. Desgraciadamente, el segundo peor día de su vida era el que estaba viviendo en ese momento. Su despacho se había llenado de policías, agentes federales y equipos técnicos que formulaban un montón de preguntas sin conseguir a cambio un montón de respuestas. Entre toda esta actividad forense habían recogido huellas dactilares de King, de Phil Baxter y de su secretaria; según dijeron, para descartar huellas. Eso podía ser un arma de doble filo que King conocía bien.

La prensa local también había llegado. Por suerte, conocía a los periodistas personalmente y dio respuestas vagas que ellos aceptaron sin apenas protestar. La prensa nacional llegaría muy pronto, porque el hombre asesinado suscitaba cierto interés periodístico. King lo había sospechado, y aquellas sospechas se confirmaron cuando apareció en su puerta un contingente de hombres del servicio de investigación de los U.S. Marshals.

El muerto, Howard Jennings, trabajaba en el bufete de King como investigador judicial, corrector, supervisor de la contabilidad de la empresa y como chico para todo. Su despacho estaba en la planta inferior del edificio. Era tranquilo, trabajador e introvertido. No había nada en absoluto llamativo en su trabajo. No obstante, era muy especial en un aspecto.

Jennings también era miembro del WITSEC, el programa más conocido como Protección de Testigos. Jennings (por supuesto aquél no era su auténtico nombre), de cuarenta y ocho años y con estudios de contabilidad, había tenido un lucrativo empleo como contable para una organización criminal que operaba en el Medio Oeste. Aquellos tipos estaban especializados en el crimen organizado, extorsiones y blanqueo de dinero, y usaban incendios, palizas, desfiguramientos y homicidios ocasionales para conseguir sus propósitos. El asunto había llamado mucho la atención en todo el país tanto por lo letal de los métodos de la organización como por la complejidad del caso.

Jennings enseguida había visto la luz y gracias a su colaboración, unos cuantos tipos peligrosos habían acabado en la cárcel. Sin embargo, algunos de los más mortíferos habían escapado del cerco del FBI; de ahí que pasara a pertenecer al WITSEC.

Ahora era un cadáver y los quebraderos de cabeza de King no habían hecho más que empezar. Como ex agente federal con privilegios de alto nivel, King había tratado con el WITSEC en algunas iniciativas conjuntas entre el Servicio Secreto y el cuerpo de los U.S. Marshals. Cuando Jennings acudió a entrevistarse con él, viendo su currículo y tras otras indagaciones, King sospechó que Jennings estaba en el programa. No lo sabía a ciencia cierta, por supuesto; los U.S. Marshals no le iban a confiar la identidad de uno de los suyos, pero albergaba sus sospechas, sospechas que nunca había compartido con nadie. Lo suponía dada la escasez de referencias de Jennings y de su historial laboral, algo inevitable cuando alguien borraba por completo su vida anterior.

King no era sospechoso, según le dijeron, lo que por supuesto significaba que probablemente ocupara uno de los primeros puestos de la lista. Si informaba a los investigadores de que sospechaba que Jennings era del WIT-SEC, era muy posible que acabara ante el gran jurado. Decidió hacerse el tonto de momento.

Se pasó el resto del día tranquilizando a su socio. Baxter era un antiguo jugador de la liga universitaria de fútbol americano y había pasado un par de años en la liga profesional calentando banquillo hasta convertirse en un abogado agresivo y muy competente. No obstante, el ex gorila no estaba acostumbrado a ver cadáveres en su despacho. Era una forma de «muerte súbita» con la que no se sentía muy cómodo.

King se había pasado años en el Servicio Secreto trabajando contra bandas muy peligrosas de falsificadores y estafadores. Por supuesto, también había matado a gente, de modo que estaba mejor preparado que su socio para enfrentarse a un asesinato.

Había dado el día libre a su recepcionista, Mona Hall. Era una persona frágil y nerviosa, y el hecho de ver la sangre y el cadáver no le habrían sentado nada bien. No obstante, también era una cotilla redomada, y King no dudaba de que las líneas de teléfono municipales estarían colapsadas con las especulaciones sobre la actividad homicida en las oficinas de King & Baxter. En una comunidad tranquila como Wrightsburg, aquello podía dar conversación para meses o años.

Los federales ya habían precintado el edificio y, por motivos de seguridad, King y Baxter tuvieron que trasladar su actividad laboral de forma temporal a sus respectivas casas. Aquella noche los dos abogados cargaron cajas, archivadores y otras cosas en sus coches. Mientras el fornido Phil Baxter se ponía en marcha con su igualmente grande todoterreno, King se quedó apoyado en la capota de su coche mirando el bufete. Todas las luces estaban encendidas y los investigadores aún trabajaban intensamente analizando cada rincón del lugar en busca de cualquier pista que les dijera quién había metido una bala en el pecho de Howard Jennings. Tras el edificio, King observó el paisaje montañoso. Allí arriba estaba su casa, el lugar que había construido a partir de los escombros de una vida. Le había servido de terapia. ¿Y ahora qué?

Condujo hasta casa preguntándose qué le depararía la mañana. Se comió un cuenco de sopa en la cocina mientras veía las noticias locales. En la pantalla ofrecieron imágenes suyas, referencias a su carrera en el Servicio Secreto, incluyendo su desgraciada salida, su carrera como abogado en Wrightsburg y especulaciones varias sobre la muerte de Howard Jennings. Apagó el televisor e intentó centrarse en el trabajo que se había llevado a casa. Sin embargo, no podía concentrarse y acabó quedándose sentado en su guarida, rodeado por su mundo de libros de leyes y aburridos documentos, contemplando el cielo. Un sobresalto le sacó de sus cavilaciones.

Se cambió y se enfundó unos pantalones cortos y un suéter, tomó una botella de vino tinto y una copa, y bajó al muelle cubierto que había tras la casa. Se subió a la lancha de seis metros y medio que tenía allí junto a un barco de vela de cinco metros de eslora y una moto acuática Sea Doo, un kayak y una canoa. El lago, con unos ochocientos metros de anchura máxima y quizá trece kilómetros de largo, tenía muchas calas y ensenadas, y era muy popular entre los aficionados a la navegación y a la pesca; en sus aguas claras y profundas proliferaban las lubinas rayadas, peces sol y bagres. Pero el verano ya había acabado y los puestos de alquiler y los veraneantes ya habían desaparecido.

Tenía los barcos sujetos mediante un sistema eléctrico y bajó la lancha hasta el agua, la arrancó y encendió las luces de marcha. Le dio al gas y recorrió unos tres kilómetros, respirando el aire fresco y dejando que le limpiara por dentro. Entró en una cala desierta, apagó el motor, tiró el ancla, se sirvió una copa de vino y contempló su funesto futuro.

Cuando corriera la voz de que una persona del WITSEC había muerto asesinada en su bufete, King se encontraría de nuevo en el centro de la atención nacional, algo que temía. La última vez, un periódico sensacionalista se había excedido, pues publicó que King había recibido un soborno por parte de un grupo radical político violento para que hiciera la vista gorda mientras disparaban a Clyde Ritter. Las leyes antidifamación todavía estaban en vigor en Estados Unidos, así que les había denunciado y había ganado una gran indemnización. Con este dinero caído del cielo, se construyó la casa y empezó una nueva existencia. Pero el dinero no consiguió borrar en absoluto lo que había sucedido. ¿Cómo iba a hacerlo?

Se sentó en la borda del barco, se sacó los zapatos y la ropa y se sumergió en el agua oscura; permaneció un poco bajo la superficie y luego emergió para respirar. El agua era más cálida que el aire del exterior.

Su carrera como agente del Servicio Secreto se había desmoronado cuando se descubrió que una cámara de seguridad del hotel estaba orientada hacia él durante aquellos aciagos momentos. Le mostraba claramente apartando la vista de Ritter mucho más tiempo del debido. Mostraba al asesino sacando la pistola, apuntando, disparando, matando a Ritter, y durante todo aquel tiempo King había tenido la mirada perdida, como si estuviera en trance. El vídeo mostraba incluso a niños de entre el público que reaccionaban ante la visión de la pistola antes incluso de que King advirtiera lo que estaba sucediendo.

Los medios de comunicación habían optado por despellejar a King, sin duda impulsados por las manifestaciones de indignación de la gente de Ritter y porque no querían que se les acusara de estar en contra de un candidato poco popular.

Podía recordar la mayoría de los titulares: «El agente aparta la mirada mientras el candidato muere», «El fracaso de un agente veterano», «Dormido de guardia», o el que decía «¡Por eso llevan gafas de sol!», que en otras circunstancias quizá le habría provocado la risa. Lo peor de todo fue que la mayoría de sus colegas le hicieron el vacío.

Su matrimonio se había roto debido a la tensión. Aunque en realidad ya había empezado a romperse mucho antes de eso. King había pasado más tiempo fuera que en casa, y en ocasiones la orden de salir le había llegado con sólo una hora de antelación y sin fecha de vuelta programada. En esas circunstancias tan agobiantes, había perdonado el primer lío de su mujer, e incluso el segundo. Pero la tercera vez se separaron. Y cuando ella aceptó el divorcio en cuanto él presentó la demanda, la verdad es que no podía decirse que eso le hubiera hecho llorar demasiado.

Y después de todo había sobrevivido y había reconstruido su vida. ¿Ahora qué?

Volvió a subir lentamente a la lancha, se envolvió en una toalla que guardaba en la embarcación y emprendió el regreso. No obstante, no se dirigió a su embarcadero, sino que apagó el motor y las luces de posición y se introdujo en una pequeña cala a unos cientos de metros de su casa. King dejó caer la pequeña ancla en el agua para evitar que la corriente arrastrara la lancha hacia la orilla cenagosa. Cerca de la parte trasera de su casa un haz de luz se movía adelante y atrás. Tenía visitas. Quizá los periodistas estuvieran merodeando. O quizá, pensó, se tratara del asesino de Howard Jennings en busca de otra víctima.

11

King avanzó por el agua en silencio hasta llegar a la orilla, se volvió a vestir y se agachó tras unos arbustos en la oscuridad. La luz seguía desplazándose adelante y atrás, siguiendo el movimiento de la persona alrededor del perímetro de su propiedad. King se abrió paso hasta la parte delantera de su casa protegido por un cercado de árboles. En la entrada había un BMW descapotable azul que no reconoció. Estaba a punto de acercarse a inspeccionar cuando decidió que lo más conveniente sería conseguir un objeto contundente. Con una buena pistola en la mano se sentiría mucho más seguro.

Entró en la casa a oscuras, tomó la pistola y regresó hasta la puerta lateral. El arco de luz había desaparecido y eso le preocupaba. Se agachó y aguzó el oído. Oyó el chasquido de una rama gruesa al caer. Procedía de su derecha, apenas a tres metros de distancia; luego se oyeron pasos. Se colocó en posición, con la pistola lista y con el seguro quitado.

Se lanzó y golpeó desde abajo y con dureza, cayó encima de aquel tipo y le apuntó en la cara con la pistola.

Pero no era un tipo, era una tipa. Y ella también había sacado su pistola. Estaba apuntándole; los cañones casi se tocaban.

—¿Qué demonios estás haciendo aquí? —preguntó él enfadado cuando descubrió quién era.

—Si te quitas de encima, a lo mejor recupero el aliento y te lo puedo decir —replicó ella.

Tardó un poco en levantarse y, cuando le tendió una mano para ayudarla, ella no la aceptó.

Llevaba falda, blusa y una chaqueta corta. La falda se le había subido casi hasta las caderas con el encontronazo. Mientras se ponía de pie con cierto esfuerzo, volvió a bajársela.

—¿Tienes la costumbre de saltar encima de las visitas? —preguntó ella irritada mientras volvía a enfundar la pistola y se alisaba la ropa.

—En general, las personas que me visitan no se dedican a ir husmeando por mi propiedad.

—He llamado a la puerta delantera, pero no me han contestado.

—Entonces te vas y vuelves en otro momento. ¿O no te enseñó eso tu madre?

Ella cruzó los brazos sobre el pecho.

—Ha pasado mucho tiempo, Sean.

—¿Sí? No me había dado cuenta. He estado bastante ocupado con mi nueva vida.

Ella miró alrededor.

—Ya lo veo. Bonito lugar.

—¿Qué estás haciendo aquí, Joan?

—He venido a ver a un viejo amigo con problemas.

—¿De verdad? ¿De quién se trata?

Ella sonrió con recato.

—Un asesinato en tu despacho. Eso sí que son problemas, ¿no?

—Desde luego que sí. Me refería a lo del «viejo amigo».

Ella hizo un gesto con la cabeza en dirección a la casa.

—Llevo mucho rato conduciendo. Me han hablado

de la hospitalidad del Sur, ¿te importaría demostrárme-la un poco?

En vez de eso, él se planteó la posibilidad de dispa-rarle todo el tambor a la cabeza. Sin embargo, el único modo de saber qué pretendía Joan Dillinger era seguirle el juego.

—¿Qué tipo de hospitalidad?

—Bueno, son casi las nueve y todavía no he cenado. Empecemos por eso y luego ya veremos —respondió ella.

—¿Te presentas sin avisar después de todos estos años y esperas que te prepare la cena? Desde luego, qué cara más dura.

—Eso ya no debería sorprenderte, ¿no?

Mientras él cocinaba, Joan inspeccionó la planta ba-ja de la casa llevando en la mano el gin tonic que él le ha-bía dado. Se apoyó en la encimera de la cocina mientras él trabajaba.

—¿Cómo va el dedo? —le preguntó.

—Sólo me duele cuando estoy muy enfadado. Es co-mo llevar un anillo de las emociones. Y para que lo sepas, ahora mismo me está doliendo como un demonio.

Ella no hizo caso de la pulla.

—Este lugar es espectacular. He oído que te lo cons-truiste tú solo.

—Así me entretenía.

—No sabía que fueras carpintero.

—Me pasé los años de estudiante haciendo cosas para gente con dinero. Un día se me ocurrió trabajar para mí.

Comieron en la mesa junto a la cocina, desde donde se disfrutaba de una vista espectacular del lago. Con la comida tomaron una botella de merlot que King había sacado de su bodega. En otras circunstancias, habría sido una escena muy romántica.

Tras la cena tomaron café en la sala de estar, de techo abovedado y paredes de cristal. Cuando King vio que Joan estaba tiritando encendió la chimenea de gas y le pasó una manta. Se sentaron en butacas de piel situadas en perpendicular. Joan se quitó los zapatos de tacón y dobló las piernas bajo el cuerpo, abrigándose después con la manta. Levantó la copa en dirección a él.

—La cena ha estado estupenda —brindó. Aspiró el aroma del vino—. Y veo que has añadido el de sumiller a tu lista de títulos.

—Vale, ya tienes la barriga llena y la cabeza en órbita. ¿Para qué has venido?

—Cuando le sucede algo extraordinario a un ex agente que provoca una amplia investigación criminal, todo el mundo se interesa.

—¿Quién te ha enviado a verme?

—Estoy a un nivel en el que me puedo enviar yo misma.

—¿Así que es una visita no oficial? ¿O sólo has venido a espiar para el Servicio?

—Yo la definiría como no oficial. Me gustaría oír tu versión de los hechos.

King sujetó la copa con fuerza, reprimiendo el deseo de lanzársela a la cabeza.

—No tengo una versión de los hechos. Ese hombre hacía poco tiempo que trabajaba para mí. Le han matado. Hoy he descubierto que estaba en el programa de protección de testigos. No sé quién se lo ha cargado. Fin de la historia.

Ella no respondió; se quedó mirando al fuego. Por fin se levantó, avanzó unos pasos hacia la chimenea y se arrodilló delante, pasando la mano por la pared de piedra.

—¿Carpintero y picapedrero?

—Eso lo encargué. Soy consciente de mis limitaciones.

—Es agradable oír eso. La mayoría de los hombres que conozco no admitirían ninguna.

—Gracias. Pero sigo interesado en saber por qué has venido.

—No tiene nada que ver con el Servicio; es algo entre tú y yo.

—No hay nada «entre tú y yo».

—Bueno, lo hubo. Y me gustaría pensar que si un día te enteras de que un hombre que estaba en el programa de protección de testigos muere asesinado en mi lugar de trabajo, y que vuelven a echarme mi pasado en cara, tú vendrías a ver cómo estoy.

—Creo que te equivocarías.

—Bueno, en mi caso, yo he venido por eso. Quería asegurarme de que te encontrabas bien.

—Me alegro de que mi penosa situación te haya brindado la magnífica oportunidad de exhibir tu naturaleza compasiva.

—El sarcasmo realmente no te sienta bien, Sean.

—Es tarde y te espera un largo trayecto en coche hasta Washington.

—Tienes razón. La verdad es que el camino es muy largo —respondió—. Y parece que aquí tienes mucho sitio.

Se levantó y se sentó tan cerca de él que le hizo sentir incómodo.

—Según parece estás tan en forma que podrías formar parte de la división de rescate de rehenes del FBI —declaró ella mientras recorría con una mirada de admiración los casi dos metros de su cuerpo.

Él negó con la cabeza.

—Ya estoy viejo para eso. Tengo las rodillas mal y los hombros hechos un asco.

Ella suspiró, apartó la vista y se sujetó el pelo tras la oreja.

—Yo acabo de cumplir cuarenta.

—Pues ya ves que tienes suerte. No es el fin del mundo.

—Para un hombre, no. En cambio para una mujer no es tan agradable tener cuarenta años y estar soltera.

—Tienes un aspecto espléndido. Espléndido para treinta y para cuarenta. Y tienes una gran carrera profesional.

—No pensé que duraría tanto.

—Has durado más que yo.

Dejó su copa de vino y se volvió hacia él.

—Pero no debía —recalcó, a lo que siguió un incómodo silencio.

—Fue hace años —dijo él por fin—. Es agua pasada.

—Es evidente que no. Soy muy consciente de cómo me estás mirando.

—¿Qué esperabas?

Se acabó el vino de un largo trago.

—En realidad no tienes ni idea de lo que me ha costado venir hasta aquí. He estado a punto de echarme atrás unas diez veces. He tardado una hora en decidir qué ponerme. Me he puesto más nerviosa que montando el dispositivo de seguridad de una inauguración presidencial.

King nunca la había oído hablar así. Siempre había sido una mujer increíblemente segura de sí misma. Bromeaba con los chicos no sólo como si fuera uno más, sino como la jefa de la manada.

—Lo siento, Sean. Ni siquiera sé por qué he dicho eso.

—Olvídalo; ha sido culpa mía. Caso cerrado.

—Eres muy amable.

—Es que no tengo ni tiempo ni fuerzas para guardarte rencor. No es tan importante.

Ella se levantó. Se puso los zapatos y la chaqueta.

—Tienes razón; es tarde y debo marcharme. Siento haber interrumpido tu maravillosa vida. Y discúlpame por preocuparme por ti hasta el punto de haber venido a ver cómo te iba.

King se dispuso a hablar, vaciló y luego, mientras ella se dirigía hacia la puerta, emitió un suspiro inaudible antes de decir:

—Has bebido demasiado para conducir por esas carreteras de noche. La habitación de invitados está al final de las escaleras, a la derecha. Encontrarás pijamas en la cómoda, y tienes tu propio baño; el que se levante primero prepara el café.

Ella se dio la vuelta.

—¿Estás seguro? No tienes por qué hacerlo.

—Créeme; lo sé. No debería hacer esto. Nos vemos por la mañana.

Ella le miró con una expresión que significaba: «¿Estás absolutamente seguro de que no vendrás a verme antes de la mañana?»

Él se volvió y se alejó.

—¿Adónde vas? —preguntó ella.

—Tengo cosas que hacer. Que duermas bien.

Joan salió y tomó una bolsa del coche. Cuando volvió a entrar, King no estaba por allí. En el extremo del salón parecía abrirse el dormitorio principal. Se coló dentro y echó un vistazo. Estaba oscuro. Y vacío. Lentamente se dirigió a su habitación y cerró la puerta.

12

Michelle Maxwell movía los brazos y las piernas con la máxima eficiencia, por lo menos teniendo en cuenta que ya habían pasado sus días olímpicos. Su embarcación de remos cortaba las aguas del Potomac mientras el sol salía y el aire, ya pesado, auguraba un día menos fresco. Allí, en Georgetown, era donde había empezado su carrera como remadora. Los musculosos muslos y hombros le ardían por el esfuerzo que estaba haciendo. Había adelantado a todas las demás embarcaciones de remos, kayak, canoa o embarcación similar, incluida una provista de un motor de cinco caballos.

Llevó el barco de remos hasta uno de los embarcaderos de Georgetown, se agachó y respiró hondo, permitiendo que las endorfinas que circulaban por su torrente sanguíneo le provocaran una agradable sensación de euforia. Media hora más tarde se hallaba en su Land Cruiser dirigiéndose de nuevo al hotel al que se había mudado, en Tyson's Corner, Virginia. Aún era temprano y había poco tráfico, o relativamente poco, para una zona en la que con frecuencia las autopistas ya estaban saturadas a las cinco de la mañana. Se dio una ducha y se puso una camiseta y unos pantalones cortos. No llevaba incómodos zapatos y medias, ni una cartuchera que entorpeciera sus movimientos; era una sensación estupenda. Se estiró, se frotó los miembros cansados y pidió el desayuno al servicio de habitaciones. Antes de que llegara el camarero se puso una bata. Mientras estaba sentada comiendo tortitas con zumo de naranja y café, encendió el televisor y fue cambiando de canal en busca de más noticias sobre la desaparición de Bruno. Resultaba paradójico que aquel día fuera el agente al mando en el lugar de los hechos y que en ese momento se viera obligada a enterarse de las noticias sobre la investigación por la CNN. Dejó de cambiar de canal cuando vio a un hombre en la televisión que le resultaba familiar. Estaba en Wrightsburg, Virginia, rodeado de enjambres de periodistas y evidentemente disgustado por ello.

Tardó unos momentos en ubicarlo, pero lo consiguió. Aquel hombre era Sean King. Ella había entrado en el Servicio aproximadamente un año antes del asesinato de Ritter. Michelle nunca había sabido lo que había sido de Sean King y no tenía motivos para querer saberlo. Pero ahora, mientras escuchaba los detalles sobre el asesinato de Howard Jennings, sintió curiosidad por el tema. En parte era algo puramente físico. King era un hombre muy atractivo; alto y bien parecido, con un pelo negro muy corto que ahora se estaba volviendo gris en las sienes. Debía de tener cuarenta y pico, calculó. Tenía el tipo de cara que quedaba mejor con líneas de expresión; le otorgaban un atractivo del que probablemente había carecido a los veinte o a los treinta, cuando probablemente fuera demasiado «guapito». Sin embargo, no eran sus atractivos rasgos lo que más la intrigaba. Al oír los hechos básicos sobre la muerte de Jennings, sentía que en ese asunto había algo que no era capaz de definir.

Abrió un ejemplar del *Washington Post* que le habían traído a la habitación y, mientras lo hojeaba, encontró una noticia corta pero informativa sobre el crimen. El artículo también contenía datos sobre el pasado de King, el fracaso con Ritter y sus consecuencias. Al leer el artículo y mirar al hombre en la pantalla, sintió de pronto una conexión visceral con él. Ambos habían cometido errores en el trabajo y habían pagado un elevado precio por ello. Parecía que King había reconstruido su vida con bastante rapidez. Michelle se preguntó si ella tendría tanto éxito en la reconstrucción de su propio mundo.

Tuvo una inspiración repentina y llamó a un confidente que tenía en el Servicio.

El joven no era agente. Estaba en apoyo administrativo. Todo agente de campo necesitaba establecer fuertes vínculos con el personal de administración, puesto que estos tipos eran quienes sabían cómo resolver los trámites burocráticos que abundaban en la mayoría de agencias gubernamentales. Era un gran admirador de Michelle y habría cruzado el despacho dando volteretas si ella hubiera accedido a tomarse un café con él. En ese momento, accedió. El precio era traerle copias de ciertos documentos y otros materiales. Al principio dudó un poco; no quería buscarse problemas, según dijo. Pero ella enseguida lo convenció. También le hizo prometer que retrasaría los trámites de su excedencia de modo que pudiera seguir accediendo al banco de datos del Servicio Secreto usando su nombre y su contraseña por lo menos durante una semana más.

Se encontraron en una pequeña cafetería del centro, donde él le entregó los documentos. Ella le dio al jovencito un abrazo que prolongó lo suficiente como para estar segura de que podría seguir contando con él. Cuando entró en el Servicio no le obligaron a deshacerse de sus armas de mujer. De hecho, bien usadas, eran mucho más útiles que su 357.

Mientras entraba de nuevo en el coche, oyó una voz que la llamaba. Se volvió y vio a un agente al que había adelantado en su carrera hacia el éxito. Se dirigía hacia ella con paso resuelto. La expresión que tenía no dejaba lugar a dudas. Había venido a regodearse.

—¿Quién lo habría dicho? —empezó con aire inocente—. Parecía que tu estrella no hacía nada más que brillar. Todavía no entiendo cómo pudiste permitir que pasara, Mick. Dejar a aquel tipo solo en una habitación que no habías limpiado bien. ¿En qué demonios estabas pensando?

—Supongo que no pensé, Steve.

Él le dio una palmadita en el brazo, algo más fuerte de lo necesario.

—Bueno, no te preocupes. No van a dejar que tu superestrella se eclipse. Te darán otro puesto, quizá vigilando a la familia de algún ex presidente: a Lady Bird en Tejas, o quizás a los Ford. Así te pasarías seis meses en Palm Springs y seis en las montañas de Vail y con unas buenas dietas. Por supuesto, si hubiera sido cualquier otro pobre desgraciado como nosotros, le habrían cortado la cabeza y se habrían olvidado de él. Pero nadie dijo que la vida fuera justa.

—Quizá te lleves una sorpresa. A lo mejor no estoy en el Servicio cuando acabe todo esto.

Él sonrió abiertamente.

—Bueno, quizá la vida sí sea justa, al fin y al cabo. En fin, cuídate. —Se despidió y se dio media vuelta.

—Esto... ¿Steve? —Él se volvió de nuevo—. Supongo que habrás recibido aquel comunicado sobre el barrido informático que van a hacer en todos los portátiles la semana que viene. Quizá debieras sacar toda esa pornografía, ya sabes, de la página web que siempre miras en el despacho. Eso podría acabar con tus expectativas. ¿Quién sabe?, a lo mejor hasta tu mujer podría enterarse. Y ya que hablamos del tema, ¿merece la pena por unas cuantas tetas gordas y unos culos prietos? ¿No te parece una actitud adolescente?

La sonrisa de Steve se esfumó; le levantó el dedo corazón con actitud grosera y se fue con aire ofendido.

Michelle no pudo evitar sonreír durante todo el camino de vuelta al hotel.

13

Michelle esparció los documentos por encima de la cama, los fue examinando meticulosamente y no dejó de tomar notas. Enseguida quedó claro que King tuvo un historial inmaculado y una larga lista de menciones honoríficas durante su carrera en el Servicio, por lo menos hasta el aciago día en que se despistó y Clyde Ritter lo pagó caro.

En su primera época, cuando combatía la falsificación, King incluso había resultado herido a resultas de una redada que salió mal. Había matado a dos hombres y luego recibió un disparo en el hombro. Y años más tarde había acabado con el asesino de Ritter, sólo que unos segundos demasiado tarde. Eso sumaba un total de tres hombres muertos en acto de servicio. Michelle había disparado miles de tiros de práctica, pero ni siquiera en su breve temporada como agente de policía en Tennessee había disparado un solo tiro real. A menudo se preguntaba qué se sentiría, si eso la habría cambiado, si la habría hecho más temeraria, o más prudente, o si después de eso habría hecho mejor el trabajo.

El asesino de Clyde Ritter había sido un profesor universitario del Atticus College. El profesor Arnold Ramsey no era una amenaza potencial, y no estaba vinculado con ninguna organización política, aunque luego se supo que era un conocido crítico de Ritter. Había dejado esposa y una hija. «Menuda herencia para la niña», pensó Michelle. ¿Qué se supone que iba a decir cuando hablara de su familia? «Hola, mi padre fue un magnicida, ya sabes, como John Wilkes Booth y Lee Harvey Oswald. Lo mató uno del Servicio Secreto de un disparo. ¿Y tu padre a qué se dedica?» No se había arrestado a nadie más en relación con el asesinato. La conclusión oficial era que Ramsey había actuado solo.

Ya había acabado por el momento con el estudio de los documentos, así que tomó el vídeo que formaba parte del informe oficial. Lo introdujo en el reproductor que había bajo el televisor y lo puso en marcha. Se sentó y se quedó mirando la escena de los saludos en el hotel durante la campaña de Ritter materializada en televisión. El vídeo había sido grabado por una cadena de televisión local que seguía el acto de Ritter. Había servido para poner el último clavo en el ataúd de King. A pesar de los esfuerzos realizados para asegurarse de que no se repetiría un error así, el Servicio había decidido no mostrar nunca ese vídeo a sus agentes. Quizá por vergüenza, pensó Michelle.

Se quedó rígida cuando vio a Clyde Ritter, con su aspecto relajado, entrando en la sala atestada con su séquito. Sabía poco sobre Ritter, excepto que había empezado como predicador televisivo y que había amasado una fortuna considerable. Miles de personas de todo el país le habían enviado sumas de dinero, grandes y pequeñas. Se decía que muchas ancianas ricas, la mayoría viudas, le habían entregado los ahorros de toda su vida a cambio de sus promesas de que irían al cielo. Sin embargo, nadie halló pruebas fehacientes de aquello, y el escándalo enseguida se calmó. Tras abandonar una vida casi monacal, se había presentado y había sido elegido como congresista por un estado del Sur que Michelle ni siquiera sabía cuál era.

Tenía un dudoso historial electoral sobre política racial y otras libertades civiles, y su fe sin duda era de las selectivas. Sin embargo, en su Estado se le quería, y había tantos votantes insatisfechos con la dirección de las grandes plataformas políticas en el país que Ritter había logrado presentarse a las elecciones presidenciales como candidato independiente. Aquella gran ambición le había hecho acabar con una bala en el corazón.

Junto a Ritter estaba su jefe de campaña. Michelle también lo había encontrado en el informe: era Sidney Morse, hijo de un famoso abogado de California y de una madre heredera y, curiosamente, guionista y dramaturgo antes de dedicar su talento artístico a la política. Se había hecho famoso en todo el país dirigiendo grandes campañas políticas, convirtiéndolas en elaborados espectáculos mediáticos en los que se destacaban determinados sonidos y se potenciaba la forma sobre el fondo, y su nivel de triunfo había sido sorprendentemente alto. Michelle pensó que, con toda probabilidad, aquello era más un indicativo de las tragaderas del votante moderno que de la calidad de los candidatos actuales.

Morse se había convertido en un mediador de problemas de alquiler, y aceptaba el trabajo cuando el pago y la situación le convencían. Se había unido a la causa cuando la campaña de Ritter había empezado a despegar y el candidato necesitó un timonel más experimentado. Morse tenía fama de ser brillante, hábil y, si la situación lo exigía,implacable. Todo el mundo estaba de acuerdo en que había ayudado a Ritter a desarrollar una campaña casi perfecta. Y, según la opinión general, se lo había pasado en grande revolucionando el orden establecido con su vendaval independiente. No obstante, Morse había quedado desterrado de la política tras el asesinato de Ritter y su vida se había sumido en una espiral descendente. Un año antes Morse había perdido el juicio y lo habían ingresado en una institución estatal para enfermos mentales donde probablemente pasaría el resto de sus días.

Michelle volvió a quedarse rígida cuando vio a Sean King justo detrás del candidato. Contó mentalmente los agentes que había en la sala. Se dio cuenta de que no había tantos. Ella tenía el triple en su unidad de protección de Bruno. King era el único agente que estaba cerca de Ritter. Se preguntó a quién se le habría ocurrido aquel plan tan lamentable.

Como ávida estudiante de la historia de la agencia, Michelle sabía que la misión del Servicio Secreto había evolucionado con el tiempo. Había sido necesario que perdieran la vida tres presidentes, Lincoln, Garfield y McKinley, para que el Congreso actuara de forma activa en el tema de la seguridad de la presidencia. Teddy Roosevelt recibió la primera dosis de protección del Servicio Secreto tras el asesinato de McKinley; pero por aquel entonces las cosas eran mucho menos sofisticadas. Como vicepresidente electo de Franklin Roosevelt durante la Segunda Guerra Mundial, Harry Truman ni siquiera tenía un agente del Servicio Secreto asignado, hasta que uno de sus ayudantes argumentó que una persona que estaba tan cerca del hombre más poderoso del mundo bien se merecía por lo menos un agente con un arma que lo vigilara.

El encuentro seguía adelante y vio que el agente King hacía todo lo correcto, mirando sin parar a todas partes. En el Servicio Secreto te inculcaban esa costumbre. Una vez el Servicio se midió con los otros cuerpos de seguridad para ver cuál de las organizaciones detectaba mejor si alguien mentía. El Servicio ganó con diferencia. Para Michelle el motivo era evidente. Un agente en misión de protección se pasaba la mayor parte del tiempo intentando adivinar los pensamientos y los motivos más escondidos de una persona exclusivamente a partir de la imagen externa.

Y cuando llegó el momento, King pareció quedar fascinado por algo que había a su derecha. Tan intrigada estaba Michelle especulando qué era lo que podría estar mirando que no vio cómo Ramsey sacaba el arma y disparaba. Se sobresaltó cuando oyó el ruido y advirtió que, al igual que King, también se había distraído. Rebobinó la cinta y observó que Ramsey deslizaba la mano por el bolsillo de su abrigo, ocultando en parte el movimiento con un cartel de Ritter que agitaba con la otra mano. La pistola no se veía con claridad hasta que Ramsey apuntó al candidato y disparó. King retrocedió, supuestamente cuando la bala salió de Ritter y le alcanzó la mano. Cuando Ritter cayó, la multitud entró en un estado de pánico total. El cámara que rodaba el vídeo había caído de rodillas y Michelle vio cuerpos y piernas corriendo a la desbandada. Michelle sí observó que otros agentes y el personal de seguridad quedaban aplastados contra las paredes de la sala por la tromba de gente aterrada. Sólo duró unos segundos y a ella le pareció una eternidad. Y el cámara se debió de poner de nuevo de pie, porque Sean King volvió a ocupar la pantalla.

Con la mano ensangrentada, King había sacado la pistola, había apuntado directamente a Ramsey, que aún sostenía su arma. La reacción humana normal cuando se produce un disparo es la de estremecerse, sentir miedo y caer al suelo, inmóvil. El entrenamiento en el Servicio estaba pensado para eliminar este impulso. ¡Cuando un desconocido disparaba, pasabas a la acción! Agarrabas a tu protegido y salías pitando lo más rápidamente posible, en muchos casos arrastrando literalmente a la persona.

Michelle supuso que King no lo había hecho sobre todo porque tenía a un hombre con una pistola enfrente.

King disparó una vez, dos, con aparente calma; por lo que parecía, no pronunció ni una palabra. Y luego, cuando Ramsey cayó, King se quedó plantado, mirando al candidato muerto a sus pies, mientras otros agentes se acercaban a toda prisa, agarraban a Ritter y, actuando según lo aprendido en el adiestramiento, salían corriendo con él, dejando a Sean King descompuesto y sin protegido.

Michelle habría dado cualquier cosa por saber qué había pensado ese hombre en aquel preciso instante.

Rebobinó la cinta y la vio de nuevo. La detonación se produjo cuando Ramsey disparó. Pero antes ya había habido un sonido. Volvió a rebobinar la cinta y aguzó el oído. Ahí estaba, como un pitido, un ruido metálico o una campanilla. Eso era. ¡Una campanilla! Y procedía del lugar hacia donde miraba King. Y parecía que se oía como un ligero soplido.

Pensó rápidamente. Una campanilla en un hotel casi siempre significaba la llegada de un ascensor. Y el soplido podía haber sido la apertura de las puertas del ascensor. El plano de la habitación donde habían disparado a Ritter mostraba una batería de ascensores. Si se había abierto la puerta de un ascensor, ¿qué es lo que había interpretado Sean King? Y, por último, ¿por qué nadie se había dado cuenta de algo que ella había percibido sólo viendo la cinta un par de veces? Pero ¿por qué le interesaba tanto Sean King y el trance que había pasado ocho años antes? Pues sí, le interesaba. Tras unos días de tedio, quería hacer algo. Necesitaba acción. De forma impulsiva, Michelle metió varias cosas en su bolsa y se marchó del hotel.

14

Al igual que Michelle Maxwell, King también se había levantado temprano, y también se hallaba en el agua. No obstante él estaba en un kayak, no en un barco de remos, e iba considerablemente más despacio que Michelle. A aquella hora el lago estaba como una balsa de aceite y más tranquilo que nunca. Era el lugar perfecto para pensar, y él tenía mucho en qué pensar. Pero no iba a poder ser.

Oyó que lo llamaban por su nombre y levantó la vista. Ella estaba de pie en la terraza trasera de la casa, llamándole y mostrando una taza de lo que supuso que sería café. Joan llevaba puesto el pijama que él tenía en la habitación de invitados. King se tomó su tiempo para remar de vuelta a casa y luego avanzó a paso lento hasta la puerta trasera, donde estaba ella. Joan sonrió.

—Parece que te has levantado el primero pero no has puesto el café. No pasa nada. Mi trabajo consiste en ofrecer apoyo logístico.

Él aceptó el café y se sentó a la mesa después de que ella insistiera en prepararle el desayuno. La vio brincando descalza por su cocina enfundada en el pijama; parecía estar adoptando sin el menor problema el papel de la esposa feliz y manipuladora. Recordó que Joan, aunque era una de las agentes más duras que había dado el Servicio, podía ser tan femenina como cualquier otra mujer, y en la intimidad podía resultar sexualmente explosiva.

—¿Te siguen gustando revueltos?

—Sí, está bien.

—¿Rosco sin mantequilla?

—Sí.

—Dios, qué predecible eres.

«Eso parece», pensó él. Y se atrevió a lanzar él una pregunta.

—Así pues, ¿hay alguna noticia sobre la muerte de Jennings, o no me está permitido preguntar?

Ella dejó de batir los huevos.

—Eso es territorio del FBI, ya lo sabes.

—Las agencias se comunican entre ellas.

—No más que antes, y nunca ha sido mucho.

—Así que no sabes nada —dijo él en tono acusador.

Ella no respondió. Siguió batiendo huevos, tostó el rosco y sirvió el desayuno con cubiertos, servilleta y el café recién hecho. Se sentó a su lado y bebió un poco de zumo de naranja mientras él comía.

—¿No comes nada? —le preguntó él.

—Estoy cuidando la línea. Aunque por lo visto soy la única.

O fue su imaginación, o le rozó la pierna con el pie por debajo de la mesa.

—¿Qué esperabas? ¿Que después de ocho años nos lanzáramos de cabeza a la cama?

Ella echó la cabeza hacia atrás y se rió.

—Pues sí, a veces lo pienso, en alguna fantasía ocasional.

—Estás loca, ¿sabes?, quiero decir que es patológico —respondió. Y no lo decía en broma.

—Y eso que tuve una infancia muy normal. Aunque para un hombre con gafas de sol y un arma escondida en el bolsillo a lo mejor sólo soy una estúpida.

Vale. Esta vez estaba claro. Le había tocado la pierna con el pie. Estaba seguro de ello porque seguía notando el roce y ahora se iba desplazando hacia zonas más íntimas de su persona.

Ella se inclinó hacia delante. No tenía una mirada dulce, sino depredadora y agresiva. Era evidente que lo deseaba, en ese momento, allí, en la mesa de la cocina, no le importaba que fuera justo encima de sus «predecibles huevos revueltos». Se puso de pie y se quitó el pantalón del pijama dejando al descubierto unas finísimas bragas blancas. A continuación se fue desabotonando la parte superior del pijama lenta y deliberadamente, como si lo desafiara a que la detuviera a cada botón. Él no lo hizo: se limitó a mirarla. La camisa del pijama cayó al suelo. No llevaba sujetador. Joan lanzó la parte superior del pijama sobre las piernas de King y con una mano apartó los platos de la mesa y los tiró al suelo.

—Ha pasado demasiado tiempo, Sean. Esto tenemos que arreglarlo.

Se subió a la mesa frente a él y se tumbó boca arriba con las piernas abiertas. Joan sonreía mientras lo veía de pie, sobre su espléndida y generosa semidesnudez.

—¿Ahora vas a ser convencional conmigo?

—¿Qué quieres decir?

Él echó una mirada a la lámpara del techo.

—Hoy no lanzas por los aires la ropa interior.

—Bueno, pero el día aún es joven, señor King.

Su sonrisa se esfumó cuando King recogió el pijama y la cubrió delicadamente con él.

—Me voy a vestir. Te agradecería que recogieras todo este lío.

Mientras se alejaba la oyó riéndose. Cuando llegó a lo más alto de las escaleras ella gritó:

—Por fin te has hecho mayor, Sean. Estoy impresionada.

Él negó con la cabeza y se preguntó de qué manicomio se habría escapado.

—Gracias por el desayuno —respondió.

Cuando King se disponía a bajar tras ducharse y vestirse, llamaron a la puerta. Miró por la ventana y se sorprendió al ver un coche de policía, una furgoneta de los U.S. Marshals y un todoterreno negro aparcados. Abrió la puerta.

Conocía a Todd Williams, el jefe de policía, puesto que él era uno de sus ayudantes voluntarios. Todd parecía consternado cuando uno de los dos agentes del FBI se adelantó y mostró sus credenciales como si blandiera una navaja automática.

—¿Sean King? Tenemos entendido que tiene una pistola registrada a su nombre.

King asintió.

—Soy ayudante voluntario del jefe de policía. Al público le gusta vernos armados por si tenemos que disparar al malo. ¿Qué pasa?

—Que quisiéramos verla. De hecho, quisiéramos llevárnosla.

King lanzó una mirada a Todd Williams, quien le miró, se encogió de hombros y luego dio un enorme y significativo paso atrás.

—¿Tienen una orden? —preguntó King.

—Usted es ex agente federal. Esperábamos que cooperara.

—También soy abogado, y no somos un gremio muy cooperativo.

—No importa. Tengo el papel aquí mismo.

King había usado el mismo truco cuando era agente federal. Su «orden de registro» a menudo era una fotocopia del crucigrama del *New York Times* bien doblada.

—¿Podría mostrarla? —pidió.

Le dieron la orden, y era de verdad. Querían su revólver de servicio.

—¿Puedo preguntar por qué?

—Puede —respondió el agente.

Entonces el agente de los U.S. Marshals avanzó un paso. Tenía unos cincuenta años, medía casi dos metros y tenía la complexión de un boxeador profesional, con hombros anchos, largos brazos y manos enormes.

—Vamos a dejarnos de tonterías, ¿le parece? —dijo al agente antes de mirar a King—. Quieren compararla con la bala que han extraído a Jennings. Supongo que no le importa.

—¿Cree que disparé a Jennings en mi despacho y que encima usé mi propio revólver de servicio para hacerlo? ¿Por comodidad, o porque soy demasiado mezquino como para comprarme otro?

—Sólo estamos descartando posibilidades —dijo el hombre afablemente—. Ya conoce el procedimiento. Por el hecho de ser agente del Servicio Secreto y todo eso.

—De haber sido agente del Servicio Secreto. Lo fui. —Se dio media vuelta—. Iré a buscar la pistola.

El grandullón apoyó una mano en el hombro de King.

—No. Indíqueles dónde está.

—¿Y dejarles que se paseen por mi casa recogiendo pruebas para inventarse cargos contra mí?

—Un hombre inocente no tiene nada que esconder —replicó el *marshal*—. Además, no van a mirar. Palabra de *scout*.

Un agente del FBI siguió a King al interior. Mientras pasaban por el vestíbulo, el agente observó sorprendido el lío de la cocina.

—Tengo un perro algo revoltoso —explicó King.

El hombre asintió.

—Yo tengo un labrador negro, *Trigger*. ¿Cómo es el suyo?

—Es una perra pit bull que se llama *Joan*.

Fueron hasta su estudio, donde King abrió la caja fuerte y dejó que el agente inspeccionara el contenido. El hombre introdujo la pistola en una bolsa y le dio un recibo por el arma. Luego siguió a King hasta el exterior.

—Lo siento, Sean —se disculpó Todd—. Sé que es una estupidez.

King observó que no parecía que el buen jefe de policía estuviera del todo convencido de sus propias palabras.

Mientras los hombres se iban en sus vehículos, Joan bajó la escalera, completamente vestida.

—¿Qué querían?

—Recoger fondos para el baile de la policía.

—Ya. ¿Eres sospechoso o qué?

—Se han llevado mi pistola.

—Tienes una coartada, ¿no?

—Estaba de patrulla. No vi a nadie y nadie me vio.

—Lástima que no llegara antes. Podría haberte dado una coartada fantástica si hubieras jugado bien tus cartas.

Levantó la mano derecha y puso la otra sobre una Biblia imaginaria.

—Su Señoría, el señor King es inocente porque en el momento del asesinato estaba echando un polvo memorable con una servidora en la mesa de la cocina del propio señor King.

—Quizás en tus sueños.

—Ha estado en mis sueños. Pero creo que he llegado demasiado tarde.

—Joan, hazme un gran favor. Vete de mi casa.

Ella dio un paso atrás, buscándolo con la mirada.

—En realidad no estás preocupado, ¿verdad? Las balas no coincidirán y ya está.

—¿Tú crees?

—Supongo que llevarías la pistola encima mientras estabas patrullando.

—Por supuesto. Se me había roto el tirachinas.

—Esas bromas... Siempre has hecho bromas estúpidas cuando estabas más nervioso.

—Ha muerto un hombre, Joan, en mi oficina. Muerto. No tiene nada de gracioso.

—A menos que tú mataras al hombre, no entiendo cómo puede haberse cometido un asesinato con tu pistola.

Él no respondió y ella añadió:

—¿Hay algo que no hayas contado a la policía?

—No maté a Jennings, si es eso lo que piensas.

—No lo pensaba. Te conozco demasiado bien.

—Bueno, la gente cambia. De verdad.

Ella recogió el bolso.

—¿Te importa que vuelva a visitarte otro día? —preguntó—. Te prometo no volver a hacerlo —se apresuró a añadir, mirando en dirección al desastre de la mesa de la cocina.

—¿Por qué lo has hecho? —preguntó él.

—Hace ocho años perdí algo que era importante para mí. Esta mañana intenté recuperarlo usando un método que resultó ser estúpido y vergonzoso.

—¿Qué sentido tiene que volvamos a vernos?

—En realidad quería preguntarte una cosa.

—Dispara.

—Ahora no. En otra ocasión. Ya estaremos en contacto.

Cuando se fue, él empezó a recoger la cocina. En unos minutos todo volvió a estar limpio y ordenado. Ojalá pudiera hacer lo mismo con su vida. Sin embargo, tenía la sensación de que iban a romperse muchas otras cosas antes de que todo aquello acabara.

15

Michelle compró un billete para un pequeño avión y dio un salto a Carolina del Norte. Como ya no tenía credenciales ni placa, tuvo que facturar la pistola y una navaja que siempre llevaba y recuperarlas cuando el aparato hubo aterrizado. Michelle alquiló un coche y condujo una hora aproximadamente hasta la pequeña población de Bowlington, situada a ochenta kilómetros al este del límite de Tennessee y a la sombra de las Great Smoky Mountains. No obstante, no quedaba gran cosa de la población, tal como descubrió enseguida. La zona había prosperado en su día gracias a la industria textil, según lo que le contó un viejo que encontró en la gasolinera donde se detuvo.

—Ahora hacen todo eso en China o Taiwán por cuatro chavos, no en Estados Unidos —se lamentó el hombre—. ¿Qué nos queda? Poca cosa.

Subrayó el comentario escupiendo tabaco en un frasco de conservas, cobró el refresco de Michelle y le devolvió el cambio. Le preguntó para qué había venido, pero ella respondió con una evasiva.

—Estoy de paso.

—Bueno, señora, le advierto que no hay mucho a donde ir de paso por aquí.

Se metió en el coche y atravesó la población casi desierta y empobrecida. Vio a un buen número de ancianos sentados en sus desvencijados porches o arrastrándose por sus patios pequeños y míseros. Cuando se detuvo en el sitio, Michelle se preguntó por qué Clyde Ritter había considerado ocho años antes que debía parar allí en su campaña electoral. Probablemente podría haber conseguido más votos en un cementerio.

A unos kilómetros de la población propiamente dicha estaba el hotel Fairmount, que no sólo había conocido días mejores, sino que parecía estar a punto de desplomarse. El edificio tenía ocho plantas y estaba rodeado por una alambrada de dos metros de altura. Tenía un estilo muy ecléctico. El edificio tenía más de cien años de antigüedad y parecía gótico en algunas partes, con falsas torretas, balaustradas y torres; y mediterráneo a juzgar por otros detalles, con sus paredes de estuco y su techo de tejas rojas. Michelle decidió que era tan feo que cualquier calificativo se quedaba corto. Ni siquiera el término «mastodonte blanco» acababa de hacerle justicia.

Había indicaciones de «Prohibido el paso» en la reja, pero no vio ninguna caseta de vigilancia ni ningún guarda que hiciera rondas. Advirtió un agujero en la reja. No obstante, la formación recibida en el Servicio Secreto no había sido en vano y antes de entrar decidió efectuar un reconocimiento del lugar.

El terreno era bastante llano por todas partes excepto cerca de la parte posterior del edificio, donde bajaba hasta la valla. Michelle calculó el ángulo de inclinación hasta la valla y sonrió. Había ganado campeonatos estatales de salto de altura y de longitud dos años seguidos. Con un poco de sangre en las venas, un buen viento a favor y aprovechando la bajada, podría saltar la maldita valla. Diez años atrás probablemente lo habría intentado sólo por divertirse. Siguió caminando y luego decidió internarse un poco en el bosque. Cuando oyó agua se adentró más aún entre la densa arboleda.

En pocos minutos localizó la procedencia del sonido. Fue al borde del despeñadero y miró hacia abajo. Había una caída de unos diez metros hasta el agua. El río no era muy ancho, pero avanzaba rápido y parecía bastante profundo. Había un par de salientes finos en el despeñadero y unas pequeñas rocas que colgaban a los lados. Mientras miraba, una se desprendió, cayó abajo y chocó contra la superficie del agua y luego se fue arrastrada por la fuerza de la corriente. Ante este espectáculo experimentó un repentino escalofrío; nunca le habían gustado mucho las alturas, así que dio media vuelta y volvió; la luz del sol iba menguando.

Después de colarse por el hueco de la valla, Michelle se abrió paso hasta la gran entrada frontal, pero estaba cerrada con llave y cadenas. Más adelante encontró una gran ventana rota en el lado izquierdo y se introdujo por allí. Por supuesto no había electricidad, por lo que había traído una linterna. La encendió y empezó a mirar. Pasó por salas llenas de polvo, humedad, moho e incluso bichos que corretearon entre las sombras. También vio mesas volcadas, colillas, botellas de licor vacías y condones usados. De hecho, parecía que el hotel abandonado servía como club nocturno de múltiples usos para los pocos menores de edad de Bowlington.

Se había traído el plano del Fairmount que formaba parte del informe oficial y que su amigo le había proporcionado. Con este documento enseguida encontró el camino al vestíbulo y, desde allí, al salón interior donde había muerto Clyde Ritter. Ahora estaba revestido de caoba, tenía llamativas lámparas de araña y una moqueta color burdeos. Al cerrar la puerta tras de sí el lugar quedó muy silencioso. Michelle agradeció el contacto de su pistola en la cintura. Había cambiado la 357 que había entregado por una elegante Sig 9mm. Todo agente federal tenía un arma personal de reserva.

El motivo de su presencia allí era únicamente satisfacer su curiosidad morbosa. Había algunos paralelismos interesantes que la intrigaban. El secuestro de Bruno también había ocurrido en una población rural desconocida, no muy lejos de allí. Se había producido en un edificio antiguo, aunque fuera una funeraria en vez de un hotel. En la trama contra Bruno tenía que haber habido alguna fuente interna; de eso no le cabía duda. Y con lo que había descubierto hasta el momento sobre el asesinato de Ritter, cada vez estaba más convencida de que también había alguna fuente interna implicada. Quizá lo que aprendiera de este caso le ayudaría con su dilema personal; por lo menos eso esperaba. Siempre sería mejor que quedarse llorando en una habitación de hotel.

Michelle se apoyó en la mesita de una esquina y consultó el informe, que contenía un diagrama detallado con la situación de todos los actores de la escena de aquel día. Se colocó en el lugar en el que habría estado Sean King con Clyde Ritter justo delante. Recorrió la sala con la mirada y observó dónde se había colocado un agente del Servicio Secreto, otro y otro más. La multitud estaba detrás de un cordón y Ritter estaba inclinado por encima para saludar. Varios miembros del equipo de la campaña de Ritter estaban repartidos por el salón. Sidney Morse estaba justo al otro lado del cordón. También había visto a Sidney Morse en el vídeo: había salido gritando, como todo el mundo. Doug Denby, el jefe de organización de Ritter, estaba junto a la puerta. El asesino, Arnold Ramsey, se encontraba al fondo de la sala, pero se había abierto paso lentamente hacia delante hasta situarse frente a su víctima. Llevaba un cartel que decía «ADC» o «Amigo de Clyde» y, según la mirada experta de Michelle, en el vídeo no le pareció que presentara un aspecto peligroso.

Michelle miró a la derecha y vio la hilera de ascensores. Imaginó que era Sean King durante unos instantes más y miró a derecha e izquierda, barriendo la sala con la vista, simulando que hablaba por el micrófono, con una mano extendida, como si estuviera tocando la sudorosa espalda de Ritter. Luego miró, como había hecho King, a la derecha y mantuvo allí la mirada tanto como él; contó los segundos mentalmente. Lo único destacable que había en aquella dirección era la batería de ascensores. La campanilla que había oído tenía que haber procedido de allí.

El «disparo» la sobresaltó tanto que sacó la pistola y apuntó a todos los rincones de la sala. Respiraba tan fuerte y temblaba tanto que se vio obligada a sentarse en el suelo, mareada. Enseguida se dio cuenta de que aquel ruido no era nada raro en un hotel abandonado que se caía a pedazos; no obstante, se había producido en el momento menos propicio. Tuvo que maravillarse ante la capacidad de King de soportar una semejante sorpresa y, aun estando herido, mantener la presencia de ánimo para sacar el arma y abatir a un hombre armado. ¿Habría podido aislarse ella del dolor en la mano, el caos que la rodeaba, y disparar? Ahora que había experimentado en parte la situación por sí misma, el respeto que le inspiraba King aumentó varios enteros.

Recobró la compostura, miró hacia los ascensores y luego al informe. El problema era que, según el informe oficial, el Servicio Secreto había desconectado los ascensores por motivos de seguridad. Se suponía que no tenía que oírse ninguna campanilla. Sin embargo, ella la había oído. Y a King le había llamado la atención algo en esa zona, o por lo menos en esa dirección. Aunque él había afirmado que sólo estaba recorriendo el espacio con la vista, Michelle se preguntó si habría algo más. Miró una foto de la sala en la época del asesinato. La moqueta la habían puesto después. En esa época el suelo era de madera. Se levantó, extrajo la navaja y, calculando el punto, cortó la moqueta. Después de levantarla y dejar expuesto un cuadrado de un metro por un metro lo iluminó con la linterna.

Las manchas oscuras aún estaban ahí. Era casi imposible eliminar la sangre de la madera. Había que sustituir los tablones, y la dirección del Fairmount había optado por enmoquetarlo directamente. «La sangre de King y de Clyde Ritter», pensó. Estaba mezclada para siempre jamás. A continuación se dirigió a la pared que había detrás del lugar que había ocupado King. La bala que había matado a Clyde Ritter y que había herido al agente se había alojado allí, aunque la habían extraído hacía ya mucho tiempo. Las paredes tapizadas que había en el momento del asesinato del candidato se habían sustituido por gruesos paneles de caoba. Esto también era para tapar, como si los propietarios del hotel pudieran borrar así lo ocurrido. No había funcionado, puesto que el hotel cerró poco después de la muerte de Ritter.

Michelle se encaminó a la sección de oficinas que había tras la recepción. Había grandes archivadores apilados contra una pared y aún quedaban papeles, bolígrafos y otros artículos de oficina sobre las mesas, como si hubieran abandonado el lugar en pleno día. Se dirigió a los archivadores y se sorprendió al ver que estaban llenos. Empezó a registrar su contenido. Aunque sin duda el hotel tendría ordenadores cuando mataron a Ritter, al parecer también guardaban copias de seguridad en papel. Aquello facilitaba mucho las cosas. Con la linterna acabó por encontrar los archivos correspondientes a 1996 y por fin los del día específico en que Ritter había estado allí. De hecho, los únicos archivos que había eran de

1996 y principios de 1997. Michelle dedujo que el hotel debió de cerrar poco después del asesinato, y que nadie se había molestado en vaciar aquello.

La comitiva de Ritter se había alojado una noche en el Fairmount. King se había registrado en el hotel con sus ayudantes. El registro mostraba que King había ocupado la habitación 304.

Se dirigió por la escalera principal hasta la tercera planta. No tenía una llave maestra, pero sí tenía su juego de ganzúas, y la puerta enseguida cedió. Ventajas de haber sido adiestrada como agente federal. Entró, miró alrededor y no encontró nada más que lo que se podía esperar en un lugar así: un caos. Vio que había una puerta que conectaba con la habitación contigua, la 302. Entró y vio una habitación exactamente igual a la que acababa de dejar.

Ya abajo, estaba a punto de irse cuando se le ocurrió una idea. Volvió a la zona de oficinas y buscó los informes de los empleados. Desgraciadamente, ahí se quedó bloqueada. Se paró a pensar y luego comprobó el plano del hotel, localizó el almacén principal de productos de limpieza y se dirigió hacia allí. La estancia era grande y estaba llena de estantes, mostradores vacíos y una mesa. Michelle miró al otro lado de la mesa y luego inspeccionó un gran armario que estaba apoyado contra una de las paredes. Allí encontró lo que buscaba, un portafolios con los nombres y las direcciones del personal de limpieza en un papel enmohecido y arrugado. Se llevó la lista y volvió a las oficinas para buscar una guía telefónica. Sin embargo, la única que encontró era muy antigua y por tanto resultaba inútil. Cuando salió de la oscuridad del hotel al exterior se sorprendió al ver que había pasado más de dos horas allí.

Se registró en un motel y buscó los nombres y las direcciones de las camareras de pisos de la lista de empleados en la guía telefónica de la habitación para ver si algún miembro del personal vivía en la zona. Descubrió que tres de ellas no se habían mudado. En el primer caso no hubo respuesta, y dejó un mensaje. En los otros dos, respondieron al teléfono, y en ambos casos eran las antiguas camareras del hotel. Michelle se identificó como directora de documentales que trabajaba en un proyecto sobre asesinatos de políticos y que realizaba entrevistas a personas que hubieran vivido de cerca el asesinato de Ritter. Sorprendentemente, las dos mujeres se mostraron bien dispuestas a colaborar. Quizá no fuera tan sorprendente, pensó luego, porque ¿qué más había que hacer por allí? Michelle se citó con las dos al día siguiente. Luego cenó algo rápido en un restaurante de carretera donde, en un plazo de diez minutos, intentaron ligar con ella tres tipos con sombrero de vaquero. Cuando el tercero le soltó su discurso, ella mordió su hamburguesa con queso que sujetaba con una mano, le mostró la pistola con la otra y se quedó mirando a su pretendiente, que salió corriendo. «Qué pesadez, tener tanto éxito», pensó. Después de cenar se pasó un par de horas en la habitación repasando las preguntas que haría a las mujeres. Mientras tanto, la otra ex camarera de pisos le devolvió la llamada y también aceptó hablar con ella al día siguiente. Mientras se adormilaba, Michelle se preguntaba adónde quería ir a parar realmente con todo aquello.

En el exterior del motel, el viejo Buik, con el tubo de escape aún traqueteando y emitiendo un humo denso, se detuvo frente a su habitación. El conductor paró el motor y se quedó allí sentado, con la mirada fija en la puerta de Michelle. Tan concentrado estaba que parecía poder ver a través de las paredes, quizás hasta penetrar en la mente de la agente del Servicio Secreto.

El día siguiente prometía ser interesante. No se había imaginado que Michelle Maxwell viajaría hasta allí para realizar su propia investigación. Pero ahora que lo había hecho, habría que tenerlo en cuenta, con sumo cuidado. Había elaborado con meticulosidad su lista de objetivos y no tenía ningún deseo de aumentar el número imprudentemente. No obstante, los planes cambian con el desarrollo de los acontecimientos; había que ver si Maxwell se iba a convertir en un objetivo.

Quedaba muchísimo por hacer y una agente del Servicio Secreto entrometida podía convertirse en una fuente de problemas graves. Dudaba sobre si matarla en aquel preciso momento; de hecho alargó el brazo hasta el suelo del coche para agarrar su arma favorita. En el momento que rodeaba el duro metal con los dedos meditó sobre el asunto y aflojó la mano.

La poca preparación y las numerosas complicaciones posibles la habían apartado de la muerte por el momento. Él no actuaba así. De modo que Michelle Maxwell viviría otro día. Puso el Buick en marcha y se alejó.

16

Las dos primeras antiguas camareras del hotel Fairmount que entrevistó Michelle no le resultaron de ayuda. El asesinato era lo más grande que había pasado nunca en la ciudad y en sus vidas, y en sus charlas con la «directora» Michelle ambas mujeres se mostraron muy dispuestas a elaborar todo tipo de teorías descabelladas, aunque no podían ofrecer ningún dato fiable. Michelle escuchó educadamente y se fue.

La tercera casa que visitó era un edificio modesto pero bien arreglado, retirado de la carretera. Loretta Baldwin esperaba a Michelle en su amplio porche. Después de presentarse, Michelle se sentó en la mecedora junto a Loretta y aceptó el vaso de té helado que le ofreció la mujer.

Baldwin era una mujer de color, delgada, de más de sesenta años. Tenía los pómulos altos y prominentes, la boca expresiva y unas gafas con montura metálica que aumentaban sus penetrantes y vivaces ojos pardos. Se sentó muy recta en la silla y tenía una forma de pasar revista a la gente sin que lo pareciera de la que cualquier agente del Servicio Secreto se sentiría orgulloso. Tenía las manos largas y con las venas muy marcadas. Cuando las dos mujeres se dieron la mano, había tanta fuerza en la de la señora que a Michelle, aun siendo de complexión atlética, la pilló por sorpresa.

—Esta película que haces, guapa, ¿es una cosa grande o pequeña?

—Es un documental, así que es pequeño.

—Entonces imagino que no habrá un papel jugoso para mí.

—Bueno, si su entrevista sale seleccionada, sí que saldrá. Volveremos y entonces la grabaremos. De momento yo sólo estoy haciendo la investigación preliminar.

—No, cariño. Quiero decir que si es un trabajo pagado.

—¡Oh!, no; no pagamos. Tenemos un presupuesto muy limitado.

—Qué lástima. Por aquí el trabajo no abunda, ¿sabes?

—Supongo que no.

—Antes las cosas eran distintas.

—¿Como cuando el hotel estaba en actividad?

La señora Baldwin asintió, y se meció lentamente buscando la brisa. Empezaba a refrescar y a Michelle le apetecía más una taza de café caliente que un vaso de té helado.

—¿Con quién has hablado hasta ahora?

Cuando Michelle se lo dijo, la señora Baldwin sonrió y luego esbozó una mueca.

—Esas chicas no tienen ni idea, ¿entiendes? Ni idea de nada. ¿No te dijo la pequeña señorita Julie que ella estaba allí cuando dispararon a Martin Luther King?

—Sí, lo mencionó. De hecho me pareció un poco demasiado joven para eso.

—¿No te digo? Ha conocido a Martin Luther King tanto como yo al papa.

—¿Y qué me puede decir de aquel día en el hotel?

—Un día como otro cualquiera. Sólo que sabíamos que venía, claro. Me refiero a Clyde Ritter. Yo lo conocía de la tele y todo eso, y de los periódicos. Las ideas de

aquel hombre se acercaban más a la línea de George Wa-
llace antes de que viera la luz, pero parecía que lo hacía
bien, lo que te dice todo lo que hay que saber sobre este
país.

Se quedó mirando a Michelle con expresión alegre:

—¿Tan buena memoria tienes? ¿O es que no digo
nada que consideres tan importante como para tomar
nota?

Michelle reaccionó y enseguida sacó un bloc y empezó a tomar notas. También puso en marcha una pequeña grabadora que colocó en la mesa, junto a la mujer.

—¿Le importa?

—Por supuesto que no. De todos modos, si alguien
me demanda, no tengo dinero. ¿Sabes? La mejor póliza
de seguro del pobre es que no tiene bienes.

—¿Qué estaba haciendo aquel día?

—Lo mismo que cualquier otro: limpiar habitaciones.

—¿Qué planta le tocaba?

—Plantas. Siempre había gente que llamaba y decía
que estaba enferma. La mayoría de las veces tenía dos
plantas enteras para mí sola. Aquel día también; la segunda y la tercera. Para cuando acabé era ya casi la hora
de volver a empezar de nuevo.

Michelle se puso alerta al oírlo. King se había alojado en la tercera planta.

—¿De modo que no estaba en la planta baja cuando
se produjeron los disparos?

—¿He dicho yo eso?

Michelle parecía confundida.

—Ha dicho que estaba limpiando.

—¿Hay alguna ley que prohíba bajar y ver a qué se
debía todo aquel escándalo?

—¿Estaba en el salón cuando se produjeron los disparos?

—Estaba justo al otro lado de la puerta, en el exterior. Había un cuarto de suministros al final de aquel pasillo, y tenía que buscar unos productos de limpieza, ya sabes.

Michelle asintió.

—A la dirección no le gustaba que las camareras nos dejáramos ver por la zona principal, ¿sabes? No querían que los clientes se dieran cuenta siquiera de que estábamos allí. Como si el hotel se mantuviera limpio solo, ¿sabes a qué me refiero?

—Sí —respondió Michelle.

—Bueno, la sala donde dispararon a Ritter se llamaba salón Stonewall Jackson. Por aquí no tenemos salones con nombres nordistas como Abraham Lincoln o Ulysses S. Grant.

—Claro, comprendo.

—Bueno, pues asomé la cabeza y vi al hombre saludando y hablando con toda corrección y suavidad, y mirando a la cara a todo el que se le plantara delante. He leído que también había sido predicador televisivo. Enseguida comprendí que aquel tipo sabía cómo conseguir dólares y votos. Ya lo creo que sabía. Pero desde el punto de vista de una persona de color, creo que Clyde Ritter se sentía como en casa en el salón Stonewall Jackson y que probablemente dormiría en la suite Jefferson Davis y le encantaría lo mismo, y vaya si iba a votarle.

—Eso también lo entiendo. Aparte de Ritter, ¿se fijó en alguien más?

—Recuerdo a un agente de policía que bloqueaba la entrada. Tenía que esquivarlo para mirar. Veía a Ritter, como decía, y había un hombre detrás de él, muy cerca.

—Del Servicio Secreto. El agente Sean King.

Baldwin la miró fijamente.

—Eso mismo. Lo dices como si conocieras a ese hombre.

—Nunca he hablado con él. Pero he estado investigando mucho.

Baldwin recorrió a Michelle de arriba abajo con la mirada tan a fondo que la hizo sonrojar.

—No llevas ningún anillo. ¿Significa eso que no hay ningún hombre que merezca la pena que sepa apreciar a una joven tan guapa como tú?

Michelle sonrió.

—Llevo un horario loco. A los hombres eso no les gusta.

—Nada de eso, cariño. A los hombres lo único que les gusta es una buena comida y una cerveza delante cuando les apetece, que nadie cuestione las tonterías que hacen, tener todo el tiempo libre del mundo y disfrutar del sexo cuando tienen ganas, sin que les hagan hablar después.

—Veo que los conoce bastante bien.

—Como si hiciera falta pensar mucho —bromeó. Se hizo un momento de silencio—. Sí, un hombre muy atractivo. Cuando disparó, en cambio, no estaba tan guapo.

Michelle volvió a ponerse tensa.

—¿Eso lo vio?

—Sí. Todo el mundo se volvió loco cuando dispararon a Ritter. No te lo puedes imaginar. El policía que tenía delante se volvió para ver qué pasaba, pero cayó derribado y la gente le pasó por encima. Yo me quedé petrificada. Yo he oído disparos de pistolas, las he disparado yo misma cuando era joven para ahuyentar a los bichos y a los intrusos. Pero esto era diferente. Luego vi que King disparaba a Ramsey. Lo siguiente que vi fue cuando salieron corriendo con Ritter, pero aquel hombre estaba muerto, sin la menor duda. Y vi a ese hombre, King, ahí de pie, mirando al suelo, como, como...

—Como si él también hubiera visto el final de su vida —sugirió Michelle.

—¡Eso es! ¿Cómo lo sabes?

—Conozco a una persona que vivió una experiencia similar. ¿Por casualidad no oyó un ruido antes de que dispararan a Ritter? ¿Algo que pudiera haber distraído al agente King? —preguntó Michelle. Evitó mencionar que aquel sonido podía ser como la campanilla de un ascensor porque no quería influir en los recuerdos de Baldwin.

La anciana se lo pensó y luego negó con la cabeza.

—No, no podría decirlo. Había mucho ruido. Te diré lo que hice. Corrí por el pasillo y me escondí en el cuarto de suministros. Tenía tanto miedo que me quedé allí durante más de una hora.

—Pero ¿antes de eso limpió la tercera planta?

Baldwin la miró de frente.

—¿Por qué no me preguntas lo que quieres preguntarme y nos ahorramos las dos mucho tiempo?

—Muy bien. ¿Limpió usted la habitación del agente King?

Asintió.

—Por supuesto, revisaron todo antes del acto. Pero yo me fijo en el nombre de la gente. Sí, limpié su habitación antes de que empezaran los disparos, y le aseguro que necesitaba un buen repaso —precisó con una mirada profunda en los ojos.

—¿Por qué? ¿Tan sucio era?

—No, pero había habido mucha actividad en aquella habitación la noche antes, supongo —dijo, arqueando una ceja.

—¿«Actividad»? —preguntó Michelle.

—«Actividad.»

Michelle estaba sentada en la punta de la mecedora. Se echó hacia atrás.

—Ya veo.

—Parecía como si por aquella habitación hubiese pasado una pareja de animales salvajes. Incluso encontré unas bragas negras de encaje en la lámpara del techo. No sé cómo llegaron hasta allí ni quiero saberlo.

—¿Tiene alguna idea de quién era ella?

—No, pero supongo que no es necesario buscar demasiado lejos, ¿me entiendes?

Michelle frunció el ceño mientras lo pensaba.

—Sí, creo que sí —respondió, mirando sus notas—. Veo que el hotel ahora está cerrado.

—Cerraron poco después de que mataran a Ritter. La mala publicidad y todo eso. Mala sobre todo para mí, que no he tenido un trabajo fijo desde entonces.

—Veo que han levantado una alambrada.

Baldwin se encogió de hombros.

—Hay tipos que se quieren llevar cosas de allí, chicos que se drogan y que llevan a sus novias a ese sitio para lo que ya te imaginas.

—¿Hay algún proyecto de reapertura?

Baldwin resopló con fuerza.

—Lo más probable es que lo derriben.

—¿Tiene alguna idea de quién es ahora el propietario?

—No. Es como un gran montón de nada. Igual que este pueblo.

Michelle le hizo unas cuantas preguntas más, le dio las gracias y se fue, pero antes le entregó un poco de dinero a Loretta Baldwin por su colaboración.

—Avísame cuando lo pongan. Lo veré en la televisión.

—Cuando salga, si sale, será la primera en saberlo —respondió Michelle sin mayor convicción.

Michelle volvió a su coche y se fue. Tenía otra parada que hacer.

Al arrancar, oyó el traqueteo de un tubo de escape a punto de caerse y levantó la vista. Vio un antiguo Buick comido por el óxido que pasaba lentamente a su lado; apenas se veía al conductor. Su único pensamiento fue que ese coche simbolizaba aquella ciudad, puesto que ambos estaban cayéndose a pedazos.

El conductor del Buick miró a Michelle de reojo. En cuanto ella arrancó, el hombre echó una mirada a la sonriente Loretta Baldwin, que contaba su dinero al tiempo que se mecía. Había captado toda la conversación usando un amplificador de sonido escondido en la antena del coche, y con su cámara de largo alcance había tomado fotografías de las dos mujeres mientras hablaban. Su conversación había sido muy interesante, muy ilustrativa a nivel personal. Así que Loretta, la camarera, había estado en el cuarto de suministros aquel día. ¿Quién lo habría pensado, al cabo de tantos años? Sin embargo, de momento tenía que dejar aquello aparcado. Lentamente dio la vuelta con el coche y siguió a Michelle. Estaba seguro de que volvería al hotel. Y después de oír su conversación con Loretta Baldwin, entendía perfectamente por qué.

17

King estaba en su despacho, estudiando un expediente, cuando oyó pasos frente a su puerta. Ese día no esperaba a su socio ni a su secretaria, de modo que se levantó y, armado con un abrecartas, se dirigió rápidamente a la puerta y la abrió.

Los hombres que le devolvieron la mirada tenían un aspecto adusto. Estaba Todd Williams, el jefe de policía de Wrightsburg, el mismo enorme U.S. Marshal uniformado y otros dos agentes con credenciales del FBI. King los condujo a la sala de reuniones contigua a su despacho.

El *marshal* se inclinó hacia delante desde la silla. Se llamaba Jefferson Parks, según dijo, y no le gustaba que le llamaran Jeff, declaró enérgicamente, sino Jefferson, aunque prefería que le llamaran simplemente *marshal* adjunto Parks:

—Los U.S. Marshals son cargos políticos; los adjuntos son los que hacen el trabajo de verdad —declaró. Sacó una bolsa de pruebas con una pistola—. Ésta es la pistola que recogimos en su casa —anunció en voz llana y baja.

—Si usted lo dice...

—Es su pistola. Tiene la custodia intacta.

King miró a Williams, que asintió con la cabeza.

—Muy bien —dijo King—. ¿Y por qué me la quiere devolver?

—No, no vamos a devolvérsela —intervino uno de los agentes del FBI.

Parks prosiguió:

—Extrajimos la bala que mató a Jennings de la pared del despacho de su socio. Estaba enyesada, de modo que el proyectil se había deformado poco. También encontramos el casquillo. El disparo que mató a Howard Jennings salió de su pistola. Todos los elementos encajan a la perfección.

—¡Le digo que eso es imposible!

—¿Por qué?

—Permítame hacerle una pregunta. ¿A qué hora murió Jennings?

—Según el forense, la muerte se produjo entre la una y las dos de la mañana, la noche antes de que usted lo encontrara en su bufete —respondió Parks.

—A aquella hora yo estaba haciendo mi ronda. Y llevaba la pistola en la funda.

Uno de los agentes del FBI reaccionó:

—¿Tomamos eso como una confesión?

La mirada de King dejó claro lo que pensaba de aquel comentario.

Parks consideró aquello y dijo:

—Hemos estado comprobando sus movimientos aquella noche. Vieron su camioneta en Main Street hacia la hora en que mataron a Howard Jennings.

—Probablemente estaría por allí. Mis rondas incluyen la zona urbana, de modo que es lógico que alguien viera mi camioneta a aquella hora. Pero no tienen ningún testigo que me viera en mi despacho, porque no estaba allí.

Uno de los agentes del FBI estuvo a punto de responder, pero Parks lo impidió apoyándole la mano en el brazo.

—Eso no es algo que tengamos que discutir con usted de momento —dijo Parks—. Pero tenemos un positivo de balística, y dado su historial, sabe que eso es tanto como una huella dactilar.

—No, no vale como una huella dactilar. No me sitúa en la escena del crimen.

—Al contrario, tenemos su pistola en la escena y a usted cerca de la escena. Eso son pruebas bastante concluyentes.

—Pruebas circunstanciales —contraatacó King.

—Y ha habido condenas con mucho menos —replicó Parks.

—Deberíamos haber hecho una prueba de restos metálicos cuando le retiraron el arma —intervino uno de los agentes del FBI.

—No habría servido de nada —aseguró King—. Estuve manipulando la pistola la noche antes de que llegaran, así que habría tenido restos microscópicos del metal en la piel.

—Muy práctico —observó el agente.

Parks fijó la mirada en King.

—¿Puedo preguntarle qué hacía con su pistola? No estaba de servicio.

—Me pareció que alguien merodeaba alrededor de la casa.

—¿Y había alguien?

—Era una antigua conocida.

Parks lo miró con cara de extrañeza, pero aparentemente decidió no seguir profundizando.

—¿Le importaría decirme cuál sería mi móvil? —preguntó King.

—Ese hombre trabajaba para usted. A lo mejor le estaba robando, o quizá descubrió que usted robaba a los clientes e intentaba hacerle chantaje. Queda con él y lo mata.

—Bonita teoría, sólo que él no me robaba y yo

no robaba a mis clientes, porque no tengo acceso directo a los fondos de ninguno de ellos. Compruébelo.

—Claro que lo haremos, pero eso no son más que dos posibilidades. La otra podría ser que usted descubriera de algún modo que Jennings estaba en el programa de protección de testigos y pasara la información a quien no debía.

—¿Y lo matan con mi pistola, que está en mi funda?

—O lo hizo usted para embolsarse el dinero.

—Así que ahora soy un matón a sueldo.

—¿Sabía que Jennings estaba en el WITSEC?

King dudó un momento demasiado largo, por lo menos se lo pareció.

—No.

—¿Le importaría declararlo ante un polígrafo?

—No tengo que responder a eso.

—Sólo intentamos ayudarle —manifestó Parks—. Usted ya ha reconocido que llevaba el arma homicida en el momento en que Jennings fue asesinado.

—Para que lo sepa, no me ha leído mis derechos, de modo que dudo de que nada de lo que haya dicho hasta ahora tenga valor legal.

—No está arrestado. No se le ha acusado de nada —señaló uno de los agentes del FBI—, de modo que no estamos obligados a leerle nada.

—Y si nos llaman a testificar podemos limitarnos a repetir lo que ha dicho en nuestra presencia —precisó Parks.

—Rumores —dijo King—. Y no creo que puedan usarlo, porque sería contraproducente. Conseguiría que sobreseyeran el caso en un momento.

—Usted no es criminalista, ¿verdad? —preguntó Parks.

—No, ¿por qué?

—Porque lo que acaba de decir es una gilipollez.

King ya no parecía tan seguro de sí mismo. Parks siguió presionando.

—¿Entonces se retracta de su afirmación de que llevaba la pistola consigo a aquella hora?

—¿Estoy arrestado?

—Puede que dependa de su respuesta a mi pregunta.

King se levantó.

—A partir de ahora, todas nuestras conversaciones se harán en presencia de mi abogado.

Parks también se levantó y por un momento King tuvo la sensación de que el hombretón iba a echarse sobre la mesa y vapulearle. En cambio sonrió y le pasó la bolsa con la pistola a uno de los agentes del FBI.

—Estoy seguro de que nos veremos pronto —dijo amablemente—. No haga planes de viaje lejos de aquí; eso no me gustaría.

Mientras se iban, King apartó a Williams.

—Todd, ¿por qué dirige el cotarro este Parks? El FBI no se queda en segundo plano ante nadie.

—El tipo que murió estaba en el programa de protección de testigos. Parks ocupa un puesto muy alto en el Servicio de los U.S. Marshals. Creo que de hecho fue él quien colocó a Jennings en esta zona. Y está cabreado con su muerte. Supongo que movió algunos hilos en Washington D.C. —explicó Todd. Parecía incómodo y bajó la voz—. Mira, ni por un instante me he creído que tú estés involucrado en esto.

—¿Ibas a decir «pero...»?

Todd parecía aún más incómodo.

—Pero creo que lo mejor sería...

—¿Que dejara mi trabajo como ayudante de policía mientras no se resuelva todo esto?

—Te agradezco que lo entiendas.

Cuando Todd se marchó, King se sentó a su mesa. Lo que le molestaba era que no lo hubieran arrestado *in situ*. De hecho, tenían lo suficiente para acusarlo. ¿Y cómo habían podido usar la pistola que llevaba en la funda aquella noche para matar a Jennings? A King se le ocurrían dos explicaciones posibles, y cuando el otro pensamiento le llegó como un mazazo, casi atravesó la pared con el puño. ¿Cómo podía haber sido tan tonto?

Cogió el teléfono y llamó a un viejo amigo de Washington. El hombre aún trabajaba en el Servicio Secreto y había estado de parte de King durante toda su terrible experiencia ocho años antes. Tras unos minutos de charla personal y profesional, King le preguntó cómo le iba a Joan Dillinger.

—En realidad no lo sé.

—¡Ah!, pensaba que teníais mucho contacto en el trabajo.

—Bueno, sí hasta que se marchó.

—¿Se marchó? ¿Se fue de la Oficina de Campo de Washington?

—No, del Servicio.

A King casi se le cayó el teléfono de las manos.

—¿Joan ya no está en el Servicio Secreto?

—Se fue hace un año, aproximadamente. Se fue a trabajar a una consultoría de seguridad privada. Y se está forrando, por lo que he oído. Aunque probablemente necesite hasta el último centavo que gana. Ya sabes que a Joan le gusta vivir bien.

—¿Tienes algún teléfono o dirección donde pueda localizarla?

King se apuntó la información. Su amigo prosiguió:

—Supongo que has oído hablar de nuestros problemas. Es una verdadera lástima. Maxwell era buena, un modelo de eficacia.

—La he visto en televisión. Suena a chivo expiatorio, ¿verdad? Soy un experto en el tema.

—Lo suyo y lo tuyo no tienen nada que ver. Maxwell cometió un error garrafal. Era la jefa de una unidad de protección; tú sólo eras uno más del equipo.

—Venga, hombre. ¿Cuántas veces nos hemos quedado fuera de un dormitorio mientras el tipo en cuestión llegaba a un entendimiento carnal profundo con alguna mujer que no era su esposa? Y no es que siempre cacheáramos a aquellas señoritas por si iban armadas. Ni tampoco recuerdo que nos tumbáramos en la alfombra para quedarnos al lado de la cama, joder.

—Pero no pasó nada malo.

—No fue gracias a nosotros.

—Muy bien. No voy a seguir con eso porque tengo que controlar mi tensión arterial. ¿Así que quieres hablar con Joan?

—Sí, tengo la impresión de que la voy a ver muy pronto.

18

Michelle entró de nuevo en el Fairmount y se encaminó directamente a la recepción del hotel. King se había alojado en la habitación 304. Loretta Baldwin había insinuado que debía mirar cerca de ahí, por lo que comprobó quién había ocupado la habitación 302. Michelle recordaba que una puerta comunicaba ambas estancias.

—Maldita sea —dijo al ver el nombre de la tarjeta de registro. J. Dillinger había estado en la habitación 302. ¿Podía tratarse de Joan Dillinger? Había visto a Dillinger brevemente en dos ocasiones. Había ascendido en la agencia más que cualquier otra mujer y de pronto había decidido dejarlo. Michelle recordó que esa mujer la había intimidado, algo a lo que no estaba acostumbrada, ni mucho menos. Joan Dillinger tenía fama de saber mantener la calma bajo presión, de ser más tenaz, más valiente que cualquier otro, ya fuera hombre o mujer. Muy ambiciosa, había dejado el Servicio para ocupar un puesto de responsabilidad en una consultoría del sector privado. Pero mientras estuvo en el Servicio, fue una persona digna de admiración para Michelle.

En cualquier caso, ¿era Joan Dillinger el otro animal de actividad salvaje que Loretta Baldwin había descrito? ¿Acaso la «dama de hierro» que Michelle había admirado era la misma mujer cuyas provocativas bragas habían acabado en la lámpara del techo? ¿Estaba King físicamente agotado después de haber pasado con Joan una noche de sexo tan explosiva que había enviado su ropa interior por los aires? Estaba convencida de que se trataba de Joan, porque, al igual que King, la dirección que había dejado en la ficha del hotel era la de la Oficina de Campo de los Servicios Secretos en Washington.

Michelle se introdujo las fichas en el bolso y se dirigió al salón Stonewall Jackson. Allí miró la entrada desde la que Loretta Baldwin había presenciado el primer asesinato en más de treinta años de un candidato a la presidencia de Estados Unidos. Se situó en el mismo sitio en que había estado Loretta y cerró la puerta. Había tanto silencio que oía los latidos de su propio corazón.

En cuanto salió del salón y regresó al vestíbulo, esa sensación desapareció. Volvió a oír sonidos normales, ya no percibía las notas discordantes de su corazón. Estaba empezando a preguntarse si el salón Stonewall Jackson estaba embrujado, tal vez por un Clyde Ritter muy disgustado. Recorrió el pasillo y encontró el cuarto de suministros donde Loretta se había escondido. Era bastante grande y había estanterías en tres de las paredes.

Michelle subió la escalera hasta la tercera planta, moviendo la linterna en arcos amplios. Llegó a la habitación 302 y entró. Intentó imaginar a Joan Dillinger llamando con suavidad a la puerta de la habitación de King y entrando en la misma. Era posible que después de un par de copas y un poco de cotilleo sobre el Servicio Secreto, las bragas de Joan llegaran a la lámpara del techo y crearan sus propios efectos de luz.

Salió al pasillo y caminó hacia el hueco de la escalera. Se detuvo y miró el gran conducto para la basura que estaba instalado en una ventana. Obviamente alguien había empezado a hacer trabajillos aquí y resultaba igual de obvio que lo habían dejado. Se asomó a la ventana y dejó que la vista se le acostumbrara a la luz del día. Allá abajo el conducto terminaba en un contenedor. Estaba lleno de escombros, colchones viejos en su mayor parte, cortinas y alfombras, todo lo cual parecía completamente podrido.

Regresó al vestíbulo y entonces se detuvo. Las escaleras seguían hacia el sótano. Allí abajo no podía haber nada interesante y, tal como se enseña en las películas de miedo de bajo presupuesto, nunca, bajo ningún concepto, hay que aventurarse al sótano. A no ser que seas una agente del Servicio Secreto y lleves un arma, claro está. Extrajo la pistola y siguió hacia abajo. Allí, la moqueta estaba levantada y el aire olía a moho y podredumbre. Empujó una pequeña puerta para abrirla y alumbró el hueco con la linterna. Era un montaplatos, uno grande. No acertaba a decir si estaba conectado a las ocho plantas o no. Según le habían informado, el Fairmount era un hotel muy antiguo y quizás aquello había sido el conducto por el que se subía y bajaba la ropa blanca u otros artículos voluminosos. En la pared, al lado del montaplatos, había unos botones para ponerlo en marcha y apagarlo, así que había funcionado con electricidad, suministro del que ahora el hotel carecía. Sin embargo, había una cuerda con polea en el hueco del montaplatos que probablemente se utilizaba como alternativa en caso de que fallara el suministro eléctrico.

Siguió recorriendo el pasillo hasta que se detuvo en un muro de escombros que se había desplomado desde el suelo de la planta superior. El sitio se estaba cayendo a pedazos, literalmente. Si no se daban prisa con la bola de demolición, ya no sería necesaria.

Michelle necesitaba aire fresco y la luz del día. Subió la escalera corriendo. La luz le golpeó directamente en los ojos. La voz le ladró al oído.

—No se mueva. Seguridad del hotel. Voy armado y estoy dispuesto a usar el arma.

Michelle levantó la pistola y la linterna.

—Soy agente del Servicio Secreto. —Lo dijo como una autómata y olvidó que ya no tenía ni la placa ni las credenciales.

—¿Servicio Secreto? Bueno, yo soy el jefe de seguridad Matt Dillon.

—¿Te importaría apartarme la linterna de los ojos? —preguntó.

—Deje la pistola en el suelo —exigió la voz—. Despacio.

—Es lo que estoy haciendo —dijo Michelle—, pero espero que no te equivoques y aprietes el gatillo y me dispares mientras tanto.

Mientras se enderezaba, el hombre le apartó la luz de los ojos.

—¿Qué está haciendo aquí? Esto es una propiedad privada.

—¿Ah, sí? —preguntó ella inocentemente.

—Hay una valla y carteles, señora.

—Bueno, supongo que vine por otro sitio.

—¿Qué hace aquí abajo el Servicio Secreto? Por cierto, ¿tiene alguna credencial que lo demuestre?

—¿Podemos salir al exterior? Me siento como si hubiera estado haciendo espeleología en tierra seca durante seis horas.

—De acuerdo, pero no recoja la pistola. Ya lo haré yo.

Salieron al exterior, donde Michelle vio mejor al hombre. Era de mediana edad, tenía el pelo corto y canoso, era de talla media y esbelto, y llevaba un uniforme de policía que parecía un disfraz.

La observó mientras deslizaba la pistola de ella en su cinturilla y extraía el *walkie-talkie* de la funda.

—Bueno, iba a enseñarme la placa. Pero aunque sea del Servicio Secreto, no tiene por qué estar aquí.

—¿Recuerda que hace unos años asesinaron aquí a un político llamado Clyde Ritter?

—¿Que si lo recuerdo? Señora, he vivido aquí toda la vida. Es lo único emocionante que ha pasado en este pueblo de mierda.

—Pues he venido a verlo. Hace relativamente poco tiempo que estoy en el Servicio y es una de las escenas de crímenes que estudiamos en el Centro de Formación, como situaciones que evitar, por supuesto. Supongo que sentía curiosidad, quería verlo con mis propios ojos. He venido desde Washington y vi que estaba cerrado, pero no pensé que hubiera ningún problema por echar un vistazo rápido.

—Supongo que no. ¿Y la placa?

Michelle reflexionó unos instantes. Cuando levantó la mano para tocarse el mentón, rozó un pequeño objeto de metal. Se quitó la insignia de solapa del Servicio Secreto y se la mostró. Las insignias de solapa servían para que los agentes se identificaran entre sí. Los colores se cambiaban constantemente para evitar falsificaciones. Era un acto tan rutinario para ella que aun estando suspendida del cargo temporalmente se la ponía cuando se levantaba por la mañana.

El guarda tomó la insignia y la observó bien antes de devolvérsela.

—Me he dejado la placa y las credenciales en el motel donde estoy alojada —explicó.

—Bueno, supongo que es suficiente. Está claro que no parece la chusma que suele entrar en hoteles clausurados. —Hizo ademán de devolverle la pistola, pero cambió de idea—. Pero antes quiero que abra el bolso.

—¿Por qué?

—Para ver qué lleva dentro, por eso.

Ella le tendió el bolso a regañadientes. Mientras él lo registraba, Michelle le preguntó:

—¿Quién es el propietario de este lugar?

—Eso no se lo cuentan a los tipos como yo. Yo hago la ronda y evito que entren indeseables.

—¿Hay alguien aquí las veinticuatro horas del día, siete días a la semana?

—Yo qué sé, yo me limito a hacer mi turno.

—Entonces, ¿qué piensan hacer con este sitio? ¿Demolerlo?

—Ni idea. Si esperan mucho, se caerá solo. —Extrajo las fichas del hotel y las miró—. ¿Le importaría decirme qué está haciendo con esto?

Intentó adoptar la expresión más inocente posible.

—¿Eso? Bueno, resulta que conozco a esas dos personas. Trabajé con ellas en el Servicio. Estaban aquí cuando se produjo el tiroteo. Yo... pensé que les gustaría tenerlas, como recuerdo —añadió sin convicción.

Se la quedó mirando fijamente antes de hablar.

—¿Recuerdo? Joder, mira que son raros los federales. —Dejó las fichas en el bolso y le devolvió la pistola.

Mientras Michelle regresaba al coche, el guarda de seguridad no dejó de observarla. Esperó unos minutos y entonces entró de nuevo en el hotel. Cuando salió al cabo de diez minutos, presentaba un aspecto totalmente distinto. Michelle Maxwell tenía buenos reflejos, pensó. Si seguía dedicándose a este tipo de actividades, bien podía acabar en su lista. Por eso había ido al hotel y se había vestido de guarda de seguridad, para ver qué había encontrado la mujer. Sin duda los nombres de las fichas eran interesantes pero poco sorprendentes: Sean King y J. Dillinger, menudo par. El hombre del Buick entró en su coche y se marchó.

19

—*Marshal* adjunto Parks, ¿qué puedo hacer hoy por usted? ¿Qué le parece si me atribuyo un par de delitos menores, hago trabajo comunitario y zanjamos el asunto? —King estaba sentado en el porche delantero observando al agente mientras salía del coche y se dirigía a las escaleras. El hombretón llevaba vaqueros y un cortavientos azul en el que, irónicamente, ponía FBI, y una gorra de béisbol con las iniciales de la Agencia Antidrogas, la DEA.

—Empecé a dedicarme a esto cuando era policía en Washington D.C., allá por los años setenta —explicó Parks, como respuesta a la mirada de King—. Tengo estas prendas de todas las agencias que hay. Una de las pocas ventajas de trabajar en los cuerpos de seguridad. En mi opinión, los uniformes de la DEA son los mejores. —Se sentó en una mecedora al lado de King y se frotó las rodillas—. De joven estaba muy bien ser tan grandote, fui una estrella del baloncesto y el fútbol americano en el instituto, y tenía la agradable misión de ligarme a todas las animadoras. Gracias a mi habilidad en el fútbol pude pagarme la universidad.

—¿Dónde fue eso?

—Notre Dame. Nunca empecé, pero participé en prácticamente todos los puestos. Extremo defensivo. Era mejor bloqueador que receptor, sólo conseguí un tanto en toda la carrera, pero estuvo bien.

—Impresionante.

Parks se encogió de hombros.

—Ahora que ya no soy tan joven, la cosa ya no tiene tanta gracia. Es un quebradero de cabeza. O de rodilla, o de cadera, o de clavícula; elija el punto de la anatomía que más le guste.

—¿Y qué le parece ser poli en la capital de nuestro país?

—Me gusta mucho más ser *marshal*. Fue una época extraña. Había mucha mierda por ahí.

King levantó la botella de cerveza.

—¿Está lo suficientemente fuera de servicio para tomarse una?

—No, pero un puro no estaría mal. Tengo que compensar de alguna manera este aire de montaña tan fresco y tonificante. Es de lo peor. No sé cómo lo aguantan.

Parks extrajo un habano del bolsillo de la camisa y lo encendió con un mechero de nácar, tras lo cual cerró la tapa produciendo un chasquido.

—Bonito sitio.

—Gracias. —King lo observó atentamente. Si Parks dirigía la investigación sobre la muerte de Howard Jennings junto con el resto de obligaciones, había de estar bastante ocupado, y su presencia allí debía obedecer a algún motivo.

—Bonita práctica legal, bonita casa y bonito pueblo. Un buen tipo que trabaja duro y presta un servicio a la comunidad.

—Por favor, me voy a sonrojar.

Parks asintió.

—Por supuesto, la gente buena y triunfadora mata a otras personas constantemente en este país, así que para mí eso no significa una mierda. Personalmente no me gustan demasiado los buenos tipos. Los considero unos gallinas.

—No siempre he sido tan bueno. Y no me costaría demasiado esfuerzo volver a mi época de cabrón. De hecho, noto que se avecina una tormenta.

—Es muy alentador, pero no intente tocarme la fibra.

—¿Y hasta qué punto puedo ser bueno? Mi pistola fue el arma homicida.

—Eso es.

—¿Quiere escuchar mi teoría al respecto?

Parks echó un vistazo al reloj.

—Claro, si puede esperar un minuto e ir a buscarme una cervecita. Qué casualidad, ahora ya no estoy de servicio.

King le hizo caso y le tendió la botella. El *marshal* se recostó en el asiento, apoyó sus descomunales pies en la barandilla y echó un trago entre calada y calada.

—¿Su teoría sobre el arma? —le instó mientras contemplaba el atardecer.

—La llevaba cuando mataron a Jennings. Y según usted, es la misma pistola con la que mataron a Jennings.

—Me parece bastante claro —afirmó Parks—. De hecho, podría detenerle ahora mismo si quisiera.

—Bueno, dado que no maté a Jennings, parece bastante claro que en realidad no llevaba el arma encima.

Parks lo fulminó con la mirada.

—¿Ahora cambia su versión?

—No. Los seis días que no la uso, guardo la pistola en una caja fuerte. Vivo solo, así que no siempre la cierro con llave.

—Qué estupidez.

—Le aseguro que después de esto, la guardaré en una cámara acorazada subterránea.

—Continúe.

—Teoría número uno: alguien se apodera de mi pistola y la cambia por otra, que es la que yo me llevo esa noche. Esa misma persona utiliza mi arma para matar a Jennings, la deja de nuevo en mi caja fuerte y se lleva la del cambiazo. Teoría número dos: utilizan una pistola para matar a Jennings; ésa es la que dejan en mi caja fuerte y pasa a ser la que someten a las pruebas de balística.

—El número de serie de la pistola coincide con la que está registrada a su nombre.

—Entonces ha de ser la hipótesis número uno.

—En resumen, está diciendo que alguien le quitó la pistola, porque eso es lo que tenían que hacer para conseguir una réplica exacta, y que luego le pegaron el cambiazo para fingir que su pistola mató a Jennings.

—Ni más ni menos.

—¿Me está diciendo que un ex agente del orden no conoce su propia arma?

—Es una nueve milímetros que se fabrica en serie, jefe. No es una pieza de museo con incrustaciones de diamantes. Conseguí la pistola cuando me hice ayudante. La llevo una vez por semana, nunca la saco de la funda, y luego me olvido del tema. Quien la copió sabía lo que estaba haciendo, porque a mí me pareció que era la mía, la distribución del peso, el tacto de la empuñadura.

—¿Y por qué iba a tomarse tantas molestias para atribuirle un crimen?

—Bueno, los asesinos siempre intentan que se las cargue otro, ¿no? Me refiero a que se trata de eso. Jennings trabajaba para mí. Quizá pensaran que los demás creerían lo que ha dicho antes, que maté a Jennings porque lo pillé robando o porque él me pilló robando a mí. Móvil, coincidencia de armas y sin coartada. La inyección letal me está esperando.

Parks bajó los pies al suelo y se inclinó hacia delante.

—Muy interesante. Ahora permítame que le cuente mi teoría. Había un montón de tipos que iban detrás de él para matarlo, por eso estaba en el programa de protección de testigos. Así que quizás usted supiera que estaba en el WITSEC y lo sobornó para sacarle dinero. Entonces quienquiera que le contratara a usted, le pagó utilizando su arma y cargándole con el muerto. ¿Qué le parece? —Parks lo miró de hito en hito.

—De hecho, esa hipótesis también funciona —reconoció King.

—Ajá. —Park apuró su cerveza, apagó el puro y se levantó—. ¿Qué tal los sabuesos de los medios de comunicación?

—No tan mal como me temía. La mayoría todavía no ha descubierto dónde vivo. Cuando lo descubran, pondré cadenas en la carretera que hay al pie de la colina, plantaré carteles y empezaré a disparar a los intrusos.

—Así me gusta, un tipo decidido.

—Ya le advertí que no era tan buena persona como parecía.

Parks bajó la escalera para dirigirse al coche.

King le llamó.

—¿Por qué no me ha arrestado?

Parks abrió la puerta del coche.

—Bueno, básicamente porque considero que su teoría número uno tiene cierta validez. Quizá llevara el arma de sustitución mientras utilizaban la suya para matar a Jennings.

—De hecho, no pensaba que aceptara mi teoría con tanta facilidad.

—¡Oh!, también es posible que hiciera matar a Jennings y pegara el cambiazo usted mismo. Aunque mi versión preferida es que usted lo sobornó y el que apretó el gatillo le tendió una trampa por ello. —Bajó la mirada al suelo unos segundos—. En toda la historia del WITSEC, nunca se han cargado a ningún testigo que haya cumplido las normas del programa. Siempre ha sido un punto a nuestro favor para los posibles colaboradores. Ahora ya no podemos jactarnos de ello. Y ocurrió cuando yo estaba al mando. Yo coloqué a Jennings aquí y me siento responsable de su muerte. Así que para que lo sepa, si fue usted quien le tendió la trampa, elegiré personalmente la cárcel a la que irá a parar y será una en la que al cabo de tres horas ya estará deseando la pena de muerte, por muy buena persona o por muy cabrón que sea. —Parks abrió la puerta del coche y se tocó el ala de la gorra de béisbol de la DEA—. Que pase una buena noche.

20

Al día siguiente King salió de Wrightsburg temprano, se enfrentó a los atascos matutinos del norte de Virginia y llegó a Reston, Virginia, alrededor de las diez. El edificio de oficinas de diez plantas era relativamente nuevo, y la mitad estaba arrendada. Una empresa puntocom había alquilado el edificio entero hacía varios años y, a pesar de no tener productos ni beneficios, lo decoró fastuosamente y luego, por sorprendente que pareciera, quebró. Era una zona muy agradable, con tiendas y restaurantes en el cercano Reston Town Center. Clientes bien vestidos entraban y salían de tiendas caras. La gente pasaba apuros para llegar a su destino por las congestionadas vías. Todo daba la sensación de ser selecto, vibrante. No obstante, King sólo quería conseguir su propósito y luego retirarse al entorno bucólico del Blue Ridge.

La última planta del edificio estaba ocupada por una empresa llamada sencillamente La Agencia, término que había patentado como marca registrada para un uso comercial, lo cual sin duda había disgustado a la CIA. La Agencia era una de las empresas de investigación y seguridad más importantes del país. King subió en el ascensor privado, saludó a la cámara de vigilancia y en una pequeña sala de espera del vestíbulo principal le recibió una persona que parecía ir armada y dispuesta a utilizar el arma. Cachearon a King y tuvo que pasar por el detector de metales antes de que se le permitiera continuar hasta la zona del vestíbulo oficial. La estancia estaba decorada con gusto y en todo aquel espacio sólo había una mujer muy atenta en la recepción que anotó su nombre y marcó un número de teléfono.

Lo acompañó un joven elegantemente vestido y ancho de espaldas, con el pelo rizado y oscuro y actitud arrogante. Abrió la puerta y le indicó a King que entrara, acto seguido se marchó cerrando la puerta tras de sí. King echó un vistazo al despacho. Era esquinado y acristalado, los cristales estaban tintados y eran reflectantes desde el exterior, aunque en la última planta los únicos que podían mirar desde fuera eran los pájaros o los pasajeros de un avión que volara peligrosamente bajo. El lugar transmitía una sensación innegable de prosperidad, aunque resultara discreto y comedido.

Cuando se abrió una puerta lateral y apareció Joan, King no supo si saludarla o tirarla encima del escritorio y estrangularla.

—Me conmueve pensar que te has enfrentado al tráfico para venir a verme —dijo Joan. Llevaba un traje pantalón oscuro que la favorecía, lo cual tampoco era sorprendente. El corte elegante del traje y los tacones de aguja de ocho centímetros la hacían parecer más alta de lo que era.

—Gracias por recibirme.

—Era justo, teniendo en cuenta lo mucho que tú me has visto recientemente. Pero la verdad es que me ha sorprendido mucho saber de ti.

—Bueno, ahora estamos empatados. Porque no sabes la conmoción que me ha causado saber que ya no trabajas en el Servicio.

—¿No te lo comenté cuando fui a tu casa?

—No, Joan, parece ser que se te olvidó decírmelo.

Ella ocupó el pequeño sofá que estaba junto a una pared y le hizo una seña para que se sentara a su lado. En la mesa que tenían delante había un servicio de café. Mientras King se sentaba, ella lo sirvió.

—Puedes quedarte con los huevos y el rosco tostado. Y las bragas de encaje —añadió. Le sorprendió mucho que la mujer se sonrojara al oír su comentario.

—Estoy intentando con todas mis fuerzas olvidar ese episodio —dijo con voz queda.

Él tomó un sorbo de café y miró a su alrededor.

—Vaya, menudo sitio. ¿En el Servicio teníamos siquiera escritorio?

—No, porque no los necesitábamos. Estábamos conduciendo coches a toda velocidad o...

—O pisando un puesto hasta tener los pies agotados —él acabó la frase por ella—. «Pisar» era el término abreviado que usaban en el Servicio Secreto para el hecho de estar de servicio, normalmente de pie en un puesto para protegerlo.

Ella se recostó en el asiento y echó un vistazo al despacho.

—Es bonito, pero la verdad es que no paso aquí demasiado tiempo. Suelo estar en un avión, de camino a algún sitio.

—Por lo menos puedes tomar vuelos comerciales, o privados. El transporte militar supone un auténtico castigo para la espalda, el trasero y el estómago. Ya tomamos suficientes de ésos.

—¿Te acuerdas de cuando fuimos en el Air Force One? —preguntó ella.

—Eso nunca se olvida.

—Lo echo de menos.

—Pero ganas mucho más dinero.

—Supongo que tú también.

Cambió de postura y mantuvo la taza en equilibrio sobre la palma de la mano.

—Sé que estás muy ocupada, así que iré al grano. Un adjunto de los U.S. Marshals llamado Jefferson Parks vino a verme. Dirige las investigaciones sobre el asesinato de Howard Jennings. Es el que vino a buscar mi pistola mientras tú estabas allí.

Joan se mostró interesada.

—¿Jefferson Parks?

—¿Lo conoces?

—El nombre me suena. Así que se llevaron tu pistola. ¿Y la prueba de balística te absolvió?

—La verdad es que no: coincidía con la mía. Howard Jennings murió por un disparo efectuado con mi pistola.

King había pensado mucho en la forma de expresar aquello mientras conducía, porque quería ver la reacción de la mujer. Casi se echó el café por encima. O había mejorado mucho sus dotes teatrales, o era una reacción sincera.

—No puede ser —dijo ella.

—Eso mismo he dicho yo. Pero, por suerte, al menos el *marshal* y yo estuvimos de acuerdo en la posibilidad de que alguien convirtiera mi pistola en el arma homicida mientras yo pensaba que la tenía conmigo.

—¿Cómo?

King explicó brevemente su teoría sobre el cambiazo. Había pensado no contársela, pero al final decidió que en realidad no importaba. Además, también quería saber cómo reaccionaría ella, sobre todo después de la hipótesis subsiguiente que realizaría.

Joan meditó la cuestión durante un rato, más de lo que King consideraba necesario.

—Para eso se necesitaría mucha planificación y habilidad —dijo al final.

—Y acceso a mi casa. Tendrían que haber dejado la pistola en su sitio antes de que apareciera el destacamento para llevársela, ya sabes, la mañana que tú estabas allí.

Se terminó el café y se sirvió otra taza mientras ella se ponía nerviosa con sus comentarios. Se ofreció a servirle otra, pero ella declinó la oferta.

—¿Entonces qué has venido a decirme? ¿Que te tendí una trampa? —preguntó Joan con frialdad.

—Sólo digo que eso es lo que alguien ha hecho, y sólo te estoy explicando cómo creo que lo hicieron.

—Podrías habérmelo dicho por teléfono.

—Sí, es verdad, pero tú me visitaste y quería devolverte la gentileza. Al menos yo me molesté en llamar antes de venir.

—No te tendí una trampa, Sean.

—Entonces se han acabado todos mis problemas. Llamaré a Parks y le daré la buena noticia.

—¿Sabes? A veces eres insoportable.

Dejó la taza de café y se acercó mucho a ella.

—Permíteme que te explique bien la situación: un hombre murió en mi despacho debido a un disparo efectuado con mi arma. No tengo coartada y sí a un agente muy listo que, aunque a lo mejor acepte mi teoría sobre la trampa que me han tendido, no está ni mucho menos convencido de mi inocencia. Y este hombre no derramaría ni una sola lágrima si me encerraran el resto de mi vida o me administraran algún veneno para enviarme al otro mundo. En esas estamos cuando de repente, se te ocurre visitarme y resulta que no te acuerdas de comentarme que ya no trabajas en el Servicio Secreto. En cambio me ofreces un montón de disculpas, más amable que nunca, y resulta que accedo a que pases la noche en mi casa. Haces todo lo posible por seducirme en la mesa de la cocina por algún motivo que todavía desconozco, pero no me creo que se deba sólo a que necesites superar la crisis de los ocho años. Estás sola en mi casa mientras salgo al lago y por algún extraño misterio resulta que mi pistola es el arma homicida. Bueno, Joan, a lo mejor ocurre que soy más desconfiado que los demás, pero tendría que estar conectado a una máquina en el hospital y respirando a través de un puto tubo para no estar un poco paranoico con esta sucesión de acontecimientos.

Ella lo observó con una tranquilidad pasmosa.

—No me llevé tu arma. No sé nada de quién pudo hacerlo. No puedo demostrártelo. Tendrás que creértelo.

—Vaya, es todo un alivio.

—Nunca te dije que siguiera estando en el Servicio. Tú lo diste por sentado.

—¡No dijiste que lo hubieras dejado! —exclamó él.

—¡Tampoco me lo preguntaste! —Y añadió—. No hice todo lo posible.

King se quedó confundido.

—¿Qué?

—Dices que hice todo lo posible por seducirte. Para tu información, eso no es todo lo posible.

Los dos se recostaron en el sofá. Parecían haberse quedado sin palabras, sin respiración, o sin ninguna de las dos cosas.

—De acuerdo —dijo él—, sea cual sea el juego al que estés jugando conmigo, sigue adelante y mueve ficha. No voy a pagar por la muerte de Jennings, porque yo no lo maté.

—Ni yo tampoco y no he intentado tenderte una trampa. ¿Por qué iba a hacerlo?

—Si lo supiera, no estaría aquí, ¿verdad? —Se puso en pie—. Gracias por el café. La siguiente vez guárdate el cianuro, me produce gases.

—Ya te dije que fui a verte por un motivo muy concreto. —Él la observó—. Pero al final no me atreví. Supongo que el hecho de verte después de tantos años me afectó más de lo que había imaginado.

—¿Y cuál era el motivo?

—Hacerte una proposición. —Y añadió rápidamente—: Una proposición de negocios.

—¿Relacionada con?

—Con John Bruno —respondió ella.

Él entrecerró los ojos.

—¿Qué tienes tú que ver con un candidato presidencial desaparecido?

—Gracias a mi intervención, mi empresa fue contratada por el partido de Bruno para descubrir lo que le pasó. En vez de nuestros honorarios habituales, negocié otro contrato. Nuestros desembolsos varios están cubiertos, pero aceptamos una tarifa diaria muy inferior. Sin embargo, va acompañada de una bonificación potencialmente lucrativa.

—¿Como una comisión o algo así?

—Una comisión de varios millones de dólares, para ser exactos. Y como yo conseguí el cliente, de acuerdo con la política de la empresa de comer lo que cada uno mata, me quedo con el sesenta por ciento.

—¿Cómo lo conseguiste exactamente?

—Bueno, como ya sabes he tenido una carrera muy buena en el Servicio. Y desde que estoy aquí he llevado a buen puerto varios casos prominentes, incluida la liberación de un ejecutivo de una de las empresas más importantes del mundo que había sido víctima de un secuestro.

—Felicidades. Qué curioso que no me haya enterado.

—Bueno, nos gusta ser discretos, de cara al público,

claro. Sin embargo, para los que están en el mundillo, somos una de las principales empresas.

—Millones, ¿eh? No sabía que los candidatos del tercer partido disponían de ese tipo de fondos especiales.

—Gran parte del capital es un seguro de responsabilidad especial, y la familia de la esposa de Bruno tiene mucho dinero. Su campaña también recibió muchos fondos. Y dado que no tienen ningún candidato en el que gastar el dinero, están dispuestos a pagarme, y no voy a ser yo quien se lo impida.

—Pero el caso de Bruno es una investigación federal que está en marcha.

—¿Y qué? El FBI no tiene el monopolio de la resolución de crímenes. Y es evidente que la gente de Bruno no se fía del Gobierno. Por si no has leído los periódicos, algunos piensan que el Servicio le tendió una trampa a su candidato.

—Dijeron lo mismo de mí y Ritter, y es una locura ahora igual que lo fue entonces —replicó King.

—En cualquier caso, supone una oportunidad de oro para nosotros.

—¿Nosotros? ¿Y qué pinto yo en todo esto exactamente?

—Si me ayudas a encontrar a Bruno, te pagaré el cuarenta por ciento de lo que consiga. Eso representa una cantidad de siete cifras.

—No soy rico, pero la verdad es que no necesito el dinero, Joan.

—Pues yo sí. Dejé el Servicio antes de pasar en el mismo veinticinco años, así que tendré una mierda de pensión. Llevo aquí un año, he ganado mucho más dinero, y lo he ahorrado casi todo, pero no estoy disfrutando. En los años que pasé en el Servicio trabajé el equivalente a una carrera de cuarenta años. Veo el futuro en playas blancas, con un catamarán y cócteles exóticos, y este trabajito me lo permitirá. Es posible que no necesites el dinero, pero lo que sí necesitas es que te pase algo bueno. Que los periódicos te presenten como un héroe, y no como cabeza de turco.

—¿O sea que ahora eres mi relaciones públicas?

—Me parece que lo necesitas, Sean.

—¿Por qué yo? Tienes todos los recursos de este lugar.

—A la mayoría de la gente experimentada le fastidia que haya conseguido este trabajo y no quieren colaborar conmigo. Los que quedan son jóvenes, tienen demasiados estudios y les falta garra. En tu cuarto año en el Servicio desarticulaste a la mayor banda de falsificadores del hemisferio norte trabajando solo desde la oficina de Louisville, Kentucky, nada más y nada menos. Ése es el tipo de talento investigador que necesito. Por otra parte también resulta útil que vivas a dos horas de donde secuestraron a Bruno.

Él miró a su alrededor.

—Ni siquiera trabajo en este sitio.

—Puedo emplear a quien quiera para la investigación.

Negó con la cabeza.

—Hace años que no me dedico a esto.

—Es como montar en bicicleta. —Se inclinó hacia delante y lo observó atentamente—. Como montar una bicicleta, Sean. Y no creo que te hiciera esta propuesta si te hubiera querido cargar un muerto. Te necesito a mi lado si quiero la compensación. Y la quiero.

—Ahora me dedico a la abogacía.

—Pues tómate un año sabático. Si hemos de encontrar a Bruno, será más temprano que tarde. Míralo así. Es emocionante. Es distinto. Quizá no sea como en los viejos tiempos. Pero tal vez sea una nueva época. —Le tocó suavemente la mano. En cierto modo fue un gesto mucho más seductor que el numerito hortera que había montado en la mesa de su cocina—. Y a lo mejor puedes enseñarme a navegar en el catamarán, porque no tengo ni idea —añadió Joan con voz queda.

21

Loretta Baldwin se encontraba en la bañera y dejaba que el agua caliente le quitara el frío del cuerpo. El cuarto de baño estaba a oscuras; le gustaba así, como el vientre de una madre, reconfortante. Se rió; era inevitable, cada vez que pensaba en ello. En la joven que había venido a hacerle todas aquellas preguntas fingiendo que era para un documental sobre Clyde Ritter, como si a alguien le importara. Seguramente la mujer era una especie de agente de policía o detective privada, aunque el motivo por el que alguien quisiera investigar el desastre de Clyde Ritter escapaba a su comprensión. No obstante, Loretta aceptaría todo el dinero, hasta el último centavo. Igual que había hecho durante todos esos años. Había dicho la verdad, al menos a las preguntas que la joven le había formulado; lo que pasa es que no le había hecho las preguntas adecuadas. Como por ejemplo, lo que había visto mientras estaba escondida en el cuartillo de suministros. Cuando lo sacó del hotel estaba con los nervios destrozados, pero en realidad nadie se fijó en ella. No era más que una de las camareras, un ser prácticamente invisible. Nadie sospechaba de ella.

Al comienzo pensó en ir a la policía con lo que había encontrado y visto, pero luego cambió de idea. ¿Por qué mezclarse en algo como eso? Y se había cansado de pasarse la vida limpiando la mierda de los demás. ¿Y qué le importaba a ella Clyde Ritter? Un hombre como ése estaba mucho mejor en la tumba, donde no podría difundir su veneno.

Así que lo había hecho. Envió la nota y la foto a la persona diciendo lo que había visto y lo que tenía entonces, y con las disposiciones necesarias para que le enviaran el dinero. Y se lo habían enviado y no había roto su silencio y la persona a la que estaba sobornando nunca llegó a conocer su identidad, hasta el final. Lo había organizado bien, utilizó una serie de apartados de correo, nombres falsos y una buena amiga, ya muerta, que le ayudó a no dejar rastro. No había sido avara. Era mucho dinero, pero como hacía años que no tenía un empleo fijo, el dinero le había venido de maravilla, le había permitido conservar la casa, pagar facturas, comprarse algunas cosas bonitas, ayudar a su familia. Sí, había hecho bien.

Y a esa joven no se le había ocurrido preguntar; pero ¿cómo iba a saberlo? Y aunque lo hubiera sabido, Loretta habría mentido, igual que la joven le había mentido a ella, porque si ésa era directora de documentales, ella era la reina de Saba. Esa idea la hizo reírse tanto que empezó a atragantarse.

Cuando se hubo calmado, sus pensamientos se ensombrecieron. Ya no le llegaba dinero, pero no podía hacer nada para evitarlo. Todo toca a su fin. Pero no había despilfarrado. Había guardado parte del capital porque sabía que la gallina de los huevos de oro no duraría para siempre. Podía aguantar un poco más, y quizá más adelante apareciera otra gallina. Esa joven le había dado dinero. Ya era algo. Loretta Baldwin era muy optimista.

Sonó el teléfono y se sorprendió. Ya se le habían calentado los huesos, abrió los ojos y se dispuso a salir de la bañera. Quizá se tratara de la llamada de otra gallina de los huevos de oro.

No llegó al teléfono.

—¿Te acuerdas de mí, Loretta?

El hombre estaba delante de ella con una barra de metal con el extremo plano en las manos.

Habría gritado, pero él la hundió en el agua con la barra y la mantuvo allí. A pesar de sus años, Loretta era bastante fuerte, pero no lo suficiente. Cada vez abría más los ojos, su cuerpo se sacudía. Agarró la barra y el agua salpicó por todo el suelo. Al final tuvo que inspirar y los pulmones se le llenaron de agua y, después de eso, todo ocurrió muy rápido.

Levantó la barra y escudriñó las facciones de la mujer, que tenía los ojos muy abiertos. Su cuerpo marchito yacía en el fondo de la bañera. El teléfono había dejado de sonar, la casa estaba en silencio. Salió del cuarto de baño, localizó el bolso de Loretta y regresó junto al cadáver. Extrajo el dinero que Michelle había entregado a Loretta, cinco billetes de veinte bien guardados en un bolsillo interior.

Enganchó el cuerpo de Loretta con la barra y la levantó del agua. Le abrió la boca con la mano enguantada y le introdujo el dinero. Le cerró la mandíbula con fuerza y finalmente la soltó. Ella regresó al fondo; los extremos de los billetes de veinte dólares le sobresalían por entre los labios. No era una imagen muy agradable, pero resultaba sumamente adecuada para una chantajista, pensó.

Dedicó algún tiempo a revisar sus pertenencias, buscando el objeto suyo que ella le había arrebatado tantos años atrás, pero no estaba allí. ¿Después de tanto tiempo todavía se le resistía? Quizá Loretta sería la última en reír. Y no obstante yacía allí, muerta, en el fondo de una bañera con el dinero en la boca. Así que ¿quién se estaba riendo?

Tomó la barra y se marchó por donde había llegado.

El Buick se puso en marcha entre traqueteos. Ese capítulo de su vida, ese cabo suelto, por fin había terminado. Debería dejarle una nota de agradecimiento a Michelle Maxwell, quizás entre otras cosas. Nunca habría averiguado la identidad de la mujer si la agente del Servicio Secreto no hubiera aparecido haciendo preguntas. Loretta Baldwin no había formado parte del plan original, sólo era una oportunidad que se le había presentado, una oportunidad demasiado buena para desperdiciarla.

Por ahora, había acabado con la pequeña provincia de Bowlington. A Loretta Baldwin le deseó una buena eternidad en el infierno por todos sus pecados. Seguro que se reuniría con ella en cualquier momento y, quién sabe, quizá volviera a matarla.

¡Eso sí que era una buena idea!

22

King lanzó el sedal al agua y lentamente lo fue enrollando. Estaba de pie en el muelle de su casa, el sol había salido hacía apenas una hora. Los peces no picaban, pero eso no le importaba. La extensión de montañas parecía observar sus esfuerzos poco inspirados con una fijación inquietante.

Estaba claro que Joan había tenido varios motivos complejos para hacerle la oferta. ¿Cuáles le beneficiaban de algún modo, aparte de la compensación económica? Probablemente ninguno. Los planes de Joan siempre obedecían al propio interés. Por lo menos sabía a qué atenerse con esa mujer.

En cambio, en el caso de Jefferson Parks, King no estaba tan convencido. El representante de los U.S. Marshals parecía sincero, pero quizá fuera una fachada; solía ocurrir con los agentes de la ley, King lo sabía por experiencia. Él mismo había seguido ese juego en sus años de investigador en el Servicio. King sabía que quien hubiera matado a Howard Jennings recibiría todo el peso de la ira de aquel hombretón. King sólo quería asegurarse de que él no se convertiría en ese objetivo.

Una onda de agua tocó suavemente uno de los pilones del muelle y King alzó la vista para ver de dónde procedía. El barco de remos se deslizaba por la superficie del lago mientras la mujer tiraba con fuerza de las paletas.

Pasaba lo suficientemente cerca para que King distinguiera lo bien definidos que tenía los músculos de los hombros y los brazos. Cuando redujo la velocidad y se deslizó hacia él, algo de su persona le resultó muy familiar.

Ella dirigió una mirada sorprendida a su alrededor, como si no se hubiera dado cuenta de que estaba cerca de la costa.

—Hola —dijo, y le saludó con la mano.

Él no le devolvió el saludo, se limitó a asentir. Volvió a lanzar el sedal, cerca de ella a propósito.

—Espero no inmiscuirme en la pesca —dijo ella.

—Eso depende de cuánto tiempo vaya a quedarse.

La mujer levantó las rodillas. Llevaba unos pantalones cortos de *lycra* negros y tenía los músculos de los muslos largos y tensos como cables bajo la piel. Se soltó la cola de caballo con la que se había recogido el pelo y se secó la cara con una toalla.

Miró a su alrededor.

—Vaya, qué agradable lugar.

—Por eso viene la gente —dijo él con recelo—. ¿Y por dónde ha llegado exactamente? —Estaba intentando ubicarla con todas sus fuerzas.

Ella señaló en dirección al sur.

—Fui en coche hasta el parque estatal y empecé allí.

—¡Son once kilómetros! —exclamó. La mujer ni siquiera parecía cansada.

—Lo hago muy a menudo.

Acercó el barco de remos. En ese momento, King por fin la reconoció. Apenas fue capaz de disimular su sorpresa.

—¿Le apetece una taza de café, agente Maxwell?

Al principio, ella se sorprendió, pero luego pareció llegar a la conclusión de que era superfluo y estúpido fingir, dadas las circunstancias.

—Si no es mucha molestia...

—Dos agentes caídos se hacen compañía: ningún problema.

La ayudó a atracar. La mujer miró las embarcaciones cubiertas con fundas y la zona de almacenamiento contigua a cada una de ellas. La lancha motora, los kayaks y la moto acuática Sea Doo y otras embarcaciones de King estaban relucientes. Las herramientas, las cuerdas, los aparejos y otros artículos bien apilados, colgados y bien ordenados.

—¿Un lugar para cada cosa y cada cosa en su sitio? —preguntó.

—Me gusta así —repuso King.

—Soy un poco dejada en mi vida privada.

—Qué lástima.

Caminaron hasta la casa.

En el interior, le sirvió el café y se sentaron a la mesa de la cocina. Michelle se había puesto una sudadera de Harvard encima de la camiseta sin mangas y unos pantalones de chandal a juego.

—Pensaba que habías estudiado en Georgetown —comentó King.

—Me dieron este chandal cuando estuvimos remando en el río Charles de Boston, mientras nos preparábamos para los Juegos Olímpicos.

—Eso es. Los Juegos Olímpicos. Una mujer ocupada.

—Me gusta serlo.

—Aunque ahora no estás tan ocupada. Me refiero a que dispones de tiempo para practicar deportes acuáticos de buena mañana y visitar a los antiguos agentes del Servicio Secreto.

Sonrió.

—O sea, que no te tragas que estoy aquí por casualidad.

—El indicio más claro es el chandal. En cierto modo implica que esperabas salir de la barca en algún momento antes de regresar al coche. Además, dudo que hubieras remado once kilómetros, por muy olímpica que seas, a no ser que supieras que estaba en casa. Esta mañana me han llamado varias veces, con unos treinta minutos de diferencia, pero al contestar nadie ha respondido. Déjame adivinar: tienes un móvil en la barca.

—Supongo que cuando se ha sido investigador, nunca se deja de serlo.

—Me alegro de estar en casa para recibirte. No me hubiera gustado que merodearas por ahí. Últimamente ha habido gente que lo ha hecho y la verdad es que no me gusta.

Ella bajó la taza.

—He estado merodeando un poco últimamente.

—¿Ah, sí? Felicidades.

—Bajé hasta Carolina del Norte, a un pequeño sitio llamado Bowlington. Supongo que lo conoces. —Él también dejó la taza—. El Fairmount sigue en pie, pero está cerrado.

—Opino que tendrían que demolerlo y acabar con ese estado mísero —dijo King.

—Siempre he tenido una duda, a ver si tú puedes iluminarme.

—Haré lo que pueda —respondió King sarcásticamente—. Me refiero a que no puede decirse que tenga muchas ocupaciones que atender, así que sin duda, permíteme que te ayude.

La mujer hizo caso omiso de su tono.

—La colocación de agentes con Ritter. Tenías pocos recursos, lo cual supongo que entiendo. Pero la forma como os desplegaron era un desastre. Eras el único agente a tres metros del hombre.

King tomó un sorbo de café y se miró las manos.

—Sé que estoy abusando. Aparezco de repente y empiezo a plantear preguntas. Dime que me marche y me marcharé.

Al final King se encogió de hombros.

—¡Qué demonios! Ya empiezas a saber de qué va la cosa, después del secuestro de Bruno. Eso nos convierte en una especie de hermanos de sangre, más o menos.

—Más o menos.

—¿Y eso qué significa? —preguntó con irritación—. ¿Que la cagué más que tú y no quieres caer en desgracia conmigo?

—De hecho, creo que la cagué más que tú. Era jefa de una unidad de protección. Perdí de vista a un protegido. Nadie disparaba. No tenía nadie a quien matar mientras el caos se desarrollaba a mi alrededor. Tú te despistaste unos segundos. Es imperdonable en un agente del Servicio Secreto, pero yo la cagué de principio a fin. Me parece que eres tú el que no quiere caer en desgracia conmigo.

King suavizó la expresión y habló más tranquilo.

—Apenas contaba con la mitad de una dotación de agentes normal. Fue en parte decisión de Ritter y en parte del Gobierno. No les caía demasiado bien y todos sabían que no tenía posibilidades de ganar.

—Pero ¿Ritter no querría la mayor seguridad posible?

—No confiaba en nosotros —se limitó a decir King—. Éramos representantes de la Administración, estábamos dentro. Aunque él era miembro del Congreso, era un intruso. Estaba en otra onda, con un programa disparatado y seguidores radicales. Incluso llegó a sospechar que lo espiábamos, te lo juro. Por consiguiente, nos mantuvieron al margen de todo. Cambiaban horarios en el último momento sin consultarnos, volvieron loco al jefe de la unidad de protección, Bob Scott.

—Te entiendo perfectamente. Pero en realidad eso no quedó reflejado en el archivo oficial.

—¿Por qué iba a reflejarse? Ellos tenían a sus responsables. Fin de la historia.

—Pero eso tampoco acaba de justificar por qué el despliegue de seguridad fue tan pésimo ese día.

—Ritter parecía llevarse bien conmigo. Por qué, no lo sé. Está claro que nuestra política no era la misma. Pero yo le respetaba, hacíamos bromas y creo que teniendo en cuenta lo poco que confiaba en nosotros, a mí al menos me concedía el beneficio de la duda. Por eso, cuando yo estaba de servicio siempre le cubría las espaldas. Aparte de eso, no le gustaba andar rodeado de agentes. Estaba convencido de que la gente le quería, de que nadie querría hacerle daño. Esa falsa sensación de seguridad probablemente se debiera a su época de predicador. Su jefe de campaña, un tipo llamado Sidney Morse, era muy listo y no le gustaba demasiado el despliegue. Era mucho más realista en esas cuestiones. Sabía que había gente por ahí que podía pegarle un tiro a su protegido. Morse siempre quería por lo menos a un agente al lado de Ritter. Pero el resto de tipos siempre estaban desperdigados por el perímetro, muy al fondo.

—Lo cual demostró ser bastante inútil cuando dispararon y la multitud se dejó arrastrar por el pánico.

—Has visto la cinta, supongo.

—Sí. Pero el despliegue de los agentes no fue culpa tuya. Lo normal es que el jefe de la unidad hubiera presionado más al respecto.

—Bob Scott había sido militar, combatió en Vietnam, incluso fue prisionero de guerra durante un tiempo. Era un buen tipo, pero, en mi opinión, se equivocó al elegir la batalla en que luchar. En aquella época su vida privada pasaba por un momento delicado. Su esposa había pedido el divorcio un par de meses antes de que mataran a Ritter. Quería dejar el departamento de protección para volver al de investigación. Creo que se arrepentía de haber dejado el ejército. Se sentía más cómodo con un uniforme que con un traje. A veces incluso hacía el saludo y siempre seguía el horario militar, aunque, como ya sabes, en el Servicio se utiliza el horario estándar. Lo cierto es que prefería la vida castrense.

—¿Qué le sucedió?

—Dimitió de su cargo en el Servicio. Yo me llevé gran parte de la presión pero, como has descubierto, la responsabilidad acaba en el jefe de la unidad. Había estado el tiempo suficiente para asegurarse la jubilación. Le perdí el rastro. No es precisamente de los que me enviaría una postal de Navidad. —Hizo una pausa antes de añadir—: También era un poco belicoso.

—¿Un apasionado de las armas? No es de extrañar en un ex soldado. La mayoría de los cuerpos de seguridad tienen un buen número de gente como ésa.

—A decir verdad, lo de Bob era un poco malsano. Era de los que van por ahí con la pancarta de la Segunda Enmienda.

—¿Estaba en el hotel cuando sucedió?

—Sí. A veces se adelantaba con el equipo de avance hasta la siguiente ciudad, pero decidió quedarse en Bowlington. No estoy seguro del motivo. Era un pueblo de mala muerte.

—Vi a Sidney Morse en el vídeo; estaba muy cerca de Ritter.

—Siempre. Ritter tenía la mala costumbre de perder la noción del tiempo y Morse lo mantenía a raya.

—He oído decir que Morse era todo un personaje.

—Cierto. Al comienzo de la campaña, el jefe de organización de Ritter era un tipo llamado Doug Denby, que de hecho también se ocupaba de dirigir la campaña. Cuando ésta empezó a tomar impulso, Ritter necesitaba a alguien a tiempo completo que estuviera realmente curtido. Morse cumplía el requisito. La campaña ganó empuje cuando él apareció. Era un tipo gordo con un motor que nunca se paraba, realmente teatral e histriónico. Siempre masticaba golosinas, ladraba órdenes, se camelaba a los medios de comunicación y colocaba a su hombre en primer plano. Me parece que nunca dormía. Denby desempeñaba un papel secundario con Sidney Morse. Joder, creo que incluso intimidaba a Ritter.

—¿Cómo se llevaban Morse y Bob Scott?

—No estaban de acuerdo en todo, pero no pasaba nada. Como he dicho, Bob estaba pasando por un difícil proceso de divorcio y Morse tenía un hermano menor, Peter, creo que se llamaba, que estaba implicado en algún mal rollo que lo estaba volviendo loco. Así que tenían algo en común. Se llevaban bastante bien. En cambio Morse y Doug Denby no congeniaban en nada. Doug era el de los conceptos serios, una especie de sureño de la vieja escuela con opiniones que quizás estuvieron en boga hace cincuenta años. Morse era el que llamaba la atención, el tipo de la Costa Oeste, el hombre del espectáculo, el que ponía a Ritter en el candelero, en todos los programas de entrevistas, como si de una estrella se tratara. Rápidamente, en plena campaña electoral, el espectáculo pasó a ser más importante que los contenidos. Era evidente que Ritter no tenía la menor posibilidad, pero era todo un personaje, lo cual no es de extrañar en un predicador televisivo. Así que cuanto más salía su nombre y su cara, más contento estaba. Que yo sepa, la estrategia principal era dar un rapapolvo a los peces gordos, y sin duda lo consiguieron, gracias a Morse, y a los contratos de trabajo que logró con ellos más adelante. Al final Ritter se limitaba a seguir las indicaciones de Morse.

—Estoy segura de que Denby no se lo tomó muy bien. ¿Qué fue de él?

—¿Quién sabe? ¿Adónde van a parar los jefes de organización cuando ya no sirven? Vete a saber.

—Supongo que como tenías turno de mañana, probablemente aquella noche te acostaste temprano.

King la observó unos instantes.

—Cuando acabé la jornada me fui al gimnasio del hotel con un par de tipos de mi turno, cené temprano y, sí, me acosté. ¿Por qué te interesa tanto todo esto, agente Maxwell?

—Por favor, llámame Michelle. Te vi en la tele después de que mataran a Jennings. Había oído hablar de ti en el Servicio. Después de mi experiencia, sentía el impulso de saber qué te había ocurrido. Me sentía conectada a ti.

—Vaya conexión.

—¿Quiénes eran los agentes asignados a Ritter?

La miró con severidad.

—¿Por qué?

Ella le devolvió la mirada con expresión inocente.

—Bueno, quizá conozca a alguno. Podría ir a hablar con ellos. Ver cómo se enfrentaron a lo ocurrido.

—Estoy seguro de que eso ha de aparecer en algún informe, en alguna parte. Búscalo.

—Si me lo dices, me ahorraré la molestia.

—Sí, claro que te la ahorrarías.

—Bueno, ¿Joan Dillinger pertenecía a la unidad de protección?

Al oír la pregunta, King se levantó, se acercó a la ventana y se puso a mirar por la misma durante unos momentos. Se volvió con cara de pocos amigos.

—¿Llevas un micrófono? O te despelotas y me demuestras que no, o ya puedes ir subiéndote a la barca y remar a toda velocidad, diablo, porque no quiero volver a verte.

—No llevo ningún micrófono. Pero me desnudaré si realmente lo crees necesario. También podría tirarme al lago. La electrónica y el agua no hacen buenas migas —añadió en tono ofendido.

—¿Qué quieres de mí?

—Querría una respuesta a mi pregunta. ¿Joan estaba asignada a la unidad de protección?

—¡Sí! Pero en un turno distinto al mío.

—¿Ella estaba en el hotel aquel día?

—Me parece que ya sabes la respuesta, así que no sé por qué preguntas.

—Lo tomaré como un sí.

—Tómalo como quieras.

—¿Pasasteis la noche juntos?

—Suelta la siguiente pregunta y cuida que sea buena, porque no tendrás otra oportunidad.

—De acuerdo, justo antes de que dispararan, ¿quién estaba en el ascensor cuando se abrió?

—No sé de qué hablas.

—Ya lo creo que sí. Oí la campanilla de un ascensor justo antes de que Ramsey disparara. Eso te distrajo. Se suponía que esos ascensores estaban cerrados. Quienquiera o lo que fuera que estuviera en ese ascensor te hizo desviar la atención. Por eso Ramsey disparó y tú ni siquiera lo viste. He estado investigando en el Servicio sobre el tema. La gente que revisó el vídeo también oyó un sonido. Te preguntaron al respecto. Dijiste que habías oído algo, pero que no habías visto nada. Encontraste una explicación convincente diciendo que se debió a un fallo del ascensor. Y no te presionaron más porque ya tenían a los responsables. En cambio, yo estoy convencida de que estabas mirando algo. O, mejor dicho, a alguien...

A modo de respuesta, King abrió la puerta que daba a la terraza trasera y le indicó que se marchara.

Ella se levantó y dejó la taza de café.

—Bueno, por lo menos he podido formular las preguntas. Aunque no haya conseguido todas las respuestas.

Se detuvo al pasar junto a él.

—Tienes razón, tú y yo estamos unidos para siempre en esta historia como los dos malos agentes que la cagaron. No estoy acostumbrada a eso. Hasta ahora, siempre he destacado en todo. Apuesto algo a que tú eres igual.

—Adiós, agente Maxwell, te deseo lo mejor.

—Siento que nuestro primer encuentro haya sido así.

—El primero y esperemos que el último.

—¡Oh!, una cosa más. Aunque nunca se plasmó en el informe oficial, estoy segura de que ya te has planteado la posibilidad de que la persona del ascensor fuera un cebo para distraerte mientras Ramsey sacaba la pistola y disparaba.

King permaneció en silencio.

—¿Sabes? Es interesante —prosiguió Michelle mientras miraba a su alrededor.

—Muchas cosas te parecen interesantes —espetó él.

—Este lugar —añadió ella al tiempo que señalaba los techos altos, las vigas pulidas, los suelos brillantes, todo limpio y ordenado— es hermoso. Tiene una belleza perfecta.

—Ciertamente, no eres la primera persona que lo dice.

—Sí. —Siguió hablando como si no le hubiera oído—. Es hermoso y debería resultar acogedor y cálido. —Se volvió para mirarlo—. Pero no es así. Excesivamente práctico, ¿no crees? Los objetos colocados, casi como en un decorado, por alguien que sintiera la necesidad de controlarlo todo y, al hacerlo, se llevara el alma del lugar, o al menos no pusiera parte de la suya en él. —Se cruzó de brazos—. Sí, muy frío. —Apartó la mirada.

—Me gusta así —respondió él lacónicamente.

Ella lo miró con severidad.

—¿Seguro, Sean? Bueno, yo diría que antes no eras así.

Él observó sus piernas largas y paso enérgico mientras cubría la distancia hasta el muelle. Introdujo la barca en el agua y enseguida se convirtió en una mancha en la superficie del lago. Entonces cerró la puerta de golpe. Al pasar junto a la mesa la vio, debajo de la taza de café. Era su tarjeta del Servicio Secreto. En la parte de atrás había escrito su número de teléfono particular y el del móvil. Su primer impulso fue tirarla. Pero no lo hizo. La sostuvo en la mano mientras observaba cómo la mancha se empequeñecía cada vez más, hasta que dobló un recodo y Michelle Maxwell desapareció por completo de su vista.

23

John Bruno estaba tumbado en un catre mirando el techo, con una bombilla de veinticinco vatios por única iluminación. La luz seguiría encendida durante una hora y luego se apagaría; luego duraría diez minutos más y después se acabaría; nunca seguía la misma pauta. Era enloquecedor y extenuante y el objetivo era minarle la moral. Lo estaban consiguiendo.

Bruno vestía un mono gris anodino y llevaba barba de varios días: ¿qué carcelero en su sano juicio le daría una navaja de afeitar a un preso? Se lavaba con un cubo y una toalla que aparecían y desaparecían mientras dormía; le pasaban las comidas, sin horario fijo, por una ranura que había en la puerta. Nunca había visto a sus captores y no tenía ni idea de dónde estaba ni de cómo había llegado allí. Cuando había intentado hablar con la presencia oculta que le suministraba la comida por la ranura, no había obtenido respuesta alguna y al final se había dado por vencido.

Se había dado cuenta de que con frecuencia le ponían drogas en la comida porque le sumía en un sueño profundo o, de vez en cuando, le provocaba alucinaciones. No obstante, si no comía acabaría muriéndose, así que decidió alimentarse. Nunca se le permitía salir de la celda y su ejercicio se limitaba a dar diez pasos adelante y diez pasos atrás. Hacía abdominales y flexiones en el frío suelo para conservar las fuerzas. No tenía ni idea de si estaba vigilado, aunque en realidad eso no le importaba. Al principio se había planteado la posibilidad de escapar, pero rápidamente había llegado a la conclusión de que era imposible. Y pensar que todo había comenzado con Mildred Martin, o mejor dicho una farsante, en esa funeraria. Por enésima vez se maldijo por no haber seguido el consejo de Michelle Maxwell. Y luego, como era un ególatra, maldijo a Maxwell por no haber sido más contundente, por no haber insistido en acompañarle a esa sala.

No sabía cuánto tiempo llevaba allí. Le habían arrebatado todas sus pertenencias, reloj incluido, mientras estaba inconsciente. No tenía ni idea de por qué lo habían secuestrado. No sabía si tenía algo que ver con su candidatura o con su anterior carrera de fiscal. Nunca se le ocurrió que se debiera a otro motivo. Al principio había albergado esperanzas de que el rescate fuera rápido, pero a estas alturas ya no resultaba realista pensar de ese modo. La gente que lo había secuestrado sabía muy bien lo que hacía. Había recurrido a la esperanza remota de que se produjera un milagro, pero con el paso de las horas y los días, esa esperanza había empezado a desvanecerse. Pensó en su esposa e hijos y en la campaña presidencial, y finalmente se resignó a que su vida terminara allí, y a que quizá nunca encontraran su cadáver. Lo que más le extrañaba de todo aquello era que lo mantuvieran con vida.

Se dio la vuelta para ponerse de espaldas, incapaz ya de soportar la tenue luz.

La persona que estaba sentada en otra celda situada al final del pasillo hacía mucho más tiempo que estaba allí que John Bruno. La desesperación de su mirada y el encorvamiento de su cuerpo transmitían la idea de que ya no había esperanza. Comer, sentarse, dormir y, probablemente, morir en algún momento. Aquél era el futuro sombrío. La persona tiritaba y se arropó más con la manta.

En otra parte del enorme espacio subterráneo, un hombre estaba inmerso en unas actividades interesantes. A diferencia de la desesperación de los prisioneros, su nivel de energía y esperanza era muy elevado.

Disparaba bala tras bala a una silueta humana que colgaba de una diana situada por lo menos a treinta metros de distancia en una sala insonorizada. Todos los disparos iban a parar a la zona letal. Sin duda era un tirador con una puntería envidiable.

El hombre pulsó un botón y la diana salió disparada a lo largo de la línea motorizada en dirección a él. Colocó otra diana y apretó un botón que la hizo desplazarse a toda velocidad hasta el punto más lejano posible del campo de tiro. Dispuso un cargador completo en la pistola, se colocó la protección ocular y auditiva, apuntó y disparó catorce tiros en menos de veinticinco segundos. Cuando acercó la diana esta vez, por fin sonrió. No había errado ni un solo tiro, había «completado la ronda», como solían decir en la jerga policial. Dejó el arma y se marchó del campo de tiro.

La sala en la que entró era más pequeña que la de tiro y tenía una disposición muy distinta. Las estanterías albergaban todo tipo de detonadores, cables para explosivos y distintos materiales utilizados por quienes desean hacer estallar algo de la manera más eficaz y eficiente posible. En el centro de la habitación había una mesa de trabajo grande ante la que se sentó y empezó a manipular cables, transistores, temporizadores, detonadores y explosivos C4 de plástico para montarlos en múltiples dispositivos destinados a la destrucción masiva. Realizó esta tarea con la misma atención al detalle con la que había disparado.

Tarareaba mientras iba trabajando.

Al cabo de una hora, entró en otra sala, que era completamente distinta de las dos anteriores. El observador que sólo viera el interior de este espacio y no los que albergaban armas, explosivos y piezas humanas, no hallaría nada siniestro. Era el estudio de un artista en el que no faltaba de nada para crear arte en prácticamente todos los medios, salvo luz natural. Era imposible en un lugar que estaba a tantos metros bajo tierra. No obstante, allí la luz artificial resultaba aceptable.

En una pared había estanterías con abrigos y botas, cascos, guantes gruesos, bombillas rojas, hachas, bombonas de oxígeno y otro material por el estilo bien ordenado. No necesitaría ese equipo hasta al cabo de un tiempo, pero era preferible estar preparado. En ese momento, cualquier fallo sería desastroso. Lo que necesitaba era paciencia. No obstante, anhelaba el momento en que todo terminara, cuando por fin podría decir que el éxito había sido suyo. Sí, paciencia.

Se acomodó junto a la mesa y durante las dos horas siguientes trabajó muy concentrado, pintando, cortando, erigiendo y ajustando una serie de obras que nunca adornarían un museo ni, ya puestos, una colección personal. No obstante, para él eran tan importantes como las obras maestras más destacadas de cualquier época. De un modo muy especial, toda su labor era su obra maestra, y como muchas de las obras de los viejos maestros, tardaría años en completarla.

Prosiguió con su labor, contando el tiempo que faltaba para que su gran logro estuviera por fin completo.

24

Michelle estaba sentada en la cama frente al ordenador portátil, navegando por la base de datos del Servicio y encontrando ciertos datos muy interesantes. Estaba ensimismada y concentrada, pero cuando sonó el móvil, dio un salto de la cama y lo tomó. La pantalla decía «Identidad oculta» pero contestó de todos modos, esperando que fuera King. Sus primeras palabras le resultaron muy gratas.

—¿Dónde quieres que nos veamos? —preguntó ella como respuesta a su sugerencia.

—¿Dónde te alojas?

—En un hotelito muy pintoresco situado a unos seis kilómetros de tu casa por la Ruta 29.

—¿El Winchester? —preguntó él.

—Ese mismo.

—Es un bonito lugar. Espero que lo estés disfrutando.

—Disfruto.

—Hay una taberna llamada The Sage Gentleman a un kilómetro y medio, más o menos, de donde tú estás.

—He pasado por delante camino de aquí. Parece muy selecta.

—Lo es. ¿Qué te parece si quedamos para almorzar a las doce y media?

—No me lo perdería por nada del mundo. Sean, te agradezco que me hayas llamado.

—No me des las gracias hasta que hayas oído lo que tengo que decirte.

Se encontraron en el amplio porche que rodeaba el antiguo edificio de estilo victoriano. King llevaba una americana de *sport*, un jersey de cuello alto verde y pantalones de *sport* beige. Maxwell vestía una falda plisada negra y larga y un suéter blanco. Las elegantes botas de vestir la situaban a menos de tres centímetros de altura de King. El cabello oscuro le caía sobre los hombros e incluso se había maquillado un poco, algo que no solía hacer. El trabajo del Servicio Secreto no se prestaba a seguir los dictados de la moda. Sin embargo, como el protegido solía asistir a eventos sociales con gente rica y bien vestida, el guardarropa y la costumbre de arreglarse de un agente tenían que estar a la altura de las circunstancias, lo cual no siempre resultaba fácil. Así, un viejo dicho de la agencia rezaba: «Viste por valor de un millón de pavos con el sueldo de un obrero.»

King señaló el Toyota Land Cruiser azul oscuro con baca en la zona de aparcamiento.

—¿Es tuyo?

Ella asintió.

—Practico muchos deportes en mi tiempo libre y ese coche llega a todas partes y transporta todo lo que necesito.

—Eres agente del Servicio Secreto, ¿cuándo tienes tiempo libre?

Se sentaron a la mesa en la parte trasera del restaurante. El local no estaba muy lleno y disfrutaban del máximo de intimidad posible en un lugar público.

Cuando llegó el camarero y les preguntó si ya sabían lo que iban a tomar, Michelle respondió inmediatamente:

—Sí, señor.

King sonrió al oírla, pero no dijo nada hasta que el camarero se hubo marchado.

—Tardé años en superarlo.

—¿Superar qué? —preguntó ella.

—Llamar «señor» a todo el mundo. Desde los camareros hasta los presidentes.

Ella se encogió de hombros.

—Supongo que nunca he sido consciente de que lo decía.

—Es normal, es una costumbre arraigada. Igual que muchas otras. —Adoptó una expresión reflexiva—. Hay un aspecto de tu persona que me sorprende.

Ella esbozó una ligera sonrisa.

—¿Sólo uno? Qué decepción.

—¿Por qué una mujer tan inteligente y tan deportista como tú se hizo agente de la ley? No es que me parezca mal, pero calculo que tendrías muchas otras oportunidades.

—Por cuestión genética, supongo. Mi padre, mis hermanos, tíos, primos son todos policías. Mi padre es el jefe de policía de Nashville. Quería ser la primera mujer de mi familia en serlo. Pasé una temporada como agente de policía en Tennessee y luego decidí romper la tradición familiar y solicité la entrada en el Servicio. Me aceptaron y el resto ya es historia.

Cuando el camarero les sirvió la comida, Michelle atacó su plato mientras King saboreaba el vino tranquilamente.

—Deduzco que has estado aquí otras veces —comentó ella entre bocado y bocado.

King asintió mientras terminaba su copa de burdeos y empezaba a comer.

—Aquí traigo a clientes, amigos y a colegas. En esta zona hay varios sitios excelentes. Están todos medio escondidos en los recovecos de por aquí.

—¿Eres abogado de juicios?

—No. Testamentos, fideicomisos, acuerdos comerciales.

—¿Te gusta?

—Me sirve para pagar las facturas. No es el trabajo más emocionante del mundo, pero las vistas son maravillosas.

—Este sitio es muy bonito. Entiendo por qué te trasladaste a un lugar como éste.

—Tiene sus ventajas e inconvenientes. Aquí, a veces te dejas llevar por la falsa ilusión de estar protegido del estrés y las tribulaciones del resto del mundo.

—Pero los problemas tienden a perseguirte, ¿no?

—Luego crees que realmente puedes olvidar el pasado y empezar una nueva vida.

—Y es así, ¿verdad? Es cierto que lo has olvidado.

—Sí, completamente olvidado.

Ella se secó la boca con la servilleta.

—¿Por qué querías verme?

Él alzó la copa de vino vacía.

—¿Qué te parece si me acompañas? Ahora no estás de servicio.

Michelle vaciló, pero al final acabó aceptando.

En cuanto se tomaron el vino y terminaron la comida, King sugirió que pasaran a un pequeño salón. Allí se hundieron en viejas butacas de cuero y respiraron el aroma combinado de los puros y el tabaco de pipa, intensificado por el olor de los libros antiguos y encuadernados en cuero de las estanterías de nogal carcomido que revestían las paredes. Tenían el salón para ellos solos y King levantó la copa hacia la luz que se filtraba por la ventana y luego aspiró el aroma del vino antes de dar un sorbo.

—Es bueno —dijo Michelle después de dar un trago.

—Dentro de diez años no parecerá el mismo.

—No sé nada de vinos aparte de distinguir entre el tapón de corcho y el de rosca.

—Hace ocho años a mí me pasaba lo mismo. De hecho, la cerveza era mi especialidad. Y también encajaba mejor con mi presupuesto.

—Entonces, ¿cuando dejaste el Servicio pasaste de la cerveza al vino?

—En aquel momento se produjeron muchos cambios en mi vida. Un amigo mío era un gran sumiller y me enseñó todo lo que sé. Adoptamos un enfoque metódico, fuimos de los vinos franceses a los italianos e incluso nos detuvimos en los blancos de California, aunque él era un poco esnob al respecto. Para él, los tintos son lo imprescindible.

—Hum, me pregunto si eres el único entendido en vinos que ha matado a gente. Me refiero a que parece que una cosa no cuadra con la otra, ¿no?

Bajó la copa y la miró con expresión divertida.

—Vaya, ¿es que ser amante del vino te parece remilgado? ¿Sabes cuánta sangre se ha derramado por el vino?

—¿A qué te refieres, mientras se bebía o mientras se hablaba de él?

—¿Qué más da? La muerte es la muerte, ¿no?

—Seguro que tú lo sabes mejor que yo.

—Si imaginas que es una simple cuestión de hacer una muesca en el arma después de la hazaña, te equivocas.

—Nunca he pensado eso. Supongo que la muesca se queda en el alma, ¿no?

Dejó la copa sobre la mesa.

—¿Y si intercambiamos información?

—Estoy preparada, dentro de lo razonable.

—*Quid pro quo*. Con un valor similar.

—¿Según quién?

—Te lo pondré fácil. Empezaré yo.

Michelle se recostó en el asiento.

—Tengo curiosidad, ¿por qué?

—Supongo que podemos atribuirlo al hecho de que eres una protagonista de tu pesadilla tan poco intencionada como yo en la mía hace ocho años.

—Sí. Dijiste que éramos hermanos de sangre.

—Joan Dillinger estaba en el hotel aquella noche.

—¿En tu habitación?

King asintió con la cabeza.

—Te toca.

Michelle pensó sobre el dato que le acababa de proporcionar durante unos instantes.

—De acuerdo, hablé con una de las camareras que trabajaba en el hotel cuando mataron a Ritter. Se llama Loretta Baldwin. —King pareció desconcertarse al oír aquello—. Loretta dice que limpió tu habitación aquella mañana y que encontró unas bragas de encaje negras en la lámpara del techo. —Hizo una pausa antes de añadir con expresión totalmente seria—: Supongo que no eran tuyas. No pareces del tipo que le va el encaje.

—No. Y el negro no es mi color preferido para la ropa interior.

—¿No estabas casado en aquella época?

—Separado. Mi mujer tenía la fea costumbre de acostarse con otros cuando yo estaba de viaje, lo cual sucedía casi siempre. Creo que incluso empezaron a traerse el pijama y el cepillo de dientes. Realmente me sentía fuera de combate.

—Es bueno que seas capaz de bromear al respecto.

—Si me hubieras preguntado hace ocho años, no habría sido tan simplista. En realidad el tiempo no cura, sólo hace que te importe un bledo.

—Entonces qué, ¿tuviste una aventura con Joan Dillinger?

—Lo curioso es que en aquel momento parecía algo más serio. Cuando lo pienso me parece una estupidez. Joan no es de ese tipo de mujeres.

Michelle se inclinó hacia delante.

—Lo del ascensor...

King la interrumpió.

—Es tu turno. Me estoy cansando de recordártelo.

Michelle exhaló un suspiro y se recostó en el asiento.

—De acuerdo, Dillinger ya no está en el Servicio.

—No sirve, ya lo sabía. ¿Qué más?

—Loretta Baldwin me contó que se había escondido en el cuarto de suministros que había al final del pasillo en el que estaba el salón donde murió Ritter.

King se mostró interesado.

—¿Por qué?

—Estaba muy asustada y echó a correr. Todo el mundo corría.

—No todo el mundo —repuso King con sequedad—. Yo me quedé en mi sitio.

—Ahora háblame del ascensor.

—¿Por qué te importa tanto? —le preguntó con severidad.

—¡Porque parece que te cautivó! Hasta tal punto que ni siquiera te diste cuenta de que tenías un asesino delante hasta que disparó.

—Me distraje.

—No creo. Oí el ruido en la cinta de vigilancia del hotel. Y parecía la llegada del ascensor. Y pienso que cuando se abrieron esas puertas, lo que viste o a quien viste te llamó la atención y te mantuvo distraído hasta que Ramsey disparó. —Hizo una pausa antes de añadir—: Y dado que los ascensores estaban bloqueados por el Servicio Secreto, calculo que quien estaba allí era un agente del Servicio Secreto porque ¿quién podía haber subido sin que se lo impidieran? Y apuesto a que ese agente era Joan Dillinger. Y también creo que por algún motivo la estás encubriendo. ¿Vas a decirme que me equivoco en todo?

—Aunque tu hipótesis sea cierta, da igual. La cagué y Ritter murió por ello. No hay excusas que valgan, a estas alturas deberías saberlo.

—Pero si te distraen a propósito, la cosa cambia.

—No fue eso.

—¿Cómo lo sabes? ¿Por qué otro motivo iba a estar en ese ascensor en el preciso instante en que Ramsey decidió disparar? —Ella misma respondió la pregunta—: Ramsey, sabía que el ascensor bajaría y que la persona que iba en él te distraería, con lo cual tendría la oportunidad de matar a Ritter, por eso. Esperaba la llegada del ascensor antes de disparar.

Se recostó en el asiento con una expresión no tanto de triunfo como de desafío, como la que había mostrado en la televisión durante la rueda de prensa que King había visto.

—No es posible, créeme. Piensa que fue la acción más inoportuna del mundo, eso es todo.

—Seguro que no te sorprende si no te creo.

Permaneció sentado en silencio, tanto tiempo que de hecho Michelle acabó levantándose.

—Mira, gracias por la comida y la información sobre el vino. Pero no me digas que un tipo listo como tú no se mira en el espejo cada mañana y se pregunta ¿qué habría pasado si...?

Mientras se disponía a marcharse le sonó el teléfono móvil. Contestó.

—¿Diga? Sí, soy yo. ¿Quién? ¡Oh!, sí, hablé con ella. ¿Cómo ha conseguido este número? ¿Mi tarjeta? ¡Oh!, sí. No entiendo por qué llama. —Escuchó un poco más y empalideció—. No lo sabía. Dios mío, cuánto lo siento. ¿Cuándo ha pasado? Ya veo. Sí, gracias. ¿Le puedo llamar a algún número?

Colgó, sacó un boli y papel del bolso, anotó el número y se sentó lentamente en el sillón que había junto a King.

Él la miró con perplejidad.

—¿Estás bien? Tienes mal aspecto.

—No, no estoy bien.

Él se inclinó hacia delante y le apoyó la mano en el hombro para tranquilizarla. Michelle estaba temblando.

—¿Qué ha ocurrido? ¿Quién era?

—La mujer con la que hablé que trabajaba en el hotel.

—¿La camarera Loretta Baldwin?

—Era su hijo. Encontró mi nombre en la tarjeta que dejé allí y me ha llamado.

—¿Por qué? ¿Le ha sucedido algo a Loretta?

—Está muerta.

—¿Qué ha sido? ¿Un ataque al corazón? ¿Un accidente?

Negó con un gesto.

—La han asesinado. Le hice todas esas preguntas sobre el asesinato de Ritter y ahora está muerta. No puedo creer que guarde alguna relación, pero tampoco puedo creerme que no la guarde.

King se puso en pie de un salto tan brusco que Michelle se sobresaltó.

—¿Tienes el depósito de gasolina lleno? —preguntó.

—Sí —respondió ella un tanto confusa—. ¿Por qué?

King parecía estar hablando solo.

—Llamaré a las personas con quien tengo cita hoy y se lo diré.

—¿Se lo dirás? ¿Qué les dirás?

—Que no podré reunirme con ellas. Que me marcho.

—¿Adónde vas?

—No voy solo, vamos tú y yo. Vamos a Bowlington, Carolina del Norte, para averiguar por qué está muerta.

Se volvió y se dirigió hacia la puerta. Michelle no le siguió, se quedó allí sentada, desconcertada.

King se volvió.

—¿Qué pasa?

—No estoy segura de querer volver allí.

King regresó donde estaba y se colocó delante con expresión adusta.

—Has aparecido de la nada y me has formulado un montón de preguntas personales. Querías respuestas y te las he dado. Vale, ahora yo también estoy oficialmente interesado. —Hizo una pausa antes de gritar—: ¡Vamos, agente Maxwell, no dispongo de todo el día!

Michelle se puso en pie rápidamente.

—Sí, señor —dijo como una autómata.

25

Al entrar en el todoterreno, King se fijó rápidamente en el interior del vehículo de Michelle y fue incapaz de disimular el asco. Recogió el envoltorio de una barrita energética del suelo, junto a su pie, que todavía tenía un trozo de «chocolate energético» adherido. Los asientos traseros estaban llenos de todo tipo de objetos desperdigados: esquís acuáticos y de nieve, distintos remos y paletas, ropa de deporte, zapatillas, zapatos de vestir y un par de faldas, chaquetas y blusas, aparte de unas medias en el embalaje original. Había chándales, libros, incluido un ejemplar de las Páginas Amarillas del norte de Virginia, latas vacías de gaseosa y Gatorade, y una escopeta Remington y una caja de cartuchos. Y eso era sólo lo que estaba a la vista. A saber qué más había por ahí, el olor a plátano podrido le estaba castigando la nariz.

Miró a Michelle.

—Acuérdate de no invitarme nunca a tu casa.

Ella lo miró y sonrió.

—Ya te dije que era muy dejada.

—Michelle, esto es algo más que dejada. Esto es un vertedero andante, es la anarquía total y completa sobre ruedas.

—Qué filosófico. Por cierto, llámame Mick.

—¿Prefieres Mick a Michelle? Michelle es un nombre elegante, con estilo. Mick suena a ex boxeador tocado convertido en portero con galones en el uniforme y medallas de pacotilla.

—El Servicio Secreto es un mundo masculino. Hay que seguirles la corriente, si quieres progresar.

—Llévales una sola vez en este coche y nunca te confundirán con nada que no sea un hombre, aunque te llamaras Gwendolyn.

—Vale, mensaje recibido. Bueno, ¿qué esperas encontrar ahí?

—Si lo supiera, probablemente no iría.

—¿Visitarás el hotel?

—No estoy seguro. No he vuelto desde lo ocurrido.

—Lo entiendo. No estoy segura de poder volver a esa funeraria.

—Por cierto, ¿se sabe algo sobre la desaparición de Bruno?

—Nada. No ha habido petición de rescate. ¿Por qué se habrán tomado la molestia de secuestrar a John Bruno, matando incluso a un agente del Servicio Secreto, y posiblemente al hombre a quien fue a presentar sus últimos respetos, para luego no hacer nada con él?

—Cierto, Bill Martin, el fallecido. Pensé que debían haberlo matado.

Ella lo miró sorprendida.

—¿Por qué?

—No podían planear todo eso y esperar que el tipo estirara la pata en el momento adecuado. Y tampoco podían hacerlo al revés. El tipo se muere y entonces se esfuerzan para prepararlo todo en un par de días, y coincide justo con el momento en que Bruno pasa por allí. No, a él también lo asesinaron.

—Me impresiona tu análisis. Me dijeron que eras competente.

—Pasé mucho más tiempo en investigaciones que

como escudo humano. Todos los agentes se esfuerzan lo indecible para llegar a la unidad de protección y sobre todo a ser escoltas del presidente y, cuando lo consiguen, están ansiosos por volver a investigaciones.

—¿A qué crees que se debe eso?

—El horario es lamentable, además no controlas tu vida para nada. Te limitas a estar por ahí esperando un disparo. Yo lo odiaba, pero no tenía mucho donde elegir.

—¿Te asignaron a la unidad de protección del presidente?

—Sí. Me costó años de sudor y lágrimas llegar hasta allí. Luego pasé dos años en la Casa Blanca. El primer año fue fantástico, pero después ya no tanto. Significaba viajar constantemente, tener que tratar con los mayores egos del mundo y soportar que te trataran como si estuvieras dos escalafones por debajo del jardinero de la Casa Blanca. Sobre todo los miembros del personal que tenían una edad mental de doce años y no sabían distinguir su culo de un agujero en el suelo y se pasaban el día arremetiendo contra nosotros por cualquier cosa. Lo irónico es que acababa de dejar esa unidad cuando me asignaron la protección de Ritter.

—Vaya, qué alentador, teniendo en cuenta que me he pasado varios años intentando conseguir ese puesto.

—No te estoy diciendo que no lo intentes. Viajar en el Air Force One es emocionante. Y que el presidente de Estados Unidos te diga que estás haciendo un buen trabajo también resulta satisfactorio. Sólo digo que no te creas todo el despliegue. En muchos sentidos es como cualquier otro trabajo de protección. Al menos en investigaciones acabas arrestando a tipos malos. —Hizo una pausa y miró por la ventana—. Hablando de investigaciones, hace poco Joan Dillinger reapareció en mi vida y me hizo una oferta.

—¿Qué tipo de oferta?

—Ayudarla a encontrar a John Bruno.

Michelle estuvo a punto de salirse de la carretera.

—¿Qué?

—La gente de Bruno ha contratado a su empresa para que lo encuentren.

—Perdona, pero ¿no sabe que el FBI lleva el caso?

—¿Y qué? La gente de Bruno puede contratar a quien quiera.

—Pero ¿por qué implicarte?

—Me dio una explicación que no me acabo de creer. Así que no sé por qué.

—¿Vas a aceptar?

La miró.

—¿Tú qué crees? ¿Debería hacerlo?

Ella le dedicó una mirada rápida.

—¿Por qué me lo preguntas a mí?

—Pareces albergar tus sospechas sobre la mujer. Si está implicada en el asesinato de Ritter y ahora está involucrada en otro asunto con un candidato del tercer partido, ¿no te parece interesante? ¿Tú qué crees, debo o no debo... Mick?

—Mi primera respuesta sería que no, que no deberías.

—¿Por qué? ¿Porque podría acabar saliéndome el tiro por la culata?

—Sí.

—¿Y tu segunda respuesta, que estoy seguro que es mucho más interesada y maquinadora que la primera?

Ella lo observó, vio su expresión divertida y sonrió con aire de culpabilidad.

—De acuerdo, mi segunda respuesta sería que aceptes.

—Porque así estaré metido en la investigación y te podré contar todo lo que averigüe.

—Bueno, todo no. Si Joan y tú reaviváis el romance, la verdad es que no quiero saber todos los detalles al respecto.

—No te preocupes. Las viudas negras devoran a sus parejas. La primera vez apenas conseguí escapar.

26

Al cabo de poco más de dos horas de salir de Wrightsburg llegaron a casa de Loretta. No había coches policiales por la zona, pero la cinta amarilla de la policía impedía
el acceso a la casa.

—Supongo que no podemos entrar —dijo ella.

—Supongo que no. ¿Y su hijo?

Extrajo el número del bolso y llamó. El hombre respondió y quedaron en encontrarse en una cafetería de la
zona del centro. Cuando Michelle se disponía a marcharse de la casa de Baldwin, King la detuvo.

—Un momento. —Bajó del coche y recorrió la calle
arriba y abajo, luego dio la vuelta a la manzana y desapareció de su vista. Al cabo de unos minutos apareció desde detrás de la casa de Baldwin y se reunió con Michelle.

—¿A qué venía esa vuelta? —inquirió ella.

—Nada. Sólo que Loretta Baldwin tenía una casa
bonita.

Mientras se dirigían al centro, pasaron junto a varios
coches de policía apostados en distintas intersecciones
y advirtieron que los agentes escudriñaban atentamente
a los ocupantes de todos los vehículos. Por encima de sus
cabezas se oía el vuelo de un helicóptero.

—¿Qué habrá pasado? —preguntó Michelle.

King sintonizó una emisora de radio local. Enseguida descubrieron que dos hombres habían huido de la pe-

nitenciaría del Estado cercana y que había un gran despliegue policial para encontrarlos.

Al llegar al centro, Michelle se dispuso a aparcar, pero se detuvo.

—¿Qué pasa? —preguntó King.

Ella señaló una calle lateral junto a la avenida donde había dos coches de policía del condado.

—Me parece que no están buscando a los presos huidos. Nos están tendiendo una trampa.

—Vale, llama otra vez al hijo al móvil, dile que no tuviste nada que ver con el asesinato de su madre, pero que si quiere hablar, podéis hacerlo por teléfono.

Michelle exhaló un suspiro, puso la marcha y arrancó. Marcó otra vez el número y, cuando hubo respuesta, dijo lo que King le había indicado.

—Lo único que quiero saber es cómo la mataron.

—¿Por qué debería decírtelo? —repuso el hijo—. Visitas a mi madre y acto seguido la matan.

—Si hubiera planeado matarla, no habría dejado mi nombre y número de teléfono allí, ¿no crees?

—No sé, a lo mejor te van las emociones raras.

—Vine a hablar con tu madre sobre lo que sabía respecto al asesinato de Ritter producido hace ocho años. Me dijo que sabía muy poco.

—¿Por qué quieres saber sobre eso?

—Estudio Historia de América. ¿La policía está contigo ahora?

—¿A qué te refieres?

—No me tomes el pelo. ¿Sí o no?

—No.

—Bueno, daré por supuesto que mientes. Esto es lo que pienso: creo que el hecho de hablar con ella sobre el asesinato de Ritter puede haber sido la causa de su muerte.

—¿Ritter? Eso es una locura. El único implicado está muerto.

—¿Ah, sí? ¿Estás seguro?

—¿Cómo voy a estar seguro?

—Precisamente. Así que dime, ¿cómo mataron a tu madre?

Se hizo el silencio al otro lado de la línea.

Michelle decidió adoptar otro enfoque.

—Sólo estuve con tu madre un rato, pero me cayó bien. Era una mujer ejemplar que decía lo que pensaba. Eso es digno de respeto. Tenía la sabiduría de toda una vida, aunque lo ocultaba mediante un duro caparazón.

—Sí, es verdad —convino el hijo—. Y vete a la mierda. —Colgó.

—Maldita sea —dijo Michelle—. Pensé que lo había convencido.

—Es cierto. Volverá a llamarte. Dale tiempo, tiene que librarse de la policía.

—Sean, acaba de mandarme a la mierda.

—Es que no es la persona más sutil del mundo. Es un hombre. Ten paciencia, no se nos da bien ocuparnos de varias cosas a la vez como hacen las mujeres; sólo sabemos hacer las cosas de una en una.

Al cabo de una media hora sonó el teléfono.

Michelle lo miró.

—¿Cómo lo has sabido?

—Los tíos sienten debilidad por una buena voz en el teléfono. Y dijiste lo más adecuado sobre su madre. También tenemos debilidad por nuestras madres.

—De acuerdo —dijo el hijo por el teléfono—. La encontraron en la bañera, ahogada.

—¿Ahogada? ¿Y cómo saben que no fue un accidente? Tal vez sufrió un ataque al corazón.

—Tenía dinero metido en la boca y la casa estaba revuelta. Eso no me parece un accidente.

—¿La casa revuelta y dinero en la boca? —repitió Michelle y King arqueó las cejas.

—Sí, cien pavos. Cinco billetes de veinte. La encontré yo. La había llamado por la noche y no contestaba. Vivo a unos sesenta y cinco kilómetros. Fui en coche. ¡Maldita sea! Tener que verla así... —Se le quebró la voz.

—Lo siento. Y también siento no haberte preguntado cómo te llamas.

—Tony. Tony Baldwin.

—Tony, lo siento. Visité a tu madre para hablar sobre el asesinato de Ritter. Me interesaba saber qué había pasado. Descubrí que tu madre había estado allí aquel día y que seguía viviendo en Bowlington, por eso fui a verla. Hablé con otras dos camareras del hotel. Puedo darte sus nombres. Es todo lo que hice, te lo juro.

—Bueno, supongo que debo creerte. ¿Tienes alguna idea de quién pudo hacerlo?

—Todavía no, pero a partir de ahora mismo descubrirlo es mi principal prioridad.

Ella le dio las gracias, colgó y se volvió hacia King.

—Le metieron el dinero en la boca —dijo él pensativamente.

—Mi dinero —dijo Michelle abatida—. Yo le di esos cien dólares, cinco billetes de veinte, por responder a mis preguntas.

King se frotó el mentón.

—De acuerdo, el robo no fue el móvil. No habrían dejado el dinero. Pero en cambio registraron la casa. La persona buscaba algo y probablemente no lo encontró.

—Pero el dinero en la boca... Dios mío, eso es grotesco.

—Quizá no tanto grotesco como intencionado para declarar algo.

Ella lo miró con curiosidad.

—¿Qué tipo de declaración?

—Tal vez una declaración funesta, para ambos. ¿Quién lo habría dicho?

—¿De qué hablas?

—No puedo decírtelo.

—¿Por qué no, joder?

—Porque todavía no he acabado de reflexionar sobre el tema, por eso. Yo hago las cosas así.

Michelle levantó las manos en señal de frustración.

—Dios mío, eres exasperante.

—Gracias, me esfuerzo por serlo. —King miró por la ventana un rato y luego por fin se movió—. Bueno, este pueblo es pequeño y seguro que llamamos la atención con tanto policía suelto. Vámonos a buscar un sitio donde dormir fuera de aquí. Esperaremos a mañana por la noche para ir.

—¿Ir adónde?

Él la miró.

—Puedo ser tan nostálgico como cualquiera.

Michelle frunció el ceño.

—¿Es que los abogados son incapaces de responder a una pregunta directamente?

—Bueno, creo que ha llegado el momento de que haga una visita al hotel Fairmount. ¿He sido lo bastante directo?

27

Se acercaron al hotel desde atrás, procurando permanecer cerca de la frondosa hilera de árboles. Los dos iban vestidos exactamente igual y también se movían sincronizados. Aguardaron unos instantes al borde de los árboles, escudriñando la zona para ver si había señales de vida. Satisfechos, avanzaron y enseguida cubrieron el terreno que separaba el bosque de la alambrada que rodeaba el hotel. No sin dificultad cruzaron al otro lado. Uno de ellos extrajo una pistola y luego se abrieron paso hasta la fachada trasera del hotel. Encontraron una puerta lateral y la forzaron. Al cabo de unos instantes, desaparecieron en el interior oscuro.

King y Michelle aparcaron bastante lejos del hotel Fairmount y recorrieron el resto del trayecto a pie. Mientras se acercaban al edificio, se ocultaron de nuevo en el bosque, ya que el helicóptero, con el reflector que iluminaba el suelo, sobrevoló por encima de ellos.

—La verdad es que resulta emocionante —dijo Michelle mientras surgían de entre los árboles y se abrían paso hacia el hotel—. ¿Sabes? Es como estar al otro lado de la placa, para variar.

—Sí, es emocionante al principio. Piensa que ahora mismo podría estar en mi casa con una deliciosa copa de

Viognier frente a la chimenea leyendo a Proust, en vez de ir dando saltitos alegremente por los alrededores de Bowlington, Carolina del Norte, mientras esquivamos helicópteros de la policía.

—Por favor, dime que no es verdad que lees a Proust mientras bebes vino —murmuró ella.

—Bueno, sólo si no hay nada bueno en la tele.

Mientras se acercaban al hotel, King repasó la extraña fachada.

—Siempre me ha parecido que Frank Lloyd Wright podría haber diseñado este lugar si fuera adicto a la heroína —comentó el ex agente.

—Es bastante feo —convino Michelle.

—Para que te hagas una idea del sentido estético de Clyde Ritter, a él el Fairmount le parecía bonito.

El hueco de la alambrada por el que Michelle había entrado en su anterior visita estaba cerrado. Así que se vieron obligados a saltarla. King miró con cierta envidia a Michelle mientras se encaramaba por la valla con mucha más facilidad que la que él mostraría. Así era. Casi se cayó de narices al pasar al otro lado porque el pie se le atoró en un eslabón. Ella lo ayudó sin hacer ningún comentario y lo guió hacia el lateral del edificio. Entraron por el mismo sitio que ella durante su primera incursión.

En el interior, Michelle extrajo una linterna pero King levantó la mano en señal de advertencia.

—Espera. Dijiste que había un guarda.

—Sí. Pero no le he visto cuando entramos.

King la miró extrañado.

—Recuerdo que comentaste que la segunda vez te encontraste con un guarda pero que la primera vez no viste a nadie.

—Quizás estuviera haciendo la ronda por el otro lado. Probablemente sólo patrullen por el perímetro.

—Sí, puede ser —convino King. Asintió para que encendiera la linterna y se dirigieron al vestíbulo.

—El salón Stonewall Jackson está al final del pasillo —informó.

—¿Ah, sí? No lo sabía.

—Lo siento, Sean. Hace tanto tiempo... y yo acabo de estar aquí.

—Olvídalo —dijo él—. He sido un estúpido.

—¿Quieres entrar ahora?

—Quizá más tarde. Antes voy a comprobar una cosa.

—El cuarto en el que se escondió Loretta Baldwin.

—Las mentes privilegiadas piensan de modo similar. Antes de que te des cuenta estarás bebiendo un buen vino y leyendo literatura de altos vuelos. Y quizá, sólo quizás, eso te lleve a limpiar el coche, si resulta que tienes un año o dos libres.

Fueron al cuarto y abrieron la puerta. Linterna en mano, King entró y echó un vistazo. Apuntó directamente a un pequeño hueco del fondo y luego se volvió hacia Michelle.

—¿Loretta era pequeñita?

—Casi esquelética.

—Así que podría haberse colocado ahí sin problema. ¿Te dijo dónde se escondió exactamente?

—No, pero tal vez entró aquí y se quedó en el medio. King negó con la cabeza.

—Si yo fuera una persona aterrorizada en medio de una escena de asesinato, caos y gritos, gente que se deja llevar por el pánico y corriera a un cuarto a esconderme, creo que escarbaría hasta lo más hondo posible. Es algo instintivo, como taparse la cabeza con la manta. En aquel momento no debía de saber qué demonios estaba sucediendo. Existía la posibilidad de que un tipo armado entrara aquí corriendo también para esconderse y... —Se calló y observó el lugar en que Loretta pudo haberse escondido.

—¿Qué ocurre, Sean?

Se limitó a negar con la cabeza.

—No estoy seguro. —Salió del cuarto y cerró la puerta.

—Bueno, ¿y ahora dónde? —preguntó Michelle.

Exhaló un largo suspiro.

—Al salón Stonewall Jackson.

Cuando llegaron allí Michelle observó en silencio y fue iluminando el camino de King mientras él recorría todos los rincones de la sala cuidadosamente con la mirada. Entonces miró el lugar en el que había estado hacía ocho años. Exhalando otro suspiro profundo, King se dirigió a aquel punto y pareció ocupar su antiguo puesto, su mano se acercaba sigilosamente a la espalda imaginaria de un Clyde Ritter sudoroso y en mangas de camisa.

Entonces King regresó a ese día de septiembre de 1996 mientras dirigía la mirada a la gente imaginaria, los posibles alborotadores, los bebés que recibían besos, los empujones desde atrás y la respuesta de Ritter a los mismos. Incluso se encontró murmurando por el micro, pasando información. Lanzó una mirada al reloj que había detrás, aunque no hubiera ninguno y, de todos modos, no habría podido verlo en la oscuridad. Sólo cinco minutos más y los saludos y recibimientos habrían terminado. Cuando lo pensaba le parecía increíble. Si Ramsey hubiera llegado tarde o Ritter hubiera acabado la reunión antes, no habría ocurrido nada de todo aquello. Qué distinta habría sido la vida de King.

Casi no era consciente de ello, pero tenía la vista fija en los ascensores. Oyó el tintineo una y otra vez. En su mente las puertas se abrían de forma incesante. Era como si estuviera absorto en ese vacío.

La detonación lo sobresaltó en extremo, pero se llevó la mano rápidamente a la funda, extrajo la pistola imaginaria y bajó la vista al suelo, donde yacía el cadáver de Ritter. Entonces miró hacia donde se encontraba Michelle con la linterna, que acababa de dar un portazo.

—Lo siento —se disculpó—. Sólo quería ver tu reacción. Supongo que no he debido hacerlo.

—No, no has debido hacerlo —declaró él, tajante.

Michelle se situó a su lado.

—¿En qué estabas pensando ahora mismo?

—¿Te sorprendería si te digo que ni siquiera lo sé con seguridad?

—Cuéntamelo. Podría ser importante.

Caviló unos instantes.

—Bueno, recuerdo haber mirado a Arnold Ramsey. En su rostro había una expresión que no se correspondía con la de un hombre que acaba de asesinar al candidato presidencial. No parecía asustado, ni desafiante, ni enfadado, ni loco.

—Entonces ¿qué expresión tenía?

King la miró fijamente.

—Parecía sorprendido, Michelle, como si no hubiera esperado matar a Ritter.

—Bueno, la verdad es que no tiene mucho sentido, teniendo en cuenta que acababa de disparar al hombre. ¿Te acuerdas de algo más?

—Después de que se llevaran el cadáver de Ritter, recuerdo que Bobby Scott se acercó a mí para ver la herida.

—Dadas las circunstancias, es un gesto extraordinario.

—Bueno, no sabía qué había sucedido. Sólo sabía que tenía un agente herido. Lo de la cagada lo supo después.

—¿Algo más?

King clavó la vista en el suelo.

—Cuando me sacaron de allí más tarde, Bobby y Sidney Morse andaban a la greña en el pasillo. Había otro tipo con ellos, alguien que no reconocí. Morse medía un metro ochenta y pesaba más de cien kilos de grasa, y justo delante tenía a Bobby Scott, ex marine y fuerte como un roble, y estaban dale que te pego. Era todo un espectáculo. En otro momento me habría entrado la risa.

—¿Por qué discutían?

—Ritter estaba muerto y era culpa de Scott... estoy seguro de que eso es lo que Morse le decía a Bobby.

—¿Viste a alguno de ellos después de eso?

—Sólo vi a Bobby en algunas vistas oficiales que se celebraron con posterioridad. Nunca hablamos en privado. Siempre pensé en llamarle, decirle que sentía lo sucedido. Pero no llegué a hacerlo.

—Leí que habían ingresado a Sidney Morse en un psiquiátrico.

—Sí. Creo que en realidad no le importaba la política de Ritter. Para Morse todo era teatro, una gran producción. En aquella época estaba metido en el mundo del espectáculo o algo así. Y le oí diciéndole a alguien que si era capaz de lanzar a la fama nacional a un tipo como Ritter, eso lo convertiría en un icono.

Michelle echó un vistazo a su alrededor y se estremeció.

—Qué silencioso está esto. Me recuerda a una tumba.

—Bueno, en cierto modo lo es. Aquí murieron dos hombres.

—Me alegro de que no fueran tres.

«¿No lo fueron?», pensó King.

Trazó una línea en el suelo con el haz de luz de la linterna.

—El cordón que contenía a la muchedumbre estaba justo aquí, ¿no? —King asintió y Michelle continuó hablando—: Por tanto, debía de ir desde esa pared hasta más o menos treinta centímetros detrás del borde de la pared que separaba los ascensores. Y en el vídeo recuerdo que iba muy esquinado. ¿Recuerdas quién colocó aquí el cordón?

—Debió de ser el Servicio.

—¿El jefe de la unidad de protección, Bob Scott?

—Dudo que Bobby se encargara de ese tipo de detalles.

—Entonces ¿cómo estás tan seguro de que fue el Servicio?

King se encogió de hombros.

—Supongo que no lo sé. Yo sólo sabía que Ritter y yo estaríamos detrás de ese cordón.

—Exacto. —Le tendió la linterna a King, se colocó donde había estado él y miró en dirección a los ascensores—. De acuerdo. Con el cordón ahí y tú aquí, serías la única persona de la sala que vería los ascensores. Eso parece convenido. Y, por cierto, el ascensor ha vuelto a llamarte la atención.

—Olvídate del ascensor —le espetó—. ¿Por qué coño estoy aquí? Ritter era un capullo. Joder, me alegro de que esté muerto.

—De todos modos era un candidato presidencial, Sean. A mí no me caía bien John Bruno, pero protegí al hombre como si fuera el presidente de la nación.

—No hace falta que me sermonees sobre los criterios de la agencia —la interrumpió, ofendido—. Yo estaba protegiendo presidentes mientras tú te dedicabas a remar en un bote por una plaquita de metal.

—¿Pasarse toda la noche follando con otra agente cuando tienes una misión al día siguiente forma parte del criterio de protección del Servicio Secreto? Vaya, eso me lo perdí en el manual.

—Sí, está junto al que dice que nunca hay que dejar solo al protegido en una sala; me parece que ése también se te pasó —replicó.

—Espero que Joan mereciera la pena.

—Loretta Baldwin te contó lo de las bragas en la lámpara, saca tus propias conclusiones.

—Fue un paso mal dado. No me habría acostado contigo antes de un turno por muy tentada que hubiera estado, y tampoco creo que lo estuviera.

—Gracias. Está bien saberlo... Mick.

—De hecho —Michelle siguió pinchándolo—, me siento mucho más predispuesta a aceptar que te distrajeras a que te dedicaras a acostarte con una cualquiera antes de empezar a trabajar.

—Muy interesante. ¿Ahora quieres examinar este sitio, o prefieres seguir analizando las decisiones de mi vida?

—Oye, ¿por qué no nos vamos? —dijo ella de repente—. Aquí el ambiente está muy enrarecido.

Se marchó dando grandes zancadas y King la siguió despacio, negando con la cabeza cansinamente.

Cuando King salió ya no la vio. La llamó y apuntó con la linterna hasta que al final la localizó entre las sombras.

—Michelle, espera, te vas a matar si sales de aquí sin linterna.

Ella se paró, se cruzó de brazos y lo miró con el ceño fruncido. Acto seguido, se puso tensa y volvió la cabeza en otra dirección. King vio una mancha borrosa que surgía de la oscuridad y Michelle gritó. Se abalanzó hacia delante mientras los dos hombres entraban en el campo de visión de la linterna y se abatían sobre Michelle.

—¡Cuidado! —gritó King mientras echaba a correr. Antes de alcanzarlos, una de las pistolas que blandía uno de los hombres salió disparada como consecuencia de una patada de Michelle muy bien dada. Acto seguido, le aplastó la cara al otro tipo con el pie izquierdo y cayó desplomado junto a la pared. Como una bailarina practicando una coreografía perfectamente ensayada, se dio la vuelta e hizo caer al otro hombre con un puntapié rápido en el riñón. Los dos hombres intentaron levantarse, pero ella dejó fuera de combate a uno de ellos con un codazo en la nuca, mientras King noqueaba al otro con la linterna antes de que lograra ponerse en pie.

Jadeando, Sean miró a Michelle mientras ésta rebuscaba en el bolso. Extrajo un par de medias y, con gran ingenio, ató juntos a los dos hombres inconscientes. La mujer ni siquiera sudaba. Alzó la vista hacia King y se encontró con su mirada interrogante.

—Cinturón negro. Cuarto dan —explicó.

—Claro —dijo King. Enfocó con la linterna a la pareja que seguía llevando el mono azul típico de los presos—. Parece que son nuestros amigos los presos huidos. Supongo que no encontraron otro modelito que ponerse.

—Llamaré a la policía, les haremos un favor a los agentes locales. De forma anónima, por supuesto. —Extrajo su teléfono.

—Oye, Michelle.

—Sí.

—Quiero que sepas que me siento muy seguro al lado de una mujer tan fuerte y grande que me protege.

Después de que ella llamara a la policía, Michelle y King se dirigieron rápidamente al Land Cruiser y entraron en el coche justo cuando el helicóptero pasaba sobre sus cabezas camino del hotel. Michelle siguió el recorrido del aparato y luego la franja de luz que atravesaba el bosque. Cuando lo vio, se quedó pasmada.

Había un vehículo grande en una carretera secundaria. Y un hombre sentado en él, claramente a la vista gracias a la luz. En un momento la luz desapareció y el hombre con ella. Michelle oyó que el coche arrancaba y salía a toda velocidad.

Michelle entró en el todoterreno de un salto y le gritó a King que le siguiera.

—¿Qué pasa? —inquirió él a voz en grito, al tiempo que cerraba la puerta tras de sí mientras ella intentaba introducir las llaves en el contacto.

—Había un hombre en un coche, ¿no lo has visto?

—No.

—¿No has oído el coche al arrancar?

—¿Con el ruido del helicóptero?

—Estaba cambiado, porque debía de llevar un disfraz cuando lo vi por primera vez, pero le he visto los ojos claramente. Juraría que era él.

—¿Quién?

—El agente Simmons, el falso policía de la funeraria, el hombre que secuestró a Bruno y mató a Neal Richards.

King la miró asombrado.

—¿Estás segura?

Puso en marcha el vehículo y pisó a fondo el acelerador.

—Lo suficiente. —Giró el coche y estaba a punto de dirigirse a la carretera secundaria para seguir al otro vehículo cuando aparecieron varios coches policiales y les bloquearon el paso.

Michelle golpeó el volante con los puños.

—Maldita sea, el mejor momento para que se presente la policía local.

Cuando se abrió la puerta de uno de los coches y salió un hombre, King negó con la cabeza y dijo:

—No es la policía local, Michelle.

El hombre se acercó al lado del conductor e hizo una seña a Michelle para que bajara la ventanilla. Ella obedeció y el hombre se inclinó hacia el interior; miró primero a Michelle y luego a King.

—¿Os importaría salir del vehículo? —dijo Jefferson Parks.

28

El interrogatorio se prolongó durante gran parte de la noche. La policía se había negado a que Michelle se marchara para intentar encontrar al hombre que había visto en el coche. Estaba claro que tenían otras prioridades y cuando intentó explicarles que ese hombre era el que había secuestrado a John Bruno adoptaron una expresión muy escéptica.

—Eso puede esperar —había acabado diciendo el sheriff.

Además, había pasado una hora muy desagradable sintiéndose herida en su orgullo por Walter Bishop, del Servicio Secreto. Tras contarle lo de su detención por parte de la policía de Carolina del Norte, había pasado a leerle la cartilla.

Bishop echaba chispas.

—Pensé que el hecho de recordarte lo afortunada que eras por seguir en el Servicio te habría causado alguna impresión. Ahora descubro que estás involucrada en asuntos que no te conciernen. Me resulta difícil imaginar que pudieras cagarla más. —Miró a King—. Oh, pero me equivoco, porque ahora vas por ahí con uno de los perdedores más legendarios del Servicio. Podéis organizar un club, el club de los que la cagaron. Aquí mismo tenemos al presidente, ¿verdad Sean?

King odiaba a Bishop cuando estaba en el Servicio y

Bishop había sido uno de los que más habían propiciado su crucifixión. Los años transcurridos no habían suavizado los sentimientos del ex agente ni un ápice.

—Cuidadito, Walt —dijo King—, gané un caso por difamación y puedo ganar otro por injuria, y ni te imaginas el placer que me proporcionará conservar tu ridícula polla en un tarro con vinagre.

—¡Voy a acabar contigo! —bramó Bishop.

—Ya no estoy en el Servicio, así que guárdate el histrionismo para quien le importe, si es que encuentras a alguien.

—¡No me hables en ese tono!

—¡Preferiría hablar con un montón de estiércol que perder un minuto de mi vida con un imbécil como tú! —le espetó King.

—¡Muy bien, pero yo nunca he permitido que mataran a un candidato presidencial por pensar con el culo!

—¡Tú siempre has pensado con el culo! ¡Yo al menos salí a tomar aire!

Y la conversación había seguido por este derrotero. Hasta tal punto que, de hecho, prácticamente todos los presentes en el edificio, incluidos los prisioneros, habían aguzado el oído.

Michelle nunca había oído a nadie hablarle así a Walter Bishop y le costaba contener la risa al oír algunas de las frases que salían de la boca de King. Era como si se hubiera estado guardando la munición verbal durante ocho años.

Más tarde, después de que Bishop regresara a Washington hecho una furia, Jefferson Parks y el sheriff de la localidad se unieron a ellos mientras tomaban un café malo de la máquina expendedora.

—¿Qué estás haciendo aquí? —le preguntó King a Parks.

El *marshal* adjunto estaba muy alterado.

—Te pedí que no salieras de la jurisdicción, y luego mis hombres me comunican que no sólo estás en otro Estado, sino que encima andas merodeando por el pueblo donde se cargaron a Clyde Ritter. Y para colmo, me informan de que tu acompañante —inclinó la cabeza hacia Michelle— está implicada en el asesinato de una mujer del pueblo. Insisto, dejaste la jurisdicción después de que te dijera que no porque...

—No estaba arrestado —espetó King—. Y no es que me largara en un avión a Fiyi con el plan de jubilación en metálico. Fui a Carolina del Norte en un todoterreno lleno de material deportivo y barritas energéticas a medio comer. ¡Ya ves!

—Y tuvimos la suerte de apresar a esos reclusos —intervino Michelle—. En eso os ayudamos.

—Muy agradecido —replicó el sheriff—, pero también me gustaría entender mejor tu relación con la señora Baldwin. Aquí no ha habido un asesinato desde... pues, desde lo de Clyde Ritter, y no me gusta lo más mínimo.

Michelle explicó una vez más la conversación que había mantenido con Loretta.

El sheriff se frotó el mentón y se tiró de los pantalones.

—Bueno, no acabo de entenderlo. Al parecer Loretta no te dijo nada que implicara a nadie.

—Cierto. —Michelle había dicho unas cuantas mentirijillas sin importancia, además de saltarse la parte de las bragas negras de encaje y la actividad de la noche anterior en la habitación de King, por lo que éste le dedicó una mirada de agradecimiento—. No estoy segura de que guarde relación con mi visita. Quizá todo se trate de una simple coincidencia.

—Y el dinero que tenía en la boca, ¿dices que era tuyo?

Michelle asintió.

—Eso es lo que creo. Le di cien dólares en billetes de veinte porque me había ayudado. —Hizo una pausa antes de añadir—: No tengo nada que ver con su muerte.

El sheriff asintió.

—Ya hemos comprobado tu coartada. Hay gente que recuerda haberte visto en Virginia en el momento en que Loretta fue asesinada.

—Entonces ¿cuál fue el móvil? —inquirió Parks. Levantó las manos cuando lo miraron—. Lo que acabas de describir es un crimen sin motivo. A no ser que la señora tuviera unos enemigos que desconocemos. O quizá sea un asesino que actúa al azar, pero tengo la intuición de que no. Eso del dinero en la boca indica algo personal.

El sheriff negó con la cabeza.

—Loretta Baldwin no era de los que tienen enemigos. Me refiero a que, bueno, tenía una lengua afilada y los cotilleos que salían de su boca eran reveladores, aunque solía dar en el clavo. Pero eran asuntos sin importancia. Nada por lo que alguien mataría.

—Bueno, nunca se sabe —dijo King—, lo que a uno le parece una tontería puede ser muy importante para otra persona.

El sheriff asintió, aunque no parecía muy convencido.

—Es posible. —Se puso en pie—. Bueno, ya tengo vuestras declaraciones. Podéis iros.

Cuando se disponían a marcharse, Michelle se acercó al sheriff.

—¿Sabes quién es ahora el propietario del Fairmount?

—La última noticia que tuve es que lo había comprado una empresa japonesa, que lo quería transformar en un club con campo de golf. —Se rió entre dientes—.

Supongo que no hicieron los deberes. El hotel tiene mucho terreno pero es pantanoso en su mayor parte. Y por aquí no hay mucha gente que sepa lo que es un club de golf.

—¿Sabes el nombre del servicio de seguridad que vigila el hotel?

Pareció sorprendido.

—¿Qué servicio de seguridad?

Michelle disimuló su sorpresa y se reunió con King y Parks.

—¿Cómo llegasteis tan rápido? —le preguntó King.

—Mis hombres os seguían.

—Te aseguro que eso es malgastar recursos.

—Sí, hasta ahora ha sido muy aburrido.

—*Marshal*, esta noche ha ocurrido algo —dijo Michelle—. No tiene nada que ver con el asesinato de Loretta Baldwin, sino con la desaparición de John Bruno.

—¿Bruno? —Parks estaba desconcertado—. ¿Qué demonios pinta Bruno en todo esto?

Michelle le contó lo del hombre que había visto.

Él negó con la cabeza.

—¿Cómo puedes estar segura de que fuera él? Apenas lo viste un momento y con poca luz.

—Soy agente del Servicio Secreto. Me dedico a estudiar y recordar fisonomías.

Parks seguía mostrándose escéptico.

—Bueno, vale, entonces ponlo en conocimiento del FBI. Ellos llevan el caso. Yo sólo intento descubrir quién mató a uno de mis testigos. —Lanzó una mirada a King—. Y también trato de tener controlado a este tipo, pero no me lo está poniendo fácil —gruñó.

—¿Quieres que me espere por aquí hasta que recojas pruebas suficientes para llevarme a la horca?

—Tengo suficiente para arrestarte ahora mismo si

quiero. Así que no me tientes. —Los fulminó a los dos con la mirada—. ¿Os dirigís los dos hacia la vieja y querida Virginia?

—Pues la verdad es que ya me he hartado del viejo y querido Bowlington —respondió King.

29

—Supongo que tú tampoco me crees.

Michelle y King conducían de vuelta a Wrighstburg a primera hora de la mañana.

—¿Sobre qué? —inquirió King.

—¡Simmons! El hombre que vi indiscutiblemente en el coche.

—Te creo. Viste lo que viste.

Lo miró, asombrada.

—Pues es evidente que Parks no me creyó. ¿Y tú por qué sí?

—Porque un agente del Servicio Secreto nunca olvida una cara.

Ella sonrió.

—Sabía que me gustaría estar contigo. Y mira, otra cuestión: al parecer no hay ninguna empresa de seguridad encargada del Fairmount. Así que el tipo que me detuvo era un impostor.

King no pudo disimular un gesto de evidente preocupación.

—Michelle, podría tratarse del mismo tipo que mató a Loretta.

—Lo sé. Me libré por los pelos.

—¿Qué aspecto tenía? —Michelle lo describió—. Podría tratarse de cualquiera. No posee ningún rasgo especial.

—Probablemente no es por casualidad. ¿Otro callejón sin salida? Vaya, en este caso ya viene siendo una costumbre.

Más tarde se detuvieron en el camino de entrada de la casa de King. Cuando llegaron al final, King torció el gesto.

—¡Oh, cielos! —exclamó al mirar hacia arriba. Joan Dillinger caminaba con cara de pocos amigos frente a su casa.

Michelle también la había visto.

—La estimada señora Dillinger no parece muy contenta.

—Ya sé que desconfías de ella, pero no te precipites. Es una mujer muy perspicaz.

Michelle asintió.

King salió del todoterreno y se acercó a Joan.

—Te he estado llamando —dijo ella.

—He estado fuera —explicó King.

Joan se sobresaltó cuando Michelle Maxwell bajó del Land Cruiser. Mirando con recelo a King y luego a Michelle, dijo:

—¿Eres la agente Maxwell?

—Sí. De hecho nos conocimos hace unos años, cuando todavía estabas en el Servicio.

—Por supuesto. Has causado un gran revuelo en los periódicos últimamente.

—Pues sí —convino Michelle—. Una cobertura que me sobra.

—No me extraña. Qué sorpresa verte —dijo Joan mientras miraba fijamente a King—. No sabía que tú y Sean os conocierais.

—Es una relación reciente —dijo King.

—Ya. —Joan tocó a Michelle en el codo—. Michelle, ¿nos disculpas? Quisiera hablar con Sean de algo muy importante.

—¡Oh!, ningún problema, de todos modos estoy agotada.

—Sean causa ese efecto en muchas mujeres. De hecho, incluso se le podría considerar peligroso para la salud de ciertas personas.

Las dos mujeres se miraron a los ojos durante unos instantes.

—Gracias por el consejo, pero sé cuidarme yo solita —espetó Michelle.

—No lo dudo. Pero según el contrincante podrías acabar fuera de juego.

—La verdad es que nunca me ha pasado.

—A mí tampoco. Dicen que la primera vez es realmente memorable.

—Lo tendré en cuenta. Quizá tú también deberías hacerlo.

—Adiós, Michelle —concluyó Joan—. Y muchas gracias por prestarme a Sean —añadió con frialdad.

—Sí, gracias, Mick —murmuró King entre dientes.

Michelle se marchó en el coche y King subió la escalera seguido de cerca por Joan, que emitía radiaciones de ira incandescente. El condenado recorriendo el último kilómetro era la analogía más cercana que se le ocurría, y en aquel momento le parecía demasiado cercana.

Una vez dentro, Joan se sentó a la mesa de la cocina mientras King ponía agua a calentar para preparar un té. Joan a punto de estallar de rabia.

—¿Te importaría decirme qué hay entre Michelle Maxwell y tú?

—Ya te lo he dicho. Es un fenómeno reciente en mi vida.

—No creo en fenómenos como ésos. ¿Pierde a Bruno y de pronto aparece en tu puerta?

—¿Qué más te da?

—¿Que qué más me da? ¿Estás loco? Estoy investigando la desaparición de Bruno y a ti sólo se te ocurre presentarte con la jefa de la unidad de protección a la que han suspendido del cargo por haberlo perdido.

—Acudió a mí porque los dos perdimos a candidatos presidenciales y quería comparar la situación. Eso es todo. En realidad Bruno no entra en la ecuación.

—Perdona que te diga, pero mi contador de idioteces está sonando tan fuerte que me zumban los oídos.

—Es la verdad, te guste o no. —Le tendió una taza vacía—. ¿Té? —le preguntó en tono amable—. Me parece que te sentaría bien. Tengo Earl Grey, de menta o el clásico, Lipton.

—¡A la mierda con el té! ¿De dónde veníais tú y ella? —quiso saber.

King siguió hablando con tranquilidad.

—¡Oh!, de hace ocho años.

—¿Cómo?

—Estábamos rememorando el pasado.

—¿Hace ocho años? —Lo miró con expresión incrédula—. ¿Habéis ido a Bowlington?

—Bingo. ¿Leche y azúcar?

—¿Qué coño fuisteis a hacer allí?

—Lo siento. Me parece que no estás autorizada para esto.

Joan golpeó la mesa con el puño.

—¡Ya basta, Sean! ¡Cuéntamelo!

Dejó todos los preparativos del té y la miró de hito en hito.

—No es asunto tuyo, a no ser que tengas algo que ver con el asesinato de Ritter que yo no sepa.

Ella lo miró con cautela.

—¿Qué se supone que significa eso?

—¿Por qué no me lo dices tú?

Joan se recostó en el asiento, respiró hondo y se pasó la mano por el pelo enmarañado.

—¿Ella sabe que pasamos la noche juntos en el hotel?

—No importa lo que sepa o deje de saber, es algo entre tú y yo.

—Todavía no sé adónde quieres ir a parar, Sean. ¿Por qué sacas a relucir todo esto ahora?

—Quizá no sepa por qué. Y quizá me dé igual saberlo, así que dejemos este asunto. Es agua pasada, ¿verdad? Mejor no remover el pasado, ¿no? Que el capullo de Ritter descanse en paz, ¿vale? —Preparó el té y le tendió la taza llena—. Toma, es de menta, ¡bébetelo!

—Sean...

La agarró por el brazo y se inclinó muy cerca.

—Tómate el té.

Su voz baja y la mirada intensa parecieron tranquilizarla un poco. Joan alzó la taza y tomó un sorbo.

—Está bueno, gracias.

—De nada. Bueno, en cuanto a lo de la oferta de Bruno, supongo que la respuesta es sí, ¿cuál es el primer paso de nuestra pequeña asociación?

Aunque Joan seguía pareciendo enfadada, extrajo una carpeta del maletín y repasó el contenido. Respiró hondo y pareció purificarse.

—Necesitamos hechos. Así que he preparado una lista de personas a las que entrevistar. —Le pasó una hoja para que King la mirara.

—E ir a la escena del crimen y empezar desde allí.

King estaba recorriendo la lista con la mirada.

—De acuerdo, es muy completa. Todo el mundo,

desde la señora Bruno a la señora Martin pasando por el coronel Mustard y el mayordomo. —Se detuvo al leer un nombre y alzó la vista hacia ella—. ¿Sidney Morse?

—En principio está en un psiquiátrico de Ohio. Comprobémoslo. Supongo que lo reconocerías, ¿no?

—Creo que nunca le olvidaré. ¿Alguna teoría para atacar?

—¿Me tomo todo este interés como un sí?

—Tómatelo como un quizá. ¿Teorías?

—Bruno tenía muchos enemigos. Es posible que ya esté muerto.

—En ese caso, la investigación ha terminado antes de empezar.

—No, el trato que tengo con la gente de Bruno es descubrir qué le pasó. Me pagan independientemente de que lo encuentren vivo o muerto.

—Buena negociación. Ya veo que no has perdido perspicacia.

—El trabajo es el mismo aunque esté muerto. De hecho, es más problemático si no está vivo. Me pagan por obtener resultados, sean cuales sean.

—Muy bien, entendido. Estábamos hablando de teorías.

—Un bando hace que lo secuestren para influir en las elecciones. Que yo sepa, el distrito electoral de Bruno podría haber bastado para determinar el voto si negaba el apoyo a un partido o lo daba a otro.

—Mira, no me trago que un partido político importante secuestrara a Bruno. En otro país podría pasar, pero no aquí.

—Estoy de acuerdo. Resulta un tanto rocambolesco.

King dio un sorbo al té y dijo:

—Pues volvamos a fechorías más convencionales, ¿vale?

—Lo secuestraron por dinero y la petición de rescate está al caer.

—O lo secuestró una banda en la que causó estragos cuando era fiscal.

—Si es así, probablemente nunca encontremos el cadáver.

—¿Algún sospechoso en ese sentido?

Joan negó con la cabeza.

—Pensé que lo habría, pero la verdad es que no. Las tres peores organizaciones que ayudó a desarticular no tienen miembros activos en el exterior. Persiguió a varias bandas locales en Filadelfia después de marcharse de la capital, pero tendían a actuar en un barrio muy concreto y con armas muy poco sofisticadas, más que nada pistolas, navajas y teléfonos móviles. No habrían tenido la habilidad suficiente ni los recursos necesarios para secuestrar a Bruno delante de las narices del Servicio Secreto.

—De acuerdo, descartamos a los enemigos de su época de fiscal y los que se beneficiarían a nivel político, o sea que sólo nos queda el motivo puramente económico. ¿Vale tanto como para asumir el riesgo?

—Él solo, no. Como ya te dije, la familia de su mujer tiene dinero, pero tampoco son Rockefeller. Calculo que podrían pagar un millón de dólares, pero no más.

—Bueno, me parece mucho, pero en los tiempos que corren un millón de pavos no da para tanto como antes.

—¡Oh!, me encantaría poder descubrirlo —declaró Joan. Lanzó una mirada a la carpeta—. El partido político de Bruno tiene fondos, pero de todos modos hay muchos otros blancos de los que podrían sacarse mayores beneficios.

—Y que no tienen al Servicio Secreto para protegerlos.

—Exactamente. Es como si quien secuestró a Bruno lo hubiera hecho por...

—¿Por el reto? —interrumpió King—. ¿Para demostrar que era más listo que el Servicio Secreto?

—Sí.

—Debían de tener información privilegiada. Alguien del equipo de Bruno.

—Existen varias posibilidades. Tendremos que comprobarlas.

—Perfecto. Pero ahora mismo voy a darme una ducha rápida.

—Supongo que investigar el pasado es un asunto sucio —comentó ella con sequedad.

—Y que lo digas —le soltó él mientras subía por la escalera.

Joan le habló desde abajo.

—¿Estás seguro de que quieres dejarme aquí sola? A lo mejor escondo una bomba nuclear en el cajón de los calcetines y te meto en un buen lío.

King entró en su dormitorio, encendió la luz del baño, abrió el grifo de la ducha y empezó a cepillarse los dientes. Se volvió para cerrar la puerta, no fuera que a Joan se le ocurriera alguna idea extraña.

Cuando la tocó con la mano y la empujó, notó que la puerta pesaba más de lo normal. Era mucho más pesada, como si le hubieran puesto un lastre. La adrenalina le subió inmediatamente. Abrió la puerta con la mano y mientras la hoja se balanceaba, se dio la vuelta con inquietud. El impulso que le había dado, junto con el aumento de peso, hizo que la puerta se cerrara con fuerza. Ni siquiera oyó el chasquido del cerrojo. Tenía la mirada fija en el motivo del peso extra en la puerta del baño.

Había visto muchas cosas perturbadoras en su vida.

No obstante, la imagen de la conocidísima mujer de Wrightsburg y ex clienta, Susan Whitehead, colgada de la parte posterior de la puerta de su cuarto de baño, mirándolo con ojos muertos y con un cuchillo enorme clavado en el pecho, casi le hizo caer al suelo.

30

Una hora después, King se sentó en la escalera mientras los equipos de investigación terminaban su trabajo y se llevaban el cadáver de Susan Whitehead. El jefe de policía Williams se acercó a él.

—Ya hemos terminado, Sean. Parece que murió a eso de las cinco de la madrugada. Me han dicho que solía salir a pasear a esa hora y suponemos que la secuestraron entonces y la asesinaron acto seguido. Por eso no había ni rastro de sangre en el suelo del baño. Se desangró en otra parte. ¿Tienes algo que contarme?

—No estaba aquí. Acababa de regresar de Carolina del Norte.

—No me refiero a eso. No estoy dando a entender que mataras a la señora Whitehead.

Williams había enfatizado «mataras» lo suficiente como para que King alzara la vista.

—Y tampoco hice que la mataran, si eso es lo que insinúas de manera sutil.

—Sólo cumplo con mi trabajo, Sean. Se ha producido una cadena de crímenes y no tenemos a ningún sospechoso. Espero que lo entiendas. Sé que la señora Whitehead es tu clienta.

—Era mi clienta. Me ocupé de su último divorcio, eso es todo.

—Bien, ahora te preguntaré algo que se ha comentado por ahí. —King lo miró fijamente, con expectación—. Corren rumores de que la señora Whitehead y tú salíais juntos, ¿es eso cierto?

—No. Es posible que ella quisiera mantener conmigo ese tipo de relación, pero yo no.

Williams frunció el ceño.

—¿Te supuso un problema? Quiero decir, sé que podía llegar a ser un poco cargante.

—Quería que hubiera algo entre nosotros, pero yo no. Así de sencillo.

—Y eso es todo, ¿estás seguro?

—¿Qué es lo que intentas demostrar? ¿Que hice que la mataran porque no quería salir con ella? ¡Venga ya!

—Sé que parece una locura, pero, bueno, la gente habla.

—Sobre todo por aquí.

—Y la señora Whitehead era muy importante. Tenía muchos amigos.

—Muchos amigos «pagados».

—Yo no andaría por ahí diciendo eso, Sean, de verdad que no. —Sostuvo en alto la nota que habían dejado clavada en el pecho de Whitehead. La habían guardado en una bolsita de plástico para pruebas.

—¿Te suena de algo?

King miró la nota y se encogió de hombros.

—Sólo que es de alguien que estuvo presente durante el asesinato de Ritter o sabe mucho sobre el mismo. Yo en tu lugar, se la daría al FBI.

—Gracias por el consejo.

Mientras Williams se alejaba, King se frotó la sien y pensó en darse un baño en bourbon puro y beberse la mitad. Sonó el teléfono. Era su socio del bufete, Phil Baxter.

—Sí, es cierto, Phil. Está muerta, justo aquí en mi casa. Lo sé, me asusté mucho. Mira, necesitaría que te ocuparas de unos asuntos míos en el despacho. Yo... ¿cómo? —King ensombreció la expresión—. ¿De qué estás hablando, Phil? ¿Quieres trabajar por tu cuenta...? ¿Puedo saber por qué? Entiendo. Claro, si eso es lo que quieres. Haz lo que tengas que hacer. —Colgó.

Apenas unos instantes después, volvió a sonar el teléfono. Era su secretaria, Mona Hall, para presentar su dimisión. Le daba miedo seguir trabajando para él, gimoteó. No dejaban de aparecer cadáveres. Y la gente sugería que King estaba involucrado, no es que ella les creyera, pero cuando el río suena...

Nada más colgar, una mano le tocó el hombro. Era Joan.

—¿Más problemas?

—Mi compañero de bufete se larga a toda pastilla y mi secretaria se bate en retirada con él. Aparte de eso, todo marcha sobre ruedas.

—Lo siento, Sean.

—¿Qué podía esperar? Estoy rodeado de cadáveres por todas partes. Qué coño, yo también me largaría.

—Yo no pienso desaparecer. De hecho, necesito tu ayuda más que nunca.

—Me alegro de que alguien me necesite.

—Me quedaré en la zona un par de días mientras preparo las entrevistas e investigo un poco los antecedentes. Llámame, pero no tardes. Si no piensas cooperar conmigo, tendré que seguir adelante. Dispongo de un avión privado. Quiero ayudarte a salir de todo esto y creo que el mejor método para lograrlo es trabajando.

—¿Por qué, Joan? ¿Por qué quieres ayudarme?

—Digamos que es el pago de una deuda más que atrasada.

—No me debes nada.

—Te debo más de lo que te crees. Ahora lo veo con claridad.

Lo besó en la mejilla, se dio la vuelta y se marchó.

Volvió a sonar el teléfono. King lo descolgó.

—¿Sí? —preguntó, irritado.

Era Michelle.

—Acabo de enterarme. Llegaré justo en media hora. —King no replicó—. Sean, ¿estás bien?

Miró por la ventana mientras Joan se alejaba en coche.

—Estoy bien.

King se dio una ducha rápida en el baño de los invitados y se sentó junto al escritorio del estudio. Frunció el ceño mientras anotaba, de memoria, las palabras de la nota que habían encontrado en el cuerpo de Whitehead.

«*Déjà vu*, señor Kingman. Intente recordar dónde estaba el día más importante de su vida. Sé que es un tipo listo, pero como ya ha perdido la práctica, seguramente querrá una pista. Ahí va: 1032AM9261996. Eso sí que es pisar un puesto. Eso sí que es dar apoyo. Espero verle pronto.»

El 26 de septiembre de 1996, a las 10.32, la hora exacta en que habían asesinado a Clyde Ritter. ¿Qué podría significar? Estaba tan concentrado que no la oyó entrar.

—Sean, ¿estás bien?

King se levantó de un salto y soltó un grito. Michelle también gritó y retrocedió.

—Por Dios, me has asustado —le dijo ella.

—¿Te he asustado? Joder, ¿es que no sabes que hay que llamar a la puerta antes de entrar?

—He llamado durante más de cinco minutos y nadie ha contestado. —Miró el trozo de papel—. ¿Y eso?

—Una nota de alguien de mi pasado —replicó más calmado.

—¿Cuán lejos en el pasado?

—¿Te suena de algo el 26 de septiembre de 1996?

Sin duda alguna. Tras un breve titubeo, le tendió la nota.

Michelle la leyó y luego lo miró.

—¿Quién puede haberla dejado?

—La persona que trajo el cadáver de Susan Whitehead y lo colocó en el baño. Todo venía junto en el mismo paquete. Supongo que esa persona no quería que pasara por alto la nota.

—¿La mataron aquí?

—No. La policía cree que la secuestraron por la mañana, la asesinaron y luego trajeron el cadáver hasta aquí.

Ella observó el trozo de papel.

—¿Lo ha visto la policía?

King asintió.

—Tienen el original. He hecho esa copia.

—¿Tienes idea de quién la escribió?

—Sí, pero ninguna de las posibilidades me resulta convincente.

—¿Joan estaba aquí cuando sucedió?

—Sí, pero no tuvo nada que ver.

—Lo sé, Sean. No estaba insinuándolo. ¿Cómo has quedado con ella?

—La llamaré, le diré que me estoy pensando lo de la oferta de Bruno y que ya me pondré en contacto con ella.

—¿Y ahora qué?

—Volvemos a Bowlington.

Michelle pareció sorprenderse.

—Creía que ya habías acabado con el hotel Fairmount.

—Y es verdad, pero quiero saber cómo se ganaba la

vida una camarera sin trabajo y quién le puso el dinero en la boca.

—Pero no sabes si eso guarda relación con el asesinato de Ritter.

—¡Oh!, claro que lo sé. Y ésta es la gran pregunta. —Ella le miró con expectación—: ¿A quién vio Loretta Baldwin en el cuarto de los suministros?

31

—Te agradezco que hayas venido a verme —dijo Joan.

Jefferson Parks se sentó frente a ella en el pequeño comedor del hostal en el que se alojaba Joan. Jefferson la miró con recelo.

—Ha pasado mucho tiempo.

—Seis años —replicó Joan—. El caso del grupo operativo especial en Michigan. El Servicio Secreto y los U.S. Marshals tuvieron el privilegio de llevar las maletas del FBI.

—Por lo que recuerdo, lo aireaste a los cuatro vientos y te aseguraste de que todo el mundo supiera que habías sido tú.

—Para llamar la atención hay que empezar en casa, y parece que se me da bien. Si hubiera sido un hombre, el mérito se habría dado por sentado.

—Venga ya, ¿de verdad piensas eso?

—No, Jefferson, lo sé a ciencia cierta. ¿Quieres que te ponga mil ejemplos? Los tengo en la punta de la lengua.

—Junto con una tonelada de ácido —comentó Parks entre dientes. En voz alta añadió—: Entonces, ¿querías verme?

—¿El caso de Howard Jennings? —inquirió Joan.

—¿Qué pasa?

—Sólo quería saber cómo va. Cortesía profesional.

—No puedo contarte nada sobre una investigación en curso. Lo sabes de sobra.

—Pero puedes decirme lo que no sea confidencial o lo que no ponga en peligro la investigación, pero que todavía no haya causado un revuelo público.

Parks se encogió de hombros.

—No sé muy bien a qué te refieres.

—Por ejemplo, no has arrestado a Sean King, supuestamente porque, a pesar de ciertas pruebas circunstanciales que parecen involucrarle, no crees que sea culpable. Y es posible que estés en conocimiento de algunos hechos que apunten en otras direcciones. Y él no pudo haber matado a Susan Whitehead porque no estaba allí. De hecho, creo que le ofreciste una coartada.

—¿Cómo lo sabes?

—Soy investigadora, así que investigué —replicó Joan.

—La persona que asesinó a Howard Jennings y la que mató a Susan Whitehead no tienen por qué ser la misma. Podrían ser crímenes no relacionados entre sí.

—No lo creo, y tú tampoco. Aunque los crímenes son muy diferentes en realidad se parecen mucho.

Parks negó con la cabeza cansinamente.

—Sé que eres lista y que yo soy muy tonto, pero cuanto más hablas menos te entiendo.

—Supongamos que no asesinaron a Jennings porque estuviera en el WITSEC. Supongamos que lo mataron porque trabajaba para Sean King.

—¿Por qué?

Joan hizo caso omiso de la pregunta.

—A Susan Whitehead la mataron y luego la llevaron a casa de Sean. En ninguno de los casos hay pruebas suficientes para demostrar que Sean asesinó a la víctima y, de hecho, en el caso de Whitehead las pruebas apuntan en otra dirección; Sean tenía una coartada.

—Pero no la tenía en el caso de Jennings, y su pistola fue el arma homicida —replicó Parks.

—Sí, Sean explicó la teoría del cambiazo del arma, y doy por sentado que te parece creíble.

—No digo ni que sí ni que no. Ahí va otra teoría: a Jennings lo mataron sus antiguos compinches e intentaron incriminar a King. El arma, sin coartada, el cadáver en su despacho, un montaje de lo más clásico.

—Sin embargo, ¿cómo estaban seguros? —preguntó Joan.

—¿Seguros de qué?

—Seguros de que Sean no tendría una coartada para esa noche. Podría haber recibido una llamada de emergencia mientras estaba de servicio o alguien que le hubiera visto mientras se cometía el crimen de Jennings.

—A no ser que estuvieran al tanto del recorrido de sus rondas, esperaran a que llegara al centro y entonces mataran a Jennings —replicó Parks—. Fue visto por allí a la hora del asesinato.

—Sí, le vieron, pero, insisto, si se hubiera topado con alguien de camino o hubiera recibido una llamada cuando estaba en el centro, tiene una coartada y está salvado.

—Entonces, ¿cómo queda la cosa? —le preguntó Parker.

—Pues parece que a los artífices les da igual si se arresta o no a Sean por el delito. Y, por lo que sé, los artífices no suelen ser tan descuidados. Si se esforzaron por robarle el arma, reproducirla hasta el más mínimo detalle, matar a Jennings con la misma y luego dejarla en la casa de Sean, habrían escogido un lugar y una hora para el crimen que hubiera imposibilitado el hecho de que Sean tuviera una coartada. Es decir, no me convence que hayan planificado de manera tan meticulosa lo del arma y se hayan despreocupado por completo de la coartada. Los asesinos casi nunca tienen un método de trabajo tan esquizofrénico.

—Bueno, King podría haber preparado todo esto para confundirnos.

—¿Con el propósito de echar a perder la maravillosa vida por la que tanto ha luchado?

—Vale, te entiendo, pero ¿por qué te interesa tanto todo esto?

—Sean y yo trabajábamos juntos. Digamos que le debo mucho. O sea que si estás buscando al asesino, empieza por otro sitio.

—¿Tienes idea de dónde?

Joan desvió la mirada.

—Supongo que todo el mundo tiene ideas. —Y con esas palabras dio por concluido el encuentro.

Después de que Parks se marchara, enfadado y confundido, Joan extrajo el trozo de papel del bolso. Había convencido a uno de los ayudantes del sheriff del condado para que le dejase hacer una copia mientras King y el jefe de policía Williams estaban ocupados en otra cosa. Tras leerla, extrajo de la cartera otro trozo de papel que había conservado durante todos esos años. Lo desdobló con cuidado y observó las pocas palabras escritas en el mismo.

Eso cambiaba las cosas; ojalá pudiera estar completamente segura. Después de tanto tiempo parecía imposible, aunque tal vez no lo fuera. La nota que contemplaba era la que ella creía que Sean le había dejado en la habitación del hotel de Bowlington la mañana que Ritter había muerto. Tras pasar una noche haciendo el amor apasionadamente se había quedado dormida, y King había ido a cumplir con su obligación. Al despertarse, había visto la nota y hecho lo que pedía, aunque la petición conllevaba cierto riesgo profesional. Al fin y al cabo, correr riesgos era lo suyo. Al principio pensó que se trataba de una coincidencia, una coincidencia espantosa. Luego se había preguntado qué había tramado realmente Sean esa mañana. En aquel entonces no había dicho nada por una razón evidente. Ahora el nuevo rumbo que estaban tomando los acontecimientos le hacía ver todo el asunto desde una perspectiva diferente.

La pregunta era: ¿Qué debía hacer al respecto?

32

Mientras King y Michelle subían al Land Cruiser de ella, King miró sorprendido el interior del vehículo.

—Has limpiado el coche.

—¡Oh!, sólo he quitado cosas de aquí y de allá —replicó ella con aire despreocupado.

—Michelle, está impecable y, además, huele bien.

—Había varios plátanos pasados. No sé cómo llegaron aquí.

—¿Lo hiciste por lo mucho que te di la lata?

—¿Bromeas? Me sobraba el tiempo, eso es todo.

—De todos modos, te lo agradezco. —Se le ocurrió algo—. ¿Qué hiciste con todas las cosas? No has estado en casa.

Michelle pareció avergonzarse.

—Estoy segura de que no te gustaría ver la habitación del hostal.

—Sí, yo también estoy seguro.

Llegaron a Bowlington y se reunieron con Tony Baldwin. Con su permiso y el del sheriff local registraron la casa de Loretta Baldwin.

—¿De qué vivía tu madre? ¿La Seguridad Social? —le preguntó King mientras inspeccionaban el interior.

—No, sólo tenía sesenta y un años —replicó Tony.

—¿Trabajaba? —Tony negó con la cabeza al tiempo que King observaba el mobiliario y las alfombras, los detalles aquí y allá. En la cocina había aparatos mucho más nuevos que la casa y en el garaje un Ford último modelo. King miró a Tony fijamente.

—Bueno, me rindo, ¿la mantenías tú o un pariente rico le dejó una herencia?

—Tengo cuatro hijos. Apenas llego a fin de mes.

—A ver si lo adivino, ¿Loretta te enviaba dinero? —Tony parecía incómodo.

—Venga, Tony —intervino Michelle—, sólo queremos averiguar quién le hizo esto a tu madre.

—Vale, vale, tenía dinero guardado. Pero no sé de dónde salía y nunca se lo pregunté. Cuando tienes varias bocas que alimentar no le haces ascos a ningún regalo de ese tipo, ¿no?

—¿Te mencionó en alguna ocasión de dónde podría proceder? —Tony negó con la cabeza. King añadió—: ¿Cuándo fue la primera vez que te percataste de ese flujo de dinero?

—No estoy seguro. La primera vez que me envió dinero fue hace años.

—¿Cuántos años? Piénsalo bien, es importante.

—Unos seis o siete.

—¿Cuándo dejó de trabajar en el Fairmount?

—Cerró poco después de que dispararan a Ritter.

—¿Volvió a trabajar desde entonces?

—Nada fijo, y durante los últimos años, nada de nada. Tuvo trabajos mierdosos toda la vida. Le había llegado el momento de tomárselo con calma —dijo a la defensiva.

—O sea, que tu madre nunca te comentó de dónde procedía el dinero, ¿no? ¿Algún amigo o familiar al que pudiera habérselo contado?

—Yo soy el familiar más cercano. Amigos, ni idea. Tenía un buen amigo, Oliver Jones, pero está muerto. A lo mejor se lo contó a él.

—¿Podríamos hablar con su familia?

—No tenía. Vivió más que todos ellos. Murió hará cosa de un año.

—¿Se te ocurre algo más?

Tony caviló al respecto y le cambió la expresión.

—Bueno, las Navidades pasadas mamá dijo algo extraño.

—¿Qué?

—Durante los últimos cinco o seis años siempre había enviado regalos a los niños, pero no las Navidades pasadas. Mi hijita, Jewell, le preguntó a la abuelita que por qué no les había regalado nada, que si ya no los quería. Ya sabéis cómo son los niños. En fin, da igual, mamá dijo algo como, «Ay nena, todas las cosas buenas llegan a su fin», o algo así.

Michelle y King se miraron de manera expresiva.

—Supongo que la policía habrá registrado la casa a conciencia —dijo King.

—De arriba abajo; no encontraron nada.

—¿Ningún talón, comprobante o sobres viejos para saber de dónde procedía el dinero?

—No, nada por el estilo. A mamá no le gustaban los bancos. Sólo usaba efectivo.

King se había dirigido a la ventana y observaba el patio trasero.

—Parece que a Loretta le gustaba mucho el jardín.

Tony sonrió.

—Le encantaban las flores. Les dedicaba mucho tiempo cuando podía. Yo venía todas las semanas para ayudarla. Se sentaba fuera y se pasaba horas mirando las flores. —Tony comenzó a decir algo, pero se calló antes de preguntar—: ¿Queréis verlas? —King se disponía a negar con la cabeza, pero Tony se apresuró a añadir—: Hoy era el día que solía venir a desherbar. Sé que ya no podrá verlo, pero para ella era importante.

Michelle sonrió.

—Me encantan los jardines, Tony —dijo Michelle en tono comprensivo mientras daba un ligero codazo a King.

—Por supuesto. A mí también me gustan los jardines —dijo King sin excesivo entusiasmo.

Mientras Tony Baldwin arrancaba hierbajos de uno de los arriates, Michelle y King recorrían el jardín y admiraban las flores.

—El flujo de efectivo de Loretta comenzó a ponerse en movimiento poco después de la muerte de Ritter —dijo King.

—Exacto. ¿Crees que es una cuestión de chantaje? King asintió.

—Aunque me pregunto cómo es posible que Loretta chantajeara a alguien sólo por haberlo visto en el cuartillo.

—Sobre todo porque podía tratarse de alguien que hubiese entrado allí por el mismo motivo que ella, porque tenía miedo.

—Pero eso no es todo. Recuerda que cuando estábamos inspeccionando el cuarto te dije que era probable que Loretta se hubiera acurrucado al fondo. Lo pensé porque ella podría haber pensado que el tipo llevaba un arma. —Se calló y, de repente, la miró con los ojos bien abiertos.

—¿Cómo? ¿Que vio entrar a alguien con una pistola?

—O con algo. ¿Cómo explicas entonces que estuviese intranquila? Seguramente habría mucha gente corriendo en busca de refugio.

—Pero ¿por qué una pistola?

—¿Por qué no? Que un tipo esconda una pistola en el cuarto de los suministros justo después de un asesinato tiene más sentido que ocultar unas gafas o un fajo de dinero. Un arma es incriminatoria. De acuerdo, digamos que el tipo todavía lleva el arma. Tiene miedo de salir del hotel con la pistola porque podrían detenerle y cachearle. O sea que cuando se arma todo el jaleo entra corriendo en el cuarto y la esconde allí, sin saber que Loretta está dentro. Es posible que hubiera planeado ocultar la pistola allí desde el principio. Tal vez pensara ir a buscarla más tarde o dejar que la policía la encontrara. Seguramente no tendría ninguna prueba incriminatoria. O sea, que guarda la pistola entre unas toallas o algo y se marcha. Loretta sale de su escondrijo y se la lleva. Quizá tiene la intención de entregarla a la policía pero luego cambia de idea y se le ocurre lo del chantaje. Puesto que trabaja en el hotel saldrá a hurtadillas por un lugar que nadie vigile o esconderá el arma y la vendrá a recoger después.

Michelle sopesó ese razonamiento.

—Vale, ella tiene el arma, ve al tipo y, si no sabe quién es, es bastante fácil averiguarlo. Se pone en contacto con él de manera anónima, seguramente con una fotografía del arma, y le explica dónde estaba ella cuando le vio y comienza a chantajearle. Resulta tan creíble como cualquier otra cosa, Sean.

—Y por eso le registraron la casa. Buscaban el arma.

—¿De verdad crees que Loretta la guardó aquí?

—Ya has oído a Tony, Loretta no creía en los bancos. Seguramente era de las que guardaba las cosas importantes al alcance de la mano.

—Entonces, la pregunta clave es: ¿Dónde está el arma?

—Quizá deberíamos levantar la casa tabla por tabla.

—Eso no tiene sentido. A no ser que haya un compartimiento secreto en alguna parte, esconder el arma en una pared no es demasiado práctico que digamos.

—Cierto. —King observaba el jardín con mirada distraída. Se detuvo en un lugar, pasó junto al mismo y volvió sobre sus pasos. Se dirigió hacia la hilera de hortensias. Había seis de color rosa y en el centro del grupo una azul.

—Bonitas hortensias —le dijo a Tony.

Tony se le acercó, limpiándose las manos en un trapo.

—Sí, eran las preferidas de mamá, seguramente le gustaban más que las rosas.

A King le pareció curioso.

—Interesante. ¿Alguna vez te dijo por qué?

Tony parecía desconcertado.

—¿Por qué qué?

—¿Por qué le gustaban más las hortensias que las rosas?

—Sean, ¿de verdad crees que eso es importante? —preguntó Michelle.

Tony se frotó el mentón.

—Bueno, ahora que lo dices, más de una vez me dijo que para ella esas hortensias eran inestimables.

King miró repentinamente a Michelle y luego clavó la vista en la hortensia azul.

—¡Joder! —exclamó.

—¿Qué pasa? —preguntó Michelle.

—Se me acaba de ocurrir la posibilidad más remota del planeta, pero quizá resulte. Rápido, Tony, ¿tienes una pala?

—¿Una pala? ¿Por qué?

—Siempre me han llamado la atención las hortensias azules y rosas.

—No tienen nada de especial. Hay personas que piensan que son arbustos diferentes, pero no es cierto. Puedes comprar rosas y azules, pero también puedes cambiar el rosa a azul al aumentar el nivel de pH de la tierra y volverla más ácida, o de azul a rosa al disminuir el pH y hacerla más alcalina. Hay una sustancia para volverla más ácida, creo que se llama sulfato de aluminio. También se pueden poner limaduras de hierro en la tierra, latas e incluso clavos oxidados, y eso también las hace pasar del rosa al azul.

—Lo sé, Tony, por eso quiero la pala. Date prisa, por favor.

Tony fue a buscar la herramienta al garaje y King comenzó a cavar alrededor de la hortensia azul. Al poco, la pala chocó contra algo duro. King extrajo un objeto de la tierra.

—Una buena fuente de hierro —dijo King mientras sostenía en alto la pistola oxidada.

33

King y Michelle se habían detenido en una pequeña cafetería para comer un bocado rápido después de dejar al pobre Tony mudo de asombro en el jardín de su madre.

—Estoy oficialmente impresionada por tu destreza como detective y jardinero.

—Por suerte el hierro es un componente del acero; de no serlo nunca habríamos encontrado la pistola.

—Entiendo la parte del arma y el chantaje y por qué asesinaron a Loretta. Lo que sigo sin comprender es por qué le metieron el dinero en la boca.

King toqueteó la taza de café.

—Una vez un grupo operativo especial del que formaba parte cooperó con el FBI en Los Ángeles. Los mafiosos rusos extorsionaban a todos los negocios en un kilómetro y medio cuadrado a la redonda y también hacían chanchullos financieros, y por esto estábamos involucrados. Teníamos a varios soplones infiltrados; parte del dinero les llegaba a través de nosotros, hay que pagar con la misma moneda, ¿no? Pues bien, encontramos a los soplones en el maletero de un coche, muertos, con la boca grapada. El mensaje estaba bien claro: si hablas, mueres y te comes el dinero de la traición que te ha causado la muerte.

—O sea, que el dinero que había en la boca de Loretta era simbólico, ¿no?

—Eso me pareció.

—Un momento, su hijo dijo que dejó de recibir dinero hará cosa de un año. Pero si la persona seguía con vida para matar a Loretta, ¿por qué dejó de pagarle? ¿Y por qué lo aceptó Loretta? Es decir, ¿por qué no acudió a la policía llegados a ese punto?

—Bueno, habían transcurrido unos siete años. ¿Qué iba a decirle a los polis? ¿Que había sufrido amnesia y acababa de recordarlo todo y, ¡oh!, por cierto, aquí está el arma?

—Es posible que el chantajeado se lo imaginara y por eso dejara de pagarle. Quizá pensara que el testimonio de Loretta ya no representaba un peligro.

—O podrían ser dos personas distintas, la chantajeada y la que mató a Loretta. Sea como fuere, al parecer alguien averiguó hace poco que Loretta era la chantajista y acabó con ella.

Michelle empalideció de repente y le sujetó el brazo con fuerza a King.

—Cuando hablé con Loretta mencionó que estaba en el cuarto de los suministros, aunque nunca dijo que hubiera visto a alguien. ¿Qué te parece?

King comprendió el alcance de la preocupación de Michelle.

—Es posible que alguien, por casualidad, le oyera decírtelo o quizás ella se lo contara a alguien.

—No, la mataron al poco de que hablara con ella. Debe de haber sido a causa de nuestra conversación. Alguien tuvo que haberla oído. Por Dios, es probable que esté muerta por mi culpa.

King le agarró la mano con fuerza.

—No, no es cierto. La persona que la ahogó en la bañera es la verdadera culpable.

Michelle cerró los ojos y negó con la cabeza.

—Escúchame bien —prosiguió King—, siento lo de Loretta, pero si chantajeaba a la persona que la mató, estaba jugando con fuego. Podría haber acudido a la policía y entregado el arma hace años.

—Eso es lo que deberíamos hacer nosotros.

—Lo haremos, aunque el número de serie se ha desdibujado y está en mal estado. Quizá los forenses del FBI saquen algo en claro. Hay una oficina en Charlottesville. La dejaremos allí cuando volvamos a casa.

—¿Y ahora qué?

—¿Qué te hace pensar que alguien escondiera el arma en el cuarto del hotel Fairmount el día que asesinaron a Clyde Ritter?

De repente, Michelle lo vio con claridad.

—Que quizás Arnold Ramsey no actuó solo.

—Exacto. Y por eso iremos allí ahora mismo.

—¿Adónde?

—A Atticus College, donde Arnold Ramsey fue profesor.

34

Las hermosas calles flanqueadas de árboles y los elegantes edificios cubiertos de hiedra de la pequeña Atticus College no parecían un lugar capaz de engendrar a un asesino político.

—Nunca había oído hablar de esta universidad hasta que mataron a Ritter —comentó Michelle mientras conducía el Land Cruiser por la calle principal del campus. King asintió lentamente.

—No me había dado cuenta de lo cerca que está de Bowlington. —Consultó la hora—. Sólo hemos tardado media hora en llegar.

—¿Qué enseñaba Ramsey?

—Ciencias Políticas con especial hincapié en las leyes electorales federales, aunque a nivel personal le interesaban las teorías políticas radicales. —Michelle le miró, sorprendida, y King añadió—: Tras la muerte de Ritter, me propuse doctorarme en Arnold Ramsey. —Miró a Michelle—. Si te cargas a un tipo, lo menos que puedes hacer es emplear parte de tu tiempo en averiguar cosas sobre él.

—Eso suena un poco cruel, Sean.

—No era mi intención; sólo quería saber por qué un reputado profesor universitario mató a un candidato chiflado que no tenía la más remota posibilidad de ganar, y murió por ello.

—Suponía que todo eso estaba más que comprobado.

—No tan a fondo como en el caso de haberse tratado de un candidato serio y con posibilidades. Además, creo que todo el mundo quería poner punto final a todo aquel lío.

—Y la investigación oficial concluyó que Ramsey actuó solo.

—Si nos basamos en lo que encontramos, al parecer se trataba de una conclusión errónea. —Miró por la ventana—. No sé, ha pasado mucho tiempo, no sé si averiguaremos algo útil.

—Bueno, ya estamos aquí, así que hagámoslo lo mejor posible. Quizá veamos algo que los demás han pasado por alto. Como te pasó con la hortensia azul.

—Pero también es posible que descubramos algo que sería mejor no descubrir.

—No creo que eso sea bueno.

—¿Siempre buscas la verdad?

—¿Y tú no?

King se encogió de hombros.

—Soy abogado, pregúntaselo a un ser humano de verdad.

Les enviaron de una persona a otra y de un departamento a otro hasta que al final llegaron al despacho de Thornton Jorst. Era de estatura media, esbelto y tendría poco más de cincuenta años. Las gafas de cristal grueso y la tez pálida le conferían un aire muy profesional. Había sido amigo y compañero de trabajo del difunto Arnold Ramsey.

Jorst estaba sentado detrás de un escritorio abarrotado de libros abiertos y apilados, infinidad de páginas manuscritas y un portátil cubierto de blocs de notas y bolígrafos de colores. Los estantes de las paredes parecían combarse por el peso de multitud de obras voluminosas. King estaba observando los diplomas colgados en una de las paredes cuando Jorst sostuvo en alto un cigarrillo.

—¿Les importa? El santuario del profesor es de los pocos lugares que quedan para fumar.

King y Michelle asintieron para expresar su conformidad.

—Me ha sorprendido que hayan venido para informarse sobre Arnold —comentó Jorst.

—Solemos llamar con antelación para concertar una cita oficial —dijo King.

—Pero estábamos por esta zona y decidimos que era una oportunidad demasiado buena como para dejarla pasar —añadió Michelle.

—Lo siento, no recuerdo sus nombres.

—Yo soy Michelle, y él, Tom.

Jorst miró a King.

—¿Nos conocemos de algo? Su cara me resulta conocida.

King sonrió.

—Me lo dice todo el mundo. Tengo una cara de lo más común.

—Qué curioso —dijo Michelle—, iba a decirle que también me resultaba familiar, doctor Jorst, pero no sé de qué.

—Salgo bastante en la televisión local, sobre todo ahora que se acercan las elecciones —se apresuró a decir Jorst—. Me gusta el anonimato, pero quince minutos de fama de vez en cuando son buenos para el ego. —Carraspeó y añadió—: Si no he entendido mal, piensan realizar un documental sobre Arnold, ¿no?

Michelle se recostó y adoptó una expresión erudita.

—No sólo sobre él, sino sobre los asesinatos políticos en general, aunque haremos hincapié en el caso de Arnold. La hipótesis es que existen una serie de diferencias sustanciales entre las personas que eligen como blanco a los políticos. Algunos lo hacen debido a un desequilibrio mental, otros porque consideran que el blanco les ha agraviado. Otros atacan basándose en creencias filosóficas arraigadas o porque creen que hacen el bien. Podrían llegar a considerar que asesinar a un funcionario elegido o a un candidato es un acto de patriotismo.

—¿Y quieren saber en cuál de esas categorías incluiría a Arnold?

—Como fue su amigo y compañero de trabajo, es indudable que habrá pensado en ello largo y tendido —dijo King.

Jorst le escudriñó por entre las volutas de humo.

—Bueno, es cierto que lo que impulsó a Arnold a convertirse en un asesino me ha intrigado todos estos años. Sin embargo, no puedo asegurar que encaje en ninguna casilla ideológica o de motivación.

—Bueno, si analizamos su pasado y la etapa de su vida que le condujo a ese acto, entonces quizás esclarezcamos algo —sugirió Michelle.

Jorst consultó la hora.

—Lo siento —dijo Michelle—. ¿Tiene que dar clase?

—No, de hecho estoy en un período sabático; intento acabar un libro. Adelante, pregunte.

Michelle extrajo un bolígrafo y una libreta.

—¿Por qué no hablamos del pasado de Ramsey? —instó.

Jorst se reclinó y miró hacia el techo.

—Arnold se licenció y doctoró en Berkeley. Siempre fue el mejor de la clase. También tuvo tiempo para participar en las protestas contra la guerra de Vietnam, quemar la cartilla militar, ir a las manifestaciones en favor de los Derechos Civiles, acudir a sentadas, arriesgar la vida, acabar detenido, todo eso. Con diferencia, tenía las mejores credenciales académicas que cualquier profesor que este departamento haya contratado y obtuvo la titularidad rápidamente.

—¿Gozaba de buena reputación entre los estudiantes? —preguntó King.

—En general, diría que sí. Más que yo, desde luego. —Se rió entre dientes—. Soy más duro poniendo notas que mi difunto compañero.

—Supongo que sus inclinaciones políticas eran bastante diferentes a las de Ritter, ¿no? —preguntó Michelle.

—El noventa por ciento de estadounidenses habría encajado en esa categoría, gracias a Dios. Era un predicador televisivo que sacaba dinero a los ilusos de todo el país. ¿Cómo era posible que un hombre así se presentara a la Casa Blanca? Hacía que me avergonzara de mi país.

—Parece ser que se le pegaron las opiniones de Ramsey —comentó King.

Jorst tosió y esbozó una sonrisita.

—Sin duda, coincidía con la valoración de Arnold sobre Clyde Ritter como candidato a la presidencia. Sin embargo, discrepaba sustancialmente en la respuesta ante la candidatura de Ritter.

—¿Ramsey era muy elocuente al hablar de sus sentimientos?

—Mucho. —Jorst apagó el cigarrillo y, acto seguido, encendió otro—. Recuerdo que caminaba de un lado para otro en mi despacho, gesticulando y condenando a los ciudadanos que permitían que un hombre como Clyde Ritter tuviese voz y voto en la política nacional.

—Pero seguramente sabía que Ritter no tenía la menor posibilidad de llegar a la Casa Blanca.

—Eso era lo de menos. Lo que no resultaba tan obvio eran los tratos que se cerraban entre bastidores. Ritter había obtenido los suficientes votos en las elecciones como para que los republicanos y los demócratas comenzasen a inquietarse. No le habría costado conseguir los votos necesarios para recibir fondos federales para las elecciones y tener derecho a participar en el debate nacional. Ritter sabía montárselo. Tenía mucha labia y sintonizaba con parte de los votantes. También hemos de tener en cuenta que, aparte de la campaña presidencial del propio Ritter, había creado una coalición de partidos independientes que tenía a varios candidatos dispuestos a ocupar diversos cargos en muchos de los mayores estados. Eso habría tenido consecuencias nefastas para los candidatos de los partidos más importantes.

—¿Y eso? —inquirió King.

—En muchas de las elecciones del país su lista de candidatos dividía las bases de votantes tradicionales para los candidatos de los partidos principales; de hecho, le otorgaba control sobre el resultado del treinta por ciento de los escaños en juego. Cuando se tiene tanta influencia en el ruedo político, pues bien...

—¿Entonces tienes un precio? —sugirió King.

Jorst asintió.

—Nadie sabe cuál habría sido el precio de Ritter. Tras su muerte, su partido cayó por completo. Los partidos principales se evitaron muchos problemas. Pero estoy convencido de que Arnold creía que si no se detenía a Ritter, éste acabaría destruyendo todo lo que América significaba.

—Y eso era algo que Ramsey no quería que sucediese —terció King.

—Desde luego, sobre todo si tenemos en cuenta que asesinó a Ramsey —replicó Jorst secamente.

—¿Alguna vez le había mencionado la posibilidad de hacer algo parecido?

—Tal y como expliqué a las autoridades hace ya tiempo, no. Es cierto que, a veces entraba aquí y despotricaba contra Ritter, pero nunca lo amenazó ni nada parecido. Al fin y al cabo, en eso consiste la libertad de expresión. Tenía derecho a opinar.

—Pero no tenía derecho a matar en nombre de la misma.

—Ni siquiera sabía que tuviera un arma.

—¿Se llevaba bien con el resto de los profesores? —inquirió Michelle.

—No mucho. Arnold intimidaba a la mayoría. Las facultades como Atticus no suelen contar con un peso pesado académico como Arnold.

—¿Amigos fuera de la universidad?

—No, que yo supiera.

—¿Y qué me dice de los estudiantes?

Jorst miró a King.

—Perdóneme, pero esto se parece más a una investigación sobre Arnold que a un documental sobre por qué asesinó a Clyde Ritter.

—Quizá sea un poco de todo —se apresuró a decir Michelle—. Resulta difícil comprender la motivación sin entender a la persona y lo que le indujo a planear el asesinato de Ritter.

Jorst reflexionó al respecto durante unos instantes y luego se encogió de hombros.

—Bueno, si intentó obtener ayuda de los estudiantes es algo de lo que nunca oí hablar.

—¿Estaba casado cuando murió? —preguntó Michelle.

—Sí, pero se había separado de su esposa, Regina. Tenían una hija, Kate. —Se incorporó y se dirigió hacia un estante en el que habían muchas fotografías. Les entregó una de ellas.

—Los Ramsey. En épocas más felices —comentó.

King y Michelle observaron a las tres personas que aparecían en la fotografía.

—Regina Ramsey es muy guapa —señaló Michelle.

—Sí, lo era.

King alzó la mirada.

—«¿Era?»

—Está muerta. Se suicidó. No hace mucho, de hecho.

—No lo sabía —dijo King—. ¿Dice que estaban separados?

—Sí. En la época que Arnold murió, Regina vivía no muy lejos de aquí, en una casita.

—¿Compartían la custodia de Kate? —preguntó Michelle.

—Sí. No sé a qué acuerdos habrían llegado de haberse divorciado. Por supuesto, Regina asumió la custodia completa tras la muerte de Arnold.

—¿Por qué se habían separado? —inquirió Michelle.

—No lo sé. Regina era guapa y una actriz excelente en su juventud. De hecho, en la universidad estudió arte dramático. Creo que se disponía a dedicarse por completo a ese mundo cuando conoció a Arnold, se enamoró y todo cambió. Estoy seguro de que tenía muchos pretendientes, pero quería a Arnold. En parte creo que se suicidó porque no podía seguir viviendo sin él. —Guardó silencio y añadió en voz baja—: Creía que era feliz por aquel entonces. Supongo que no lo era.

—Pero, al parecer, tampoco podía vivir con Ramsey —comentó King.

—Arnold había cambiado. Su trayectoria académica había llegado a la cumbre. La docencia ya no le entusiasmaba. En verdad estaba muy deprimido. Quizás esa melancolía hubiera afectado al matrimonio. Pero cuando Regina lo dejó, la depresión se intensificó.

—O sea que al matar a Ritter tal vez intentara recuperar la juventud. Cambiar el mundo y figurar como mártir en los libros de historia.

—Tal vez. Por desgracia, le costó la vida.

—¿Cómo reaccionó la hija al saber lo que su padre había hecho?

—Kate estaba completamente destrozada. Recuerdo verla el día que ocurrió. Nunca olvidaré su expresión conmocionada. Al cabo de unos días, ella lo vio por la televisión. La maldita cinta del hotel. En ella aparecía todo: su padre disparando a Ritter y el agente del Servicio Secreto disparando a su padre. Yo también la vi. Fue espantoso y... —Jorst se calló y miró a King a los ojos. Endureció el semblante poco a poco y, finalmente, se incorporó—. No ha cambiado tanto, agente King. Bien, no sé qué se traen entre manos, pero no me gusta que me engañen. Quiero saber ahora mismo con qué propósito han venido a formular todas esas preguntas.

King y Michelle se miraron.

—Bien, doctor Jorst, vayamos al grano: acabamos de descubrir pruebas que indican de manera concluyente que Arnold Ramsey no estaba solo aquel día, que había otro asesino, o asesino potencial, en el hotel.

—Eso es imposible. Si fuera cierto ya habría salido a la luz.

—Quizá no —replicó Michelle—. No si el número suficiente de personas importantes querían que el asunto se olvidase de forma discreta. Tenían a su asesino.

—Y al agente del Servicio Secreto que la cagó —añadió King.

Jorst se recostó.

—No me... no me lo puedo creer. ¿Qué pruebas nuevas? —preguntó con cautela.

—No podemos decírselo en estos momentos —informó King—, pero no habría venido hasta aquí si no pensara que merece la pena.

Jorst sacó un pañuelo y se secó la cara.

—Bueno, supongo que han ocurrido cosas más raras. Basta con fijarse en Kate Ramsey.

—¿Qué pasa con Kate? —se apresuró a preguntar Michelle.

—Estudió aquí, en Atticus. Fui uno de sus profesores. Lo más normal habría sido pensar que éste sería el último lugar del mundo en el que querría estudiar. Era brillante como su padre; podría haber ido adonde hubiese querido, pero eligió este centro.

—¿Dónde está ahora? —preguntó King.

—Está haciendo el posgrado en Richmond, en el departamento de Asuntos Públicos de la Virginia Commonwealth University. Tienen un excelente departamento de Ciencias Políticas. Yo mismo le escribí una carta de recomendación.

—¿Tenía la impresión de que Kate odiaba a su padre por lo que había hecho?

Jorst caviló al respecto durante largo rato antes de responder.

—Quería a su padre. Sin embargo, tal vez lo odiase por haberse marchado y haberla abandonado, como si su amor por las creencias políticas fuera mayor que el que sentía por ella. No soy psiquiatra, pero es una conjetura de lo más razonable. Aunque, ya se sabe, de tal palo tal astilla.

—¿A qué se refiere? —preguntó Michelle.

—Acude a las manifestaciones, escribe cartas, presiona al Gobierno y a los líderes civiles y redacta artículos para publicaciones alternativas, tal y como había hecho su padre.

—O sea, que quizá le haya odiado por haberla abandonado, ¿y ahora sigue sus pasos?

—Eso parece.

—¿Y la relación con su madre? —preguntó King.

—Bastante buena. Aunque es posible que en parte culpara a su madre de lo ocurrido.

—¿Por el hecho de no estar junto a su esposo? ¿Porque si hubiera estado con él es posible que Ramsey no se hubiera sentido abocado a hacer lo que hizo? —inquirió King.

—Sí.

—Entonces, ¿no vio a Regina Ramsey tras la muerte de su marido? —preguntó Michelle.

—Sí la vi —se apresuró a responder y luego titubeó—. En el funeral, desde luego; mientras Kate estudió aquí y en otras ocasiones.

—¿Recuerda el motivo de su muerte?

—Sobredosis de drogas.

—¿No volvió a casarse? —preguntó King.

Jorst empalideció un tanto.

—No, no se casó de nuevo. —Recobró la compostura y se percató de sus miradas inquisidoras—. Lo siento, todo esto me resulta bastante doloroso. Eran amigos míos.

King observó los rostros de las personas de la fotografía. Kate Ramsey aparentaba unos diez años. Tenía rasgos inteligentes y cariñosos. Estaba entre sus padres, cogidos de la mano. Una familia afectuosa y agradable. Al menos, en apariencia.

Le devolvió la fotografía a Jorst.

—¿Se le ocurre algo más que pueda servirnos de ayuda?

—No.

Michelle le entregó una tarjeta con sus números de teléfono.

—Por si recuerda algo más —le explicó.

Jorst miró la tarjeta.

—Si lo que dicen es cierto, que había otro asesino, ¿qué se suponía que debía hacer exactamente? ¿Actuar en caso de que Arnold no acabase con el blanco?

—O ¿es de suponer que ese mismo día debía morir otra persona? —intervino King.

35

Cuando llamaron al departamento de Asuntos Públicos de la VCU, les dijeron que Kate Ramsey estaba fuera pero que volvería al cabo de un par de días. Regresaron a Wrightsburg, donde King se detuvo en el aparcamiento de una tienda de exquisiteces del centro.

—Supongo que, después de haberte arrastrado de aquí para allá —explicó King—, como mínimo te debo una cena y una buena botella de vino.

—Bueno, ha sido más distraído que estar de pie junto a una puerta mientras un político pide votos.

—Buena chica, vas aprendiendo. —De repente, King miró por la ventana, ensimismado.

—Conozco esa mirada. ¿Qué pasará ahora por tu cabeza? —preguntó Michelle.

—¿Recuerdas que Jorst repitió varias veces que Atticus había tenido la suerte de tener a alguien como Ramsey, que los eruditos de Berkeley y los expertos nacionales no solían ir a universidades como la de Atticus?

—Sí, ¿y qué?

—Bueno, vi los diplomas de Jorst en el despacho. Estudios en universidades buenas, pero ninguna dentro de las veinte mejores. Y supongo que el resto de profesores del departamento no eran superestrellas como Ramsey, lo cual explica que les intimidara.

Michelle asintió pensativa.

—Entonces, ¿por qué un brillante doctor de Berkeley y experto nacional acabó enseñando en un sitio como Atticus?

King la miró.

—Exactamente. Si tuviera que adivinarlo, diría que Ramsey tenía unos cuantos trapos sucios que ocultar. Quizá de la época de las manifestaciones. Quizá por eso su esposa lo dejó.

—Pero ¿no se habría sabido después del asesinato de Ritter? Le habrían analizado los antecedentes con lupa.

—A no ser que se tratase de algo muy bien encubierto. Y ocurrió mucho antes del asesinato. Además, la década de los sesenta fue una época loca.

Mientras deambulaban por los pasillos de la tienda eligiendo ingredientes para la cena, Michelle se percató de los susurros y las miradas que los clientes ricachones dedicaban a King. En la caja, King dio unos golpecitos en el hombro de un hombre que estaba delante de él y que se esforzaba en la medida de lo posible por evitar a King.

—¿Qué tal, Charles?

El hombre se volvió y empalideció.

—Oh, Sean, sí, bien. ¿Y tú? Es decir... —El hombre pareció avergonzarse de su propia pregunta, aunque Sean no dejaba de sonreír.

—Jodido, Charles, muy jodido. Pero estoy seguro de que puedo contar contigo, ¿no? Hace un par de años te solucioné ese problemilla con los impuestos, ¿te acuerdas?

—¿Qué...? Esto... yo... Martha me está esperando fuera. Adiós.

Charles se alejó a toda prisa y subió a un coche familiar Mercedes que conducía una mujer de aspecto distinguido y pelo canoso que se quedó boquiabierta cuando su esposo le mencionó el encuentro en la caja. Arrancaron enseguida y se marcharon sin más.

—Sean, lo siento —dijo Michelle mientras salían con las bolsas de la compra.

—Ya se sabe, la buena vida tenía que acabarse en algún momento.

Ya en casa de King, él preparó una cena de lo más completa; de entrante, ensalada César y pastel de cangrejo, seguido de solomillo de cerdo con una salsa casera de champiñones y cebolla Vidalia con una guarnición de puré de patatas al ajillo. De postre se deleitaron con unos pastelitos de nata y chocolate. Cenaron en la terraza trasera, con vistas al lago.

—Así que sabes cocinar, pero ¿alquilas esto para las fiestas? —bromeó Michelle.

—Si pagan bien —replicó King.

Michelle sostuvo en alto la copa de vino.

—Muy bueno.

—Debería estarlo, está en su mejor momento. Lo he guardado siete años en la bodega. Una de mis botellas más preciadas.

—Me siento honrada.

Sean miró hacia el muelle.

—¿Qué tal una vuelta por el lago después de cenar?

—Siempre estoy preparada para las actividades acuáticas.

—Hay varios bañadores en el cuarto de invitados.

—Sean, si hay algo que debes saber de mí es que nunca salgo sin la ropa de deporte.

King, al mando de la enorme moto acuática roja Sea Doo 4TEC, y Michelle sentada detrás de él, con los brazos alrededor de su cintura, recorrieron unos cinco kilómetros y luego King dejó caer un ancla pequeña en las aguas poco profundas de una cala. Se quedaron sentados en la Sea Doo y King miró a su alrededor.

—Dentro de un mes y medio los colores serán increíbles —afirmó King—. También me encanta el aspecto de las montañas cuando el sol se pone detrás de ellas.

—Bien, ha llegado la hora de los ejercicios. —Michelle se quitó el chaleco salvavidas y luego el top y los pantalones del chándal. Debajo llevaba unos pantalones cortos de *lycra* de un rojo deslumbrante y un top de gimnasia a juego.

King la miraba, boquiabierto, las hermosas vistas de las montañas ya no parecían importarle.

—¿Algún problema? —le preguntó Michelle.

—No, nada —replicó King y apartó la vista rápidamente.

—¡Gallina el último! —Se zambulló y reapareció—. ¿Te animas?

King se desvistió, se tiró al agua y nadó hasta su lado. Michelle miró hacia la orilla.

—¿A qué distancia crees que está?

—A unos cien metros. ¿Por qué?

—Creo que voy a empezar un triatlón.

—Oye, ¿cómo es que no me sorprende?

—Te echo una carrera —le retó Michelle.

—Poca carrera será.

—Qué chulillo, ¿no?

—No, me refiero a que me darás una paliza.

—¿Cómo lo sabes?

—Eres atleta olímpica, yo soy un abogado de mediana edad con unas rodillas que no sirven para nada y un costado que sirve para menos, donde me dispararon cuando pertenecía a los cuerpos de seguridad. Sería como competir con tu abuela con plomo atado a los pies.

—Esto está por ver. Tal vez te sorprendas a ti mismo.

¡Uno, dos, tres, ya! —Michelle comenzó a nadar, avanzando rápidamente por el agua cálida y tranquila.

King nadó tras ella y, sorprendentemente, acortó la distancia con cierta facilidad. De hecho, para cuando se acercaban a la orilla iban a la par. Michelle comenzó a reírse cuando King le tiró de la pierna de manera juguetona. Llegaron a tierra firme a la vez. King se tumbó boca arriba y respiró tan hondo que parecía que el aire se le acabaría.

—Bueno, supongo que sí que me he sorprendido a mí mismo —dijo jadeando. Luego miró a Michelle. Su respiración ni siquiera se había alterado, y entonces comprendió la verdad.

—Qué tramposa, ni siquiera lo has intentado.

—Sí, pero a mi manera, he tenido en cuenta la diferencia de edad.

—Vale, ésa es la gota que colma el vaso.

Se incorporó de un salto y fue tras ella, que echó a correr gritando. Pero Michelle se reía con tantas ganas que King la atrapó enseguida. La levantó en vilo y se la colocó sobre el hombro, cargó con ella hasta que el agua le cubría la cintura y entonces la dejó caer ceremoniosamente. Michelle emergió farfullando y sin dejar de reírse.

—¿A qué ha venido eso?

—Para demostrarte que aunque tenga más de cuarenta todavía no estoy muerto.

De vuelta al muelle, King levantó la Sea Doo para colocarla en su sitio.

—Entonces, ¿cómo pasaste del baloncesto y el atletismo al remo olímpico?

—Me gustaba más el atletismo que el baloncesto, pero echaba de menos el componente de grupo. En la facultad un amigo mío era remero y me metí en ese mundo gracias a él. Parece ser que tenía un talento natural para ello. En el agua mi motor no parecía rendirse nunca; era como una máquina. Y me encantaba el subidón que sentía al dejarme el alma en esos remos. Era la más joven del equipo. Al comienzo nadie confiaba mucho en mí. Supongo que les demostré que estaban equivocados.

—Creo que te has pasado buena parte de la vida haciendo eso. Sobre todo en el Servicio Secreto.

—No todo ha sido un camino de rosas.

—No conozco mucho ese deporte. ¿Cómo se llamaba tu modalidad?

—Cuatro con timonel, es decir, cuatro mujeres remando con todas sus fuerzas y un timonel marcando las remadas. La concentración es absoluta.

—¿Qué tal lo de los Juegos Olímpicos?

—Fue el momento más emocionante y angustioso de toda mi vida. Estaba tan estresada que vomité antes de la primera eliminatoria. Pero tras conseguir la plata y quedarnos a las puertas del oro, me sentí como nunca. Todavía era una niña y tuve la impresión de que había llegado al momento más álgido de mi vida.

—¿Todavía te sientes así?

Sonrió.

—No. Espero que lo mejor esté por venir.

Se ducharon y se vistieron. Cuando Michelle bajó, King estaba repasando unas notas sobre la mesa de la cocina.

—¿Interesante? —le preguntó mientras se peinaba el pelo húmedo.

King alzó la vista.

—Nuestra entrevista con Jorst. Me pregunto si sabe más de lo que dice. También me pregunto qué podríamos averiguar de Kate Ramsey.

—Si es que accede a hablar con nosotros.

—Exacto. —King bostezó—. Ya pensaremos en eso mañana. Ha sido un día muy largo.

Michelle consultó la hora.

—Es tarde, supongo que será mejor que me vaya.

—Oye, ¿por qué no te quedas a dormir esta noche? Puedes quedarte en el cuarto de los invitados, en el que acabas de ducharte —se apresuró a añadir.

—Tengo donde quedarme, no es necesario que te compadezcas de mí. Ya soy toda una mujercita.

—Me compadezco porque todos los trastos que estaban en el coche ahora están en la habitación del hostal. A lo mejor hay algo con vida. Podría salir e ir a por ti en plena noche. —Sonrió y añadió en voz baja—: Quédate aquí.

Michelle le dedicó una sonrisa y una expresión un tanto insinuante, aunque tal vez King lo interpretara así por culpa del vino.

—Gracias, Sean. De hecho, estoy agotada. Buenas noches.

La observó subir la escalera. Las piernas musculosas y largas conducían hasta el trasero firme y bonito, y luego el torso proseguía hacia los hombros olímpicos, nuca arriba y, bien... ¡Mierda! Mientras ella desaparecía en el cuarto de huéspedes dejó escapar un suspiro e intentó no pensar en lo que estaba pensando con tanta desesperación.

Repasó todas las puertas y ventanas de la casa para asegurarse de que estaban cerradas con llave. Había pensado en que una empresa de alarmas viniese y le conectase toda la casa. Nunca había creído que le haría falta allí. La mitad de las veces ni siquiera cerraba las puertas con llave. Cómo habían cambiado las cosas.

Se detuvo al final de la escalera y miró hacia la puerta del cuarto de invitados. Detrás había una hermosa joven tumbada en la cama. A no ser que estuviera del todo equivocado, intuía que si abría la puerta y entraba seguramente podría pasar la noche con ella. Pero, claro, tal y como andaba de suerte, era posible que si abría la puerta Michelle le disparara en las pelotas. Permaneció allí unos instantes, pensando. ¿De veras quería comenzar una relación con ella? ¿Con todo lo que estaba pasando? La respuesta, aunque no le gustara, era más que obvia. Se arrastró por el pasillo hasta su propia habitación.

En el exterior, cerca del final de la carretera que conducía a la casa de King, el viejo Buick, con las luces apagadas, se detuvo y el motor se apagó. Habían arreglado el tubo de escape porque el conductor no deseaba que repararan en él. Se abrió la puerta y el hombre salió lentamente y observó por entre los árboles la silueta de la casa en penumbra. Las puertas traseras del Buick se abrieron y emergieron otras dos personas. Eran el «agente Simmons» y su compañera homicida, Tasha. Simmons parecía un tanto nervioso mientras que Tasha estaba preparada para la acción. El hombre del Buick estaba concentrado. Miró a sus acompañantes y luego asintió lentamente. Los tres se encaminaron hacia la casa.

36

King se despertó de un sueño profundo al sentir la mano en la boca. Primero vio el arma y luego la cara.

Michelle se llevó un dedo a los labios.

—He oído ruidos —le susurró al oído—. Creo que hay alguien en la casa.

King se vistió y señaló la puerta con mirada inquisitiva.

—Creo que en la parte trasera de la casa, abajo. ¿Sabes quién puede ser?

—Claro, alguien que me trae otro cadáver.

—¿Algo valioso en la casa?

Comenzó a negar con la cabeza pero se detuvo.

—Mierda. La pistola del jardín de Loretta está en la caja fuerte del estudio.

—¿Crees que...?

—Sí. —Descolgó el teléfono para llamar a la policía pero volvió a colgarlo.

—No me lo digas —dijo Michelle—. No hay línea.

—¿Dónde tienes el móvil?

Michelle negó con la cabeza.

—Creo que lo dejé en el coche.

Bajaron por la escalera intentando percibir cualquier sonido que les indicara dónde estaba el intruso. Todo estaba oscuro y no se oía nada. La persona podría estar en cualquier parte, observando, preparada para atacar.

King miró a Michelle.

—¿Nerviosa? —le susurró.

—Da un poco de miedo. ¿Qué haces cuando la cosa se pone fea?

—Ir a por un arma más grande que la del otro.

Oyeron un ruido que procedía de la escalera que conducía a la parte más baja de la casa.

Michelle le miró.

—Nada de enfrentamientos. No sabemos cuántos son ni qué armas llevan.

—De acuerdo, pero tenemos que ir a buscar el arma. ¿Tienes las llaves del coche?

Michelle las sostuvo en alto.

—Aquí están.

—Conduciré yo. Llamaremos a los polis en cuanto nos hayamos largado de aquí.

Mientras Michelle le cubría, King entró en el estudio, tomó la caja fuerte y se aseguró de que la pistola estuviera dentro. Se dirigieron en silencio hacia la puerta principal.

Subieron al Land Cruiser y King introdujo la llave para poner en marcha el coche.

Le asestaron el golpe por detrás y se desplomó sobre el claxon, que comenzó a atronar.

—Sea... —gritó Michelle, pero se le cortó la voz, al igual que la respiración, cuando una tira de cuero le rodeó el cuello y se le hundió en la piel.

Intentó introducir los dedos por debajo del cuero pero ya estaba demasiado hundido. Sintió que los pulmones le ardían y que los ojos le sobresalían de las órbitas; tenía la sensación de que el cerebro era un estallido de dolor. Por el rabillo del ojo vio a King desplomado sobre el volante y un reguero de sangre que le caía por el cuello. Entonces sintió que la cuerda se enrollaba y se tensaba, y vio que una mano tomaba la caja fuerte del asiento delantero. Se abrió la puerta trasera del coche, luego se cerró y los pasos se alejaron, dejándola morir allí.

La cuerda seguía tensándose y Michelle colocó los pies en el salpicadero para intentar arquear el cuerpo, para hacer palanca y separarse de la persona que se esforzaba por matarla. Volvió a dejarse caer, ya casi sin aire. El ruido del claxon le atronaba en los oídos; la visión de King, ensangrentado e inconsciente, aumentaba su impotencia. Se arqueó de nuevo y le propinó un cabezazo en la cara a la persona que la estaba estrangulando. Le oyó gritar y la cuerda se soltó, pero muy poco. Acto seguido, intentó agarrarle el cabello, arañarle o arrancarle los ojos. Finalmente, logró tirarle del pelo con todas sus fuerzas, pero la presión en la garganta no disminuyó. Le arañó la cara, y entonces le tiraron de la cabeza con tal ímpetu que estuvo a punto de salirse del asiento. Pensó que se le había roto la columna vertebral y, exhausta, se dejó caer hacia delante.

Sentía el aliento de la persona que la estaba matando, empleando hasta el último músculo para rematarla. Tenía el rostro bañado en lágrimas de desesperación y agonía.

Oía el aliento junto a su oreja.

—Muérete —dijo el hombre entre dientes—. ¡Muérete de una vez!

El tono burlón fue un acicate. Con un último esfuerzo, empuñó la pistola. Apuntó hacia atrás, contra el asiento y con el índice buscó el gatillo. Apenas le quedaban fuerzas y, sin embargo, dio con la minúscula reserva de voluntad que necesitaba para hacerlo. Rezó para no errar. No tendría una segunda oportunidad.

Disparó y la bala atravesó el asiento. Oyó el impacto en la carne y luego un gruñido y, acto seguido, el garrote se aflojó y después cedió por completo. Libre, Michelle respiró hondo, todo cuanto pudo. Mareada y aturdida, abrió la puerta del coche y se cayó al suelo.

Oyó abrirse la puerta trasera. El hombre salió, con el costado ensangrentado. Michelle alzó la pistola, pero él abrió la puerta del todo de una patada y la derribó del golpe. Más que furiosa, Michelle se incorporó de un salto y apuntó mientras el hombre se volvía y echaba a correr.

Sin embargo, antes de que pudiera disparar se desplomó sobre las rodillas y le sobrevino una arcada. Cuando alzó la mirada veía tan borroso y la cabeza le palpitaba tanto que parecía que había tres hombres corriendo. Disparó seis veces contra lo que creía que era el cuerpo del hombre que había intentado matarla.

Todos los tiros erraron. Había disparado contra la imagen equivocada.

Los pasos se alejaron y, al poco, un coche arrancó y derrapó, arrojando gravilla y polvo.

Con un grito ahogado final, Michelle se desplomó por completo.

37

El ruido atronador del claxon finalmente llamó la atención de un ayudante del sheriff que pasaba por allí y que encontró a Michelle y a King, todavía inconsciente. Los llevó al hospital de la Universidad de Virginia en Charlottesville. King fue el primero en recuperarse. Había perdido sangre debido a la herida de la cabeza, pero tenía el cráneo bastante duro y no sufría ningún daño grave. Michelle tardaría más en recuperarse y la sedaron mientras le curaban las heridas. Cuando se despertó, King estaba sentado a su lado, con la cabeza vendada.

—Dios mío, qué mal aspecto tienes —dijo Michelle con voz débil.

—¿Ése es el premio que recibo después de haberme pasado horas sentado esperando a que se despertara la princesa? ¿«Dios mío, qué mal aspecto tienes»?

—Lo siento. Me alegro de verte. No estaba segura de que estuvieras vivo.

King observó las marcas que Michelle tenía en el cuello hinchado.

—Fuera quien fuera, te la hizo buena. ¿Viste a alguien?

—No. Era un hombre, eso es todo. —Añadió—: Le disparé.

—¿Cómo?

—Le disparé a través del asiento.

—¿Dónde le diste?

—En el costado, creo.

—La policía está esperando para tomarte declaración. Yo ya lo he hecho. El FBI y Parks también están aquí. Les conté todo sobre el arma que encontramos y la teoría de que Loretta estaba chantajeando a alguien.

—Me temo que no podré contarles gran cosa.

—Debían de ser al menos dos; uno para hacernos salir de la casa y el otro esperando en tu coche. Contaban con que llevaría la pistola, así se ahorraban tener que buscarla. Estaba todo preparado.

—Entonces eran tres, porque en el coche había dos personas. —Se calló y luego añadió—: Se llevaron la pistola, ¿no?

—Sí. Si lo piensas, fuimos estúpidos. Deberíamos habérsela llevado al FBI de inmediato, pero no lo hicimos y ahora ya no tiene remedio. —Suspiró y le colocó una mano en el hombro—. Faltó poco, Michelle, pero que muy poco.

—Luché con todas mis fuerzas.

—Lo sé. Estoy vivo gracias a ti. Te debo una.

Antes de que Michelle replicara, la puerta se abrió y entró un joven.

—¿Agente Maxwell? —Sostuvo en alto la credencial que demostraba que era del Servicio Secreto—. En cuanto le den el alta y haya prestado declaración tendrá que acompañarme de vuelta a Washington.

—¿Por qué? —inquirió King.

El joven no le hizo caso.

—Los médicos dicen que tiene suerte de estar viva.

—No creo que sea una cuestión de suerte —señaló King.

—¿Por qué tengo que regresar a Washington? —preguntó Michelle.

—De momento se le reasigna a un despacho en la Oficina de Campo de Washington.

—Ha sido idea de Walter Bishop —dedujo King.

—No puedo decirlo.

—Lo sé, por eso lo he dicho yo.

—Estaré aquí cuando esté preparada para marcharse. —El joven saludó con frialdad a King y se retiró.

—Bueno, fue divertido mientras duró —dijo King.

Michelle le tomó la mano y se la apretó.

—Eh, volveré. No pienso dejar que te diviertas solo.

—Ahora descansa, ¿vale?

Michelle asintió.

—¿Sean? —King la miró—. Lo de anoche, cuando nadamos y todo eso, me lo pasé muy bien. Creo que los dos lo necesitábamos. A lo mejor podríamos repetirlo otro día.

—Pues claro, me divertí mucho tirándote al agua.

King avanzaba por el pasillo tras haber dejado a Michelle descansando cuando una mujer le salió al paso. Joan parecía inquieta y disgustada.

—Acabo de enterarme. ¿Estás bien? —le preguntó Joan, mirándole la cabeza vendada.

—Sí.

—¿Y la agente Maxwell?

—Bien. Gracias por preguntar.

—¿Seguro que estás bien?

—¡Estoy bien, Joan!

—Vale, vale, tranquilo. —Señaló unas sillas que había en una sala vacía, junto al pasillo principal. Se sentaron y Joan le miró con expresión seria.

—He oído que encontraste una pistola en la casa de la mujer.

—¿Cómo coño te has enterado? Acabo de decírselo a los polis.

—Trabajo en el sector privado, pero no me deshice de mis aptitudes investigadoras cuando dejé el Servicio. ¿Es verdad?

King titubeó.

—Sí, encontré una pistola.

—¿De dónde crees que salió?

—Tengo varias teorías al respecto, pero ahora no estoy de humor para contarlas.

—Bueno, pues ya te cuento yo la mía: la mujer trabajaba de camarera de pisos en el hotel Fairmount, tenía una pistola escondida en el jardín y muere de manera violenta, con la boca llena de dinero. Estaba chantajeando al dueño de la pistola. Y esa persona quizás estuviera implicada en el asesinato de Ritter.

King miró a Joan, asombrado.

—¿De dónde has sacado toda esa información?

—Lo siento, tampoco estoy de humor para contar eso. O sea, que encuentras la pistola y luego están a punto de matarte para quitártela.

—Michelle se llevó la peor parte. A mí sólo me golpearon. Al parecer, a ella intentaron matarla.

Joan le miró de manera extraña.

—¿Crees que está relacionado con la desaparición de Bruno? —inquirió con brusquedad.

King pareció sorprenderse.

—¿En qué sentido? ¿Sólo porque Ritter y Bruno eran candidatos presidenciales? ¿Después de tanto tiempo?

—Tal vez. Pero lo que parece complicado suele tener una explicación sencilla.

—Gracias por la lección detectivesca. Estoy seguro de que no la olvidaré.

—Quizá necesites algunas lecciones básicas. Eres tú

el que se paseó por ahí con la mujer que dejó que secuestraran a Bruno.

—Eso es como decir que yo dejé que dispararan a Clyde Ritter.

—Lo cierto es que investigo la desaparición de Bruno y en este momento no puedo descartar a nadie, ni siquiera a tu amiguita Michelle.

—Genial, y no es mi «amiguita».

—Vale, entonces, ¿qué es exactamente?

—Investigo un asunto y ella me ayuda.

—Maravilloso, me alegro de que trabajes con alguien, porque parece que prescindes de mí por completo. ¿Maxwell también te ofrece una paga millonaria si resuelves el caso, o sólo una aventura a lo grande entre las sábanas?

King la miró a los ojos.

—No me digas que estás celosa.

—Es posible, Sean. Pero, al margen de eso, creo que al menos me merezco una respuesta a mi oferta.

King miró hacia la sala en la que se encontraba Michelle, pero Joan le colocó la mano en el brazo y volvió a mirarla.

—Tengo que avanzar en este asunto. Además, nunca se sabe, tal vez averigüemos la verdad sobre Clyde Ritter.

King la fulminó con la mirada.

—Sí, tal vez —replicó.

—Entonces, ¿cuento contigo? Tengo que saberlo. Ahora mismo.

Al cabo de unos instantes, King asintió.

—Cuenta conmigo.

38

Viajaron en un avión privado hasta Dayton, Ohio, y luego fueron en coche hasta el psiquiátrico estatal, que estaba a unos treinta minutos al norte. Joan había llamado con antelación y había obtenido los permisos necesarios para ver a Sidney Morse.

—No me fue tan difícil como me imaginaba —le explicó a King mientras se dirigían al psiquiátrico—. Aunque cuando le dije a la mujer a quién quería ver, se echó a reír. Me dijo que podíamos ir si queríamos, pero que no nos serviría de mucho.

—¿Cuánto tiempo lleva Morse allí? —preguntó King.

—Un año, más o menos. Su familia lo internó, o más bien su hermano, Peter Morse. Supongo que ésa es toda la familia que le queda.

—Creía que Peter Morse tenía problemas con la policía. Y ¿no estaba metido en drogas?

—«Estaba» es la palabra clave. Nunca fue a la cárcel, seguramente gracias a su hermano. Al parecer, se rehabilitó y cuando su hermano mayor perdió la chaveta lo recluyó en el psiquiátrico.

—¿Por qué en Ohio?

—Antes de que lo internaran, Sidney vivía aquí con su hermano. Supongo que estaba tan pasado de vueltas que era incapaz de vivir solo.

King negó con la cabeza.

—Para que luego hablen de los reveses de fortuna. En menos de diez años pasa de ser el amo y señor a estar recluido en un manicomio.

Al cabo de un rato, King y Joan se hallaban sentados en una pequeña sala de la lóbrega institución. Los gemidos, los gritos y los sollozos resonaban por los pasillos. Varias personas, cuyas mentes hacía ya tiempo que habían dejado de funcionar bien, estaban encorvadas en las sillas de ruedas. En una sala de recreo, junto a la zona de recepción, un grupo de pacientes veía un concurso en la televisión. Las enfermeras, los médicos y los ayudantes recorrían lentamente los pasillos; parecían estar en las últimas, como si el entorno deprimente los hubiera minado.

King y Joan se levantaron cuando uno de los ayudantes hizo entrar la silla de ruedas en la que estaba Morse. El joven les saludó con la cabeza.

—Bien, éste es Sid.

El joven se arrodilló delante de Morse y le dio unas palmaditas en el hombro.

—Escucha, Sid, estas personas quieren hablar contigo, ¿me oyes? No pasa nada, sólo tienes que hablar. —El ayudante sonrió al decirlo y se puso en pie.

—Esto... ¿hay algo que debamos saber, algo que no debamos hacer? —preguntó Joan.

El joven le sonrió mostrando una hilera de dientes torcidos.

—Con Sid no hace falta. Da igual.

King había sido incapaz de apartar la mirada de la piltrafa que ocho años antes había estado en la cumbre de la vida al lograr una de las hazañas más admirables de la política estadounidense. Morse había perdido peso, pero todavía estaba regordete. Le habían rapado el pelo, aunque tenía una pequeña barba canosa. King recordaba que sus ojos eran penetrantes y no pasaban por alto detalle alguno. Ahora esos ojos carecían de vida. Era Sidney Morse, pero apenas el esqueleto de quien había sido.

—Entonces, ¿cuál es el diagnóstico? —preguntó.

—Que nunca saldrá de aquí —replicó el ayudante, que se llamaba Carl—. Está completamente ido y no volverá. Estaré en el pasillo. Vayan a buscarme cuando acaben. —Carl se retiró.

Joan miró a King.

—No puedo creer que sea él —dijo—. Sé que su reputación y carrera tras la muerte de Ritter sufrieron un duro golpe, pero nunca habría imaginado que acabaría así.

—Tal vez ocurrió por etapas. Y supongo que en ocho años pasan muchas cosas. Fíjate en mí. Se quedó destrozado tras la debacle de Ritter. Nadie le quería. Se deprimió. Y es posible que su hermano menor le iniciase en el mundo de las drogas duras cuando vivieron juntos —replicó—. Recuerdo que durante la campaña Sidney dijo que la adicción a las drogas de su hermano le había causado muchos problemas con la ley. Dijo que su hermano era bastante creativo a la hora de buscar dinero para pagarse la adicción. Una perla.

King se arrodilló delante de Morse.

—Sidney, Sidney, ¿te acuerdas de mí? Soy Sean King, el agente Sean King —añadió.

No hubo reacción alguna. Le salió un poco de baba y se le quedó colgando del labio. King miró a Joan.

—Su padre era un abogado de renombre, pero su madre era una especie de heredera. Me pregunto adónde habrá ido a parar todo el dinero.

—Quizá lo emplean para pagar el psiquiátrico.

—No, es una institución pública, no un centro privado de lujo.

—Bueno, a lo mejor lo administra su hermano. Supongo que heredaron los dos y ahora él tiene las dos partes. ¿Y a quién le importan los hermanos Morse? Hemos venido a buscar a John Bruno.

King se volvió para mirar a Morse. No se había movido.

—Dios mío, fíjate en las marcas de cuchillo en la cara.

—Automutilación, a veces ocurre cuando se está desequilibrado.

King se incorporó, negando con la cabeza.

—¡Eh!, ¿habéis jugado al juego con él? —dijo una voz aguda.

Los dos se volvieron y observaron al hombrecito delgado que estaba detrás de ellos, con un conejo de peluche desmembrado en la mano. Los rasgos eran tan menudos que parecía un duende. Llevaba un albornoz raído y poco más. Joan apartó la mirada rápidamente.

—El juego —dijo el hombrecito, que les miraba con expresión infantil—. ¿Ya habéis jugado?

—¿Con él? —preguntó King señalando a Morse.

—Soy Buddy —dijo el hombrecito—, y éste también es Buddy —explicó mientras sostenía en alto el conejo.

—Encantado de conocerte, Buddy —dijo King. Miró al conejo—. Y a ti también, Buddy. Entonces, ¿conoces a Sid?

Buddy asintió con vehemencia.

—Juguemos al juego.

—El juego, claro, ¿por qué no nos lo enseñas? ¿Podrías enseñárnoslo?

Buddy volvió a asentir y sonrió. Corrió hasta un rincón de la sala, donde había una caja. Sacó una pelota de tenis y regresó junto a ellos.

Se colocó delante de Morse y sostuvo en alto la pelota.

—Bien, voy a lanzar...

Buddy pareció distraerse y se quedó quieto, con la pelota y el conejo, boquiabierto, inexpresivo.

—La pelota —instó King—. Vas a lanzar la pelota, Buddy.

Buddy regresó al presente.

—Bien, voy a lanzar la pelota.

Imitó el movimiento de un jugador de la liga nacional, mostrando en el proceso una parte de su anatomía que King y Joan habrían preferido no ver. Sin embargo, al lanzar la pelota lo hizo de manera lenta y sin levantar el brazo por encima del hombro.

Iba directa a la cabeza de Morse. Un instante antes de que le golpeara, la mano derecha de Morse se alzó y atrapó la pelota. Luego la mano descendió de nuevo, sin soltar la bola. Buddy dio varios saltitos y luego hizo una reverencia.

—El juego —explicó.

Se acercó a Morse e intentó recuperar la pelota, pero no consiguió abrirle la mano. Buddy se volvió hacia ellos con una expresión patética.

—Nunca me la devuelve. ¡Es malo! ¡Malo, malo, muy malo!

Carl se asomó.

—¿Todo bien? ¡Oh!, hola, Buddy.

—No quiere devolverme la pelota —gritó Buddy.

—No pasa nada, tranquilo. —Carl entró, le quitó la pelota a Morse y se la dio a Buddy. Buddy se volvió hacia King y le tendió la pelota.

—¡Te toca!

King miró a Carl, que sonrió.

—Adelante, no pasa nada. Es un acto reflejo. Los

médicos lo llaman con un nombre más largo, pero es lo único que Sid hace. Los demás se divierten mucho con eso.

King se encogió de hombros y le arrojó la pelota con suavidad a Morse, que volvió a atraparla.

—Entonces, ¿Sid recibe visitas? —preguntó Joan.

—Al principio el hermano venía a verle, pero hace mucho tiempo que no aparece por aquí. Supongo que Sid era importante hace años porque cuando le ingresaron vinieron muchos periodistas por aquí, pero dejaron de hacerlo en cuanto vieron en qué estado se encontraba. Ahora no viene nadie. Siempre está sentado en la silla.

—Y atrapa la pelota —añadió Joan.

—Exacto.

Mientras se marchaban, Buddy se les acercó corriendo. Tenía la pelota de tenis en la mano.

—Quédatela si quieres. Tengo más.

—Gracias, Buddy —dijo King.

Buddy sostuvo en alto el conejo.

—Dale también las gracias a Buddy.

—Gracias, Buddy.

Miró a Joan y levantó todavía más el conejo.

—¿Un besito para Buddy?

King codeó ligeramente a Joan.

—Adelante, es una monada.

—¿Cómo, antes de haber cenado?

Joan besó al conejo en la mejilla.

—Entonces, ¿sois buenos amigos de Sidney, es decir, de Sid? —preguntó.

Buddy asintió con tanta vehemencia que se tocó el pecho con la barbilla.

—Su habitación está al lado de la mía. ¿Quieres verla?

King miró a Joan.

—Bueno, ya que estamos aquí...

—Todo por el mismo precio —replicó encogiéndose de hombros.

Buddy cogió a Joan de la mano y los condujo por el pasillo. King y Joan no sabían si podían estar en esa zona sin algún miembro del personal, pero nadie les impidió el paso.

Buddy se detuvo delante de una habitación y dio un golpe en la puerta.

—¡Mi habitación! ¿Queréis verla? Es muy chuli.

—Claro —dijo Joan—. A lo mejor hay más Buddys dentro.

Buddy abrió la puerta y la cerró acto seguido.

—No me gusta que metan las narices en mis cosas —dijo clavándoles la mirada.

King dejó escapar un suspiro largo y exasperado.

—Vale, Buddy, tú mandas.

—¿Es ésa la habitación de Sid? —preguntó Joan, señalando la puerta que estaba a la izquierda de la de Buddy.

—No, es ésta —declaró Buddy mientras abría la puerta situada a la derecha.

—¿Te parece bien, Buddy? —inquirió King—. ¿Podemos pasar?

—«¿Te parece bien, Buddy?» «¿Podemos pasar?» —repitió Buddy mirándoles con una sonrisa de oreja a oreja.

Joan se aseguró de que no viniera nadie por el pasillo.

—Creo que no pasa nada, Buddy. ¿Por qué no vigilas fuera? —Entró en la habitación, King la siguió y cerró la puerta. Buddy, con una repentina expresión nerviosa, se quedó junto a la puerta.

King y Joan observaron el interior austero.

—La caída de Sidney Morse fue larga y completa —comentó Joan.

—Suelen ser así —dijo King mientras examinaba la habitación distraídamente. El hedor a orina era intenso. King se preguntó cada cuánto cambiarían las sábanas. Había una mesita en un rincón. Sobre la misma había varias fotografías, sin enmarcar. King las tomó—. Supongo que no se permiten objetos afilados, como el cristal o el metal.

—No parece que Morse sea capaz de suicidarse.

—Nunca se sabe, podría tragarse la pelota de tenis y morirse asfixiado. —King observó las fotografías. En una se veía a los dos hermanos de adolescentes. Uno sostenía un bate de béisbol—. Los hermanos Morse. De la época del instituto, parece. —Sostuvo en alto otra fotografía—. Y supongo que éstos son los padres.

Joan se le acercó y miró las fotografías.

—Su madre era bastante fea.

—Fea pero rica. Eso marca la diferencia para la mayoría de la gente.

—Su padre parece todo un trabajador.

—Un abogado importante, ya te lo dije.

Joan sostuvo la fotografía en alto.

—Sidney ya era regordete entonces, pero atractivo. Peter también era guapo... buen físico, con los mismos ojos que su hermano. —Observó la seguridad con la que sostenía el bate de béisbol—. Seguramente fue deportista en el instituto, llegó a la cumbre a los dieciocho y, a partir de entonces, todo fue cuesta abajo. Drogas y malas compañías.

—No sería la primera vez.

—¿Qué edad tendrá Peter ahora?

—Un poco más joven que Sidney, poco más de cincuenta.

Contempló el rostro de Peter.

—Una especie de Ted Bundy. Guapo y encantador, pero te degollará en cuanto bajes la guardia.

—Me recuerda a algunas mujeres que he conocido.

Había una cajita en un rincón. King se acercó y echó un vistazo al interior. Había varios recortes de periódico amarillentos. La mayoría describía la carrera de Sidney Morse.

Joan miraba por encima del hombro de King.

—Todo un detalle que su hermano le trajera esta especie de álbum de recortes, aunque Sidney no pueda leerlo. —King no replicó y siguió pasando las páginas.

King sostuvo en alto un artículo de periódico muy arrugado.

—Aquí se mencionan los primeros montajes dramáticos de Morse. Recuerdo que me habló al respecto. Eran unas producciones muy elaboradas. Aunque creo que no ganó nada con ellas.

—Seguramente le daba igual. El hijo de una mamá rica puede permitirse el lujo de perder el tiempo de ese modo.

—Bueno, en un momento dado las dejó de lado y comenzó a trabajar para ganarse la vida. Aunque podría decirse que montó la campaña de Ritter como si fuera una obra de teatro.

—¿Algo más antes de que descartemos oficialmente y por completo a Sidney Morse? —inquirió Joan.

—¿No deberíamos mirar debajo de la cama? —preguntó King.

Joan le dirigió una mirada desdeñosa.

—Eso es cosa de chicos.

King suspiró y miró con cuidado debajo de la cama. Se incorporó de inmediato.

—¿Y bien? —preguntó Joan.

—Mejor que no lo sepas. Larguémonos de aquí.

Al salir de la habitación encontraron a Buddy, esperando junto a la puerta.

—Gracias por ayudarnos, Buddy —dijo Joan—. Eres muy amable.

Miró a Joan alborozado.

—¿Un besito para Buddy?

—Ya se lo he dado, Buddy —le recordó con tacto.

—No, este Buddy —dijo señalándose, casi a punto de romper a llorar.

Joan, boquiabierta, miró a King en busca de ayuda.

—Lo siento. Eso es cosa de chicas —dijo con una radiante sonrisa.

Joan observó al pobre Buddy, se calló una palabrota y, entonces, de repente, sujetó a Buddy con fuerza y besó al hombrecito en los labios.

Se volvió y se limpió la cara.

—Las cosas que soy capaz de hacer por un millón de pavos. —Tras lo cual se marchó, ofendida.

—Adiós, Buddy —dijo King y se fue.

Buddy, más que feliz, se despidió con vehemencia.

—Adiós, Buddy —dijo.

39

El avión privado aterrizó en Filadelfia y al cabo de media hora King y Joan se acercaban al hogar de John y Catherine Bruno, situado en un barrio acomodado, junto a la famosa Main Line de la ciudad. Mientras pasaban junto a las casas de ladrillo cubiertas de hiedra y con jardines señoriales, King lanzó una mirada a Joan.

—Aquí hay dinero que viene de antiguo, ¿no?

—Sólo por parte de la esposa. John Bruno es hijo de una familia pobre de Queens que luego se mudó a Washington D.C. Estudió Derecho en Georgetown y empezó a trabajar de fiscal en la capital justo después de licenciarse.

—¿Conoces a la señora Bruno?

—No. Quería conocerla contigo. La primera impresión, ya sabes.

Una sirvienta hispana de conducta servil con el uniforme almidonado y provisto de un delantal con volantes les acompañó al gran salón. La mujer casi hizo una reverencia al marcharse. King hizo un gesto de rechazo ante aquel espectáculo más propio de otros tiempos y luego se centró en la mujer menuda que entró en el salón.

Catherine Bruno habría sido una primera dama excelente, ésa fue su primera impresión. Tenía unos cuarenta y cinco años, era menuda, refinada, circunspecta, sofisticada, la quintaesencia de la aristocracia y los modales distinguidos. Su segunda impresión fue que era demasiado engreída; lo cual quedaba patente por su costumbre de mirar por encima del hombro a sus interlocutores. Como si no pudiera perder su precioso tiempo en nada inferior a la aristocracia. Ni siquiera le preguntó a King por qué llevaba la cabeza vendada.

Joan, sin embargo, hizo que la mujer se centrara rápidamente. Siempre había sabido cómo tratar a la gente, era como un tornado enlatado. King tuvo que contener una sonrisa mientras su compañera atacaba.

—El tiempo no juega de nuestro lado, señora Bruno —declaró Joan—. La policía y el FBI han hecho lo correcto, pero los resultados obtenidos son irrelevantes. Cuanto más tiempo permanezca desaparecido su esposo, menos posibilidades tenemos de encontrarlo con vida.

Los ojos altivos pronto regresaron a tierra firme.

—Bueno, para eso la contrató la gente de John, ¿no? Para encontrarlo con vida.

—Justamente. Estoy realizando una serie de indagaciones, pero necesito su ayuda.

—Ya le he contado a la policía todo lo que sé. Pregúnteles a ellos.

—Preferiría que me lo contara usted.

—¿Por qué?

—Porque dependiendo de sus respuestas quizá pueda formularle otras preguntas que a la policía no se le ocurrieron.

«Además —pensó King para sus adentros—, queremos comprobar por nosotros mismos que no miente como una bellaca.»

—De acuerdo, adelante. —Parecía tan desconcertada por todo aquello que de repente King sospechó que tenía un amante y que lo último que deseaba en el mundo era recuperar a su esposo.

—¿Apoyó la campaña política de su esposo? —preguntó Joan.

—¿Qué tipo de pregunta es ésa?

—Del tipo cuya respuesta nos gustaría saber —dijo Joan en tono agradable—. ¿Sabe? Lo que intentamos acotar son los móviles, los posibles sospechosos y las líneas de investigación más prometedoras.

—¿Y qué relación guarda con eso mi apoyo a la carrera política de John?

—Pues si usted apoyaba sus ambiciones políticas, entonces podría haber tenido acceso a nombres, conversaciones privadas con su esposo, asuntos que podían preocuparle de ese aspecto de su vida. Si, por el contrario, usted no estaba en el mundillo, tendremos que buscar en otro sitio.

—¡Oh!, bueno, no puede decirse que estuviera encantada de que John se dedicara a la política. Me refiero a que no tenía ninguna posibilidad, y eso lo sabíamos todos. Mi familia...

—¿No les parecía bien? —le sonsacó King.

—No somos una familia de políticos. Tenemos una reputación intachable. A mi madre casi le dio un ataque cuando me casé con un fiscal criminalista que se había criado en los barrios bajos y que era diez años mayor que yo. Pero quiero a John. De todos modos, hay que sopesar las situaciones, y no ha resultado fácil. En mi círculo, este tipo de cosas no se ven con buenos ojos. Así que no puedo decir que fuera muy entusiasta en cuanto a su carrera política. Sin embargo, gozaba de una fama inmejorable como abogado. Llevó la acusación de algunos de los casos más difíciles de Washington y luego en Filadelfia, donde nos conocimos. Eso le dio fama a nivel nacional. Como estaba rodeado de todos esos políticos en la capital, supongo que le entró el gusanillo de entrar en la refriega, incluso después de que nos trasladáramos a Filadelfia. Yo no compartía su ambición política, pero soy su esposa, así que lo apoyaba públicamente.

Joan y King formularon las preguntas de rigor, a las que Catherine Bruno respondió de forma típica y poco útil.

—¿Así que no cree que hubiera nadie que deseara hacer daño a su esposo? —inquirió Joan.

—Aparte de los procesados, no. Ha recibido amenazas de muerte y demás, pero nada recientemente. Después de dejar la fiscalía general en Filadelfia, ejerció varios años en el sector privado antes de lanzarse al ruedo político.

Joan dejó de tomar notas.

—¿En qué bufete estaba?

—En la sucursal de Filadelfia del bufete de Washington, Dobson, Tyler y Reed. Está en el centro de Filadelfia, en Market Street. Un bufete muy respetado.

—¿Qué tipo de trabajo realizaba allí?

—John no hablaba de cuestiones laborales conmigo. Y yo nunca le pregunté. No me interesaba.

—Pero supongo que trabajaría en los juicios.

—Mi esposo era el hombre más feliz del mundo cuando tenía un escenario en el que actuar. Así que sí, yo diría que trabajaba en los juicios.

—¿Y no le transmitió ningún tipo de preocupación especial?

—Pensaba que la campaña iba bastante bien. No albergaba la falsa ilusión de ganar. Sólo quería que lo tuviesen en cuenta.

—¿Qué pensaba hacer después de las elecciones?

—La verdad es que nunca lo hablamos. Siempre supuse que volvería a Dobson, Tyler.

—¿Nos podría contar algo de su relación con Bill Martin?

—Lo mencionaba de vez en cuando, pero lo conocía de antes de casarse conmigo.

—¿Y no se le ocurre por qué la viuda de Bill Martin querría reunirse con él?

—Ni idea. Como he dicho, esa relación formaba parte de su pasado.

—¿El primer matrimonio para los dos?

—Para él sí, no para mí —se limitó a decir.

—¿Y tienen hijos?

—Tres. Ha sido muy difícil para ellos. Y para mí. Sólo quiero que John vuelva. —Empezó a gimotear, como si le hubieran dado pie, y Joan extrajo un pañuelo de papel y se lo tendió.

—Es lo que todos queremos —aseguró Joan, sin duda pensando en los millones de dólares que eso le proporcionaría—. Y no me detendré hasta que consiga ese objetivo. Gracias. Estaremos en contacto.

Se marcharon y se dirigieron de vuelta al aeropuerto.

—Bueno, ¿qué piensas? —preguntó Joan mientras estaban en el coche—. ¿Sospechas algo?

—Primera impresión: una tía esnob que sabe más de lo que nos está diciendo. Pero lo que se calla quizá no tenga nada que ver con el secuestro de Bruno.

—O tal vez esté profundamente relacionado.

—No le entusiasma el tema de la política, pero ¿a qué cónyuge le emociona? Tiene tres hijos y no hay motivos para creer que no los quiera, a él o a sus hijos. Ella es la que tiene el dinero. No gana nada haciendo que lo secuestren. Tendría que pagar parte del rescate.

—Pero si no hay rescate, no paga nada. Queda soltera de nuevo y libre para casarse con alguien de su clase que no pertenezca al sucio mundo de la política.

—Eso es cierto —convino él—. Todavía no tenemos suficientes datos.

Ya los conseguiremos. —Joan abrió el expediente del caso y lo miró. Mientras leía, dijo—: El ataque que su fristeis Maxwell y tú se produjo a las dos de la mañana. Y yo que pensaba que era especial y va y descubro que invitas a todo tipo de mujeres a pasar la noche en tu casa.

—Durmió en el cuarto de los invitados, igual que tú.

—¿Y dónde dormiste tú?

Él no le hizo caso.

—¿Quién es el próximo de la lista?

Joan cerró el expediente.

—Me gustaría ir a ese bufete de abogados, Dobson, Tyler y no sé qué mientras estamos en la ciudad, pero necesitamos tiempo para informarnos sobre ellos. Así que pasemos a Mildred Martin.

—¿Qué tenemos sobre ella?

—Dedicada a su esposo, que trabajó con Bruno en la capital. Parte de mis pesquisas preliminares apuntaban a que el joven John Bruno apostaba fuerte como fiscal en Washington D.C. y dejaba que Martin cargara con las culpas.

—En ese caso la viuda de Martin no sería muy partidaria de Bruno...

—Cierto. Bill Martin sufría cáncer de pulmón en fase terminal. Se le había extendido también a los huesos. Como mucho le quedaba un mes. Pero eso no encajaba en los planes de alguien, así que tuvieron que ayudarle. —Abrió un expediente—. He conseguido los resultados de la autopsia de Martin. El fluido de embalsamamiento se había extendido por todas partes, incluso al humor vítreo que, en otras circunstancias, es un lugar muy bueno para encontrar veneno porque no se convierte en gelatina como la sangre al morir.

—¿Vítreo? ¿El fluido del globo ocular? —inquirió King.

Joan asintió.

—Había un pico en el nivel de metanol en la muestra de cerebro medio que tomaron.

—Bueno, si el tío era bebedor, no es de extrañar. El whisky y el vino contienen metanol.

—Cierto. Lo digo porque la forense lo destacó. Sin embargo, el metanol también es un ingrediente del fluido de embalsamamiento.

—Y si sabían que habría una autopsia y embalsaman el cadáver...

Joan terminó la frase por él.

—El proceso de embalsamamiento podría ocultar la presencia de metanol o por lo menos confundir al forense en el momento de la autopsia.

—¿El crimen perfecto?

—Eso no existe si nosotros llevamos el caso —afirmó Joan con una sonrisa.

—¿Entonces qué crees que puede contarnos Mildred?

—Si Bruno cambió de planes para reunirse con alguien que se hacía pasar por Mildred Martin, entonces debió de pensar que ella tenía algo importante que decirle. Por lo que sé de John Bruno, no hace nada que no le sirva de provecho.

—O quizás herirle. ¿Y qué te hace pensar que nos lo contará?

—Porque después de realizar algunas pesquisas sobre ella, he descubierto que también empina el codo y que siente debilidad por los hombres apuestos que le hacen un poco de caso. Espero que captes la indirecta. Y, si no es mucho pedir, quítate el vendaje, tienes el pelo muy bonito.

—¿Y tú qué papel representarás?

Ella sonrió con dulzura.

—El de arpía despiadada. Es un papel que he ensayado mucho.

40

Tras el aterrizaje, King y Joan alquilaron un coche y se dirigieron a casa de Mildred Martin, adonde llegaron a última hora de la tarde. Era un sitio modesto y en el tipo de barrio al que se trasladaba la gente que no andaba holgada de dinero. Estaba a unos ocho kilómetros de la funeraria en la que habían secuestrado a Bruno.

Llamaron al timbre y a la puerta, pero nadie abrió.

—No lo entiendo, llamé antes —dijo Joan.

—Vamos a echar un vistazo a la parte trasera. Has dicho que era alcohólica. A lo mejor está ahí atrás empinando el codo.

Encontraron a Mildred Martin en la parte de atrás, sentada a una mesa de mimbre en un patio de ladrillos irregulares y cubierto de musgo, tomándose una copa, fumando un cigarrillo y admirando el jardín. Rondaba los setenta y cinco años, tenía el rostro arrugado de una fumadora empedernida y amante del sol, y llevaba un vestido ligero de color rosa y sandalias bajo la brisa cálida. Se había teñido el pelo. Aparte de las raíces grises, el color principal era anaranjado. Bajo la mesa había colocado un pequeño recipiente lleno de citronela, cuyo aroma llenaba el ambiente.

Después de las presentaciones de rigor, Mildred dijo:

—Me gusta sentarme aquí atrás. Aunque estén los

dichosos mosquitos. En esta época del año el jardín da gusto.

—Le agradecemos que nos reciba —dijo King con amabilidad. Había seguido las instrucciones de Joan y se había quitado el vendaje.

Mildred les indicó que se sentaran a la mesa y alzó su copa.

—Me gusta la ginebra y me molesta profundamente beber sola. ¿Qué quieren tomar? —Tenía la voz cascada, marcada por décadas de alcohol y cigarrillos.

—Un destornillador —dijo Joan al tiempo que le lanzaba una mirada rápida a King—. Me encantan.

—Whisky con soda —dijo King—. ¿La ayudo?

La anciana se echó a reír.

—Oh, si tuviera cuarenta años menos, ya lo creo que podría ayudarme. —Con una sonrisa pícara se dirigió a la casa tambaleándose un poco.

—Parece haber terminado el período de luto —comentó King.

—Estuvieron casados cuarenta y seis años, y a decir de todos mantenían una buena relación. Su marido tenía casi ochenta años, estaba mal de salud y sufría muchos dolores. Tal vez no haya demasiado que lamentar.

—Bill Martin fue el mentor de Bruno. ¿Cómo es eso?

—Bruno trabajó para Martin cuando él empezó a trabajar como fiscal criminalista en Washington. Martin le enseñó los entresijos de la profesión.

—¿En la fiscalía general? —inquirió King.

—Eso es —respondió ella.

King miró a su alrededor.

—Bueno, los Martin no parecen andar sobrados de dinero.

—La administración pública no paga demasiado

bien, ya se sabe. Y Bill Martin no se casó con una here-dera. Se trasladaron aquí cuando él se jubiló. Mildred se crió aquí.

—Vaya, dejando la nostalgia a un lado, no es el tipo de sitio al que querría volver.

Mildred regresó con sus bebidas en una bandeja y se sentó.

—Supongo que querrán ir al grano. Ya he hablado con la policía. En realidad no sé nada de todo esto.

—Lo comprendemos, señora Martin —dijo King—, pero queríamos conocerla y hablar con usted personal-mente.

—Qué suerte. Y, por favor, llámeme Millie. La seño-ra Martin era mi suegra y hace treinta años que murió.

—De acuerdo, Millie, ya sabemos que ha hablado con la policía y también que le practicaron la autopsia a su difunto esposo.

—Dios mío, menuda pérdida de tiempo.

—¿Por qué lo dice? —intervino Joan de repente.

Mildred la miró de hito en hito.

—Porque nadie lo envenenó. Era un anciano con cáncer terminal que murió tranquilamente en su cama. Si no caigo fulminada en el jardín, es el tipo de muerte que elegiría para mí.

—¿Sabe lo de la llamada de teléfono a Bruno?

—Sí, y ya le he dicho a la policía que yo no le llamé. Consultaron el detalle de las llamadas. Supongo que no me creían.

Joan se inclinó hacia delante.

—Sí, pero la cuestión está en que Bruno se puso muy nervioso tras la llamada. ¿Sabría explicar por qué?

—¿Cómo voy a saberlo si no le llamé? Desgraciada-mente, no tengo poderes de adivina. Si los tuviera, sería rica.

Joan insistió.

—Mírelo de esta manera, Millie: Bruno y su esposo habían sido íntimos, pero ya no lo eran. No obstante, él recibe una llamada que cree que es de usted, pidiendo verle, y se pone nervioso. La persona que llamó tuvo que decir algo convincente para que eso ocurriera, algo que Bruno relacionaría de forma lógica con usted o su esposo.

—Sí, quizá sea tan sencillo como que la persona le dijera que Bill había muerto. Supongo que eso le disgustaría. Al fin y al cabo eran amigos.

Joan negó con la cabeza.

—No. Bruno ya lo sabía. Eso está confirmado. No tenía previsto ir a la funeraria hasta que recibió esa llamada.

Martin puso los ojos en blanco.

—Bueno, no me sorprende.

—¿Por qué dice eso? —preguntó King.

—No me andaré por las ramas. No era una gran admiradora de John Bruno, aunque Bill venerara el suelo que pisaba. Bill tenía casi veinticinco años más y le hizo de mentor. Bueno, no estoy diciendo que Bruno no fuera bueno en su trabajo pero, cómo expresarlo... John Bruno siempre hacía lo que más le convenía a él, y los demás que se jodieran. Por ejemplo, está a veinte minutos del cadáver de su mentor y no tiene la decencia de hacer un alto en la campaña para ir a presentarle sus respetos. Hasta que, claro está, recibe una llamada. ¿Se supone que era yo? Bueno, basta para darse cuenta de cómo es un tipo como John Bruno.

—Supongo que no lo habría votado para presidente —dijo King con una sonrisa en los labios.

Martin soltó una carcajada profunda y gutural y le puso la mano encima de la suya.

—¡Oh!, querido, es usted tan guapo que no me importaría ponerle en la estantería y pasarme el día mirándole. —Dicho lo cual, no apartó la mano.

—Antes tendría que conocerlo —dijo Joan con sequedad.

—Me muero de ganas.

—¿Su antipatía por John Bruno empezó en algún momento determinado?

Martin tomó la copa vacía y aplastó un cubito de hielo.

—¿A qué se refiere?

Joan bajó la mirada hacia unas notas que tenía delante.

—En la época en que su esposo dirigía la fiscalía general en Washington se produjeron ciertas irregularidades que provocaron que se anularan una serie de condenas y se desbarataran otras acciones judiciales. Fue un asunto un tanto turbio.

La mujer encendió otro pitillo.

—Pero eso fue hace mucho tiempo. La verdad es que ya no me acuerdo.

—Estoy convencida de que si hace un esfuerzo, lo recordará —sugirió Joan con firmeza—. A lo mejor podría intentar no beber más. Esto es muy, muy importante.

—Oye —intervino King—, no te pases. Nos está haciendo un favor. No tiene por qué contarnos nada.

La mano de Martin regresó a la de King.

—Muy amable, querido.

Joan se puso en pie.

—¿Sabes qué? ¿Por qué no acabas tú de hacerle las preguntas mientras yo me fumo un cigarrillo y admiro su encantador jardín? —Tomó el paquete de tabaco de Mildred—. ¿Le importa si le robo uno?

—Adelante, querida, ¿por qué iba a querer morir sola?

—Por supuesto, querida.

Joan se marchó con aire ofendido y King miró a Martin como si estuviera un tanto avergonzado.

—A veces es un poco brusca.

—¿Brusca? Es una víbora con tacones y pintalabios. ¿Realmente trabaja para ella?

—Sí, lo cierto es que estoy aprendiendo mucho.

Mildred fulminó con la mirada a Joan, que estaba dejando caer la ceniza del cigarrillo en un rosal.

—Recuerde no dejar la cremallera desprotegida cuando ella esté cerca, o de lo contrario quizá se despierte un día y le falte algo verdaderamente importante.

—Lo tendré en cuenta. Bueno, lo que ella decía, lo de la oficina de su esposo, ya he visto que tenía unas ideas muy claras al respecto, ¿verdad? De hecho, su marido acabó dimitiendo debido a esas irregularidades, ¿no?

Martin levantó el mentón, aunque le tembló la voz.

—Asumió la responsabilidad porque era el jefe y era honrado. Ya no quedan muchos hombres como Bill Martin. Como el viejo Harry Truman, la responsabilidad se acababa en él. Ya fuera con razón o sin ella.

—¿Quiere decir que cargó con la responsabilidad aunque no era culpa suya?

—Necesito otra copa, no quisiera romperme un diente con este dichoso hielo —dijo al tiempo que se levantaba.

—Usted opina que fue culpa de Bruno, ¿verdad? Se marchó de la capital antes de que cayera el mazo, arruinó la carrera de su marido y se marchó a dirigir la fiscalía general de Filadelfia. Y ahí cosechó un puñado de condenas prominentes y encarriló todo eso con la práctica privada, que le resultó muy lucrativa, y con su candidatura a la Casa Blanca.

—Ya veo que trae los deberes hechos.

—Pero su esposo siguió admirándole, así que no compartía su punto de vista, ¿no?

Ella volvió a sentarse.

—Bill era un buen abogado pero tenía muy poco ojo para la gente. Tengo que reconocerle el mérito a Bruno, él siempre decía y hacía lo correcto. ¿Sabe que llamó para decirle a Bill que se presentaba a las elecciones?

King la miró sorprendida.

—¿Ah, sí? ¿Cuándo fue eso?

—Hace un par de meses. Yo respondí al teléfono. Casi me da un patatús cuando oí su voz. Le podía haber dado mi opinión, pero me la guardé. Me mordí la lengua. Charlamos como dos viejos amigos. Me contó todos sus grandes logros, su maravillosa vida en la alta sociedad de Filadelfia. Me entraron ganas de vomitar. Entonces le pasé el teléfono a Bill y charlaron un rato. Lo único que Bruno quería era regodearse, restregárselo por la nariz. Que Bill supiera que había llegado mucho más lejos que él.

—Supongo que Bruno hacía años que no tenía contacto con ustedes...

—Bueno, fue sólo esa llamada de teléfono, y maldita la hora.

—¿Bill dijo algo por teléfono que pudiera haber hecho que Bruno fuera a la funeraria?

—No. Bill apenas habló. Por aquel entonces ya estaba muy débil. Y está claro que yo no le dije nada a Bruno que le pusiera tan nervioso. Aunque ganas no me faltaron, créame.

—¿Sobre lo de la fiscalía general?

—Entre otras cosas.

—¿Tuvo pruebas alguna vez?

—Bruno era abogado, sabía cómo borrar todo rastro. Su mierda nunca olía mal. Se marchó mucho antes de que todo saliera a la luz.

—Bueno, supongo que no lamenta demasiado su desaparición.

—Por mí John Bruno puede irse al infierno. De hecho, espero que ya esté allí.

King se inclinó hacia delante y esta vez fue él quien puso la mano encima de la de ella.

—Millie, esto es muy importante. A pesar de que la autopsia de su esposo resultara poco concluyente, hay pruebas que apuntan a que podrían haberle envenenado, quizá con metanol. ¿Sabe? Ese método de envenenamiento quedaría disimulado en el proceso de embalsamamiento. Su muerte y el hecho de que su cadáver estuviera en la funeraria iniciaron todo este asunto. Quien se llevó a Bruno no pudo dejar todo eso al azar. Su esposo tenía que estar ahí en un momento dado, es decir, tenía que morir un día determinado.

—Eso es lo que dijo el FBI, pero le repito que es imposible que envenenaran a Bill. Lo habría sabido. Estaba con él todos los días.

—¿Usted sola? Su esposo estaba muy enfermo antes de morir. ¿No le ayudaba nadie? ¿No venía nadie? ¿Tomaba alguna medicación?

—Sí. Y el FBI se la llevó para analizarla y no encontró nada. Yo comía lo mismo, bebía la misma agua, y estoy bien.

King se recostó en el asiento y exhaló un suspiro.

—Alguien se hizo pasar por usted en la funeraria.

—Eso dicen. Bueno, el negro me favorece, me queda bien con el nuevo color de pelo. —Miró el vaso medio vacío de King—. ¿Le apetece tomar otro? —Él negó con la cabeza y ella continuó—: A Bill también le gustaba el whisky escocés, hasta el final. Era uno de los pocos placeres que le quedaban. Tenía su reserva privada de Macallan de veinticinco años. —Se echó a reír—. Tomaba un poco cada noche. Yo le introducía un poquito en la sonda de alimentación con una jeringa. La comida le importaba un comino, pero el whisky sí que le gustaba, aunque le fuera directamente al estómago. Y el hombre llegó a los ochenta, no está mal.

—Seguro que tiene buenas reservas a mano.

Ella sonrió.

—A mi edad, ¿qué me queda?

King bajó la mirada hacia su vaso.

—¿Y usted? ¿Bebe whisky escocés alguna vez?

—Ni lo toco. Como le he dicho, lo mío es la ginebra. El whisky se parece demasiado al disolvente de pinturas. ¡Si alguien quiere limpiarse por dentro, no hay duda, que beba whisky!

—Bueno, gracias de nuevo. Estaremos en contacto. Que disfrute de la velada. —King se levantó y se dispuso a marcharse. Lanzó una mirada a Joan, que seguía teniendo la bebida y el cigarrillo en la mano, y se quedó paralizado.

«¿Disolvente de pinturas?»

Se dio la vuelta rápidamente.

—Millie, ¿podría enseñarme la reserva de whisky especial de Bill?

41

Era el whisky escocés, o por lo menos la reserva secreta de Bill Martin, que Mildred Martin no se había molestado en mencionar a la policía ni al FBI.

King y Joan estaban sentados en la comisaría de policía mientras la interrogaban a conciencia.

Joan miró a King.

—Menos mal que te sirvió el whisky de las botellas normales.

King negó con la cabeza.

—¿Cómo entró en la casa la botella adulterada?

Un hombre con un traje marrón se acercó a ellos.

—Creo que lo hemos descubierto.

Era uno de los agentes del FBI asignados al caso. Joan lo conocía bien.

—Hola, Don —saludó Joan—. Te presento a Sean King. Don Reynolds.

Los hombres se estrecharon la mano.

—Os debemos una en ésta, chicos —declaró Reynolds—. Nunca habríamos pensado en el whisky, más que nada porque ella no nos habló de la reserva secreta de su marido. Habíamos analizado el resto de sustancias con anterioridad.

—En realidad se le ocurrió a Sean. Aunque me duela reconocerlo —añadió, sonriendo—. ¿Dices que sabes cómo llegó ahí el whisky adulterado?

—Hace un par de meses los Martin contrataron a una mujer para que les echara una mano en la casa. Para ayudarles con Bill Martin, que era literalmente un inválido.

—¿Mildred tampoco os lo contó? —preguntó King con incredulidad.

—Dijo que no pensaba que fuera importante. Dijo que la mujer nunca daba medicación ni nada de eso a Bill, aunque estaba autorizada para ello. Mildred prefería hacerlo ella misma. Y la mujer se marchó bastante antes de que Bill muriera, así que a Mildred no le pareció relevante.

—¿De dónde salió esa mujer?

—Ahí está el quid de la cuestión. Apareció un día de repente, dijo que le parecía que podían necesitar ayuda debido al estado de Bill, que era enfermera diplomada y que estaba dispuesta a cobrar poco porque necesitaba el trabajo. Tenía papeles y documentos para demostrar su identidad.

—¿Y dónde está ahora esta señora tan complaciente?

—Dijo que había conseguido un trabajo fijo en otra ciudad y ya está. No ha vuelto.

—Claro que no volvió —dijo Joan.

Reynolds asintió.

—Nuestra teoría es que la mujer regresó a la casa el día antes de que Martin muriera y adulteró la botella, para asegurarse de que su siguiente trago fuera el último. La botella de whisky que encontramos estaba cargada de metanol. El metanol se metaboliza lentamente hasta alcanzar niveles tóxicos. Estamos hablando de entre doce y veinticuatro horas. Si hubiera sido joven y sano y lo hubieran descubierto inmediatamente, quizá Martin habría llegado al hospital y sobrevivido. Pero no era joven ni estaba sano, de hecho estaba en las últimas. Y los Martin no dormían juntos. Después de que Mildred le diera a su marido la última dosis a través de la sonda gástrica, el dolor probablemente le asaltara con rapidez. Y pesaba unos cuarenta kilos. En condiciones normales se necesitan entre cien y doscientos mililitros para matar a un adulto. Para acabar con Martin no necesitaron esa cantidad ni por asomo.

Reynolds negó con la cabeza y sonrió cansinamente.

—Es una ironía que lo pusieran en el whisky. El whisky contiene etanol, que es un antídoto del metanol, porque ambos buscan la misma enzima. Sin embargo, había tanto metanol en la botella que el etanol no llegó a contrarrestarlo. Quizá Martin la llamara en su agonía, pero Mildred no le oyó, o al menos eso dice. Así que tal vez estuvo ahí sufriendo toda la noche hasta que murió. Tampoco es que pudiera salir de la cama para pedir ayuda. En aquel momento estaba totalmente inválido.

—Probablemente Mildred se pasara con la ginebra y se encontrara casi inconsciente. Ella también es aficionada a las libaciones —apuntó King.

—Aparte, esa enfermera seguro que se había aprendido la rutina de la casa —añadió Joan—. Que los dos bebían y que no dormían juntos. En cuanto se enteró de que él era bebedor de whisky escocés y tenía reserva propia, y también que Mildred nunca lo tocaba, encontró la forma de matarlo. Cuando sucediera, ella ya habría desaparecido del mapa con tiempo suficiente.

Reynolds asintió.

—Podrían haberlo matado con distintos métodos, pero tenían que hacerlo de forma que no exigiera practicar una autopsia, porque eso habría desbaratado el plan. Martin tenía que morir en la cama. Así fue, y Mildred se lo encontró ahí y dio por supuesto que había fallecido de muerte natural, aunque los médicos me han informado de que la muerte por metanol no es ni mucho menos tranquila. Y el metanol se metaboliza en formaldehído, que es tóxico, pero luego se oxida en ácido fórmico. Que es seis veces más letal que el metanol —explicó Reynolds.

—Así que, explicado llanamente, Martin estaba escabechado antes de llegar a la funeraria —dijo King.

—Eso es. Según el equipo de Bruno, su jefe tenía previsto estar en esa zona aquel día y el siguiente para participar en una serie de eventos. El procedimiento que se sigue en la funeraria es que el cadáver permanezca en el velatorio durante un par de días. Martin murió un lunes y llegó a la funeraria el lunes por la noche. Colocaron su cadáver en el velatorio el miércoles y el jueves y el entierro estaba previsto para el viernes. Bruno pasó por ahí el jueves.

—Aun así, no había mucho margen —dijo Joan.

Reynolds se encogió de hombros.

—Probablemente es lo mejor que podían hacer. De lo contrario, ¿cómo iban a conseguir que estuviera en la funeraria? No podían invitarlo a casa de Martin. Con toda probabilidad era la funeraria o nada. Sin duda era arriesgado, pero funcionó.

—Y no se ha comprobado ni un solo antecedente de la mujer, ¿no? —inquirió Joan.

Reynolds asintió.

—Por utilizar un tópico, desapareció sin dejar rastro.

—¿Descripción?

—Mujer mayor, por lo menos cincuenta años, estatura media, un poco robusta. Tenía el pelo color castaño desvaído con algunas canas, aunque quizás estuviera teñido. Y, agarraos fuerte, le dijo a Mildred que se llamaba Elizabeth Borden.

—¿Elizabeth Borden, como la Lizzie Borden que le dio cuarenta porrazos a su madre? —exclamó King.

—Y cuando vio lo que había hecho, le dio a su padre cuarenta y uno —añadió Joan.

—O sea que estamos tratando con gente que tiene un sentido del humor verdaderamente retorcido y macabro —declaró Reynolds.

Joan lo miró fijamente.

—De acuerdo, son asesinos inteligentes que se saben la historia criminal. Pero siguen siendo asesinos.

—Bueno, gracias de nuevo por vuestra ayuda. No sé adónde nos llevará todo esto, pero es más de lo que teníamos.

—¿Qué será de Mildred? —preguntó King.

Reynolds se encogió de hombros.

—No se puede detener a alguien por ser tonta, porque en ese caso habría que detener a la mitad de la población. A no ser que encontremos algo incriminatorio, no le pasará nada. Pero si ella estuviera implicada en esto, lo más normal es que se hubiera deshecho del whisky escocés.

—Bueno, Don —dijo Joan con una sonrisa coqueta—, no es que me guste hacer una lista con mis méritos o algo así, pero...

Él sonrió.

—He oído decir que estabas investigando la desaparición de Bruno por encargo de la familia. Está bien. Sé que no cometerás ninguna estupidez y que ya has descubierto algo que a nosotros nos faltaba, así que si necesitas algo, dímelo.

—Qué curioso que lo digas, precisamente aquí tengo una lista.

Mientras Joan y Reynolds hablaban de negocios, King observó a Mildred Martin al salir de la sala de interrogatorios. No parecía la misma mujer. Sociable, mordaz, llena de fuerza cuando la había conocido, y ahora parecía estar a un paso de reunirse con su difunto esposo.

Cuando Reynolds se hubo marchado, él miró a Joan.

—¿Ahora adónde vamos?

—A la funeraria.

—Los federales la investigaron.

—Sí, igual que hicieron con Mildred Martin. Además, me gustan las funerarias. Se oyen los cotilleos más exquisitos sobre los difuntos, que en paz descansen, normalmente en boca de sus amigos.

—Joan, pero qué cínica eres.

—Reconócelo, es uno de mis mayores atractivos.

42

La policía dejó a Mildred Martin en su casa y se marchó. Calle abajo, al final de la manzana, un sedán negro se confundía con la oscuridad. Dos agentes del FBI hacían guardia en el interior del vehículo.

La anciana entró tambaleándose en la casa y cerró la puerta a sus espaldas. Cuánto necesitaba una copa. ¿Por qué había hecho lo que había hecho? Todo había ido sobre ruedas y ella lo había estropeado todo, pero luego se había recuperado. Sí, se había recuperado. Todo iba bien. Fue a buscar la ginebra y se llenó el vaso sin añadir apenas tónica.

Se bebió medio vaso y se le empezaron a templar los nervios. Todo iría bien, no habría problemas. Era vieja, ¿cómo iba a hacerle algo el FBI? En realidad no tenían nada; no le pasaría nada.

—Mildred, ¿qué tal estás?

Dejó caer el vaso y profirió un grito.

—¿Quién anda ahí? —Se apoyó en el mueble-bar.

El hombre se acercó a ella pero permaneció entre las sombras.

—Soy tu viejo amigo.

Mildred entrecerró los ojos para mirarlo.

—No te conozco.

—Por supuesto que me conoces. Soy el hombre que te ayudó a matar a tu marido.

Ella alzó el mentón.

—Yo no maté a Bill.

—Bueno, Mildred, el metanol que le introdujiste en el cuerpo sí lo mató. E hiciste la llamada a Bruno, como te pedí.

Ella miró más de cerca.

—¿E... eras tú?

Él se acercó más a ella.

—Gracias a mí te vengaste de John Bruno, te enriqueciste con el seguro de vida, y encima te busqué la manera de acabar con el sufrimiento de tu pobre esposo enfermo. Y lo único que te pedí fue que siguieras las reglas. Era lo único que pedía, y me has decepcionado.

—No sé de qué me estás hablando —dijo ella con voz temblorosa.

—Las reglas, Mildred. Mis reglas. Y esas reglas no incluían otro viaje a la comisaría y más interrogatorios con el FBI.

—Fueron esos dos que vinieron a hacer preguntas.

—Sí, King y Dillinger, lo sé, continúa —dijo él en tono agradable.

—Yo... sólo hablé con ellos. Les conté lo que me dijiste que les dijera. Me refiero a lo de Bruno. Tal como tú me dijiste.

—Está claro que fuiste más que sincera. Venga ya, Mildred, desembucha.

La mujer temblaba como una hoja.

—Relájate, sírvete otra copa —le dijo él con voz tranquilizadora.

Elle le obedeció y se la bebió de un trago.

—Esta... estábamos hablando del whisky. Les dije que a Bill le gustaba el whisky, eso es todo. Te lo juro.

—¿Y pusiste el metanol en la botella de whisky escocés?

—Sí, en la reserva privada de Bill. La de Macallan.

—¿Por qué lo hiciste, Mildred? Te dimos el metanol. Se suponía que tenías que introducirlo en una jeringuilla y pincharlo en la sonda de alimentación. Fácil y rápido. Sólo tenías que seguir las instrucciones.

—Lo sé, pero... es que no podía hacerlo así. No podía. Quería que pareciera que le estaba dando su whisky, como de costumbre. ¿Lo entiendes? Así que lo introduje en la botella y luego le suministré el licor.

—Bueno, ¿y por qué no tiraste luego el whisky por el fregadero o te deshiciste de la botella?

—Iba a hacerlo, pero temía que alguien me viera. Los dichosos vecinos chismosos a lo mejor rebuscaban en la basura. Pensé que era mejor que lo dejara donde estaba. Y luego... es que no quería acercarme a la botella. Yo... me sentía culpable, por lo de Bill. —Empezó a sollozar en silencio.

—Pero hablaste del tema, y King y Dillinger ataron cabos. ¿Por qué no te limitaste a enseñarles el whisky que tienes en ese mueble-bar?

—No era Macallan. Le dije al joven que Bill sólo tomaba Macallan. Yo... tenía miedo. Pensé que si les decía que no tenía la botella, sospecharían.

—Eso está claro. Dios mío, hay que ver lo poco que te costó contárselo todo a unos desconocidos.

—Él era todo un caballero —se defendió ella.

—No lo dudo. Así que se llevaron la botella, la analizaron y descubrieron que estaba envenenada. ¿Por qué se lo contaste a la policía?

Mildred parecía estar satisfecha consigo misma.

—Les dije que una mujer, una enfermera, vino a casa y que la contratamos para que cuidara de Bill. Y que ella fue la que lo envenenó. Incluso les dije cómo se llamaba. —Hizo una pausa antes de añadir con un gesto elegante—: Elizabeth Borden. ¿Lo pillas? Lizzie Borden. —Se rió socarronamente—. Qué lista, ¡eh!

—Increíble, ¿y todo eso se te ocurrió camino de la comisaría?

Apuró la bebida de un trago, encendió un pitillo y exhaló el humo.

—Siempre he sido rápida en ese sentido. Creo que habría sido mejor abogado que mi marido.

—¿Cómo dijiste que habías pagado los servicios de la mujer?

—¿Pagar?

—Sí, pagar. No les dirías que trabajó gratis, ¿no? En la vida real no es habitual encontrar un alma tan caritativa.

—Pagar, ¡oh!, pues... les dije... me refiero a que, fui un tanto vaga al respecto.

—¿Ah, sí? ¿Y no insistieron?

Dejó caer la ceniza al suelo y se encogió de hombros.

—Pues no. Se creyeron lo que les dije. Soy la viuda vieja y afligida. Así que no ha habido ningún problema.

—Mildred, voy a decirte lo que están haciendo ahora mismo. Están accediendo a los movimientos de tu cuenta para averiguar cómo pagabas a «Lizzie». Esos pagos no estarán reflejados en la cuenta. Acto seguido, interrogarán a los vecinos «chismosos» sobre esa mujer y dirán que nunca llegaron a verla, porque no existe. Y, por último, el FBI volverá, y te garantizo que la visita no será agradable.

La mujer empezó a preocuparse.

—¿De verdad crees que comprobarán todo eso?

—Son el FBI, Mildred. No son imbéciles. No son tan imbéciles como tú.

Se acercó a ella. Entonces vio lo que llevaba: una barra de metal.

Empezó a gritar, pero el hombre se abalanzó sobre ella, le abrió la boca, le introdujo un trapo hasta la garganta y con cinta aislante le selló los labios y le juntó las manos. Agarrándola por el pelo, la arrastró por el pasillo y abrió una puerta.

—Me he tomado la libertad de prepararte un baño, Mildred. Quiero que estés bien limpita cuando te encuentren.

La dejó caer en la bañera llena y el agua rebosó. La mujer intentó escapar, pero él la mantuvo bajo el agua con la barra. Con la cinta en la boca y los pulmones castigados por el tabaco, Mildred duró la mitad que Loretta Baldwin. El hombre agarró una botella de whisky escocés del mueble-bar, vertió el contenido en la bañera y luego se la partió en la cabeza. Por último, le arrancó de un tirón la cinta que le había puesto en los labios, le abrió la boca y se la atiborró de billetes de un dólar que había extraído de su bolso.

«¿Adónde hay que ir hoy en día para conseguir ayuda fiable? ¡¿Adónde?!»

—Alégrate de estar muerta, Mildred. Alégrate de no tener que sentir la ira que hierve en mi interior ahora mismo, porque ¡ni te la imaginas! —le dijo, mirando hacia abajo.

Cuando urdió el plan, se había planteado la posibilidad de matar también a Mildred, pero al final había decidido que resultaría demasiado sospechoso. Ese descuido le había pasado factura. De todos modos, no había forma de que le culparan a él de la muerte de la mujer. Sin embargo, sí estaría claro que tanto Loretta Baldwin como Mildred Martin habían muerto a manos de la misma persona. Eso probablemente contribuiría a aumentar la confusión de la policía. No le atraía demasiado la idea, aunque ahora ya no tenía remedio. Bajó la cabeza y le dedicó una mirada de desdén. «¡Qué mujer tan estúpida!»

Se marchó por la puerta trasera y miró hacia el final de la calle, por donde sabía que merodeaba el FBI.

—Id a buscarla, chicos —murmuró—. Toda vuestra.

Al cabo de unos minutos, el viejo Buick se puso en marcha y bajó la calle lentamente.

43

El avión privado que Joan había contratado era como un club de lujo con alas y reactores. El interior estaba recubierto de paneles de caoba, tenía asientos de cuero, televisión, cocina completa, bar y azafata de vuelo e incluso un pequeño dormitorio. Joan había ido a dormir una siesta mientras King permanecía en su asiento, echando alguna que otra cabezadita. El avión los conducía a Washington D.C., Joan había querido repasar algunas cosas en su despacho antes de volver a partir.

Cuando el avión iniciaba las maniobras de aproximación, Joan salió como un rayo del dormitorio.

—Señora, ahora tiene que tomar asiento —le indicó la azafata.

Joan la fulminó con la mirada y siguió corriendo por el pasillo.

Llegó a donde estaba King y lo zarandeó.

—Sean, despierta. ¡Escúchame!

Ni se movió. Joan se sentó a horcajadas encima de él cara a cara y empezó a abofetearle.

—¡Despierta, maldita sea!

Al final King reaccionó, un poco aturdido. Cuando se dio cuenta de que estaba sentada encima de él, con la falda subida y las piernas abiertas, espetó:

—Joder, Joan, quítate de encima. No quiero entrar a formar parte del club de folladores de altos vuelos.

—Eres un idiota. Se trata de Mildred Martin.

Sean se enderezó en el asiento y ella se sentó al lado y se ajustó el cinturón.

—¡Qué pasa! —exclamó él.

—¿Verdad que Mildred dijo que Bruno había llamado hacía poco para contarle a Bill Martin que se presentaba a las elecciones presidenciales? ¿Y que también había hablado con él?

—Sí, ¿y qué?

—Ya oíste su voz, tan cascada. Entonces, si Bruno había oído su voz hacía poco, ¿cómo es posible que alguien lo llamara imitando la voz de la mujer, y que él se lo creyera?

King le dio una palmada al reposabrazos.

—¡Es verdad! ¿Cómo es posible imitar esa voz si no se ha fumado y bebido durante cincuenta años?

—Y si no tienes unas vegetaciones del tamaño de una pelota de golf.

—O sea que nos mintió. Fue ella la que llamó a Bruno y le dijo que fuera a verla a la funeraria.

Joan asintió.

—Y eso no es todo. He telefoneado al agente Reynolds del FBI. No fue lo que se dice muy sincero con nosotros. Desde el principio desconfiaron de la historia de Mildred. Están comprobando algo que sin duda nos revelará si está implicada en esto o no. Por ejemplo, a los Martin no les sobraba el dinero: ¿cómo podían pagar a una enfermera?

—Pues no lo sé, a lo mejor sí que podían.

—De acuerdo, quizá sí, pero en ese caso, debido a su edad tendrían derecho a una subvención parcial de Medicare.

King lo entendió enseguida.

—Entonces en Medicare tendrían constancia de

ello. Pero si Mildred no presentó una solicitud para ese tipo de ayuda, si dijo que pagó a la mujer de su bolsillo...

Joan terminó de expresar el pensamiento de Sean.

—Entonces aparecerá en los movimientos de su cuenta corriente. Eso es lo que Reynolds está comprobando. Cuando le preguntó por los pagos realizados a la mujer para intentar identificarla, Mildred no supo qué contestar. No dijo nada porque no quería levantar sospechas. Ha puesto a unos agentes a vigilar la calle, lo suficientemente lejos para que ella no se dé cuenta. Reynolds no quiere que salga huyendo.

—Entonces, si todo esto es cierto, quizá sepa quién tiene a Bruno.

El teléfono de Joan sonó en cuanto el avión aterrizó.

—Sí. —Permaneció a la escucha durante un minuto, dio las gracias, colgó y se volvió hacia King con una sonrisa—. Cielos, a veces el FBI hace milagros. No hay solicitud de Medicare, ningún cheque a la enfermera y ningún reintegro en efectivo. Y aquí viene lo bueno: Bill Martin tenía un seguro de vida de medio millón de dólares. Y Mildred es la única beneficiaria. El FBI ya lo sabía, pero dado que Bill Martin era enfermo terminal y hacía años que había contratado la póliza, no consideraron que fuera un motivo legítimo para matarlo. Van a detener a Mildred. Ella fue quien llamó a Bruno, probablemente desde una cabina.

—No puedo creer que matara a su marido por dinero. Parecía entregada a él.

—Sean, a pesar de lo inteligente y sutil que eres, querido, no tienes ni puta idea de lo que piensan las mujeres.

44

Cuando Michelle se presentó en la oficina de campo del Servicio Secreto en Washington, le dijeron que se pasaría el mes siguiente encadenada a un escritorio.

—Me deben un par de semanas de vacaciones. Quiero tomármelas ahora, por favor —le dijo a su superior. Él negó con la cabeza—. ¿Por qué? —protestó Michelle—. Me da la impresión de que no voy a tener nada que hacer en el despacho.

—Lo siento, Mick, son órdenes de arriba.

—¿Walter Bishop?

—Lo siento, no puedo decírtelo.

Se fue directa al despacho de Bishop para hacerle frente. ¿Qué podía perder?

Sus primeras palabras no fueron demasiado alentadoras.

—¡Lárgate! —le gritó.

—Dos semanas de vacaciones, Walter. Me las deben y las quiero.

—Ni hablar. Te quiero aquí para tenerte vigilada.

—No soy una niña. No necesito que me vigilen.

—Considérate afortunada. Y un consejo: aléjate de Sean King.

—Vaya, ¿ahora vas a escoger tú a mis amistades?

—¿Amistades? Los que se relacionan con él mueren como moscas. Han estado a punto de matarte.

—¡Y a él también!

—¿Ah, sí? No es eso lo que me han dicho. A él le dieron un golpe en la cabeza. A ti casi te retuercen el pescuezo.

—Estás muy equivocado, Walter.

—¿Sabes? Cuando asesinaron a Ritter se rumoreó que habían untado a King para que mirara hacia otro lado.

—Y para que luego matara al asesino. ¿Cómo se come eso?

—Vete a saber. Pero lo cierto es que ya has visto la vida que lleva ahora. Vive en una casa grande y gana un montón de dinero.

—¡Oh!, sí. Qué plan tan magnífico el suyo para arruinarse la vida.

—A lo mejor fastidió a alguien. Alguien con quien hizo un trato hace ocho años y ahora esa persona le exige el pago.

—Es una locura.

—¿Ah, sí? Me parece que has dejado que la cabeza se te enturbie por un tipo guapo al que le pasan un montón de cosas malas. Empieza a pensar como una profesional y a lo mejor se te aclara la vista. Mientras tanto, lo único que sé es que te va a doler el culo de estar sentada.

Sonó el teléfono y Bishop descolgó el auricular.

—¿Sí? ¿Qué? ¿Quién...? —Bishop se sonrojó sobremanera. Colgó el teléfono enfadado y ni siquiera miró a Michelle—. Vete de vacaciones —dijo con voz queda.

—¿Qué? No lo entiendo.

—Que te unas al club. Y puedes recoger las credenciales y el arma al salir. ¡Y ahora lárgate de mi despacho!

Michelle se marchó rápidamente antes de que los de arriba cambiaran de opinión.

En el mismo edificio del que una sorprendida Michelle salía con la pistola y la placa, varios hombres con expresión adusta estaban reunidos en una sala. En conjunto representaban al Servicio Secreto, el FBI y los U.S. Marshals. El hombre que presidía la mesa estaba colgando el teléfono.

—Bueno, Maxwell está oficialmente de vacaciones.

—¿Le dejan hacer lo que quiera para que así cave su propia tumba? —preguntó un hombre del FBI.

—Tal vez sí, tal vez no. —Miró hacia el otro extremo de la mesa—. ¿Tú qué opinas?

Jefferson Parks dejó el refresco que estaba tomando y reflexionó sobre la pregunta.

—Bueno, veamos lo que tenemos. Loretta Baldwin quizás esté relacionada con el asesinato de Clyde Ritter. Según la declaración de King a la policía, la pistola que encontró en su patio podría pertenecer a alguien que la escondió en el cuartillo de suministros del Fairmount y a quien Loretta descubrió. La mujer chantajeaba a esa persona y al final la mató.

El hombre que presidía la mesa era el director del Servicio Secreto y esa teoría no parecía convencerle.

—Eso podría significar que Arnold Ramsey no actuó solo en el asesinato de Ritter.

—¿Y si Sean King fue quien mató a Loretta? —sugirió el agente del FBI—. Quizás ella lo estuviera chantajeando. Él descubre quién es a través de Maxwell y se la carga. Desentierra la pistola y la pierde en el momento adecuado.

Parks negó con la cabeza.

—King tiene una coartada para el momento en que mataron a Loretta. ¿Y por qué iba a tener que esconder una pistola en el cuarto de la limpieza? Mató a Arnold Ramsey. Y cuando le dejaron sin arma, igual que a Maxwell, resultó herido. A Maxwell casi la matan. Y a King se le ha complicado la vida bastante con todo esto.

—¿Entonces crees que es inocente?

Parks se enderezó en el asiento. Había perdido su actitud relajada y campechana y habló con sequedad.

—No, no exactamente. Llevo el tiempo suficiente en este trabajo como para saber cuándo alguien no es sincero. Oculta algo, pero no sé qué. Tengo una teoría. A lo mejor estaba implicado de algún modo en el asesinato de Ritter y se encargó de no dejar rastro matando a Ramsey.

En ese momento el director negó con la cabeza.

—¿Qué sentido tiene eso? ¿Qué podía ofrecer Ramsey como pago? Era profesor en una universidad de segunda. Y doy por supuesto que King no se habría vuelto traidor a cambio de nada o por algún principio político.

—Bueno, en realidad no conocemos las ideas políticas de King, ¿no? Y todos vosotros habéis visto el vídeo del hotel. Ni siquiera estaba mirando a Ritter.

—Dijo que se desconcentró.

Parks no parecía muy convencido.

—Eso es lo que él dice. Pero ¿y si le distrajeron a propósito?

—Si ése fuera el caso, nos lo habría dicho.

—No, si estuviera encubriendo a alguien, y no si estuvo implicado desde el comienzo. Y si hablamos de pagos, vale, ¿cuántos enemigos creéis que tenía Clyde Ritter? ¿A cuánta gente poderosa de otros partidos le habría encantado verlo apartado de la carrera? ¿Creéis que no habrían pagado unos cuantos millones para que King mirara hacia otro lado? Se lleva las culpas durante un tiempo por estar «distraído» y luego se larga con sus millones y se dedica a la buena vida.

—Vale, pero ¿dónde están todos esos millones?

—Vive en una casa grande, conduce un buen coche, lleva una vida cómoda y agradable —replicó Parks.

—Ganó una demanda por difamación —afirmó el director—. Y se llevó una buena tajada. Y la verdad es que no le culpo, porque hay que ver toda la mierda que dijeron sobre él. Y no es que fuera un inútil. Había conseguido prácticamente todas las condecoraciones que concede el Servicio Secreto. Resultó herido un par de veces en la línea de fuego.

—Sí, era buen agente. A veces los buenos agentes se convierten en malos. Pero, con respecto a lo del dinero, mezcla el dinero del juicio con el que le pagaron y ¿quién va a notar la diferencia? ¿Habéis auditado su situación financiera?

El director se recostó en el asiento sin parecer muy convencido.

—¿Y cómo encaja todo esto con el secuestro de Bruno? —preguntó el agente del FBI—. ¿No decís que está relacionado?

—Bueno, ya puestos —terció Parks—, ¿cómo encaja esto con mi hombre, Howard Jennings?

—No compliquemos más las cosas, quizá no haya ninguna relación —declaró el agente del FBI—. Quizá tengamos tres casos separados: Ritter, Bruno y el asesinato de tu WITSEC.

—Lo único que sé es que King y Maxwell aparecen en medio de los tres —dijo el director—. Miradlo bajo esta óptica: hace ocho años o King la cagó o se volvió traidor y perdimos a un candidato presidencial. Ahora Maxwell la caga y se produce exactamente el mismo resultado.

—No exactamente —señaló Parks—. A Ritter lo mataron en el sitio y a Bruno lo secuestraron.

El director se inclinó hacia delante en la silla.

—Bueno, el objetivo de este equipo operativo que se ha formado a toda prisa es entender este galimatías lo antes posible y esperar y rezar para que no se convierta en un escándalo enorme. Y tú, Parks, realmente estás metido en esto igual que ellos, así que sigue haciendo lo que estás haciendo.

—La otra variable es Joan Dillinger —apuntó Parks—. No sé cómo interpretar a esta mujer.

El director sonrió.

—No eres el primero en decirlo.

—No, es que es más que eso. Hace poco tuve una conversación con ella y me dijo cosas raras. Como que estaba en deuda con Sean King. Pero no me dijo por qué. Pero hizo todo lo posible por convencerme de que él era inocente.

—Bueno, no es tan raro: eran colegas.

—Sí, y a lo mejor algo más. Y los dos estaban en la unidad de protección de Clyde Ritter, ¿no? —dijo Parks, dejando la pregunta en el aire.

El director tenía el ceño completamente fruncido.

—Joan Dillinger es una de las mejores agentes que hemos tenido.

—Cierto, y ahora trabaja en una empresa privada de las grandes. Y está investigando el secuestro de John Bruno y, si lo encuentra, estoy seguro de que la señora se lleva una buena tajada. Y me he enterado de que le ha pedido a King que la ayude en la investigación, y dudo que él lo haga por amor al arte. —Hizo una pausa antes de añadir—: Por supuesto, es fácil encontrar a alguien si ya sabes dónde está.

—¿Insinúas —preguntó el director con dureza— que dos ex agentes del Servicio Secreto secuestraron a un candidato presidencial y ahora esperan cobrar una fortuna para recuperarlo?

—Ni más ni menos —respondió Parks sin rodeos—. Supongo que no estoy aquí para doraros la píldora y deciros lo que queréis oír. Eso no se me da bien. Puedo enviaros a otro *marshal* que sí lo haga.

—¿Y crees que King mató a Howard Jennings? —preguntó el director enfadado.

—La verdad es que no lo sé. Lo que sí sé es que su pistola coincidía y que estaba en las inmediaciones sin coartada.

—Una estupidez para un hombre que planea un asesinato.

—O muy listo porque quizás un juez y el jurado opinen lo mismo y consideren que le tendieron una trampa.

—¿Y el móvil para matar a Jennings?

—Bueno, si King y Dillinger planearon secuestrar a Bruno, y Jennings se enteró del plan mientras trabajaba para King, creo que eso podría ser motivo de asesinato.

Los hombres permanecieron callados durante unos minutos hasta que el director rompió el silencio con un largo suspiro.

—Bueno, ahora los tenemos a todos bajo el radar. King, Maxwell y Dillinger, un triunvirato de lo más insólito. Poneos manos a la obra y mantenednos informados.

Parks recorrió a los hombres con una mirada.

—Muy bien, pero no esperes resultados inmediatos. Y no esperes sólo los resultados que te convengan.

—Ahora mismo —respondió el director—, creo que estamos esperando a que caiga algo del cielo. —Mientras Parks se volvía para marcharse, el director añadió—: *Marshal*, cuando ese algo caiga del cielo, según lo que sea, asegúrate de no estar debajo.

En el aparcamiento, Parks vio a la mujer entrando en su vehículo.

—Agente Maxwell —dijo. Michelle bajó del coche—.

Me han dicho que te tomas unas merecidas vacaciones.

Ella lo miró con expresión extrañada y luego pareció darse cuenta de algo.

—¿Has tenido algo que ver con la decisión?

—¿Adónde te diriges? ¿A Wrightsburg?

—¿Por qué quieres saberlo?

—¿Qué tal el cuello?

—Bien. Enseguida podré gritar. No has respondido a mi pregunta. ¿Me han dejado marchar por ti?

—A lo mejor, aunque me siento más como un títere que como un hombre hecho y derecho. Si vas a Wrightsburg, te agradecería que me llevaras.

—¿Por qué?

—Eres una mujer lista, me parece que sabes la respuesta.

Mientras se subían al todoterreno, Parks dijo:

—Parece que Sean King y tú os habéis hecho muy amigos.

—Me cae bien y le respeto.

—Pero casi hizo que te mataran.

—No fue precisamente culpa suya.

—Ya, supongo que no.

La forma de decirlo hizo que Michelle lo mirara con dureza, pero el agente del orden ya estaba mirando por la ventanilla.

45

Joan y King estaban alojados en un hotel de Washington cuando Joan recibió la noticia del asesinato de Mildred Martin. Llamó a la habitación de King y se lo contó.

—Maldita sea —exclamó—. Nos hemos quedado sin otro testigo potencial.

—Y ya sabes lo que significa eso, Sean.

—Sí, Loretta Baldwin y Mildred Martin murieron a manos de la misma persona. —Entonces añadió con sarcasmo—: A no ser que te creas que dos asesinos distintos matarían a sus víctimas exactamente igual.

—O sea que está confirmado. Mentía. Ella fue quien llamó a Bruno. Envenenó a su esposo y se inventó lo de Lizzie Borden. Entonces, ¿por qué matarla?

Ninguno de los dos sabía la respuesta a la pregunta.

A última hora de la mañana se marcharon y regresaron en coche a Wrightsburg. Habían convenido de antemano reunirse con Parks y Michelle en casa de King para almorzar.

Michelle y Parks trajeron comida china y se reunieron en la terraza trasera para comer y hablar del caso.

—Me he imaginado que tendríais hambre después de hacer de detectives —dijo Parks mientras se introducía un pedazo de pollo agridulce en la boca—. Me han dicho los del FBI que habéis agotado todos los puntos del programa de viajeros frecuentes con lo de Bruno.

—Muchos puntos y pocos resultados —respondió King.

Joan dedicó unos minutos a ponerles al corriente sobre sus investigaciones y entrevistas con Mildred Martin y Catherine Bruno, aparte de la «no entrevista» con Sidney Morse.

—Parece que Peter Morse hizo su agosto —afirmó Michelle—. Me pregunto dónde estará...

—Yo no apostaría por Ohio —dijo King—. Me inclino más por una pequeña isla bajo el sol.

—Suena de maravilla —intervino Joan—. Me encantaría probarlo.

Parks miró unas notas.

—Veamos —dijo—, Michelle me ha informado de vuestra charla con el colega de Ramsey en Atticus College, ¿Horst, no?

—Jorst —le corrigió Michelle.

—Eso. Y no parece que aclarara demasiado la situación, ¿no?

—Es evidente que Ramsey tenía un problema con Clyde Ritter —declaró King.

—¿Sólo político —preguntó Parks—, o había algo más?

King se encogió de hombros.

—Ramsey se manifestó contra la guerra del Vietnam, era un radical intransigente educado en Berkeley, al menos en su juventud. Ritter había sido predicador televisivo y tan conservador como Ramsey liberal. Cielos, si Ritter hubiera tenido un arma, ¡probablemente habría matado él a Ramsey!

—Creo que Thornton Jorst se merece otro repaso —dijo Michelle—. Todo lo que nos contó tiene sentido, demasiado sentido, como si nos hubiera dicho justo lo que pensaba que queríamos oír. Y había algo en su comportamiento que no acababa de encajar.

—Una teoría interesante —opinó Joan y le dio un sorbo al té.

—Y vamos a investigar a Kate Ramsey en cuanto vuelva a Richmond —añadió Michelle.

—¿Qué ha pasado con tu vuelta al Servicio? —preguntó King.

—Se ha convertido en unas vacaciones.

—Vaya, no recuerdo que el Servicio fuera tan complaciente —dijo Joan.

—Parece que el buen *marshal* aquí presente ha tenido algo que ver.

Todos se quedaron mirando a Parks, que adoptó una expresión de incomodidad. Dejó los palillos y tomó un sorbo de vino.

—Está bueno.

—Debería estarlo —dijo King.

—¿Es caro?

—El precio muchas veces no tiene que ver con la calidad del vino. Esta botella debe de valer unos veinticinco dólares, pero no te será fácil encontrar un burdeos que fuera mejor aunque cueste el triple.

—Tienes que enseñarme de vinos, Sean, estoy impresionada —dijo Joan antes de quedarse mirando a Parks—. Entonces, Jefferson, hablando del rescate de la agente Maxwell que tú has tramado, ¿a qué debemos tamaño gesto de magnanimidad?

Parks carraspeó.

—Bueno, os lo explicaré. A mí no me va mucho eso de las tapaderas.

—Suena bien —dijo ella—. Soy toda oídos.

—Joan, ya basta —dijo King—. Continúa —instó a Parks.

—Han formado un equipo operativo con miembros del FBI, el Servicio Secreto y los U.S. Marshals. El objetivo es esclarecer qué coño pasa con la desaparición de Bruno, el asesinato de Howard Jennings, Susan Whitehead, Loretta Baldwin y, por último, Mildred Martin. Sabemos que la misma persona o personas mataron a Baldwin y a Martin.

—Cierto, es de una lógica aplastante. Baldwin va con Ritter y Martin va con Bruno. Por tanto, si las muertes de Baldwin y de Martin guardan alguna relación, entonces Ritter y Bruno también están relacionados.

—Quizá —dijo Parks con cautela—. Ahora mismo no voy a sacar conclusiones precipitadas.

King salió un momento. Cuando volvió, le tendió a Parks un trozo de papel. Era la copia del mensaje que había encontrado clavado en el cuerpo de Susan Whitehead. King lanzó una mirada a Joan, que se estremeció e inmediatamente se levantó y se dispuso a leer la nota por encima del hombro de Parks.

Parks terminó y alzó la mirada.

—He oído hablar de esta nota a los del FBI. ¿Tú qué opinas?

—Que quizás esté en el centro de todo esto por algún motivo.

—¿Pisando un puesto y dando apoyo? —inquirió Parks.

—La jerga del Servicio Secreto —dijo Michelle.

—A mí me parece una nota vengativa —concluyó Parks.

—Y está relacionada con el asesinato de Ritter —afirmó Joan.

—Ramsey mató a su objetivo. Y Sean mató a Arnold Ramsey —dijo Parks—. Así que ¿quién queda para vengarse? —añadió con recelo.

—Ten en cuenta el arma del patio de Loretta —dijo King—. A lo mejor allí había dos asesinos aquel día. Yo maté a uno y el otro escapó, hasta que Loretta empezó a chantajearlo. Si no me equivoco leyendo la buenaventura en los posos del té, el tipo ha entrado en escena y Loretta pagó el precio más caro posible por su plan. Igual que Mildred Martin cuando se metió en el tema de Bruno.

Parks negó con la cabeza.

—¿Entonces ese tipo va a por ti? ¿Por qué ahora? ¿Y por qué implicar a Bruno y a los Martin? Eso es tomarse muchas molestias. No te lo tomes a mal pero si este psicópata quisiera vengarse te habría matado la otra noche cuando a Michelle casi le rompen el cuello.

—No creo que quisieran que Sean muriera aquella noche —manifestó Joan. Miró a Michelle—. Está claro que no sentían lo mismo por ti.

Michelle se llevó una mano al cuello.

—Es un consuelo.

—No tengo por costumbre el tratar de consolar a la gente —dijo Joan—. Normalmente es una pérdida de tiempo.

Parks se recostó en el asiento.

—Bueno, imaginemos que Bruno y Ritter están relacionados de algún modo. Eso explica la muerte de los Martin y de Loretta Baldwin. Y a Susan Whitehead quizá sólo la mataron porque el asesino la vio conmigo, quizá la mañana que descubrí el cadáver de Jennings. Quería dejarme esa nota y decidió incluir un cadáver para que quedara clara su macabra intención.

—Me lo creería si Jennings no fuera más que un vecino. Pero era un WITSEC.

—Vale ¿y qué me dices de esto? —propuso King—. Jennings va a mi despacho esa noche por algún motivo, para adelantar algo de trabajo, y se tropieza con ese maníaco que está registrando el despacho. Y se lo cargan por molestar.

Parks se frotó la barbilla porque no estaba demasiado convencido mientras Joan asentía pensativa.

—Es verosímil —dijo ella—. Pero volvamos al enfoque de la venganza. Venganza contra Sean, ¿por qué? ¿Por permitir que Ritter muriera?

—¿Podría ser que nuestro asesino fuera algún loco del partido político de Ritter? —sugirió Michelle.

—En ese caso se ha guardado el rencor durante mucho tiempo —declaró King.

—Piensa, Sean, debe de haber alguien —le instó Joan.

—En realidad no conocía demasiado a la gente de Ritter. Sólo a Sidney Morse, Doug Denby y tal vez a un par más.

—Morse está internado —dijo Joan—. Lo vimos con nuestros propios ojos. Recoge pelotas de tenis, no podría ser el cerebro de un plan como éste.

—Y además —dijo King—, si la persona que buscamos es el mismo tipo que escondió la pistola en el cuartillo y luego fue chantajeado por Loretta y la mató, esa persona no podría ser alguien que apoyara la candidatura de Ritter.

—¿Quieres decir que habría sido como matar a su gallina de los huevos de oro? —preguntó Parks.

—Tal cual. Por eso podemos descartar a Sidney Morse aunque no fuera un vegetal, y a Doug Denby también. No tendrían ningún motivo.

De repente, Michelle se entusiasmó.

—¿Y Bob Scott, el jefe de la unidad de protección?

—Pero eso tampoco tiene mucho sentido —objetó King—. Bob Scott no tenía por qué ocultar un arma. Nadie lo habría registrado. Y si lo hubieran registrado, lo raro habría sido que no fuera armado.

Michelle negó con la cabeza.

—No, me refiero a que su carrera, igual que la tuya, se fue al garete cuando Ritter murió. Podría ser un motivo de venganza. ¿Alguien sabe dónde está?

—Podemos averiguarlo —dijo Joan.

King frunció el ceño.

—Pero eso no explica la pistola que encontré y por qué mataron a Loretta. La mataron porque estaba chantajeando a alguien. Y ese alguien no podía ser Bobby Scott porque no tenía ningún motivo para ocultar un arma.

—Vale, Scott quedaría descartado. Pero volvamos a Denby. ¿Quién era? —dijo Parks.

—El jefe de organización de Clyde Ritter.

—¿Alguna idea de dónde está ahora? —inquirió Parks.

—No —respondió Joan. Miró a King—. ¿Y tú?

—No he visto a Denby desde que Ritter murió. La verdad es que se lo tragó la tierra. Ningún partido importante iba a contratarlo. Me imagino que se convirtió en una especie de paria después de asociarse con Ritter.

—Sé que parece bastante improbable dadas sus ideologías respectivas, pero ¿es posible que Denby y Arnold Ramsey se conocieran? —se preguntó Michelle.

—Bueno, es algo que podríamos comprobar —manifestó Parks.

—Nuestra lista de sospechosos está creciendo de manera exponencial —comentó Joan—. Y ni siquiera estamos seguros de si estas distintas líneas de investigación están siquiera relacionadas.

King asintió.

—Hay muchas posibilidades. Si queremos resolver

este enigma tenemos que colaborar. Creo poder hablar en nombre del *marshal* y de Michelle, pero ¿estás con nosotros? —preguntó a Joan.

Ella sonrió con recato.

—Por supuesto. Siempre y cuando todos comprendan claramente que mi participación es un encargo pagado.

46

Dispusieron los cables con la longitud precisa y luego los conectaron a los explosivos, todos ellos ubicados en puntos de carga. Trabajaban lenta y metódicamente porque en aquel momento los errores no tenían cabida.

—Los detonadores inalámbricos son mucho más fáciles de manejar —dijo el «agente Simmons» al otro hombre—. Y no tendríamos que cargar todo este dichoso cable.

El hombre del Buick dejó de hacer lo que tenía entre manos y se volvió para mirarlo. Ambos llevaban linternas alimentadas por baterías sujetas a cascos de plástico, dado que la oscuridad era tan absoluta que era perfectamente concebible que se encontraran bajo tierra, donde nunca llega la luz solar.

—E igual que los teléfonos móviles con respecto a las líneas fijas, son poco fiables, sobre todo porque las señales tendrían que atravesar miles de toneladas de hormigón. Haz lo que te digo.

—Sólo estaba dando una opinión —dijo Simmons.

—No necesito más opiniones, sobre todo tuyas. Ya has causado suficientes problemas. Pensaba que eras un profesional.

—Soy un profesional.

—¡Pues a ver si te comportas como tal! Ya estoy harto de los aficionados que no siguen mis instrucciones.

—Bueno, Mildred Martin ya no volverá a correr. Tú te encargaste de ello.

—Sí, y que te sirva de lección.

El generador portátil de gran potencia estaba situado en el rincón y el hombre del Buick empezó a inspeccionar los mandos, los cables y los depósitos de combustible.

—¿Estás seguro de que nos dará toda la potencia que necesitamos? —preguntó Simmons—. Me refiero a todo lo que está planeado. Eso consume un montón.

El hombre del Buick no se molestó siquiera en mirarlo.

—Más que suficiente. Yo sé exactamente lo que estoy haciendo, no como tú. —Señaló con una llave inglesa una bobina grande de cable eléctrico—. Asegúrate de que los cables estén bien tendidos, a todas las ubicaciones que te indiqué.

—Y, por supuesto, volverás a verificar mi trabajo.

—Por supuesto —repuso de forma lacónica.

Simmons observó el complejo panel de control situado en el extremo más alejado de la sala.

—Está muy bien. De lo mejorcito, de hecho.

—Conéctalo como te he dicho —ordenó el hombre del Buick en tono cortante.

—¿Qué es una fiesta sin luces y sonido? ¿No?

Empezaron a traer las cajas pesadas en carretillas, vaciaron esos contenedores y apilaron cuidadosamente el contenido en otro rincón del espacio cavernoso.

El hombre joven miró uno de los objetos de las cajas.

—Con esto hiciste un buen trabajo.

—Tenían que ser lo más precisos posible. No me gustan las imprecisiones.

—Ya, como si no lo supiera.

Mientras levantaba un contenedor, Simmons hizo una mueca y se llevó la mano al costado.

El hombre del Buick se dio cuenta de ello.

—Eso te pasa por intentar estrangular a Maxwell en vez de limitarte a dispararle —dijo—. ¿No se te pasó por la cabeza que una agente del Servicio Secreto fuera armada?

—Me gusta que mis víctimas sepan de mi presencia. Es mi estilo.

—Mientras trabajes para mí, deja tus métodos y utiliza los míos. Tuviste suerte de que la bala sólo te rozara.

—Supongo que me habrías dejado morir si la bala me hubiera causado una herida grave, ¿no?

—No. Te habría disparado y habría acabado con tu sufrimiento.

Simmons se quedó mirando a su compañero un buen rato.

—No lo dudo.

—No lo dudes.

—Bueno, devolvimos la pistola, eso es lo importante.

El hombre del Buick dejó de trabajar y lo miró a los ojos.

—Maxwell te da miedo, ¿verdad?

—No le tengo miedo a ningún hombre, y mucho menos a una mujer.

—Estuvo a punto de matarte. De hecho, te libraste por pura suerte.

—La próxima vez no fallaré.

—Más te vale. Porque si fallas, yo no te echaré de menos.

47

A la mañana siguiente el grupo se separó. Joan se fue al bufete de abogados de Filadelfia donde había trabajado Bruno y también a entrevistar al personal que había participado en su carrera política. Parks también se marchó, aunque no les dijo a los demás que iba a informar al equipo operativo de Washington.

Antes de que se separaran, Michelle se llevó a Joan a un lado.

—Tú formabas parte de la unidad de protección de Ritter. ¿Qué recuerdas de Scott?

—No mucho. Me habían trasladado hacía poco a su unidad. No lo conocía demasiado bien. Y después del asesinato nos reasignaron a todos casi de inmediato.

—¿Hacía poco que te habían trasladado? ¿Pediste el traslado? —Observó a la mujer significativamente.

—En esta vida, la mayoría de las cosas que valen la pena no son fáciles. Tienes que ir a por ellas. —Michelle miró de forma involuntaria a King, que hablaba con Parks. Joan sonrió—. Ya veo que sigues mi lógica perfectamente. Un consejo para cuando estés por ahí haciendo de detective con Sean: tiene un olfato increíble para la investigación, pero a veces es un tanto impulsivo. Sigue sus pistas, pero cuida de él.

—No te preocupes —dijo Michelle y se dispuso a alejarse.

—¡Oh!, y... Michelle, hablaba muy en serio cuando insinué que a los tipos que buscamos no les importa si vives o mueres. Así que mientras le cubres las espaldas a Sean, no te olvides de cubrirte las tuyas. No me gustaría que te pasara nada. Ya veo que a Sean le gusta tu compañía.

Michelle se volvió.

—Bueno, algunas tenemos suerte, ¿no?

Mientras Joan se marchaba en el coche, llamó al personal de su oficina.

—Necesito toda la información posible sobre Robert C. Scott, incluido su paradero actual, ex agente del Servicio Secreto y jefe de la unidad de protección de Clyde Ritter en 1996, y también sobre un hombre llamado Doug Denby, que era el jefe de organización de Ritter. Y lo necesito ya.

King y Maxwell fueron en coche a Richmond a ver a Kate Ramsey, que había regresado a la Virginia Commonwealth University y aceptado reunirse con ellos. El Centro de Asuntos Públicos estaba en Franklin Street, en el corazón del campus universitario, situado en el centro de la ciudad. El Centro se encontraba en un edificio de piedra rojiza renovado con mucho gusto. La calle estaba llena de casas como aquélla, que representaban la vieja riqueza de una época ya pasada para la capital de Virginia.

Kate Ramsey se citó con ellos en la recepción y los condujo a un despacho privado repleto de libros y papeles, posters relativos a varias protestas y otras actividades, así como carteles musicales y material deportivo variado acorde con una joven estudiante.

Al ver el desorden, King le susurró a Michelle que

debía de sentirse como en casa y se llevó un codazo en las costillas.

Kate Ramsey era de mediana estatura y tenía una complexión atlética, con los músculos marcados y fibrosos. Los cuatro pares distintos de zapatillas para correr en la esquina del despacho confirmaron esa observación. Llevaba el pelo rubio recogido en una cola de caballo. Vestía la ropa típica de los universitarios: vaqueros descoloridos, zapatillas de deporte y una camiseta de manga corta de Abercrombie & Fitch. Se la veía muy desenvuelta a pesar de su juventud y los miró a los dos con una expresión muy franca cuando se sentó junto al escritorio.

—Bueno, Thornton ya me ha llamado, así que os podéis ahorrar el rollo sobre el documental de asesinatos políticos.

—Bueno, no nos salió demasiado bien —dijo Michelle—. Y decir la verdad es mucho más sencillo, ¿no? —afirmó sin rodeos.

Kate dirigió la mirada a King, que la miró con cierto nerviosismo. Al fin y al cabo, él había matado al padre de la joven. ¿Qué se suponía que tenía que decir? «¿Lo siento?»

—Has envejecido bastante bien —dijo la joven—. Parece que la vida te ha sonreído.

—No últimamente. Por eso estamos aquí, Kate. Puedo llamarte Kate, ¿verdad?

La joven se recostó en el asiento.

—Es mi nombre, Sean.

—Soy consciente de que esta situación resulta increíblemente incómoda.

—Mi padre eligió lo que quiso —le interrumpió—. Mató al hombre que tú protegías. Tú sí que no tuviste elección. —Hizo una pausa y exhaló un largo suspiro—. Han pasado ocho años. No te mentiré, no voy a decirte que en aquel momento no te odiara. Era una chica de catorce años y me quitaste a mi padre.

—Pero ahora... —terció Michelle.

Kate siguió mirando a King.

—Ahora ya soy mayor y tengo las cosas mucho más claras. Hiciste lo que tenías que hacer. Y yo también.

—Supongo que en ese asunto tampoco tenías mucho donde elegir —comentó King.

Se inclinó hacia delante y empezó a mover los objetos que tenía encima de la mesa. King observó que colocaba las cosas —un lápiz, una regla y otros artículos— en ángulos de noventa grados y luego volvía a empezar. No paraba de mover las manos, aunque tuviera la mirada clavada en King y en Michelle.

—Thornton dijo que había pruebas nuevas que apuntaban a que mi padre no actuó solo. ¿Cuáles son esas pruebas?

—No podemos decírtelo —declaró Michelle.

—¡Oh!, fantástico. No me lo podéis decir pero pretendéis que yo hable con vosotros.

—Si hubo alguien más implicado aquel día, Kate, es importante que sepamos de quién se trata —manifestó King—. Creo que a ti también te gustaría saberlo.

—¿Por qué? Eso no cambiará los hechos. Mi padre disparó a Clyde Ritter. Había cien testigos.

—Es cierto —dijo Michelle—; pero ahora creemos que hay algo más.

Kate se reclinó en la silla.

—¿Qué queréis de mí exactamente?

—Todo lo que puedas contarnos sobre los acontecimientos que desembocaron en el asesinato de Clyde Ritter a manos de tu padre —dijo Michelle.

—Pues no se presentó un día y anunció que iba a convertirse en asesino, si es eso lo que imaginas. Por entonces yo era poco más que una niña, pero habría llamado a alguien si hubiera sido así.

—¿Seguro? —preguntó King.

—¿Se puede saber qué significa eso?

King se encogió de hombros.

—Era tu padre. El doctor Jorst dijo que le querías. A lo mejor no habrías llamado a nadie.

—A lo mejor no —replicó Kate con toda tranquilidad antes de empezar a mover el lápiz y la regla otra vez.

—Bueno, supongamos que no anunció sus intenciones, ¿y otra cosa? ¿Tu padre dijo algo que te pareciera sospechoso o fuera de lo normal?

—Mi padre tenía el barniz de un profesor universitario brillante, pero bajo esa capa estaba el radical sin reformar que seguía viviendo en los años sesenta.

—¿A qué te refieres exactamente?

—Pues que era propenso a decir cosas escandalosas que podían resultar sospechosas.

—Bueno, pasemos a algo más tangible. ¿Alguna idea de dónde sacó la pistola que utilizó para disparar a Ritter? Nunca se llegó a saber.

—Me preguntaron todo esto hace años. Entonces no lo sabía y ahora tampoco.

—Muy bien —dijo Michelle—. ¿Recuerdas si hubo alguien que os visitara con frecuencia las semanas anteriores al asesinato de Ritter? ¿Alguien que no conocieras?

—Arnold tenía pocos amigos.

King ladeó la cabeza hacia ella.

—¿Ahora le llamas Arnold?

—Creo que tengo derecho a llamarle como me dé la gana.

—Así que tenía pocos amigos. ¿Algún asesino en potencia merodeando por ahí? —preguntó Michelle.

—Es difícil de decir, puesto que yo no sabía que Arnold lo fuera. Los asesinos no suelen anunciar sus intenciones, ¿no?

—A veces, sí —respondió King—. El doctor Jorst dijo que tu padre se dedicaba a despotricar contra Clyde Ritter y a decir que estaba destruyendo el país. ¿Lo hizo alguna vez estando tú delante?

A modo de respuesta, Kate se levantó y se acercó a la ventana que daba a Franklin Street, por donde circulaban coches y bicicletas y los estudiantes se sentaban en las escaleras del edificio.

—¿Qué importa ahora todo eso? ¡Un asesino, dos, tres, cien! ¿A quién le importa? —Se volvió y los miró fijamente con los brazos cruzados sobre el pecho en actitud obstinada.

—A lo mejor tienes razón —dijo King—. Pero también podría explicar por qué tu padre hizo lo que hizo.

—Hizo lo que hizo porque odiaba a Clyde Ritter y todo lo que representaba —dijo con vehemencia—. Nunca llegó a perder el impulso de sacudir el *establishment*.

Michelle observó algunos de los carteles políticos que decoraban las paredes.

—El profesor Jorst nos dijo que sigues los pasos de tu padre con respeto a lo de «sacudir el *establishment*».

—Muchas de las acciones que emprendió mi padre eran buenas y encomiables. ¿Y qué persona en su sano juicio no detestaría a un hombre como Clyde Ritter?

—Desgraciadamente, te sorprenderías —afirmó King.

—Leí todos los informes y artículos que aparecieron a partir de aquel momento. Me sorprende que nadie rodara un telefilme sobre el tema. Supongo que no era lo suficientemente importante.

—Un hombre puede odiar a alguien y no matarlo —apuntó King—. A decir de todos, tu padre era un hombre apasionado que creía firmemente en ciertas causas, sin embargo nunca antes había cometido actos violentos.

—Al oír eso, Kate Ramsey tembló ligeramente. King se dio cuenta pero continuó desarrollando su idea—. Incluso durante la guerra del Vietnam, cuando era joven y airado y podría haber agarrado un arma y matado a alguien, Arnold Ramsey decidió no hacerlo. Así que dados esos antecedentes, tu padre, profesor titular de mediana edad con una hija a la que amaba, bien podría haber tomado la decisión de no actuar de forma violenta para mostrar su odio hacia Ritter. Pero quizá sí decidiera hacerlo, si había otros factores.

—¿Como qué? —preguntó Kate con acritud.

—Como otra persona, alguien a quien respetara, que le pidiera que lo hiciera. Que le pidiera que participara en el asesinato de Ritter, de hecho.

—Eso es imposible. Mi padre fue el único que disparó a Ritter.

—¿Y si la otra persona se echó atrás y no disparó?

Kate se sentó a la mesa y volvió a ponerse a jugar con dedos hábiles a los juegos de geometría con el lápiz y la regla.

—¿Tenéis pruebas de eso? —preguntó sin alzar la vista.

—¿Y si las tuviéramos? ¿Te refrescarían la memoria? ¿Te acuerdas de alguien?

Kate empezó a decir algo pero se calló y negó con la cabeza.

King vio una foto en la estantería, se acercó y la tomó. Era de Regina Ramsey y Kate. Debía de ser una foto más reciente de la que habían visto en el despacho de Jorst, puesto que Kate aparentaba diecinueve o veinte años. Regina seguía siendo una mujer hermosa, pero había algo en su mirada, cierto hastío, que probablemente reflejara las circunstancias trágicas de su vida.

—Supongo que echas de menos a tu madre.

—Por supuesto que sí. ¿Qué tipo de pregunta es ésa? —Kate extendió la mano y le quitó la foto para colocarla de nuevo en la estantería.

—¿Ya estaban separados cuando él murió?

—Sí, ¿y qué? Hay muchos matrimonios que se separan.

—¿Alguna idea de por qué se separaron tus padres? —inquirió Michelle.

—Quizá se habían distanciado. Mi padre estaba próximo al socialismo. Mi madre era republicana. Tal vez fuera eso.

—Pero eso no era nada nuevo, ¿no? —intervino King.

—¿Quién sabe? No hablaban mucho del tema. En su juventud, se supone que mi madre era una especie de actriz fabulosa con un futuro brillante. Dejó ese sueño para casarse con mi padre y ayudarle en su carrera. A lo mejor acabó arrepintiéndose de esa decisión. Tal vez pensara que había desperdiciado su vida. La verdad es que no lo sé y, a estas alturas, ya no me importa.

—Bueno, supongo que estaba deprimida por la muerte de Arnold. Tal vez se suicidara por eso.

—Pues si ése fue el motivo, esperó unos cuantos años para decidirse.

—¿Entonces crees que fue por otra razón? —preguntó King.

—¡La verdad es que no lo he pensado demasiado! ¿Entendido?

—No me lo creo. Seguro que piensas en eso muchas veces, Kate.

Se llevó una mano a los ojos.

—La entrevista se ha acabado. ¡Fuera de aquí!

Mientras bajaban por Franklin Street hacia el todoterreno de Michelle, King dijo:

—Sabe algo.

—Sí, no hay duda —convino Michelle—. La cuestión está en cómo sonsacárselo.

—Es bastante madura para su edad. Pero también tiene algo guardado en esa cabecita.

—Me pregunto hasta qué punto están unidos Jorst y Kate... Él la avisó de nuestras intenciones rápidamente.

—Yo también me lo preguntaba, y no estoy pensando en una relación amorosa.

—¿Algo más parecido a un padre adoptivo? —sugirió ella.

—Quizás. Y los padres son capaces de mucho por proteger a sus hijas.

—Entonces, ¿qué sabemos? —inquirió Michelle.

—Está claro que hemos dejado a Kate Ramsey alterada. Veamos adónde nos conduce.

48

Joan hizo algunos descubrimientos interesantes sobre John Bruno gracias al personal de apoyo de su bufete de abogados de Filadelfia. Ninguno de ellos tenía palabras agradables acerca de Catherine Bruno.

—Siempre va con la nariz levantada, me extraña que no se ahogue cuando llueve —dijo una secretaria, refiriéndose a la aristocrática señora Bruno.

Joan abordó a otra mujer del bufete que también había trabajado con Bruno durante su temporada de fiscal en Washington. La mujer recordaba a Bill y a Mildred Martin, y se había enterado de su muerte por los periódicos.

—Me parece increíble que lo mataran —dijo la mujer con expresión asustada—. Bill era un hombre muy agradable y confiado.

Joan aprovechó la frase.

—Confiado, sí, era confiado. Incluso cuando no debía serlo.

—Bueno, no me gusta ir por ahí contando chismes.

—Ya somos las dos mayorcitas, podemos contar lo que nos plazca y cuando nos plazca —insistió Joan—. Sobre todo si es en nombre de la justicia y esas cosas.

La mujer permaneció en silencio.

—¿Así que trabajaste tanto para Bill Martin como para Bruno en la fiscalía general de Washington? —prosiguió Joan.

—Sí, eso es.

—¿Y qué impresión tienes de ellos?

—Bill era demasiado bonachón para el cargo. Todos lo decíamos, pero nunca delante de él, claro. Por lo que respecta a Bruno, si quieres que te diga la verdad, su personalidad encajaba a la perfección con el trabajo que debía hacer.

—Duro, despiadado. ¿Dispuesto a incumplir las normas para obtener resultados?

La mujer negó con la cabeza.

—No, yo no diría eso. Era duro, pero nunca le vi extralimitarse.

—No obstante, he leído que hubieron muchos problemas en la fiscalía general por aquel entonces.

—Es cierto. Como he dicho, a veces Bill Martin era demasiado blando. Algunos fiscales sí se extralimitaban. Pero tengo que decirte que por entonces muchos agentes de policía también lo hacían. La corrupción estaba a la orden del día. Durante las protestas de finales de la década de los sesenta y a comienzos de los setenta, recuerdo docenas de casos de agentes que se inventaban pruebas, realizaban detenciones por crímenes inexistentes, intimidaban a la gente, la chantajeaban. Estuvo mal, muy mal. Una desgracia.

—¿Y, no obstante, dices que Bruno no participaba en todo eso?

—Bueno, si lo hacía, yo no me enteré.

—¿Conocías a Mildred, la esposa de Bill Martin?

—Menuda pieza, esa Mildred. Siempre quiso vivir por encima de sus posibilidades. No admiraba a Bruno, eso está claro.

—Ya me lo imaginaba. Entonces ¿no te sorprendería que dijera pestes de Bruno, que inventara mentiras sobre él?

—Ni mucho menos. Ella era así. Quería que su marido fuera un hombre de justicia duro, porque en su fuero interno esperaba que eso la llevara a lo más alto, me refiero a que se hicieran ricos. Pero Bill no era así. Bruno sí. Creo que estaba celosa.

Joan se recostó en el asiento y fue asimilando la información lentamente. Observó a la mujer de cerca. Daba la impresión de estar diciendo la verdad. Si era cierto, aquello cambiaba las cosas.

—¿Te sorprendería que Mildred estuviera implicada de algún modo en la muerte de su esposo o quizás en la desaparición de Bruno?

—En la muerte de Bill me sorprendería. Creo que le quería de verdad. Pero ¿Bruno? —Se encogió de hombros—. Mildred podía llegar a ser muy vengativa.

—¿Qué quieres decir exactamente?

—Que si hubiera tenido la posibilidad, podría haberle disparado sin pensárselo dos veces.

Joan regresó rápidamente a Virginia en avión y recogió el coche. Mientras salía del aeropuerto, sonó el teléfono. La llamaban de su oficina para informarle de lo que habían descubierto sobre el paradero de Bob Scott y Doug Denby. El informe era sorprendente. La magnífica Agencia, con todos sus sofisticados recursos y contactos de alto nivel, era incapaz de encontrar a Bob Scott. Daba la impresión de que, desde hacía un año aproximadamente, el ex agente del Servicio Secreto había desaparecido de la faz de la tierra. Lo habían localizado en el estado de Montana donde, al parecer, había vivido de la agricultura. Después de eso, no se había sabido nada más de él. Hacía años que estaba divorciado, no tenía hijos y su ex mujer se había vuelto a casar y no sabía nada de su paradero. La

Agencia incluso había preguntado al Servicio Secreto, pero ni siquiera ellos habían podido ayudarles. Durante el último año, los cheques del pago de la pensión enviados a la dirección de Montana habían sido devueltos.

Localizar a Doug Denby había sido más fácil. Había regresado a su Misisipí natal tras heredar una fortuna considerable en tierras y dinero y, en la actualidad, disfrutaba de la vida como hacendado lejos del mundo implacable de la política. Estaba claro que no se dedicaba a ir por ahí matando a gente.

Joan colgó el teléfono y estaba a punto de poner en marcha el coche cuando volvió a sonar. Era Jefferson Parks.

—Permíteme decirte —dijo el *marshal* adjunto— que todavía tienes un montón de admiradores en el Servicio Secreto. Todos me han dicho lo fantástica que eres. Me han entrado ganas de vomitar.

Joan se echó a reír.

—Causo ese efecto en muchos hombres.

—¿Ha habido suerte?

—Nada por el momento. Los despachos de campaña y el bufete de Bruno han sido callejones sin salida.

—¿Qué vas a hacer ahora?

—No estoy segura. No he tenido suerte al intentar localizar a Bob Scott. Hace un año que no hay ni rastro de él.

—Bueno, mira. Sé que somos uno de los cuerpos de seguridad federales con menos recursos y no tenemos todas esas cosas tan modernas que tenéis en el sector privado, pero ¿qué te parece si intento localizar al tipo desde mi perspectiva?

—Te agradeceré todo lo que hagas —dijo Joan en tono agradable.

—Pero parece que King no cree que este tipo esté

implicado. Está claro que Scott podría estar resentido con King por lo sucedido. Pero no tendría ningún motivo para matar a Ritter y arruinarle la carrera. Y luego está lo del arma.

—He estado pensando en el tema. Sean me dijo que el arma que encontró en el patio de Loretta era un revólver corto del 38.

—¿Y?

—No es un arma estándar en el Servicio Secreto. Así que, aunque no resultaría sospechoso que Scott estuviera armado, sí que sería sospechoso que llevara dos armas distintas, en caso de que alguien lo comprobara, sobre todo una corta.

Parks no estaba muy convencido.

—Pero ¿por qué llevar dos armas? Si había planeado matar a Ritter, podía haber utilizado su propia arma.

—¿Y si otro asesino en ciernes, el socio de Ramsey, se rajara, no disparara y le encasquetara el arma al infiltrado, Bob Scott, porque pensaran que nadie sospecharía de él? Entonces, Scott a lo mejor se puso nervioso porque tenía dos armas, escondió una en el cuartillo y entonces Loretta lo vio...

—Y Loretta empezó a chantajearlo. —Joan asintió—. Vale, eso le daría a Scott el incentivo para matarla. Pero la muerte de Ritter acabó con su carrera. ¿Por qué iba a hacer una cosa así?

Joan suspiró.

—¿Por qué actuar? ¡Por dinero! Y el hecho de que haya desaparecido no es que refuerce su inocencia precisamente.

—¿Qué más sabes de él?

—Fue veterano de Vietnam antes de entrar en el Servicio. Quizás estuviera marcado por eso. Era uno de esos tipos aficionados a las armas. Quizá se pasara al otro lado. Eso nunca se investigó demasiado. La conclusión oficial fue que Ramsey actuó solo. Somos los primeros que realmente analizamos el caso desde todos los puntos de vista.

—Bueno, supongo que ya era hora. Te llamaré en cuanto me entere de algo. ¿Vuelves a casa de King?

—Sí, o al hostal en el que me alojo cerca de allí, el Cedars.

—Nos vemos luego —dijo Parks.

Joan se marchó en el coche, absorta en sus pensamientos. Tan absorta que no se percató del coche que la seguía, ni del conductor que no la perdía de vista.

49

Vestida con un chandal, Kate Ramsey salió por fin del despacho a última hora de la tarde, se subió a un Volkswagen Escarabajo y se marchó. Michelle y King la siguieron a una distancia prudencial mientras se dirigía a Bryan Park, situado en las afueras de Richmond. Una vez allí, Kate se bajó, se quitó el chandal y se quedó con unos pantalones cortos y una camiseta de manga corta. Hizo unos estiramientos rápidos y empezó a correr.

—Fantástico —dijo King—. Quizá se ha citado con alguien y nosotros no podremos ver nada.

—Sí que veremos.

Michelle pasó al asiento trasero del todoterreno.

King la miró.

—¿Qué estás haciendo?

Le agarró por el hombro y le indicó que se diera la vuelta.

—Mantenga la vista fija en lo que tiene delante, caballero.

Empezó a desvestirse.

—Siempre llevo el equipo para correr en una bolsa bajo el asiento trasero. Nunca sé cuándo me apetecerá.

La mirada de King se desvió hacia el retrovisor, por donde vio una pierna larga y desnuda y luego otra mientras los pantalones largos bajaban y unos cortos subían por unas pantorrillas musculosas y unos muslos esculturales.

—Sí —dijo él, que desvió la mirada cuando ella empezó a quitarse la camisa—, nunca se sabe cuándo te apetecerá. —Miró al exterior y observó las zancadas rápidas de Kate Ramsey, que se alejaba cada vez más. Ya casi la habían perdido de vista—. Michelle, mejor que te des prisa o nunca alcanzarás...

Se calló cuando la puerta del todoterreno se abrió y se cerró y vio a Michelle con una minúscula camiseta de atletismo, pantalones cortos y zapatillas, cruzando el césped como un rayo con sus piernas largas moviéndose con fuerza y los músculos de los brazos siguiendo el ritmo. Se quedó boquiabierto al ver que cubría la distancia que la separaba de Kate en un abrir y cerrar de ojos.

—¡Jodidos olímpicos! —musitó.

Al principio, Michelle intentó pasar desapercibida, hasta que quedó claro que la joven sólo había salido a correr. Entonces Michelle cambió de táctica. En vez de seguir a Kate, decidió intentar hablar con ella de nuevo. Cuando se colocó a su altura, Kate la miró, frunció el ceño e inmediatamente aceleró la marcha. A Michelle le costó poco seguirla. Cuando Kate aceleró todavía más y se dio cuenta de que Michelle la seguía sin problemas, redujo la velocidad.

—¿Qué quieres? —preguntó Kate con voz tensa.

—Hablar.

—¿Dónde está tu amigo?

—Lo suyo no es correr.

—Ya te he contado todo lo que sé.

—¿Seguro, Kate? Mira, sólo quiero intentar comprenderte. Quiero ayudar.

—¡A mí no me vengas con coleguismos! No estamos en ninguna serie de policías donde de repente todos nos hacemos amigos.

—Tienes razón, esto es la vida real, y varias personas han perdido la vida o han sido secuestradas. Intentamos averiguar qué demonios ocurre porque queremos detener a quien esté detrás de todo esto, y creo que puedes ayudarnos.

—No te puedo ayudar ni a ti ni a nadie.

—Me parece que ni siquiera lo has intentado.

Kate se paró, puso los brazos en jarras, tomó aire a bocanadas rápidas y miró enfadada a Michelle.

—¿Qué coño sabes tú de nada? No sabes nada de mí.

—Por eso estoy aquí. Quiero saber más. Quiero saber todo lo que estés dispuesta a contar.

—No te enteras, ¿verdad? He dejado todo eso atrás. No quiero revivir esa parte de mi vida. —Empezaron a correr otra vez—. Y además, no sé nada.

—¿Cómo sabes que no sabes? ¿Has repasado todos los pequeños detalles, te han hecho todas las preguntas posibles, han apurado todas las líneas de investigación?

—Mira, intento no pensar en el pasado, no sé si me comprendes.

—Entonces lo tomo como un no.

—¿Pensarías tanto sobre el tema si hubiera sido tu padre?

—Lo que no haría, Kate, es intentar huir de la verdad. ¿Has hablado del tema alguna vez en serio? Si no, estoy aquí para escuchar. De verdad.

Mientras las lágrimas empezaban a surcar las mejillas de la joven, Michelle le apoyó una mano en el hombro y las dos se detuvieron. Condujo a Kate hacia un banco y se sentaron.

Kate se secó los ojos con la mano y dejó la mirada perdida con obstinación. Michelle esperó pacientemente.

Kate empezó a hablar con vacilación y con un hilo de voz.

—Estaba en clase de álgebra cuando vinieron a buscarme. Estoy haciendo problemas de Y más X y al cabo de un momento resulta que mi padre es la noticia nacional. ¿Sabes lo que supone eso?

—¿Que se acaba todo tu mundo?

—Sí —repuso Kate con voz queda.

—¿Pudiste hablar con tu madre sobre ello?

Kate hizo un gesto despectivo con la mano.

—¿Qué había que hablar? Ya había dejado a mi padre. Ya había elegido.

—¿Así es como lo veías tú?

—¿Cómo iba a verlo, si no?

—Debes de tener alguna idea de por qué se separaron, aparte de lo que nos dijiste antes.

—No fue por mi padre, eso sí lo sé.

—Así que fue decisión de tu madre, y dices que no sabes por qué, aparte de que quizá sintiera que había desperdiciado su vida con tu padre...

—Sé que cuando mi madre se marchó, la vida se acabó para mi padre. La adoraba. No me habría sorprendido que se hubiera suicidado.

—Bueno, a lo mejor fue una especie de suicidio.

Kate la miró fijamente.

—¿Y se llevó a Clyde Ritter con él?

—Dos pájaros de un tiro.

Kate se observó las manos.

—Todo empezó como un cuento de hadas. Mi padre era activista universitario. Manifestaciones en favor de los derechos civiles, protestas contra la guerra, sentadas, todo lo que tocaba. Mi madre era la actriz hermosa destinada al estrellato. Pero se enamoraron. Mi padre era alto y guapo, un hombre inteligente que quería hacer el bien. Era noble, sin duda. Una persona cabal. Todas las amistades de mi madre eran actores, la gente del mundo del espectáculo. Mi padre era algo totalmente distinto. No sólo interpretaba el papel: salía y arriesgaba su vida para mejorar el mundo.

—Bastante difícil de aguantar para una mujer —comentó Michelle con voz queda.

—Sé que mi madre le quería. Lo que te acabo de contar son cosas que sé por ella y algunos de sus amigos. Y también encontré algunos diarios de cuando estaba en la universidad. Se querían de verdad. Así que no sé por qué no funcionó. Quizá duró más tiempo de lo que debía, teniendo en cuenta lo distintos que eran. Pero a lo mejor si no se hubiera marchado, él no habría hecho lo que hizo.

—Pero a lo mejor no actuó solo, Kate. Eso es lo que intentamos averiguar.

—Vuestras pruebas nuevas que no podéis revelarme —dijo con desdén.

—Un arma —dijo Michelle con firmeza. Kate se sorprendió, pero no dijo nada—. Un arma que encontramos y que creemos que escondieron en el hotel Fairmount el día que asesinaron a Ritter. Sospechamos que había un segundo asesino en el edificio, pero esa persona no disparó.

—¿Por qué no?

—No lo sabemos. A lo mejor se echó atrás. A lo mejor él y tu padre tenían un pacto para hacerlo juntos y al final dejó a tu padre con toda la responsabilidad. —Michelle hizo una pausa y luego añadió con voz queda—: Y quizá fue la persona que convenció a tu padre para que hiciera lo que hizo. Y en ese caso, a lo mejor viste u oíste algo que pueda ayudarnos.

Kate se miró las manos y se mordió las uñas con nerviosismo.

—Mi padre no tenía muchas visitas y pocos amigos de verdad.

—Así que si alguien hubiera venido a verle, probablemente te acordarías —sugirió Michelle.

Kate permaneció callada tanto rato que Michelle estuvo a punto de levantarse para marcharse.

—Fue más o menos un mes antes del asesinato de Ritter.

Michelle se quedó pasmada.

—¿Cómo?

—Debían de ser las dos de la mañana, me refiero a que eran las tantas. Estaba dormida, pero me despertó un ruido. Dormía arriba cuando vivía con mi padre. Él podía estar levantado a cualquier hora, y al comienzo pensé que era mi padre, pero luego oí otra voz. Me acerqué a lo alto de la escalera. Vi una luz en el estudio. Le oí hablar con alguien, o mejor dicho había alguien hablando y mi padre se limitaba a escuchar.

—¿Qué estaba diciendo la otra persona? Espera, ¿era un hombre?

—Sí.

—¿Qué dijo?

—No entendí gran cosa. Oí que mencionaban el nombre de mi madre. «¿Qué pensará Regina?» O algo así. Y entonces mi padre respondió que los tiempos habían cambiado. Que la gente cambia. Y entonces el otro dijo algo que no oí.

—¿Le viste?

—No. El estudio de mi padre tenía una puerta que daba al exterior. Debió de marcharse por allí.

—¿Qué más oíste?

—Nada. Empezaron a hablar en voz baja. Seguramente no querían que me despertara. Pensé en bajar y ver quién era, pero tuve miedo.

—¿Tu padre mencionó alguna vez quién era el visitante, algo sobre aquella visita?

—No. Me daba miedo que supiera que les había oído, así que nunca saqué el tema.

—¿Podría tratarse de alguien que trabajara en la universidad?

—No, creo que habría reconocido la voz. —Había algo en su actitud, un sigilo, que a Michelle no le gustaba, pero decidió no presionarla.

—¿Oíste en algún momento que el hombre mencionara el nombre de Ritter? ¿Algo de eso?

—¡No! Por eso nunca se lo comenté a la policía. Te... tenía miedo. Mi padre estaba muerto y no sabía si había alguien más implicado, y no quería sacar nada a relucir.

—Además, la persona había mencionado a tu madre y pensaste que podía perjudicarla de algún modo.

Kate la miró con ojos dolidos y enrojecidos.

—La gente puede escribir y decir lo que quiera. Puede destruir a otras personas.

Michelle la tomó de la mano.

—Haré todo lo posible por solucionar este caso sin causar más daño. Te doy mi palabra.

Kate apretó la mano de Michelle.

—No sé por qué, pero te creo. ¿De veras esperas descubrir la verdad, después de todos estos años?

—Haré todo lo posible.

Mientras Michelle se levantaba para marcharse, Kate añadió:

—Quería a mi padre. Todavía le quiero. Era un hombre bueno. Su vida no tenía que haber acabado de ese modo. El hecho de que acabara así me hace sentir como que no hay esperanza para el resto de nosotros.

A Michelle, esas palabras le sonaron casi suicidas. Volvió a sentarse y la rodeó con el brazo.

—Escúchame. Tu padre hizo lo que quiso con su vida. Tu vida no es exactamente igual. Has soportado mucho, has logrado tanto que deberías tener más esperanza que nadie. No lo digo por decir, Kate, lo siento de verdad.

Por fin, Kate esbozó una pequeña sonrisa.

—Gracias.

Michelle regresó corriendo al todoterreno y se subió en él. Mientras King conducía, le informó de los pormenores de la conversación que había mantenido con Kate.

King golpeó el volante.

—Maldita sea, así que había alguien. El tipo que habló con su padre podría ser el mismo que escondió la pistola en el cuartillo.

—Bueno, vayamos por partes. Había dos asesinos, pero sólo uno materializó el plan. ¿Deliberadamente o no? ¿Se echó atrás o se trataba de tenderle una trampa a Ramsey?

King negó con la cabeza.

—Si es deliberado y sabes que no vas a utilizar el arma, ¿para qué llevarla al hotel?

—A lo mejor él y Ramsey se encontraron con antelación y el otro tipo al menos tuvo que fingir que intentaría perpetrar el asesinato. De lo contrario, Ramsey habría sospechado.

—Sí, es posible. Bueno, ahora necesitamos analizar con profundidad el historial de Ramsey, probablemente en la universidad. Si el hombre conocía a Regina Ramsey y Arnold Ramsey habló de que las cosas habían cambiado, la respuesta quizá radique en el pasado.

—Y tal vez explique por qué una estrella de Berkeley daba clases en una pequeña universidad de provincias.

Michelle volvió a pasarse al asiento trasero.

—Tú conduce mientras yo me cambio de ropa.

King se centró en la carretera mientras oía el sonido de las prendas que se quitaba y las que se ponía.

—Por cierto, ¿sueles quedarte como Dios te trajo al mundo en compañía de hombres desconocidos?

—Tú no eres un desconocido. Por cierto, me siento halagada.

—¿Halagada? ¿Por qué?

—Mirabas de reojo.

50

Los cuatro se reunieron en casa de King más tarde aquel mismo día. Parks dejó una caja grande llena de documentos sobre la mesa de la cocina.

—Es el resultado de nuestra investigación sobre Bob Scott —informó a Joan.

—Ha sido muy rápido —comentó ella.

—¡Eh!, ¿con quién crees que estás tratando? ¿Con un aficionado?

King la miró.

—¿Investigando a Scott? Ya os dije que no estaba implicado.

Joan lo miró.

—Me gusta comprobar las cosas por mí misma. Ninguno de nosotros es infalible.

—Por desgracia, el motivo por el que ha salido tan rápido —dijo Parks un poco avergonzado— es que esos bobos han buscado prácticamente todo lo que podían sobre hombres que se llamen Bob Scott. Así que gran parte de ese papeleo no sirve de nada. En cualquier caso, aquí lo tienes. —Se colocó el sombrero—. Me voy otra vez. Llamaré si sale algo, y espero que vosotros hagáis lo mismo.

Cuando se hubo marchado, los tres tomaron una cena rápida en la terraza trasera. Joan les contó lo que había descubierto sobre Doug Denby.

—Así que está fuera del circuito —dijo Michelle.

—Eso parece.

King se sorprendió.

—Según la mujer con la que hablaste en el bufete de abogados de Filadelfia, ¿Bruno no cometió ninguna irregularidad cuando era fiscal en la capital?

—Si hemos de creer en ella, no. Me inclino por pensar que decía la verdad.

—Así que quizá Mildred nos soltó una sarta de mentiras sobre Bruno.

—Eso sí que me parece posible —comentó Joan. Echó una mirada a la caja que Parks había dejado sobre la mesa—. Tendremos que revisar los archivos que ha traído Parks.

—Puedo empezar yo —se ofreció Michelle—. Como no le conocí, seguro que me fijo en cosas que a vosotros os podrían pasar por alto. —Se excusó y entró en la casa.

Joan dirigió la mirada al agua.

—Esto es muy bonito, Sean. Elegiste un buen sitio para empezar de nuevo.

King apuró la cerveza y se recostó en el asiento.

—Pues quizá tenga que elegir otro sitio.

Joan lo miró.

—Esperemos que no. Las personas no deberían tener que reinventarse más de una vez en la vida.

—¿Y tú? Me dijiste que querías marcharte.

—¿Ir a alguna isla con mis millones? —Sonrió resignada—. La mayoría de las veces los sueños no se cumplen. Sobre todo a mi edad.

—Pero si encuentras a Bruno, te llevas la gran tajada.

—El dinero no era más que una parte del sueño.

Cuando King le lanzó una mirada de advertencia, ella desvió la vista rápidamente.

—¿Navegas mucho? —preguntó, para cambiar de tema.

—En otoño cuando las lanchas motoras no están y se levanta viento.

—Vaya, pues estamos en otoño. Así que a lo mejor ahora sería un buen momento.

King miró el cielo claro y notó la agradable brisa contra su piel. Quedaban un par de horas de luz. Contempló a Joan durante unos instantes.

—Sí, ahora sería un buen momento.

Salieron y King enseñó a Joan a manejar el timón. Había incorporado un motor de cinco caballos en la popa por si fallaba el viento. Pusieron rumbo hacia el canal principal y luego se dejaron llevar por la corriente.

Joan admiró la extensión de montañas que rodeaban el lago, el verde todavía intenso aunque el fresco característico del otoño se respiraba en el aire.

—¿Pensaste alguna vez que acabarías en un lugar como éste después de todos esos años de hoteles y aviones y de estar en el puesto hasta el amanecer? —preguntó.

King se encogió de hombros.

—A decir verdad, no. Nunca hice planes con tanta antelación. Siempre fui una persona que vivía al día. —Añadió pensativo—: Ahora pienso a mucho más largo plazo.

—¿Y hasta dónde te llevan tus pensamientos a largo plazo?

—A ningún sitio, hasta que no se aclare este misterio. El problema es que, aunque esclarezcamos este asunto, el daño ya está hecho. Lo cierto es que quizá tenga que marcharme de aquí.

—¿Huir? Eso no es propio de ti, Sean.

—A veces es mejor levantar el campamento y largarse. Uno se cansa de luchar, Joan.

Se sentó a su lado y se hizo cargo del timón.

—El viento está cambiando —añadió Sean—. Voy a virar. La botavara va a cruzarse. Te diré cuándo tienes que agacharte.

Tras finalizar la maniobra, la dejó volver a timonear el barco, pero se quedó a su lado. Llevaba un traje pantalón, pero se había quitado los zapatos y enrollado los pantalones hasta las rodillas. Tenía los pies pequeños y llevaba las uñas pintadas de rojo.

—Hace ocho años te gustaba el esmalte violeta, ¿verdad?

Se echó a reír.

—El rojo siempre está de moda, pero el violeta quizá vuelva a causar furor. De hecho, me halaga que lo recuerdes.

—Uñas pintadas de violeta y armada con una del 357.

—Venga, confiesa, era una combinación morbosa e irresistible.

Él se recostó en el asiento y dejó la mirada perdida. Permanecieron en silencio unos minutos mientras Joan lo observaba nerviosa y King hacía todo lo posible por evitar su mirada.

—¿Alguna vez te planteaste pedirme que me casara contigo? —preguntó ella.

Él la miró con cara de asombro.

—Entonces estaba casado, Joan.

—Lo sé. Pero os habíais separado y vuestro matrimonio ya estaba acabado.

Él bajó la mirada.

—Bueno, quizá sí que sabía que mi matrimonio estaba acabado, pero no estaba seguro de querer volver a casarme. Y supongo que nunca creí realmente que dos agentes del Servicio Secreto pudieran formar una pareja que funcionara. Esa vida es demasiado loca.

—Yo pensé en pedírtelo.

—¿Pedirme qué?

—Que te casaras conmigo.

—Eres increíble. ¿Ibas a pedirme que me casara contigo?

—¿Existe alguna norma que especifique que es el hombre quien tiene que pedirlo?

—Bueno, si la hubiera, estoy seguro de que no te costaría nada hacerla añicos.

—Hablo en serio, Sean. Estaba enamorada de ti. Tanto que me despertaba a media noche temblando, aterrorizada por si todo se esfumaba, por si tú y tu mujer volvíais a estar juntos.

—No lo sabía —dijo él tranquilamente.

—¿Qué opinabas de mí? Me refiero a tus sentimientos hacia mí.

A Sean le incomodó la pregunta.

—¿Sinceramente? Estaba alucinado de que me dejaras tenerte. Estabas en un pedestal, tanto a nivel profesional como personal.

—Entonces ¿qué era? ¿Un trofeo para colgar de la pared?

—No, de hecho pensé que el trofeo era yo.

—No me acostaba con cualquiera, Sean. No tenía esa fama.

—No, es cierto. Tenías fama de ser la dama de hierro. No había ni un solo agente que no se sintiera intimidado por ti. Asustabas a muchos tipos duros.

Joan bajó la mirada.

—¿No sabías que las reinas de la belleza del instituto tienden a ser criaturas solitarias? Cuando entré en el Servicio no había muchas mujeres. Para avanzar tuve que ser más «macho» que los hombres. Tuve que ir dictando las normas sobre la marcha. Ahora es un poco distinto, pero por aquel entonces no me quedó más remedio.

Él le tocó la mejilla y le volvió el rostro hacia el suyo.

—¿Y por qué no lo hiciste?

—¿Hacer qué?

—Pedirme que me casara contigo.

—Lo tenía planeado, pero pasó algo.

—¿Qué fue?

—Que mataran a Clyde Ritter.

Entonces King apartó la mirada.

—¿Material defectuoso?

Joan le tocó el brazo.

—Supongo que en realidad no me conoces bien. Fue mucho más que eso.

Él la miró.

—¿Qué quieres decir?

Joan parecía mucho más nerviosa de lo que King recordaba haberla visto jamás. Salvo aquella mañana, a las 10.32, cuando Ritter murió asesinado. Lentamente se introdujo la mano en el bolsillo y extrajo un trozo de papel.

King desdobló el papel y leyó lo que ponía.

—«Ha sido maravilloso. Ahora sorpréndeme, dama malvada. En el ascensor. Te quiere, Sean.»

Estaba escrito en el papel del hotel Fairmount.

Alzó la mirada y vio que ella lo observaba fijamente.

—¿De dónde salió esto?

—Lo pasaron por debajo de la puerta de mi habitación en el Fairmount a las nueve de la mañana.

Él la miró sin comprender.

—¿La mañana del asesinato de Ritter? —Ella asintió y Sean siguió preguntando—: ¿Piensas que escribí esto? ¿Durante todos estos años pensaste que quizás estaba implicado en la muerte de Ritter?

—Sean, tienes que comprender que no sabía qué pensar.

—¿Y nunca se lo contaste a nadie?

Ella negó con la cabeza y dijo:

—Tú tampoco le contaste a nadie que yo estaba en el ascensor. Pensaste que estaba implicada en la muerte de Ritter, ¿verdad?

King se humedeció los labios y apartó la mirada, enfadado.

—Nos la jugaron a los dos, ¿no es eso?

—Vi la nota que dejaron en el cadáver encontrado en tu casa. En cuanto la leí, me di cuenta de que nos habían utilizado a los dos. Quienquiera que escribió esa nota nos enfrentó mutuamente de un modo que garantizaba nuestro silencio. Pero había una diferencia. Yo no podía revelar la verdad porque entonces tendría que explicar lo que hacía en el ascensor. Y en ese instante mi carrera habría terminado. Mi motivo era egoísta. Tú, por otro lado, guardaste silencio por otra razón. —Le colocó una mano en la manga—. Dime, Sean, ¿por qué lo hiciste? Debiste de sospechar que me habían pagado para distraerte. Y aun así, cargaste con todas las culpas. ¿Por qué? —Respiró profundamente y con ansia—. Necesito saberlo.

El sonido discordante del teléfono móvil los sobresaltó.

King respondió. Era Michelle, que llamaba desde la casa.

—Ha telefoneado Kate Ramsey. Tiene algo importante que contarnos, pero quiere hacerlo en persona. Se reunirá con nosotros a medio camino, en Charlottes-ville.

—De acuerdo, vamos para allá. —Colgó, se puso al timón y regresó hacia la casa en silencio. No miró a Joan quien, por una vez en la vida, no tenía nada que decir.

51

Se reunieron con Kate Ramsey en la cafetería Green-berry del centro comercial de Barracks Road, en Charlottesville. Los tres pidieron una taza de café grande y se sentaron en la parte posterior del establecimiento, en el que apenas había clientes a esa hora de la noche.

Kate tenía los ojos hinchados, estaba apagada, casi deferente. Toqueteaba la taza de café nerviosamente, con la mirada baja. Sin embargo, levantó la vista, sorprendida, cuando King le ofreció dos pajitas.

—Adelante, ponlas en ángulo recto y te tranquilizarás —dijo esbozando una sonrisa.

Kate suavizó la expresión y aceptó las pajitas.

—Lo he hecho desde que era niña; supongo que es mejor que encender un cigarrillo.

—Tenías que contarnos algo importante, ¿verdad? —dijo Michelle.

Kate miró a su alrededor. La persona más cercana estaba leyendo un libro y tomando notas, sin duda un estudiante trabajando a contrarreloj para entregar un trabajo a tiempo.

—Es sobre la visita que recibió mi padre aquella noche —dijo en voz baja—. Lo que le conté a Michelle —explicó, mirando a King.

—Ya me ha puesto al día —replicó King—. Sigue.

—Pues bien, dijo otra cosa que también oí. Supongo que debería habéroslo comentado antes, pero llegué a convencerme de que lo había entendido mal. Ahora pienso que quizá no fue así.

—¿De qué se trata? —preguntó King con cierta impaciencia.

—De un nombre. Un nombre que me sonaba.

King y Michelle se miraron.

—¿Por qué no nos lo habías dicho antes? —inquirió Michelle.

—Por eso, porque creía que lo había entendido mal.

—Pero ahora ya no lo crees —dijo King—. ¿Por qué?

—Después de que vinierais a verme empecé a pensar en muchas cosas, cosas del pasado. Pero sigo sin creer que él estuviera involucrado.

—¿«Él»? —dijo King—. Bien, ¿cómo se llama?

—Oí mencionar el nombre de Thornton Jorst.

—¿Estás segura? —preguntó Michelle.

—No del todo, pero ¿cómo equivocarse? No es precisamente un nombre como John Smith. No, el nombre que oí era Thornton Jorst.

—¿Cómo reaccionó tu padre al oír ese nombre?

—No lo oí con claridad, pero dijo que era peligroso, muy peligroso. Para los dos.

King caviló al respecto.

—O sea, que el otro hombre no era Thornton Jorst, eso parece obvio, porque hablaban sobre él. —Tocó a Kate en el hombro—. Cuéntanos un poco cómo era la relación entre Jorst y tu padre.

—Eran amigos y compañeros de trabajo.

—¿Se conocieron antes de comenzar a trabajar en Atticus? —inquirió Michelle.

Kate negó con la cabeza.

—No, creo que no. En todo caso, nunca lo mencionaron. Pero los dos estudiaban en la universidad en los sesenta. La gente recorría el país cometiendo locuras. De todos modos, resulta curioso.

—¿El qué? —preguntó King.

—Bueno, a veces daba la impresión de que Thornton conocía a mi madre mejor que mi padre. Como si ya se conocieran de antes.

—¿Tu madre te mencionó alguna vez que se conocieran?

—No. Thornton llegó a Atticus después que mis padres. Era soltero, nunca le vi salir con ninguna mujer. Mis padres se mostraban muy atentos con él. Creo que mi madre se compadecía de él. Le hacía pastelitos y se los llevaba. Eran buenos amigos.

—Kate, ¿crees que tu madre...? —preguntó Michelle lentamente.

—No, no tenían un lío —le interrumpió Kate—. Sé que entonces yo era muy jovencita, pero me habría dado cuenta.

King no parecía muy convencido.

—¿El hombre que se reunió con tu padre mencionó a tu madre, Regina?

—Sí. Supongo que conocía a uno de ellos o a los dos. De todos modos, no creo que Thornton esté metido en todo esto. No es la clase de persona que va por ahí con armas planeando asesinatos. No tenía el talento ni el historial académico de mi padre, pero es buen profesor.

King asintió.

—Vale, no tenía el cerebro de tu padre ni un doctorado en Berkeley y, sin embargo, acabaron en la misma universidad. ¿Sabes por qué?

—¿Por qué qué? —preguntó Kate en un tono defensivo.

—¿Por qué tu padre no enseñaba en Harvard o Yale? —inquirió Michelle—. Aparte de estudiar en Berkeley, escribió cuatro libros que, según he oído, eran de los mejores en su campo. Era un erudito en toda regla, un verdadero peso pesado.

—Tal vez prefirió trabajar en una universidad menos importante —dijo Kate.

—O quizás hubiera algo de su pasado que le impidiera enseñar en las mejores universidades —comentó King.

—No lo creo —replicó Kate—. De haber sido así, todo el mundo lo habría sabido.

—No necesariamente. No si se hubiera eliminado de los documentos oficiales, aunque ciertas personas del más que exclusivista mundo académico estuvieran al corriente de ello. Y es posible que se lo reprocharan. Así que acabó en Atticus, que probablemente se enorgulleció de contar con él, a pesar de todos los defectos.

—¿Tienes idea de cuáles podrían ser esos defectos? —preguntó Michelle.

Kate no replicó.

—Mira, lo que menos nos apetece es sacar los trapos sucios de tu padre. Que descanse en paz —dijo King—. Pero si el hombre que habló con tu padre era responsable del asesinato de Ritter, no entiendo por qué no habría de recibir su merecido. Y comprender el pasado de tu padre tal vez nos ayude a encontrar a su cómplice. Si no me equivoco, ese tipo conocía a tu padre de los viejos tiempos y, si así fuera, entonces sabría qué incidente había deshonrado tanto a tu padre como para impedirle el acceso a las mejores universidades, si es que realmente eso fue lo sucedido.

—Kate, eres nuestra única esperanza —intervino Michelle—. Si no nos cuentas lo que sabes, nos costará mucho averiguar la verdad. Y creo que quieres que se sepa la verdad; de lo contrario, no nos habrías llamado.

Finalmente, Kate suspiró.

—Vale, vale, mi madre me contó varias cosas antes de suicidarse.

—¿Como qué? —instó Michelle con tacto.

—Dijo que detuvieron a mi padre durante una manifestación. Creo que fue contra la guerra de Vietnam.

—¿Por alteración del orden público o algo así? —preguntó King.

—No, por matar a alguien.

King se inclinó hacia ella.

—¿Quién y cómo, Kate? —dijo—. Todo lo que recuerdes.

—Lo que sé me lo contó mi madre, y no estaba muy segura. Por aquel entonces bebía mucho. —Kate extrajo un pañuelo y se secó los ojos.

—Sé que esto es muy duro para ti, Kate, pero tal vez el hecho de que salga a la luz te sirva de ayuda —dijo King.

—Por lo que entendí, se trataba de un policía o algún agente. Murió asesinado durante esa manifestación contra la guerra que se les escapó de las manos. Creo que dijo que fue en Los Ángeles. A mi padre lo arrestaron por eso. Lo tenía muy negro, pero entonces pasó algo. Mi madre dijo que varios abogados defendieron a mi padre y se retiraron los cargos. Mamá dijo que, de todos modos, la policía había hecho acusaciones falsas, que buscaban un chivo expiatorio y que le había tocado a mi padre. Estaba segura de que papá no había hecho nada.

—Pero seguramente se publicaron artículos en los periódicos o hubo rumores —comentó Michelle.

—No sé si salió en los periódicos, pero supongo que había un informe al respecto en alguna parte porque, obviamente, perjudicó la carrera de mi padre. Investigué lo que me había contado mi madre. Confirmé que en Berkeley dejaron que mi padre se doctorase, pero con reticencia. Supongo que no les quedaba más remedio; ya había hecho todos los cursos y la tesis. Sin embargo, la noticia se propagó por los círculos académicos y le cerraron las puertas en todos los lugares en los que solicitó una plaza de profesor. Mamá dijo que papá fue de aquí para allá y que se las apañó como pudo antes de conseguir la plaza en Atticus. Por supuesto, durante esos años escribió los libros que tanto renombre le dieron en la comunidad académica. Ahora que lo pienso, creo que mi padre estaba tan resentido por el hecho de que le hubieran impedido enseñar en las mejores universidades, que si alguna de ellas le hubiera llamado se habría quedado en Atticus. Era una persona muy leal y Atticus le había dado una oportunidad.

—¿Sabes cómo se las arreglaron tus padres durante esos años de vacas flacas? —preguntó King—. ¿Tu madre trabajaba?

—Un poco aquí y allá, pero nada fijo. Ayudaba a mi padre a escribir los libros, investigaba y esas cosas. No sé muy bien cómo salieron adelante. —Se frotó los ojos—. ¿Por qué, qué intentas deducir?

—Sólo me preguntaba quiénes eran esos abogados que representaron a tu padre. ¿Tu padre venía de buena familia? —preguntó King.

Kate parecía perpleja.

—No, mi padre se crió en una granja lechera, en Wisconsin, y mi madre era de Florida. Los dos procedían de familias bastante humildes.

—Pues entonces aún resulta más desconcertante. ¿Por qué acudieron al rescate esos abogados? Me pregunto si tus padres recibirían dinero de una fuente desconocida durante las épocas más duras.

—Supongo que es posible —replicó Kate—, pero no tengo ni idea de dónde.

Michelle miró a King.

—¿Crees que la persona que habló con Ramsey en su estudio aquella noche podría estar relacionada con el incidente de Los Ángeles?

—Míralo de este modo. Ocurre eso en Los Ángeles y detienen a Arnold Ramsey. Pero ¿y si no había sido él solo? ¿Y si alguna persona con muy buenos contactos también fuese culpable? Eso explicaría la intervención de los abogados de primera. Conozco a los abogados, no suelen trabajar gratis.

Michelle asentía.

—Eso también explicaría por qué el hombre mencionó a Regina Ramsey. Tal vez recordase los enfrentamientos del pasado contra las autoridades e incitase a Ramsey a tomar un arma y reincorporarse a la lucha.

—Por Dios, esto es demasiado —dijo Kate. Parecía estar a punto de romper a llorar en cualquier momento—. Mi padre era brillante. Debería haber enseñado en Harvard, Yale o Berkeley. Entonces la policía miente y su vida se va al garete. No es de extrañar que se rebelara contra las autoridades. ¿Dónde está la justicia?

—No existe —replicó King.

—Todavía recuerdo vívidamente el momento en que oí la noticia.

—Dijiste que estabas en clase de álgebra —dijo Michelle.

Kate asintió.

—Salí al pasillo y allí estaban Thornton y mi madre. Sabía que había ocurrido algo terrible.

King estaba desconcertado.

—¿Thornton Jorst estaba con tu madre? ¿Por qué?

—Él se lo comunicó a mi madre. ¿No os lo contó?

—No, no nos lo dijo —respondió Michelle con firmeza.

—¿Por qué habría de saberlo antes que tu madre? —inquirió King con socarronería.

Kate le miró, perpleja.

—Ni idea. Supongo que lo vería por la tele.

—¿A qué hora vinieron a buscarte a clase? —preguntó King.

—¿A qué hora...? No lo sé. Fue hace muchos años.

—Piénsalo bien, Kate, es muy importante.

Kate permaneció en silencio durante un minuto.

—Bueno, fue por la mañana, antes del almuerzo, de eso estoy segura. A eso de las once, más o menos.

—Asesinaron a Ritter a las 10.32. Es imposible que los canales de televisión emitieran la noticia incluyendo todos los detalles, hasta la identidad del asesino, en menos de treinta minutos.

—¿Jorst también tuvo tiempo de ir a recoger a tu madre? —preguntó Michelle.

—Bueno, ella no vivía muy lejos de la universidad. Atticus queda cerca de Bowlington, a una media hora en coche. Y mi madre vivía de camino.

Michelle y King se miraron, consternados.

—No es posible, ¿no? —dijo Michelle.

—¿Qué? ¿A qué te refieres? —preguntó Kate.

King se incorporó sin mediar palabra.

—¿Adónde vais? —inquirió Kate.

—A ver al doctor Jorst —respondió King—. Creo que se ha callado muchas cosas.

—Pues si no os dijo que fue a verme a la universidad ese día, es posible que tampoco os contara lo de mi madre y él.

King le dirigió una mirada penetrante.

—¿Qué?

—Antes de suicidarse, Thornton y ella salían juntos.

—¿Salían juntos? —preguntó King—. Pero dijiste que tu madre quería a tu padre.

—Arnold había muerto hacía ya siete años. La amistad entre Thornton y mi madre había perdurado y se había convertido en otra cosa.

—¿Otra cosa? ¿Como qué? —preguntó King.

—Pues que pensaban casarse.

52

Michelle sólo había repasado la mitad del archivo de Bob Scott cuando recibió la llamada de Kate. Puesto que era obvio que no tendría tiempo de retomarlo en breve, Joan se había llevado la caja al hostal donde se alojaba y prosiguió estudiándolo. Tras la última conversación con King necesitaba algo que le permitiera no pensar en ese doloroso encuentro.

Tras abrir la caja y echar una ojeada al contenido se dio cuenta de que Parks no había bromeado: era un verdadero desorden. Sin embargo, observó diligentemente todas y cada una de las páginas y leyó todos los documentos hasta que le resultaba obvio que no se trataba del Bob Scott correcto. Al cabo de un par de horas llamó al servicio de habitaciones para pedir algo de comer y una taza de café. Se quedaría allí un buen rato y no tenía ni idea de cuándo regresarían King y Maxwell. Se dispuso a llamar a King, pero cambió de idea.

Cuando estaba a punto de llegar al fondo de la caja, profundizó el análisis. Extrajo varios documentos y los colocó sobre la cama. Parecían la orden de arresto de un tal Robert C. Scott. La dirección donde debía entregarse la orden correspondía a algún lugar de Tennessee, aunque Joan no reconoció el nombre de la población. Al parecer, era por un asunto de armas. El tal Bob Scott estaba en posesión de varias armas de forma ilegal. Sin embargo, todavía no sabía si se trataba del mismo Bob Scott que buscaba. En cualquier caso, al Bob Scott al que conocía le encantaban las armas.

A medida que leía, la orden se tornaba más intrigante. Como de costumbre, se había recurrido al servicio de los Marshals para entregar la orden en nombre del departamento de Alcohol, Tabaco y Armas de Fuego, o ATF. Ése era el motivo por el que Parks había conseguido el documento. Bob Scott tal vez estuviera relacionado con el caso actual, pero tendría que ser por el asunto de Ritter. Sin embargo, todos habían conjeturado que Bruno y Ritter podrían estar relacionados de un modo u otro. Los asesinatos de Loretta Baldwin y Mildred Martin así lo demostraban. Pero ¿cómo era posible que en dos casos tan diferentes estuviesen implicadas las mismas personas? ¿Cuál era el denominador común? ¿Cuál? Le traía loca que pudieran tener la respuesta delante de las narices y no la vieran.

Sonó el móvil. Era Parks.

—¿Dónde estás ahora?

—En el Cedars. He estado repasando la caja que dejaste. Y me parece que he encontrado algo. —Le contó lo de la orden.

—Maldita sea, ¿se la presentaron a Scott?

—No lo sé. Seguramente no, ya que si le hubieran arrestado habría figurado en alguna parte y lo sabríamos.

—Si expidieron órdenes contra él por infracciones relacionadas con armas, quizá sea el tipo que anda detrás de todo esto.

—Pero ¿cómo lo relacionamos con todo? No tiene sentido.

—Estoy de acuerdo —replicó cansinamente—. ¿Dónde están King y Maxwell?

—Fueron a hablar con Kate Ramsey. Los llamó y les

dijo que tenía más información para ellos. Han ido a reunirse con ella en Chalottesville.

—Bien, si su padre no lo hizo solo, entonces el otro tipo al que oyó por casualidad tal vez fuera Bob Scott. Habría contado con la información privilegiada perfecta para preparar el golpe. El caballo de Troya por excelencia.

—¿Qué hacemos con lo que he averiguado?

—Que un par de tipos vayan a comprobarlo. Buen hallazgo, Joan. A lo mejor eres tan buena como dicen.

—De hecho, *marshal*, soy mejor.

Nada más colgar, Joan se incorporó de un salto, como si la hubieran pinchado.

—¡Oh!, Dios mío —dijo mirando el teléfono—. No puede ser.

Llamaron a la puerta. La abrió y la encargada empujó la mesita al interior.

—¿Aquí mismo, señora?

—Sí —replicó Joan distraídamente. La cabeza le daba vueltas—. Ahí está bien.

—¿Quiere que le sirva el café?

—No, no se preocupe. —Firmó la cuenta y se volvió—. Gracias.

Joan se disponía a realizar una llamada telefónica cuando notó una presencia a sus espaldas. Se dio la vuelta, pero ni siquiera tuvo tiempo de gritar antes de que todo se tornase negro. La joven se erigía sobre Joan, desplomada en el suelo. Tasha se agachó y comenzó su trabajo.

53

Eran casi las nueve de la noche cuando King y Michelle llegaron a Atticus College. El edificio en el que se encontraba el despacho de Thornton Jorst estaba cerrado. En el bloque administrativo Michelle convenció a un joven profesor en prácticas para que le facilitara la dirección de la casa de Jorst. Estaba a poco más de un kilómetro del campus, en una avenida de casas de ladrillo flanqueada de árboles, donde vivían varios profesores más. No había ningún coche en la entrada de la casa de Jorst y cuando King aparcó el Lexus en el bordillo vieron que las luces estaban apagadas. Se encaminaron hacia la puerta principal y llamaron, pero no hubo respuesta. Se dirigieron hacia el pequeño patio trasero, pero tampoco vieron a nadie.

—No termino de creérmelo, pero Jorst debía de estar en el hotel Fairmount cuando asesinaron a Ritter —dijo Michelle—. No hay ninguna otra explicación plausible, a no ser que alguien le llamara desde el hotel y le contara lo sucedido. Pero ¿quién?

—Si estaba allí, tuvo que largarse antes de que acordonaran la zona. Ésa es la única manera posible para que comunicara tan rápido la noticia a Regina y a Kate.

—¿Crees que admitirá que estuvo en el hotel?

—Supongo que pronto lo sabremos porque pienso preguntárselo. También le preguntaré sobre Regina Ramsey.

—Lo más normal hubiera sido que la primera vez que hablamos con él nos contara que pensaban casarse.

—A menos que quisiera mantenernos en la ignorancia. Lo que me hace desconfiar de él aún más. —King miró a Michelle—. ¿Vas armada?

—Armas y credenciales, el equipo completo, ¿por qué?

—Mera comprobación. Me pregunto si la gente cierra con llave por aquí.

—No pensarás entrar por las buenas, ¿no? Eso sería allanamiento de morada con nocturnidad.

—No, si no allanas nada —replicó.

—¿Ah, sí? ¿Dónde estudiaste Derecho? ¿En la Universidad de Estúpidos?

—Lo único que digo es que podríamos echar un vistazo mientras Jorst no esté.

—Pero tal vez no se haya ido. A lo mejor está durmiendo. O quizá vuelva mientras estamos en el interior.

—No entraremos los dos, sólo yo. Eres una agente de la ley que ha prestado juramento.

—Y tú perteneces al mundo de la abogacía. Técnicamente, eres funcionario de los tribunales.

—Sí, pero los abogados sabemos esquivar los tecnicismos. Es nuestra especialidad, ¿es que no ves la tele? —Regresó al coche en busca de la linterna. Al volver, Michelle le tomó del brazo—. Sean, es una locura. ¿Y si te ve un vecino y llama a la poli?

—Entonces les diremos que nos pareció que alguien pedía ayuda.

—Eso no se lo cree nadie.

King ya se había dirigido a la puerta trasera y probado el pomo.

—Maldita sea.

Michelle dejó escapar un suspiro de alivio.

—¿Está cerrada? ¡Menos mal!

King abrió la puerta con expresión pícara.

—Sólo era una broma. No tardaré nada. Mantén los ojos bien abiertos.

—Sean, no...

King entró antes de que Michelle acabara la frase. Ella comenzó a caminar de un lado para otro, con las manos en los bolsillos, intentando aparentar que estaba bien tranquila mientras el ácido le corroía las paredes estomacales. Intentó silbar, pero no pudo porque tenía los labios demasiado secos a causa del repentino ataque de ansiedad.

—Maldito seas, Sean King —murmuró.

King llegó a la cocina. Al iluminarla con la linterna vio que era pequeña y que la utilizaban poco: Jorst era de los que comían fuera de casa. Se desplazó hasta el salón, amueblado de manera sencilla y ordenada. La sala estaba repleta de estanterías cargadas de volúmenes de Goethe, Francis Bacon, John Locke y el siempre popular Maquiavelo.

El estudio de Jorst estaba junto al salón y reflejaba mejor su personalidad. El escritorio estaba lleno de libros y papeles, el suelo abarrotado y el pequeño sofá de piel atestado de objetos. La habitación olía al humo de tabaco y puros, y King vio un cenicero lleno de colillas en el suelo. En las paredes había estanterías baratas combadas por el peso de los libros. King echó un vistazo al escritorio, abrió los cajones en busca de escondrijos secretos, pero no encontró nada de eso. Estaba seguro de que si apartaba uno de los libros no aparecería un pasadizo secreto, pero sacó varios volúmenes por si acaso. No ocurrió nada.

Jorst estaba trabajando en el libro que había dicho

y el caos de esa habitación así lo confirmaba, ya que había notas, borradores y esquemas por doquier. La organización no era el fuerte de Jorst y King observó aquel desorden, disgustado. No soportaría vivir en ese lugar ni diez minutos, aunque de joven su apartamento había estado mucho peor. Al menos, ya había dejado atrás esa clase de pocilga; Jorst, al parecer, no. King se planteó que Michelle entrara un momento para que viera por sí misma aquel desorden. Seguramente se sentiría mejor.

Bajo las pilas del escritorio encontró una agenda, pero no resultaba demasiado informativa. A continuación, subió por la escalera. Había dos dormitorios y era evidente que uno de ellos se utilizaba. En ese caso, Jorst era un poco más ordenado. La ropa estaba colgada en un pequeño armario y los zapatos bien dispuestos en un zapatero de cedro. King miró debajo de la cama y sólo vio un montón de polvo. En el baño contiguo sólo había una toalla húmeda en el suelo y artículos de tocador apilados en el lavamanos. Se dirigió al otro dormitorio, obviamente el cuarto de invitados. También había un baño contiguo, pero no encontró toallas ni artículos de tocador. En una pared había una estantería sin libros, aunque con varias fotografías. Las observó una por una a la luz de la linterna. En todas ellas aparecía Jorst en compañía de varias personas; King no reconoció a nadie hasta que vio la última cara.

Una voz procedente de abajo le sobresaltó.

—Sean, mueve el culo; Jorst ha vuelto.

King miró por la ventana a tiempo de ver a Jorst aparcando el coche en la entrada. Apagó la linterna, descendió cuidadosamente por la escalera y se encaminó hacia la cocina, donde le esperaba Michelle. Salieron por la puerta trasera, se dirigieron al lateral de la casa, esperaron a que Jorst entrara y luego llamaron a la puerta.

El profesor la abrió, se asustó al verles y lanzó una

mirada suspicaz hacia la zona que quedaba a sus espaldas.

—¿El Lexus aparcado junto al bordillo es suyo? —King asintió—. No he visto a nadie dentro cuando he pasado a su lado. Y tampoco les he visto en la acera.

—Bueno, estaba tumbado en el asiento trasero esperando que llegara —replicó King—. Y Michelle había ido a casa de uno de los vecinos para preguntarles si sabían cuándo volvería.

Jorst no se tragó la excusa, pero les dejó pasar y se acomodaron en el salón.

—Entonces, ¿han hablado con Kate? —preguntó.

—Sí, nos dijo que la había puesto al corriente de nosotros.

—¿Esperaban que no lo hiciera?

—Estoy seguro de que se conocen muy bien.

Jorst miró a King fijamente.

—Era la hija de un compañero de trabajo y después la tuve de alumna. Cualquier otra insinuación sería errónea.

—Bueno, teniendo en cuenta que su madre y usted pensaban casarse, al menos sería su padre adoptivo —adujo King—. Y nosotros ni siquiera sabíamos que salía con ella.

Jorst pareció incómodo.

—¿Y por qué habrían de saberlo, si no es asunto suyo? Y ahora, si me perdonan, tengo bastante trabajo.

—Claro, el libro que está escribiendo. ¿De qué trata, por cierto?

—¿Le interesan las ciencias políticas, señor King?

—Me interesan muchas cosas.

—Entiendo. Bueno, pues si le interesa, es un estudio sobre las pautas de voto en el Sur desde después de la Segunda Guerra Mundial hasta la actualidad, y su impacto en las elecciones nacionales. Mi teoría es que, hoy día, el

Sur ya no es «el Viejo Sur», sino que, de hecho, es una de las mayores y más heterogéneas concentraciones de inmigrantes que ha habido en este país desde finales del siglo pasado. No digo que se haya convertido en un bastión de liberalismo o pensamiento radical, pero no es el Sur que aparece en *Lo que el viento se llevó* o *Matar un ruiseñor*. De hecho, en Georgia el crecimiento demográfico más acusado se da entre la población procedente de Oriente Medio.

—Me imagino que el hecho de que los hindúes y los musulmanes coexistan con los paletos del Sur y los baptistas debe de resultar fascinante —opinó King.

—Una descripción muy acertada —dijo Jorst—. Los paletos del Sur y los baptistas. ¿Le importa si la uso para titular alguno de los capítulos?

—Adelante. No conocía a los Ramsey antes de llegar a Atticus, ¿no?

—Exacto, no les conocía. Arnold Ramsey llevaba unos dos años en Atticus cuando yo llegué. Trabajé en otra universidad de Kentucky antes de venir aquí.

—Al decir los Ramsey me refiero a los dos, Arnold y Regina.

—La respuesta es la misma. No les conocía antes de llegar a Atticus. ¿Por qué? ¿Kate dijo algo distinto?

—No —se apresuró a decir Michelle—. Nos dijo que su madre se llevaba muy bien con usted.

—Los dos eran buenos amigos míos. Creo que Regina pensaba que era un soltero sin futuro y se encomendó a sí misma la misión de hacerme sentir bien y cómodo. Era una mujer excepcional. Colaboraba en las clases de teatro de la universidad e incluso participó en algunas de las funciones. Era una actriz espléndida, de veras. Había oído a Arnold hablar sobre su talento, sobre todo cuando era más joven, y supuse que exageraba. Pero cuando la veías en el escenario resultaba cautivadora. Y su bondad y amabilidad eran tan inmensas como su talento. Muchas personas la querían.

—Estoy seguro de ello —dijo King—. Y tras la muerte de Arnold, los dos...

—No fue así —le interrumpió Jorst—. Arnold llevaba mucho tiempo muerto cuando comenzamos a salir.

—Y llegó el momento en que se plantearon el matrimonio.

—Se lo propuse y aceptó —dijo con frialdad.

—¿Y entonces se murió?

Jorst adoptó una expresión afligida.

—Sí.

—Es más, se suicidó, ¿no?

—Eso dicen.

—¿No lo cree así? —intervino Michelle.

—Era feliz. Había aceptado casarse conmigo. No creo resultar vanidoso si digo que me parece bastante rocambolesco que la idea de casarse conmigo la indujera al suicidio.

—Entonces, ¿cree que la asesinaron?

—¡Díganmelo ustedes! —les espetó—. Ustedes son los investigadores. Es cosa suya, no es el área que domino.

—¿Cómo se tomó Kate la noticia de la futura boda?

—Bien. Ella quería a su padre y yo le caía bien. Sabía que mi intención no era sustituirle. Estoy convencido de que deseaba lo mejor para su madre.

—¿Fue usted manifestante contra la guerra de Vietnam?

Jorst pareció encajar con naturalidad ese abrupto cambio de temática.

—Sí, junto con millones de personas.

—¿En California?

—¿Adónde quiere ir a parar?

—¿Qué diría si le contásemos que un hombre fue a ver a Arnold Ramsey con el propósito de pedirle ayuda para asesinar a Clyde Ritter y mencionó su nombre?

Jorst lo miró con serenidad.

—Diría que quienquiera que le contase eso se equivoca. Pero, claro, si fuera cierto, no puedo evitar que los demás me nombren en sus conversaciones, ¿no?

—De acuerdo. ¿Cree que Arnold Ramsey actuó solo?

—Sí, mientras no se me presenten pruebas de peso que demuestren lo contrario.

—Por lo que se sabe, no era un hombre violento. Sin embargo, cometió el más violento de los actos, el asesinato.

Jorst se encogió de hombros.

—¿Quién sabe qué late en el fondo de todos los corazones?

—Es cierto. Y, de joven, Arnold Ramsey participó en algunas manifestaciones. Quizás en una que acabó con la vida de alguien.

Jorst le miró de hito en hito.

—¿De qué está hablando?

King le había comentado ese detalle para ver cómo reaccionaba.

—Una cosa más. ¿Fue usted al hotel Fairmount la mañana del asesinato de Ritter, o viajó con Arnold?

Dicho sea en su honor, Jorst no mostró reacción alguna. Su expresión se mantuvo impasible.

—¿Insinúa que esa mañana estuve en el Fairmount?

King le clavó la mirada.

—¿Insinúa usted que no estuvo?

Caviló al respecto durante unos instantes.

—De acuerdo, estuve allí, junto con cientos de personas. ¿Y qué? —dijo.

—¿Y qué? Aparte de salir con Regina Ramsey, ¿no le

parece que es un detalle importante que se le pasó por alto?

—¿Y qué? No hice nada malo. Y para responder a la pregunta, fui solo.

—Y debió de salir del hotel en el preciso instante en que Ramsey disparó o, de lo contrario, no habría tenido tiempo de recoger a Regina e ir a contárselo a Kate en medio de la clase de álgebra.

Jorst los miró impávido; sin embargo, se le formaron varias gotas de sudor en la frente.

—Había gente corriendo por todas partes. Estaba tan asustado como el que más. Vi lo que había ocurrido. Y no quería que Regina y Kate se enteraran por las noticias. Así que conduje a toda velocidad para contárselo en persona. Me pareció que fui considerado. Y no me gusta que extraigan conclusiones negativas de un acto desinteresado.

King se inclinó hacia Jorst.

—¿Por qué fue al hotel esa mañana? ¿También tenía quejas sobre Ritter?

—No, por supuesto que no.

—Entonces, ¿por qué?

—Era un candidato presidencial y por aquí no suele haber muchos. Quería verlo en persona. Al fin y al cabo, es mi campo.

—¿Y si le digo que eso es una auténtica chorrada? —dijo King.

—No le debo ninguna explicación —replicó Jorst.

King se encogió de hombros.

—Tiene razón. Enviaremos al FBI y al Servicio Secreto y se lo contará a ellos. ¿Podemos llamar desde aquí?

—Un momento, un momento. —King y Michelle le miraron, expectantes—. Vale, vale —se apresuró a decir Jorst. Tragó saliva, nervioso, mirando a uno y a otro—.

Miren, Arnold me preocupaba. Estaba muy enfadado con Ritter. Temía que cometiese alguna estupidez. Créanme, jamás pensé que planeara matarle. No sabía que tenía un arma hasta que le vi dispararla. Lo juro.

—Siga —dijo King.

—Arnold no sabía que yo estaba allí. Le seguí. La noche anterior me había dicho que acudiría a la cita. Me quedé al fondo. Había tanta gente que no llegó a verme. Permaneció alejado de Ritter y comencé a pensar que había reaccionado de forma exagerada. Decidí marcharme. Me dirigí hacia la puerta. Sin yo saberlo, comenzó a acercarse a Ritter justo en ese momento. Me volví en una ocasión, justo al llegar a la puerta. En ese preciso instante Arnold sacó el arma y disparó. Vi a Ritter desplomarse y luego le vi a usted disparar contra él. Luego se desató el caos. Corrí como alma que lleva el diablo. Logré salir enseguida porque estaba junto a la puerta. Recuerdo que estuve a punto de pisotear a una de las camareras del hotel que también estaba al lado de la puerta.

Michelle y King se miraron: Loretta Baldwin.

Jorst prosiguió, con el rostro ceniciento.

—No podía creerme que hubiera ocurrido. Parecía una especie de pesadilla. Corrí hasta el coche y me alejé a toda velocidad. No fui el único, muchas personas huían de allí.

—¿Nunca se lo contó a la policía?

—¿Qué iba a contarles? Estaba allí, vi lo que sucedió y me marché, al igual que cientos de personas más. No es que las autoridades necesitaran mi testimonio ni nada parecido.

—Y fue a ver a Regina y se lo contó. ¿Por qué?

—¡¿Por qué?! Por Dios, su marido acababa de asesinar a un candidato presidencial. Y después lo habían matado. Tenía que decírselo. ¿Es que no lo comprenden?

King extrajo del bolsillo la fotografía que había tomado en el dormitorio y se la entregó a Jorst. Jorst la tomó entre las manos temblorosas y observó el rostro sonriente de Regina Ramsey.

—Supongo que sí, sobre todo si por entonces ya estaba enamorado de ella —dijo King en voz baja.

54

—¿Qué opinas? —le preguntó Michelle mientras se marchaban en coche.

—Tal vez nos haya contado la verdad. Quizá consideró que debía de ser el primero en consolar a la pobre viuda. Saca partido de la muerte de su amigo al tiempo que asume el papel de buen samaritano.

—Vale, es un aprovechado, pero no un asesino.

—No estoy seguro. Hay que vigilarle. No me gusta que durante todos estos años haya ocultado que estuvo en el Fairmount y que pensaba casarse con Regina. Eso basta para que ocupe un lugar privilegiado en mi lista de sospechosos.

Michelle se sobresaltó como si la hubieran apuñalado.

—Un momento, Sean. Tal vez sea una locura, pero escúchame bien. —King la miró, expectante—. Jorst reconoce que estuvo en el Fairmount. Está enamorado de Regina Ramsey. ¿Y si fue él quien convenció a Ramsey para que asesinara a Ritter? Sabía que Ramsey odiaba a Ritter. Era su amigo y compañero de trabajo, Ramsey tendría en cuenta su opinión.

—Pero Kate dijo que el hombre al que oyó por casualidad no era Jorst.

—Pero no estaba segura. Es posible que Jorst cambiara un poco la voz porque sabía que Kate estaba en casa. Pues bien, Jorst es el que hace el pacto con Ramsey. Van al hotel, armados.

—Entonces Ramsey dispara, pero no así Jorst —dijo King, siguiendo el hilo de las deducciones—. Se escabulle, esconde el arma en el cuartillo, donde Loretta le ve, y luego se marcha corriendo para contárselo a Regina y a Kate.

—Con la idea de casarse con la viuda en algún futuro no muy lejano.

—Bueno, esperó bastante para pedírselo —comentó King.

—No, podría habérselo pedido antes, pero entonces ella tal vez se habría negado. O quizá prefirió esperar un tiempo razonable para no levantar sospechas. O a lo mejor eso fue lo que tardó en lograr que Regina se enamorara de él. —Michelle le miró, inquieta—. ¿Qué te parece?

—Tiene sentido, Michelle, de verdad que lo tiene. Pero Regina murió. Al final Jorst no pudo estar con ella.

—¿Crees que la asesinaron?

—Si hemos de creer a Jorst, ¿por qué habría de suicidarse tras haber aceptado la petición de matrimonio?

—Y Kate sabía que se casarían —dijo King lentamente—. Y Jorst dijo que a Kate le pareció bien.

—Pero ¿y si no fue así?

—¿A qué te refieres?

—Kate quería a su padre. Me dijo que si su madre no le hubiera dejado es posible que no hubiera asesinado a Ritter. Pero lo hace y luego muere. Luego su madre se dispone a casarse con un amigo de su padre. Y muere.

—¿Insinúas que Kate asesinó a su madre?

Michelle alzó las manos.

—Sólo digo que es una posibilidad, y preferiría que no hubiese ocurrido así. Kate me cae bien.

King suspiró.

—Es como un globo. Golpeas por un lado y entonces el bulto aparece por el otro. —La miró—. ¿Ordenaste las secuencias cronológicas que te pedí?

Michelle asintió y extrajo un bloc del bolso.

—Arnold Ramsey nació en 1949. Acabó el bachillerato en 1967 y estudió en Berkeley desde 1967 hasta que se doctoró en 1974. Arnold y Regina Ramsey se casaron ese año, por cierto. Luego los dos fueron de aquí para allá hasta que Arnold consiguió la plaza en Atticus en 1982. Kate tendría un año. —Se calló y lo miró. King parecía confundido—. ¿Qué es lo que no te cuadra?

—Bueno, según lo que Kate nos contó, Ramsey participó en una manifestación contra la guerra en la que, seguramente, murió un policía. Ése fue el inicio de todos los problemas. Kate también dijo que Berkeley le permitió, de mala gana, doctorarse porque ya había acabado los cursos y la tesis. Así que el incidente tuvo que haber ocurrido mientras acababa la licenciatura.

—Exacto.

—Si se doctoró en 1974 no es posible que se manifestara contra la guerra de Vietnam. Ya se había acabado. Sé que el último helicóptero se marchó en 1975, pero Nixon firmó el alto el fuego en 1972 y retiró las tropas entonces. Si el incidente del policía hubiera ocurrido en 1972, antes de que se doctorase, apuesto lo que sea a que lo hubiesen expulsado de Berkeley.

Michelle se recostó.

—Supongo que sí. Aunque debo confesarte que, para mí, la guerra de Vietnam forma parte de la historia antigua.

—Pero no para mí. Y si Ramsey y su mujer no se manifestaron contra la guerra cuando murió el policía, ¿contra qué se manifestaron entonces?

Michelle chasqueó los dedos de repente.

—¿1974? Acabas de mencionar a Nixon. Fue el año del escándalo Watergate, ¿no?

King asintió pensativo.

—Tiene sentido que los Ramsey se manifestasen contra alguien como Nixon y exigieran su dimisión. Muchos grupos se manifestaron en Washington por ese motivo.

—Pero Kate dijo que la manifestación fue en Los Ángeles.

—No, dijo que eso fue lo que su madre le contó. Y dijo que Regina bebía mucho por aquel entonces. Es probable que se equivocara de fecha, acontecimiento e incluso lugar.

—O sea, que el incidente en el que murió el policía pudo haber sido en Washington y no en Los Ángeles, ¿no?

—En ese caso tendríamos que averiguar todo lo que pudiéramos al respecto.

—Y el bufete de abogados que intercedió en nombre de Ramsey. ¿Crees que también era de Washington?

—Supongo que tendremos que descubrirlo. —King extrajo el teléfono y marcó varios números—. Llamaré a Joan, se le da bien eso de sacar a la luz toda clase de detalles. —Sin embargo, nadie contestó la llamada y King dejó un mensaje.

—Si alguien le sacó del embrollo y hubo un bufete de abogados de por medio, es algo tangible que podríamos averiguar.

—No necesariamente. No es posible saber el paradero de todo el mundo hace tanto tiempo. Qué coño, Ramsey podría haber arrojado piedras contra el ayuntamiento de Los Ángeles y no podríamos demostrarlo nunca. Y encontrar a alguien que hable sobre eso es también imposible. Y si en los archivos públicos no hay nada, mal asunto.

King asintió.

—Lo que dices es del todo lógico. Pero, de todos modos, lo comprobaremos. No nos costará nada, salvo tiempo.

—Sí —replicó Michelle—, pero tengo la impresión de que se nos está acabando a toda prisa.

55

King y Michelle pasaron la noche en un motel cerca de Atticus y llegaron a Wrightsburg a la mañana siguiente. Parks les esperaba en casa de King.

—¿Has tenido noticias de Joan? —le preguntó King—. Intenté localizarla anoche pero no me respondió.

—Hablé con ella ayer por la tarde. Averiguó algo sobre Bob Scott en los papeles de la caja que traje. —Les contó lo de la orden judicial en Tennessee.

—Si se trata del mismo Bob Scott, entonces es posible que nos ayude y responda a alguna de las preguntas —declaró King.

—Llama de nuevo a Joan y planearemos el paso siguiente.

King marcó el número de Joan, pero seguía sin responder. Entonces llamó al hostal donde se alojaba. A medida que escuchaba las palabras de la recepcionista, su rostro fue perdiendo color y las rodillas comenzaron a flaquearle. Colgó.

—¡Maldita sea! —gritó.

Parks y Michelle le miraron de hito en hito.

—Sean, ¿qué pasa? —le preguntó ella en voz baja.

King negó con la cabeza, como si no diera crédito a lo que acababa de escuchar.

—Se trata de Joan —replicó—, la han secuestrado.

Joan se había alojado en un bungaló ubicado en los terrenos posteriores del Cedar's Inn. El bolso y el teléfono estaban en el suelo de la habitación. La bandeja de comida estaba intacta. El par de zapatos que había llevado el día anterior también estaba en el suelo, y el tacón de uno de ellos estaba roto. En el bungaló había una puerta posterior que daba a una zona donde podría haberse aparcado un coche y podrían haberse llevado a Joan sin ser vistos. Cuando King, Michelle y Parks llegaron, el jefe de policía Williams se encontraba allí con algunos de sus hombres, tomando declaraciones y recogiendo las escasas pruebas.

Habían interrogado una y otra vez al encargado de habitaciones que le había llevado la comida. Era un joven que trabajaba en el hostal desde hacía varios años, y se le veía visiblemente afectado por lo ocurrido. Les explicó que mientras llevaba la comida hacia el bungaló de Joan se le había acercado una joven. Tras haber confirmado que la comida era para Joan, dijo que era su hermana y que acababa de llegar para verla y que, para darle una sorpresa, le gustaría llevarle la comida en persona. Todo parecía bastante natural y creíble. La joven era atractiva y le había dado veinte dólares por las molestias. Él le había entregado la bandeja y había regresado al hostal. Eso era todo cuanto sabía. La descripción de la mujer era demasiado ambigua como para resultar útil.

El jefe de policía Williams se les acercó.

—Maldita sea, no para de haber asesinatos y secuestros por aquí. Hace no mucho era un lugar bien tranquilo.

Con el permiso del jefe de policía, tomaron la caja con los archivos sobre Bob Scott que Joan había inspeccionado y los tres celebraron una conferencia rápida en el aparcamiento. Parks les repitió al pie de la letra la conversación que había mantenido con Joan.

—Tuvieron que secuestrarla poco después de que terminara de hablar conmigo. Me puso al día sobre Bob Scott. Le dije que Scott podría haberse vuelto un traidor y habría sido el topo perfecto para quien planeara asesinar a Ritter, aunque sé que no estáis convencidos de que lo hiciera. Estábamos esperando que regresarais de hablar con Kate Ramsey antes de dar el siguiente paso.

King se alejó para inspeccionar el BMW de Joan y Parks entró para hablar con el jefe Williams. La policía ya había registrado el coche y no había encontrado nada.

Michelle se le acercó y le colocó una mano en el hombro.

—¿Estás bien?

—Debería habérmelo imaginado —replicó.

—¿Cómo? No eres adivino.

—Habíamos hablado con muchas personas. Asesinaron a Mildred Martin poco después de haber estado con ella. No es de extrañar que fueran a por Joan.

—¡O a por ti! ¿Y qué se suponía que debías hacer? ¿Cuidar de ella? No la conozco demasiado, pero supongo que no lo habría aceptado.

—Ni siquiera lo intenté, Michelle. Su seguridad no me preocupaba. ¿Y ahora...?

—Todavía podemos dar con ella. Viva.

—No es por nada, pero nuestro historial de personas encontradas con vida no es muy alentador que digamos.

—Lo siento —dijo Michelle.

—Yo también.

Parks regresó.

—Voy a informarme bien sobre el tal Bob Scott de Tennessee, y si es el mismo tipo iremos con unos cuantos hombres para mantener una buena charla. Podéis acompañarnos si queréis.

—Queremos —replicó Michelle.

56

Mientras Parks investigaba sobre Bob Scott, Michelle y King regresaron a casa de éste. Michelle preparó la comida para los dos, pero luego no lo encontró. Al cabo de un rato lo vio sentado en el muelle y fue a hacerle compañía.

—He preparado sopa y unos bocadillos. No soy una gran cocinera, pero son comestibles.

—Gracias —replicó King distraídamente—. Voy enseguida.

Michelle se sentó a su lado.

—¿Sigues pensando en Joan?

King la miró y luego se encogió de hombros.

—Creía que ya no erais tan amigos —comentó Michelle.

—¡No lo somos! —Y, más tranquilo, añadió—: No lo somos. Pero hace tiempo fuimos algo más que amigos.

—Sé que esto no es fácil para ti, Sean.

Permanecieron en silencio unos instantes.

—Se me exhibió —dijo King.

—¿Qué? —preguntó Michelle con brusquedad.

—En el ascensor, se me exhibió.

—Se te exhibió. ¿Cómo?

—Una gabardina y poco más debajo. Venga ya, reconócelo, seguramente pensaste que se trataba de algo parecido cuando te enteraste de lo de las bragas en la lámpara.

—Sí, puede ser. Pero ¿por qué haría algo así? Estabas de servicio.

—Porque recibió una nota que creía que yo le había escrito en la que le decía que me diese una sorpresa en el maldito ascensor. Y tras la noche que habíamos pasado juntos supongo que pensó que le pedía algo que estuviera a la altura del numerito de la noche anterior.

—¿Quién crees que escribió el mensaje? Si querían que ella te distrajese, ¿cómo sabían cuándo bajaría en el ascensor?

—La recepción era desde las 10.00 hasta las 10.35. Ella lo sabía. Así que, al menos, estaban al tanto del intervalo de tiempo del que disponían. Pero aunque Joan no lo hubiera hecho, estoy seguro de que habrían intentado asesinar a Ritter de todos modos.

—Era bastante arriesgado para Joan. No tenía obligación de hacerlo.

—Bueno, a veces el amor nos lleva a cometer locuras.

—Entonces, ¿crees que eso fue lo que pasó?

—Eso fue lo que ella me contó. Durante todos estos años ella sospechó que yo estaba implicado en la muerte de Ritter en cierto modo. Creía que le había tendido una trampa, pero no podía hablar porque habría sido el fin de su carrera. Cuando vio el mensaje que dejaron en el cadáver de Susan Whitehead se dio cuenta de que quizá la trampa nos la habían tendido a los dos. —Se calló—. Me preguntó si sospechaba de ella y por qué nunca le había dicho a nadie lo que ella había hecho.

—¿Qué le dijiste?

—No le dije nada. A lo mejor es porque no sé el motivo.

—Creo que nunca pensaste realmente que ella fuera culpable de algo más que de un error de cálculo.

—Cuando sonó el primer disparo le vi la expresión.

Nunca he visto a nadie tan conmocionado. No, ella no tuvo nada que ver. —Se encogió de hombros—. Pero ¿qué más da ahora?

—Como bien has dicho, el amor nos lleva a cometer locuras. —Le miró de manera inquisitiva—. No es un crimen que alguien te importe, Sean.

—A veces tengo la sensación de que sí lo es. Resulta un tanto perturbador que reaparezca alguien que pensabas que había desaparecido definitivamente de tu vida.

—Sobre todo si lo que pensabas hace ocho años no era cierto.

—No estoy enamorado de Joan —dijo King—, pero me importa lo que le pase. Quiero encontrarla sana y salva.

—Haremos lo que podamos.

—Tal vez no sea suficiente —afirmó con gravedad, tras lo cual se incorporó y se encaminó hacia la casa.

Cuando estaban acabando de comer sonó el teléfono. Al contestar, King pareció un tanto desconcertado.

—Es para ti —le dijo a Michelle—. Dice que es tu padre.

—Gracias. Le di este número. Espero que no te importe. El móvil no tiene mucha cobertura aquí.

—No pasa nada. —Le pasó el teléfono.

Michelle y su padre hablaron unos cinco minutos. Ella anotó varios datos en un trozo de papel, le dio las gracias y colgó.

King estaba enjuagando los platos de la comida y colocándolos en el lavavajillas.

—Entonces, ¿qué hay de nuevo?

—Ya te dije que la mayoría de los miembros de mi familia son policías. Mi padre, que es el jefe de policía de

Nashville, pertenece a todas las organizaciones nacionales de policías y tiene un cargo importante en casi todas ellas. Le pedí que investigara un poco sobre el incidente de Washington, a ver si averiguaba algo sobre un policía asesinado en 1974 durante una manifestación.

King se secó las manos en un paño de cocina y se colocó junto a Michelle.

—¿Averiguó algo?

—Un nombre. Sólo un nombre, pero tal vez nos sea útil. —Miró las notas que había tomado—. Paul Summers pertenecía al cuerpo de policía de Washington por aquel entonces. Ahora está jubilado, pero vive en Manassas, en Virginia. Mi padre lo conoce y dice que está dispuesto a hablar con nosotros. Papá dice que tal vez disponga de información que podría resultar valiosa.

King se puso la chaqueta.

—En marcha —dijo.

—Sean —dijo Michelle mientras salía—, no me parece bien que hayas ocultado durante todos estos años lo que Joan hizo, pero te admiro por haberlo hecho. Al fin y al cabo, la lealtad cuenta.

—¿Ah, sí? Pues yo no estoy tan seguro. De hecho, a veces la lealtad es una mierda.

57

Paul Summers vivía en una casa de dos niveles de treinta años de antigüedad en Manassas, Virginia, rodeada de urbanizaciones nuevas. Summers abrió la puerta ataviado con unos vaqueros y una camiseta color burdeos de los Redskins, el equipo de fútbol americano. Se sentaron en el salón. Les ofreció algo de beber, pero declinaron la invitación. Summers aparentaba unos sesenta y cinco años, con el pelo cano, una sonrisa de oreja a oreja, la piel pecosa, antebrazos enormes y un estómago todavía más voluminoso.

—Maldita sea, así que tú eres la hija de Frank Maxwell —le dijo a Michelle—. Si te dijera lo mucho que tu padre presumía de ti en las convenciones nacionales te pondrías más colorada que la camiseta que llevo.

Michelle sonrió.

—La niñita de papá. A veces resulta embarazoso.

—Pero, qué coño, ¿cuántos padres tienen una hija como tú? Yo también presumiría.

—Hace que te sientas inferior —comentó King al tiempo que le dedicaba una mirada pícara a Michelle—. Pero cuando la conoces bien te das cuenta de que es humana.

Summers adoptó una expresión más sombría.

—He estado siguiendo todo el asunto de Bruno. Apesta. He colaborado con el Servicio Secreto varias veces. La de historias que he oído sobre protegidos que cometían locuras y dejaban a los del Servicio en la estacada. Te jodieron, Michelle, así de sencillo.

—Gracias. Mi padre me dijo que contaba con cierta información que podría servirnos, ¿no?

—Exacto. Cuando estaba en el cuerpo era una especie de policía historiador oficioso, y os diré que aquella época fue apasionante. ¿La gente cree que América se ha ido al diablo en la actualidad? Deberían echar un vistazo a los sesenta y a los setenta. —Mientras hablaba extrajo un archivo—. Aquí hay algunas cosas que creo que os ayudarán. —Se puso las gafas de leer—. En 1974 el caso Watergate estaba destrozando el país. La gente iba a por Nixon y no se andaba con chiquitas.

—Supongo que algunas cosas se les escaparon de las manos —comentó King.

—¡Oh!, sí. El cuerpo policial de Washington ya estaba acostumbrado a las manifestaciones masivas, pero nunca se sabe. —Se ajustó las gafas y repasó las notas durante unos instantes—. El allanamiento de Watergate ocurrió durante el verano de 1972. Al cabo de un año el país supo lo de las cintas de Nixon. El presidente recurrió a los privilegios ejecutivos y se negó a entregarlas. Tras haber cesado al procurador especial en octubre de 1973, la situación se agravó y la gente comenzó a acusar al presidente. En julio de 1974, el Tribunal Supremo falló en contra de Nixon en el asunto de las cintas. Pero antes de que el Tribunal entregara su veredicto, hacia mayo de 1974, el ambiente se había caldeado en Washington. Miles de manifestantes desfilaron por Pennsylvania Avenue.

»Salieron las brigadas antidisturbios, docenas de policías a caballo, la Guardia Nacional, cientos de agentes del Servicio Secreto, cuerpos especiales de intervención e incluso un maldito tanque. Yo llevaba diez años en el cuerpo, había visto unos cuantos disturbios y recuerdo que, de todos modos, estaba asustado. Tenía la sensación de estar en un país del Tercer Mundo y no en Estados Unidos de América.

—¿Murió un policía? —preguntó Michelle.

—No, un soldado de la Guardia Nacional —replicó Summers—. Lo encontraron en un callejón con la cabeza reventada.

—Y detuvieron a alguien por ello —dijo King—, pero ¿cómo estaban seguros de quién lo había hecho? Aquello era un auténtico caos.

—Arrestaron al tipo y lo iban a procesar, pero entonces todo se quedó en agua de borrajas. No sé por qué. El soldado estaba muerto, de eso no había duda, y alguien le había matado. La historia salió en los periódicos, pero justo entonces el Tribunal Supremo falló contra el presidente y Nixon dimitió en agosto de 1974, y ésa fue la noticia de la que se hablaba en todas partes. La muerte del soldado de la Guardia Nacional pareció quedar relegada al olvido. Tras Robert Kennedy y Martin Luther King, Vietnam y Watergate, el país estaba cansado de todo aquello.

King se inclinó hacia delante.

—¿Recuerda los nombres de las personas acusadas, los policías que las habían detenido y la parte querellante?

—No, lo siento. Pasó hace treinta años. Y yo no trabajé en el caso. Sólo me enteré tiempo después, por lo que no reconocería ningún nombre.

—¿Qué me dice de los periódicos? Ha dicho que la noticia se publicó, ¿no?

—Sí, pero no creo que se mencionara a las partes acusadas. Desde luego, todo aquello fue de lo más raro. A decir verdad, los medios no confiaban en el Gobierno en aquel entonces. Demasiadas irregularidades. Y, dado que pertenecía al cuerpo, detesto decirlo, pero algunos agentes hacían cosas que no debían. A veces se pasaban de la raya, sobre todo con los *hippies* melenudos que llegaban a la ciudad. Algunos de mis compañeros no tenían mucha paciencia que digamos. En aquella época la mentalidad era del tipo «nosotros contra ellos».

—Quizás ocurrió algo similar en ese caso; ha dicho que se retiraron las acusaciones —dijo Michelle—. Tal vez fueran falsas.

—Tal vez. Pero no lo sé a ciencia cierta.

—Bien —dijo King—. Le agradecemos la ayuda.

Summers sonrió.

—Me lo agradeceréis más aún. —Sostuvo en alto un trozo de papel—. Tengo un nombre para vosotros. Donald Holmgren.

—¿Quién es? —preguntó Michelle.

—En aquel entonces era abogado de oficio. Muchos de los manifestantes eran jóvenes y la mitad iban drogados. Era como si todos los que se manifestaban contra la guerra, *hippies* y gente así, se hubieran centrado en Nixon. Es probable que la persona acusada fuera uno de ellos. Si no tenía dinero para costearse un abogado, le representaría el Departamento de Policía. Tal vez Holmgren os cuente más detalles. Ahora está jubilado, pero vive en Maryland. No he hablado con él, pero si sabéis pedírselo, no os cerrará las puertas.

—Gracias, Paul —dijo Michelle—. Te debemos una. —Le abrazó.

—¡Eh!, dile a tu padre que todo lo que decía sobre ti era verdad. Ojalá mis hijos hubieran salido la mitad de bien.

58

Donald Holmgren vivía en una casa adosada en las afueras de Rockville, en Maryland. La casa estaba llena de libros, revistas y gatos. Era viudo, tenía unos setenta años, el pelo canoso y llevaba un jersey y unos pantalones cómodos. Apartó algunos gatos y libros del sofá del salón para que King y Michelle se sentaran.

—Le agradecemos que nos reciba aunque le hayamos avisado con tan poca antelación.

—No pasa nada, ya no estoy tan ocupado como antes.

—Seguro que estaba mucho más ocupado cuando trabajaba en la policía —comentó Michelle.

—¡Oh!, desde luego. Durante esa época me pasaron cosas muy interesantes.

—Como le expliqué por teléfono —comenzó a decir King—, el incidente que investigamos es la muerte del soldado de la Guardia Nacional en mayo de 1974.

—Bien, recuerdo el caso. Gracias a Dios no matan a un soldado de la Guardia Nacional todos los días. Pero menudo día. Estaba presentando un caso en el tribunal federal cuando comenzó la manifestación. Se interrumpió el proceso judicial y todo el mundo se fue a ver la televisión. Nunca había visto nada parecido y espero no volver a verlo. Me dio la impresión de estar en medio de la toma de la Bastilla.

—Al principio, se acusó a una persona del crimen.

—Exacto. Comenzó como un homicidio en primer grado, pero a medida que se averiguaban más detalles intentamos reducir la condena.

—Entonces, ¿sabe quién se encargó del caso?

—Yo mismo —fue su sorprendente réplica. Michelle y King se miraron. Holmgren añadió—: Llevaba dieciséis años como abogado de oficio, había empezado con la Asesoría Judiciaria. Y también había defendido algunos casos destacados. Pero, para serles honesto, creo que el caso no le interesaba a nadie.

—Es decir, que las pruebas condenaban al acusado —dijo Michelle.

—No, las pruebas no eran ni mucho menos condenatorias. Si no recuerdo mal, detuvieron al acusado porque salió del callejón donde se había cometido el crimen. Un cadáver, sobre todo uniformado, y un grupo de *hippies* corriendo por ahí y tirando piedras, bueno, eso es sinónimo de buscarse problemas. Creo que arrestaron al primero que vieron. La ciudad estaba sitiada y todo el mundo se encontraba al borde de un ataque de nervios. Si no recuerdo mal, el acusado era un universitario. No creía que fuese culpable ni que, si lo fuera, lo hubiera hecho a propósito. Es posible que se hubiese producido una escaramuza, el soldado se cayera y se golpeara en la cabeza. Por supuesto, en aquel entonces la fiscalía tenía fama de amañar los casos. Maldita sea, los policías mentían bajo juramento, se formulaban acusaciones falsas, se inventaban pruebas, etcétera.

—¿Recuerda el nombre del acusado?

—He intentado recordarlo desde que llamaron, pero no hay manera. Era joven, listo, eso es lo que recuerdo. Lo siento, me he encargado de miles de casos desde entonces y no trabajé mucho tiempo en éste en concreto. Recuerdo mejor las acusaciones y las defensas que los nombres. Y ya han pasado treinta años.

King decidió arriesgarse.

—¿Se llamaba Arnold Ramsey?

Holmgren se quedó boquiabierto.

—No podría jurarlo, pero creo que sí. ¿Cómo lo sabe?

—Tardaría demasiado en explicárselo. Ese mismo Arnold Ramsey asesinó a Clyde Ritter hace ocho años.

—¿Era el mismo tipo? —preguntó Holmgren, sorprendido.

—Sí.

—Bueno, ahora a lo mejor lamento que se salvara.

—Pero ¿no lo lamentó entonces?

—No, no lo sentí. Como les he dicho, en aquel entonces había personas a quienes la verdad les preocupaba menos que conseguir el mayor número de condenas posible.

—Pero a Ramsey no lo condenaron, ¿no?

—Exacto. Aunque creía que el caso era menor, tuve que ceñirme a los hechos de todos modos, y no eran muy positivos que digamos. Además, el Gobierno era implacable. Ésa es mi visión, aunque no culpo al Gobierno de todo lo sucedido. Y entonces me apartaron del caso.

—¿Por qué?

—Otro abogado se ocupó del acusado. Algún bufete del Oeste, creo. Supongo que Ramsey, si es que era él, era de allí. Supuse que su familia había averiguado lo sucedido y había acudido al rescate.

—¿Recuerda el nombre del bufete? —inquirió Michelle.

Caviló al respecto.

—No, han pasado demasiados años y he tenido demasiados casos.

—¿Y el bufete logró que se retirasen los cargos?

—No sólo eso, también eliminaron el informe del arresto, todos los detalles. Debían de ser muy buenos.

Por aquel entonces, algo así ocurría en contadas ocasiones.

—Bueno, ha dicho que algunos fiscales carecían de ética. Tal vez sobornasen a los abogados y a los polis —sugirió King.

—Supongo que es posible —replicó Holmgren—. Si pensaban amañar el caso es probable que estuvieran dispuestos a dejarse sobornar para «olvidarse» del caso. El fiscal era joven, ambicioso y, según mi parecer, tenía demasiada labia. Pero se le daba bien jugar ese juego, a la espera de ir a por casos mejores y más importantes. Nunca le vi inflingir la ley, aunque no era una práctica inusual en el bufete. Me disgustó que su jefe pagase el pato cuando toda esa mierda salió a la luz al cabo de unos años. Billy Martin era un buen tipo. No se lo merecía.

King y Michelle miraron a Holmgren, anonadados.

—¿Cómo se llamaba el fiscal que llevaba la acusación contra Arnold Ramsey?

—¡Oh!, de ése no me olvidaré nunca. Era el tipo que se presentaba a presidente y al que secuestraron: John Bruno.

59

King y Michelle fueron directamente de la casa de Holmgren a la VCU, en Richmond. Kate Ramsey no estaba en el Centro de Asuntos Públicos de la VCU. Convencieron a la recepcionista para que les facilitara el número de teléfono particular de Kate. Llamaron, pero contestó su compañera de habitación. No sabía dónde estaba Kate. No la había visto desde la mañana. Cuando Michelle le preguntó si le importaba que fueran a visitarla, aceptó de mala gana.

—¿Crees que Kate sabe lo de Bruno y su padre? —preguntó Michelle de camino—. Por favor, dime que no. No puede saberlo.

—Tengo la impresión de que te equivocas.

Condujeron hasta el apartamento de Kate y hablaron con su compañera de habitación, Sharon. Al principio, Sharon se mostró reacia a hablar, pero cuando Michelle le mostró la placa se tornó mucho más cooperativa. Con su permiso, inspeccionaron el pequeño dormitorio de Kate, pero no encontraron nada útil. Kate era una lectora empedernida y la habitación estaba repleta de libros que habrían puesto a prueba a la mayoría de los académicos. Entonces King dio con una caja en el estante superior del armario. En el interior había un kit de limpieza para armas y una caja con cartuchos de nueve milímetros. Miró con aprensión a Michelle, quien negó con la cabeza.

—¿Sabes por qué Kate lleva un arma? —le preguntó King a Sharon.

—La atracaron, al menos eso me contó. La compró hará cosa de siete u ocho meses. No me gusta que ande por aquí, pero tiene licencia y todo. Y va a los campos de tiro para practicar. Es buena tiradora.

—Qué reconfortante. ¿La llevaba consigo esta mañana? —inquirió King.

—No lo sé.

—¿Aparte de los compañeros de la facultad, ha venido alguien a ver a Kate? ¿Un hombre, quizá?

—Que yo sepa, ni siquiera sale con nadie. Siempre está en alguna manifestación, concentración o en las reuniones del ayuntamiento para quejarse de algo. A veces me marea con todas las cosas que tiene en la cabeza. Apenas tengo tiempo para las clases y mi novio, o sea que la cuestión del estado del mundo se me escapa de las manos.

—Sí, claro. Pero me refería a un tipo mayor, de unos cincuenta años. —King describió a Thornton Jorst, pero Sharon negó con la cabeza.

—No creo. Aunque un par de veces la vi salir de un coche delante del edificio del apartamento. No vi quién conducía, pero creo que era un tío. Cuando le pregunté al respecto se mostró muy evasiva.

—¿Cómo era el vehículo?

—Un Mercedes, uno de los grandes.

—Un tipo rico. ¿Cuándo lo viste por primera vez? —preguntó Michelle.

—Hace unos nueve o diez meses. Lo recuerdo porque acababa de comenzar su trabajo de posgrado aquí. No tiene muchas amistades. Si se veía con alguien, no lo hacía aquí. De hecho, casi nunca está aquí.

Mientras hablaban, Michelle sostuvo en alto el equipo de limpieza, se lo acercó a la oreja y lo agitó. Se oyó un sonido. Introdujo los dedos por debajo del forro y tiró. Cerró los dedos en torno a una llave pequeña. Se la enseñó a Sharon.

—¿Sabes qué abre? Parece de un armario de almacenaje.

—Hay varios en el sótano —replicó Sharon—. No sabía que Kate tuviera uno.

Michelle y King descendieron al sótano, encontraron los armarios, buscaron el que tenía el mismo número que la llave y lo abrieron. King encendió la luz y observaron las pilas de cajas.

King respiró hondo.

—Bien, o nos vamos con las manos vacías o es una mina de oro —dijo.

Tras examinar cuatro cajas dieron con la respuesta: dos álbumes de recortes perfectamente organizados sobre dos asuntos diferentes. Uno era el asesinato de Ritter. King y Michelle observaron docenas de artículos y fotografías del incidente, incluyendo varias de King, dos de una jovencísima Kate Ramsey con expresión apesadumbrada y una de Regina Ramsey. Los textos estaban subrayados con bolígrafo.

—No es de extrañar que las recopilase —dijo Michelle—. Después de todo, era su padre.

Sin embargo, el otro sujeto catalogado resultaba más escalofriante. Eran recortes sobre John Bruno, desde sus primeros pinitos como fiscal hasta su candidatura presidencial. King vio dos artículos de periódico amarillentos en los que se describían sendas investigaciones sobre corrupción en la Fiscalía del Estado. Se mencionaba el nombre de Bill Martin, pero no así el de John Bruno. No obstante, Kate había escrito en la parte superior de todas las páginas, «John Bruno».

—¡Oh!, mierda —dijo King—. Nuestra pequeña activista política está metida en algo serio, y al margen de que John Bruno se lo mereciese o no, le ha puesto la etiqueta del fiscal corrupto que arruinó la vida de su padre.

—Lo que no acabo de entender —dijo Michelle—, es que estos artículos se publicaron a finales de los setenta, antes de que Kate naciera. ¿De dónde los habrá sacado?

—Del hombre del Mercedes. El hombre que le hace odiar a Bruno por lo que le hizo a su padre. O no. —King añadió—: A lo mejor culpa a Bruno de la muerte de su padre, ya que si hubiera estado en Harvard o Stanford habría sido feliz y su mujer no le habría dejado y nunca habría ido a la caza de alguien como Ritter.

—Pero ¿cuál es el propósito de todo eso?

—¿Venganza? Por Kate, por alguien más.

—¿Cómo encaja eso con Ritter, Loretta Baldwin y el resto?

King alzó las manos en señal de frustración.

—Maldita sea, ojalá lo supiera. Pero lo que sí sé es que Kate sólo es la punta del iceberg. Y ahora hay algo más que adquiere sentido. —Miró a Michelle—. Kate quería vernos para hablarnos de la nueva revelación sobre Thornton Jorst.

—¿Crees que la indujeron a actuar así? ¿Para despistarnos?

—Tal vez. O quizá lo hizo de *motu proprio*, por otro motivo.

—O a lo mejor dice la verdad —replicó Michelle.

—¿Bromeas, no? Si de momento no nos hemos encontrado con nadie que dijera la verdad, ¿por qué habrían de cambiar las normas ahora?

—Bueno, hay que reconocer que Kate Ramsey es una actriz de primera. Nunca habría imaginado que estuviera implicada en todo esto.

—Se supone que su madre era una superestrella en ese sentido. Tal vez heredara esa habilidad. —King adoptó una expresión pensativa durante unos instantes y añadió—: Llama a Parks para ver qué ha averiguado sobre Bob Scott. De repente me interesa mi ex jefe de la unidad de protección.

Parks había estado muy ocupado durante las últimas horas. Había confirmado la dirección de Bob Scott en Tennessee y les dijo que tenía varios atributos intrigantes. Se trataba de una parcela de doce hectáreas en la zona montañosa oriental y más rural del Estado. En otra época, la propiedad había formado parte de un campamento del ejército durante la Segunda Guerra Mundial y durante los siguientes veinte años antes de que se vendiera a un particular. Desde entonces había cambiado de propietario en varias ocasiones.

—Cuando averigüé que había sido propiedad del ejército de Estados Unidos me pregunté por qué Scott querría una finca así —le dijo Parks a Michelle—. Había vivido en Montana durante una época, supongo que era un militar de los de verdad, entonces ¿a qué viene la mudanza? He estado estudiando mapas, planos y diagramas y he descubierto que en esa maldita propiedad hay un búnker subterráneo en una ladera. El Gobierno y los militares los construyeron a miles durante la guerra fría, desde los más pequeños y sencillos hasta el gigantesco Centro Greenbrier de Virginia Occidental, destinado a alojar al Congreso de Estados Unidos en caso de guerra nuclear. El de Scott es bastante completo, con habitaciones, cocina, baños, campo de tiro e instalaciones de agua y filtrado de aire. Es probable que el ejército ni siquiera recordase que estaba allí cuando vendió la propiedad. Otra cosa interesante: tiene celdas para prisioneros de guerra, supongo que en caso de invasión.

—Una prisión —comentó Michelle—. Muy útil para ocultar a candidatos presidenciales secuestrados.

—Eso es lo que creo. Además, el sitio de Tennessee queda a dos horas escasas en coche de los lugares en los que asesinaron a Ritter y secuestraron a Bruno. Esos tres puntos forman una especie de triángulo.

—¿Estás seguro de que es el mismo Bob Scott? —preguntó Michelle.

—Completamente seguro. De no ser por esta vieja orden judicial, habría sido difícil dar con él; ha pasado a la más absoluta de las clandestinidades.

—¿Todavía piensas ir allí? —inquirió Michelle.

—Encontramos a un amable juez en Tennessee que nos facilitó una orden de registro. Iremos allí, pero con un pretexto falso, porque no quiero que muera nadie. Una vez en el interior, ya veremos qué pasa. Es un tanto dudoso desde el punto de vista legal, pero supongo que si sacamos a Bruno antes de que pase algo y atrapamos a Scott, entonces valdrá la pena. Luego dejaremos que los abogados se ocupen del resto.

—¿Cuándo irás?

—Tardaremos un poco en prepararlo todo y queremos hacerlo a plena luz del día. No quiero que ese colgado de Scott abra fuego contra lo que él creerá que son intrusos. Son cuatro o cinco horas en coche, o sea que mañana a primera hora. ¿Todavía queréis ir?

—Sí —replicó Michelle mirando a King—. Tal vez encontremos a alguien más allí.

—¿A quién? —preguntó Parks.

—Una estudiante de posgrado con una gran dosis de rencor. —Michelle colgó y puso al día a King. A conti-

nuación, extrajo una hoja de papel y comenzó a garaba-
tear en la misma.

—Bien, ésta es mi segunda teoría fantástica, en la que
se da por sentado que Jorst no está implicado. Vayamos
punto por punto —comenzó a explicar—. Scott prepara
el asesinato con Ramsey; él es el que tiene la información
privilegiada. Por qué motivo, no lo sé; quizá dinero, tal
vez se tratase de un ansia de venganza secreta contra Ritter. —Chasqueó los dedos—. Un momento, sé que te parecerá una locura, pero ¿no es posible que los padres de
Scott le dieran todo su dinero a Ritter cuando era predicador? ¿Recuerdas lo que Jorst dijo al respecto? Y cuando me informé sobre el pasado de Ritter confirmé que
era muy rico, sobre todo debido a esas «donaciones» a su
iglesia, una iglesia de la que era el único beneficiario.

—También se me había ocurrido. Pero, por desgracia, esa teoría no encaja con los hechos. Trabajé con Scott
durante varios años y conozco su vida. Sus padres murieron cuando era niño. No heredó dinero porque, sencillamente, no lo había.

Michelle se recostó con expresión frustrada.

—Qué pena, ése habría sido un buen incentivo. ¡Eh!,
¿qué hay de Sidney Morse? Sus padres eran ricos. A lo
mejor le donó el dinero a Ritter. Entonces Morse estaría
implicado en la muerte de Ritter.

—No. La madre le dejó el dinero a Morse al morir.
Recuerdo que se mencionó cuando Morse comenzó
la campaña porque ella falleció por aquel entonces. Y, en
cualquier caso, sabemos que Ritter y Bruno están relacionados de alguna manera. Aunque Sidney tuviera que
ver con el asesinato de Ritter, no estaría implicado en el
secuestro de Bruno. A no ser que le hubiera derribado
con una pelota de tenis.

—Vale, es cierto. De acuerdo, supongamos que Bob

Scott estaba detrás de todo. Ésa es la primera parte. Digamos que le sobornaron para que colaborase en la orquestación del asesinato. Le cuesta la carrera, pero así son las cosas. Se larga a vivir al quinto pino, a Montana, y enloquece.

—Pero ¿qué hay de Bruno? ¿Qué relación guarda Scott con él?

—¿Y si preparó lo de Ritter porque Ramsey y él eran amigos hace tiempo? Sé que parece absurdo. Scott estuvo en Vietnam y Ramsey se manifestó contra esa guerra, pero cosas más raras se han visto. A lo mejor se conocieron en alguna manifestación. Scott se hartó de la guerra y comenzó a pensar como Ramsey. Si ayudó a Ramsey a preparar el asesinato de Ritter es posible que también conozca a Kate Ramsey. También es consciente de que Bruno arruinó la carrera de su padre con acusaciones falsas y se lo dijo a Kate. Entonces Kate comienza a odiar a Bruno, Scott reaparece y se unen para secuestrarle y hacerle pagar por lo que hizo. Eso lo explicaría todo, más o menos.

—Y el hombre que fue a ver a Arnold Ramsey, al que Kate oyó mencionar el nombre de Thornton Jorst... ¿era Scott?

—Bueno, si Kate está implicada es posible que nos mintiera para despistarnos. ¿Qué te parece?

—Unas deducciones muy acertadas.

—Es que somos un buen equipo.

King respiró hondo.

—Supongo que ahora esperaremos y ya veremos qué nos depara el futuro.

60

A la mañana siguiente, al despuntar el alba, partieron en tres vehículos. Parks iba en el coche con King y Michelle, y les seguían los dos Suburban repletos de agentes federales de expresión adusta y armados hasta los dientes.

King y Michelle habían puesto al día a Parks sobre lo que Kate les había contado, así como la teoría de Michelle de que todos los puntos estaban interrelacionados, aunque de manera un tanto endeble.

Parks no parecía convencido.

—Tal y como han ido las cosas hasta ahora, estoy seguro de que todavía no se han acabado las sorpresas.

Mientras se tomaban el café, Parks repasó el plan de ataque:

—Enviaremos una de las camionetas a la casa tras hacerla pasar por un vehículo de inspección del condado. Uno de los hombres se dirige a la puerta con la carpeta sujetapapeles mientras otro saca el equipo de inspección. Algunos de nuestros hombres estarán dentro de la camioneta. Los otros habrán rodeado el lugar y acordonado el perímetro. El tipo llama a la puerta y cuando abran, todos salen listos para el ataque, sin miramientos. Si no hay nadie en casa, entramos sin problemas y ejecutamos la orden de registro. Con un poco de suerte, no habrá disparos y volveremos a casa vivos y contentos.

King iba en el asiento trasero. Alargó la mano y le tocó el hombro a Parks.

—Ya sabes que Bob Scott es un fanático de las armas, pero también es un experto en el cuerpo a cuerpo. Así fue como escapó del Vietcong. Dicen que se pasó seis meses limando una hebilla de metal hasta convertirla en una cuchilla y luego degolló a sus captores con ella. Un tipo con el que más vale no meter la pata.

—Lo capto. Entramos por sorpresa y con superioridad numérica. Como dicen los manuales. No se me ocurre un método mejor. —Y añadió—: ¿Crees que encontraremos a Bruno y a Joan allí?

—Es posible —replicó King—, pero no sé si seguirán con vida.

El hombre del Buick y Simmons estaban ultimando los preparativos. Los generadores estaban colocados y en funcionamiento. Habían tendido los cables, ubicado los explosivos y preparado los detonadores. Los objetos que el hombre del Buick había creado con tanta diligencia también estaban donde correspondía, listos para el gran momento. Habían comprobado el equipo una docena de veces. Si funcionaba a la perfección tenían la victoria asegurada.

Mientras el hombre del Buick inspeccionaba su obra, después de tanta planificación y trabajo, ni siquiera se permitió una expresión de satisfacción. Simmons se percató de ello y apartó la caja que comprobaba por enésima vez.

—Bueno, el espectáculo está a punto de comenzar. Parece que lo conseguiremos. Deberías enorgullecerte.

—Vete a echarles un vistazo de nuevo —ordenó el hombre del Buick con resolución, tras lo cual se sentó y repasó todos los detalles mentalmente.

Simmons fue a ver a los prisioneros y los observó por las puertas de las habitaciones en las que estaban encerrados. Estaban inconscientes, ya que les habían adulterado la comida con drogas, pero se despertarían en breve. Si todo iba según lo planeado saldría del país con dinero suficiente para vivir varias vidas. Regresó al lugar donde se encontraba el hombre del Buick, todavía sentado y con la cabeza gacha.

—¿Cuánto crees que tardarán en llamar? —inquirió Simmons rompiendo el silencio no sin vacilación, ya que sabía que al hombre del Buick le gustaba la tranquilidad.

—Pronto —replicó—. Llegarán al búnker de Tennessee de un momento a otro.

—Se llevarán una buena sorpresa.

—Ésa es la idea. —El hombre del Buick le miró con desdén—. Ni te imaginas la planificación que ha supuesto todo esto. ¿Es que acaso crees que se ha hecho para que te diviertas?

Simmons bajó la mirada, nervioso.

—Entonces, ¿cuándo volverá ella?

—Volverá a tiempo. No querrá perderse la siguiente parte. Yo tampoco quiero perdérmela. —Miró a su compañero—. ¿Estás listo?

Simmons se puso derecho y adoptó una expresión confiada.

—Nací para esto.

El hombre del Buick le miró fijamente durante unos instantes y luego agachó la cabeza y volvió a cerrar los ojos.

61

Michelle y King observaban con prismáticos desde una de las camionetas mientras la otra avanzaba por el camino de tierra hacia la casa o, mejor dicho, la cabaña. King miró a su alrededor y pensó que estaban bien lejos de la civilización. Se encontraban en una cordillera de las Great Smoky Mountains y la complicada topografía había puesto al límite la tracción a las cuatro ruedas del vehículo. Les rodeaba una muralla de pinos, fresnos y cedros que les sumiría en la oscuridad antes de lo normal. Ya a las once de la mañana parecía que anochecía y la humedad, incluso dentro de la camioneta, era elevadísima.

King y Michelle observaron la Suburban mientras el vehículo se detenía delante de la cabaña y luego salía el conductor. No se veían otros vehículos; de la chimenea de la cabaña no salía humo y en el patio delantero no había perros, gatos ni gallinas. Dentro de la camioneta había cinco agentes federales armados hasta los dientes, invisibles tras los cristales ahumados. Bien, se dijo King, la táctica del caballo de Troya había funcionado durante miles de años, y confiaba en seguir teniendo una buena racha. Mientras observaba a los agentes que esperaban, se le ocurrió otra idea, pero la descartó de momento y volvió a concentrarse en lo inmediato.

Los agentes rodeaban la cabaña por todas partes, ocultos entre los matorrales y detrás de los afloramientos rocosos, con los rifles apuntando a los lugares precisos: las puertas, las ventanas y otros blancos clave. King pensó que quienquiera que estuviera en la cabaña, necesitaría la ayuda de un mago para huir de aquella trampa. No obstante, el búnker subterráneo resultaba problemático. Parks y él habían hablado al respecto largo y tendido. En los planos que el *marhsal* había conseguido faltaba un elemento esencial: la ubicación de las puertas exteriores del búnker y los respiraderos, que tenían que estar en alguna parte. Para evitar la huida por esas salidas, Parks había apostado hombres en lugares en los que parecía lógico que el búnker tuviera acceso al exterior.

Uno de los agentes se acercó a la puerta principal y otro emergió de la camioneta y sacó el trípode de topógrafo. En las puertas del automóvil habían colgado las insignias de obras públicas del condado. Debajo de las voluminosas chaquetas de los hombres había chalecos antibalas y llevaban las pistolas en el cinturón, listas para ser utilizadas. El resto de hombres de la camioneta contaba con el arsenal necesario para abatir a un regimiento del ejército.

King y Michelle contuvieron el aliento cuando el agente llamó a la puerta. Pasaron treinta segundos, un minuto. Volvió a llamar, gritó. Transcurrió otro minuto. Se dirigió al lateral de la cabaña y reapareció por el otro al cabo de unos instantes. Mientras regresaba a la parte trasera de la camioneta parecía hablar solo. King sabía que estaba pidiendo permiso a Parks para atacar el blanco. Una vez obtenida la autorización, las puertas del Suburban se abrieron de par en par y los hombres salieron y corrieron hacia la puerta, destrozada por los disparos de la escopeta del primer hombre. Siete hombres se colaron por la abertura y desaparecieron en el interior. King y Michelle vieron a los otros hombres emerger de la vegetación circundante y encaminarse hacia la casa, con los rifles preparados para abrir fuego.

Todos esperaban con tensión que los disparos indicasen que el enemigo estaba dentro, dispuesto a desaparecer bajo las llamas. Sin embargo, lo único que se oía era la brisa moviendo las hojas y el canto de algún que otro pájaro. Al cabo de treinta minutos dieron la luz verde y Michelle y King condujeron hasta donde estaban todos los hombres.

La cabaña era pequeña y estaba apenas amueblada, había una chimenea vacía, comida pasada en los armarios y una nevera prácticamente sin nada. Habían encontrado la entrada al búnker por una puerta del sótano.

El búnker era mucho más grande que la cabaña. Estaba bien iluminado y limpio, por lo que resultaba obvio que lo habían utilizado hacía poco. Había salas de almacenaje con estantes vacíos, pero las formas del polvo indicaban que habían apilado cosas hacía no mucho. Había un campo de tiro en el que, a juzgar por el olor, también había habido actividad. Cuando llegaron a las celdas, Parks hizo una seña con la cabeza a King y a Michelle, quienes le siguieron por el pasillo hasta una puerta que estaba parcialmente abierta. Parks la abrió del todo con el pie.

Estaba vacía.

—Todas están vacías —gruñó Parks—. Nos la han pegado, pero este sitio estuvo ocupado hace poco, así que inspeccionaremos hasta el último recoveco.

Se marchó, enfadado, en busca de los equipos técnicos para que diesen una batida en el búnker. King observó el interior de la celda e iluminó todas y cada una de las grietas con la linterna, y se estremeció cuando algo le devolvió un destello. Entró y miró debajo del pequeño camastro.

—¿Tienes un pañuelo? —le preguntó a Michelle. Ella le entregó uno y King lo empleó para extraer un objeto brillante. Era un pendiente.

Michelle lo observó.

—Era de Joan.

King la miró con suspicacia.

—¿Cómo lo sabes? Parece un pendiente cualquiera.

—Para un hombre, sí. Las mujeres se fijan en la ropa, el pelo, las joyas, las uñas y los zapatos, todo cuanto una mujer lleve puesto. Los hombres sólo se fijan en las tetas y el culo, normalmente en ese orden, y a veces en el color del pelo. Es de Joan; lo llevaba puesto la última vez que la vi.

—O sea, que estuvo aquí.

—Pero ahora ya no, lo cual significa que es probable que siga con vida —comentó Michelle.

—A lo mejor lo dejó caer a propósito —dijo King.

—Exacto. Para que supiéramos que había estado aquí.

Mientras Michelle le entregaba el pendiente a Parks, King se dirigió a la siguiente celda y la iluminó con la linterna. La inspeccionó milímetro a milímetro, pero no halló nada que le llamara la atención. Miró debajo de la cama y se dio un golpe en la cabeza al retroceder. Se incorporó, se frotó el cogote y se percató de que había movido el pequeño colchón. Se inclinó para colocarlo bien antes de que le reprendieran por alterar la escena del crimen.

Fue entonces cuando la descubrió. La inscripción estaba al final de la pared y quedaba oculta por el colchón. Se agachó y la iluminó. Habría costado lo indecible grabar aquello en el hormigón, seguramente con la uña.

Mientras la leía lo vio todo con claridad y recordó el momento en que iban en la camioneta hacia la cabaña.

Algo de lo que Kate les había dicho comenzaba a tener sentido. Si fuera cierto, ¡cuán equivocados habían estado todos!

—¿Qué haces?

Se volvió y vio que Michelle le estaba observando.

—Fingiendo que soy Sherlock Holmes y fracasando en el intento —dijo con expresión avergonzada. Miró hacia fuera—. ¿Cómo va todo por ahí?

—Los equipos técnicos se están preparando para entrar. No creo que les guste tu presencia.

—Bien. ¿Por qué no le dices a Parks que volvemos a Wrightsburg? Podrá reunirse con nosotros en mi casa.

Michelle miró a su alrededor.

—Confiaba en que hoy pudiéramos responder a todas nuestras preguntas, y en cambio sólo hemos conseguido acumular más interrogantes.

Después de que Michelle se marchara, King volvió a acercarse a la pared y leyó de nuevo la inscripción para memorizarla. Se preguntó si debía decírselo a los demás, pero decidió que la descubrieran ellos mismos, si es que daban con ella. Si King tenía razón, aquello cambiaba todo.

62

De vuelta a Wrightsburg, King estuvo sumido en un silencio taciturno. Tan distraído estaba que al final Michelle renunció a animarle. Le dejó en su casa.

—Iré al hostal un rato —dijo— y comprobaré un par de cosas. Supongo que llamaré al Servicio. Al fin y al cabo, son los que me pagan.

—Bien, buena idea —dijo King sin fijarse mucho.

—¿Puede saberse en qué demonios estás pensando? —Sonrió y le tocó el brazo con suavidad—. Venga, Sean, suéltalo ya.

—No creo que valga la pena que te cuente lo que estoy pensando —replicó.

—Viste algo en el búnker, ¿no?

—Ahora no, Michelle. Tengo que ordenar las ideas.

—De acuerdo, tu casa, tus reglas —replicó lacónicamente, dolida por el hecho de que a King no le interesase su ayuda.

—Un momento —dijo King—. Podrías hacerme un favor. ¿Todavía puedes consultar la base de datos del Servicio Secreto?

—Creo que sí. Le pedí a un amigo que retrasase el papeleo de las vacaciones. De hecho, desde que estoy de vacaciones ya no sé cuál es mi cargo. Pero lo averiguaré enseguida. Tengo el portátil en el hostal; me conectaré y lo comprobaré. ¿Qué quieres saber? —Michelle se sorprendió al oír la petición—. ¿Qué tiene que ver eso con la investigación?

—Puede que nada, pero puede que todo.

—Dudo que esté en la base de datos del Servicio.

—Entonces búscalo en otra parte. Eres una buena detective.

—No estoy segura de que lo creas de verdad —dijo Michelle—. Hasta el momento mis teorías no han resultado muy válidas que digamos.

—Si encuentras lo que te pido no me quedará el más mínimo atisbo de duda.

Michelle subió al todoterreno.

—Por cierto, ¿tienes un arma?

King negó con la cabeza.

—No llegaron a devolvérmela.

Michelle extrajo su pistola de la funda y se la entregó.

—Toma, yo en tu lugar dormiría con ella.

—¿Y tú?

—Los agentes del Servicio Secreto siempre tienen otra de repuesto. Ya lo sabes.

Al cabo de veinte minutos, King subió al Lexus y condujo hasta el bufete de abogados. Había ido allí al menos cinco días por semana durante varios años, hasta que encontraron el cadáver de Howard Jennings en la alfombra. Ahora le parecía un territorio desconocido que pisara por primera vez. El lugar estaba frío y oscuro. Encendió las luces, puso en marcha la calefacción y observó el entorno familiar, que le hablaba de lo mucho que se había alejado del abismo creado tras el asesinato de Ritter. Sin embargo, mientras admiraba el óleo que colgaba de la pared, pasaba la mano por los paneles de caoba y contemplaba el orden y la calma que le recordaban a los de su casa, no experimentó la sensación de logro y paz de siempre. Más bien, sintió una especie de vacío. ¿Qué le había dicho Michelle? ¿Que su casa era fría, que le faltaba alma? Que quizá anteriormente no era eso lo que le gustaba. ¿Tanto había cambiado? Se dijo que no le había quedado más remedio. O te adaptabas a los vaivenes de la vida o acababas hecho una ruina autocompasiva.

Avanzó lentamente hasta la salita de la planta inferior, donde se encontraba su biblioteca de temas legales. Aunque la mayoría del material de investigación se hallaba disponible en CD, a King le gustaba ver los libros en los estantes. Se dirigió al directorio Martindale-Hubbell, en el cual figuraban todos los abogados colegiados del país ordenados por estados. Extrajo el volumen del estado de California que, por desgracia, contaba con el mayor número de abogados del país. Aunque lo repasó rápidamente, no encontró lo que buscaba y, de repente, supo por qué. La versión del Martindale era la más reciente. Quizás el nombre que buscaba figurara en las ediciones más antiguas. Sabía la fecha, pero ¿dónde encontraría el listado? No tuvo que pensar mucho para dar con la respuesta.

Al cabo de treinta y cinco minutos aparcó en la zona de visitantes de la impresionante Facultad de Derecho de la Universidad de Virginia, ubicada en el campus norte. Se dirigió a la biblioteca de Derecho y encontró a la bibliotecaria con quien había trabajado en el pasado, cuando había necesitado material de investigación que se escapaba al espacio y a los límites económicos de un pequeño bufete de abogados. Cuando le dijo lo que necesitaba ella asintió con un gesto.

—¡Oh!, sí, están en CD, pero ahora estamos suscritos al servicio en línea que ofrecen. Te daré de alta. Te lo cargaré a tu cuenta de la biblioteca si te parece bien, Sean.

—Excelente, gracias.

Le condujo hasta una pequeña sala junto a la planta principal de la biblioteca. Pasaron junto a varios estudiantes con portátiles que aprendían que el Derecho podía ser estimulante y pasmoso a partes iguales.

—A veces pienso que me gustaría volver a ser estudiante —comentó King.

—No eres el primero en decirlo. Si por ser estudiante de Derecho se pagase algo, tendríamos a muchos fijos.

La bibliotecaria le conectó al sistema y se marchó. King tomó asiento frente al terminal del PC y comenzó a trabajar. La velocidad del ordenador y la facilidad del servicio en línea hicieron que la búsqueda fuese mucho más eficaz y rápida que la manual en el bufete, por lo que no tardó mucho en encontrar lo que buscaba: el nombre de un abogado en California. Tras varios resultados fallidos, estaba seguro de haber encontrado a quien buscaba. El abogado ya había muerto, por eso no figuraba en la guía legal más reciente de King. Pero en la versión de 1974, el abogado seguía al pie del cañón.

El único problema consistía en comprobar que verdaderamente fuese el hombre que buscaba, y esos hechos no figurarían en la base de datos. Por suerte, pensó que existía un modo de obtener esa información. Llamó a Donald Holmgren, el abogado policía jubilado que se había encargado de la defensa de Arnold Ramsey en su momento. Cuando King le mencionó el nombre del abogado y el bufete y Holmgren contuvo una exclamación, King estuvo a punto de gritar de entusiasmo.

—Estoy seguro —dijo Holmgren—, ése es el hombre que se ocupó de la defensa de Ramsey. Fue quien hizo ese trato.

Mientras King apagaba el móvil muchas piezas comenzaron a encajar. Sin embargo, seguía sin comprender muchas cosas. Por ejemplo, ¿cuál había sido la motivación? ¿Se había tratado de algo personal?

Ojalá Michelle le comunicase la respuesta que buscaba. La respuesta que encajaría con lo que habían grabado en la pared de la celda. Si conseguía dar con esa respuesta era posible que, por fin, averiguase la verdad. ¿Y si estaba en lo cierto? El mero hecho de pensar en ello le producía escalofríos, porque la conclusión lógica de todo aquello era que, en algún momento, irían a por él.

63

Cuando regresó al hostal en el que se alojaba, Michelle echó un vistazo a la caja que estaba en la parte posterior del todoterreno. Allí estaban los archivos sobre Bob Scott que había recogido en la habitación de Joan en el Cedars. La llevó hasta su habitación con la idea de repasarla por si acaso Joan se había dejado algo. Al comenzar a inspeccionar el contenido de la caja vio que las notas de Joan también estaban allí.

Volvía a hacer frío, así que apiló un poco de leña y astillas en la chimenea y encendió el fuego con unas cerillas y un periódico enrollado. Pidió té caliente y comida en la cocina del hostal. Tras lo sucedido a Joan, cuando la bandeja llegó Michelle no apartó la vista de la persona que la traía ni alejó la mano de la pistola hasta que se hubo retirado. La habitación era grande y estaba decorada con un gusto caro y bueno que habría hecho sonreír a Thomas Jefferson. El fuego alegre realzaba el ambiente sereno; era un lugar de lo más acogedor. Sin embargo, a pesar de los servicios, el elevado precio de la habitación le habría obligado a marcharse de allí si el Servicio no se hubiera ofrecido a correr con los gastos de la comida y el alojamiento durante unos días. Estaba convencida de que, a cambio, esperaban una retribución por su parte, es decir, una solución razonable para ese caso problemático y exasperante. Y eran conscientes de que ella, junto con King, había obtenido las pistas más prometedoras hasta el momento. No obstante, no era tan ingenua como para no darse cuenta de que el hecho de que el Servicio corriera con los gastos era una buena forma de tenerla controlada.

Se sentó con las piernas cruzadas en el suelo, conectó el portátil al moderno datáfono de la pared, detrás de una reproducción de un escritorio del siglo XVIII, y comenzó a investigar para satisfacer la extraña petición de King. Como ya había imaginado, la respuesta no se hallaba en la base de datos del Servicio Secreto. Llamó a varios compañeros de trabajo. Al quinto intento dio con alguien que podría ayudarla. Le facilitó la información que King le había dado.

—Joder, sí —replicó el agente—. Lo sé porque mi primo estuvo en el mismo maldito campo de prisioneros y salió medio muerto.

Michelle le dio las gracias y colgó. Acto seguido, llamó a King, que ya estaba en casa.

—Bien —le dijo, apenas conteniendo la alegría que la embargaba—, primero tendrás que nombrarme la detective más brillante desde Jane Marple.

—¿Marple? Creía que dirías Sherlock Holmes o Hercules Poirot —replicó King.

—Como hombres no estaban mal, pero Jane es única.

—Vale, considérate nombrada, listilla. ¿Qué has averiguado?

—Tenías razón. El nombre que me dijiste era el de la aldea donde estuvo prisionero y de la cual se escapó. Ahora, ¿piensas contarme de qué va todo esto? ¿De dónde sacaste ese nombre?

King titubeó unos instantes.

—Estaba inscrito en la pared de la celda del búnker de Tennessee.

—Por Dios, Sean, ¿qué crees que significa?

—También había un dos en números romanos después del nombre. Tiene sentido. Era su segundo campo de prisioneros de guerra; supongo que era su manera de verlo. Primero Vietnam, después Tennessee.

—Entonces Bob Scott estuvo prisionero en esa celda y dejó la inscripción para expresarlo, ¿no?

—Quizá. No olvides, Michelle, que podría ser para despistarnos, una pista que querían que encontráramos.

—Pero no es fácil interpretarla.

—Cierto. Y hay algo más.

—¿Qué? —se apresuró a preguntar Michelle.

—La nota para el «señor Kingman» que clavaron en el cadáver de Susan Whitehead.

—¿No crees que la escribiera Bob Scott? ¿Por qué?

—Por varios motivos, aunque no estoy seguro del todo.

—Pero si Scott no está implicado, entonces ¿quién?

—Estoy en ello.

—¿Qué has estado haciendo?

—He investigado un poco en la biblioteca de la Facultad de Derecho.

—¿Has encontrado lo que buscabas?

—Sí.

—¿Me pones al día o qué?

—Todavía no, tengo que seguir pensando en ello. Pero gracias por comprobar esa información. Ya te llamaré... señorita Marple. —Colgó y Michelle hizo otro tanto; no le sentaba nada bien que King se reservara la información y no confiara en ella.

—Ayudas a un tipo y crees que confiará en ti, pero ¡noooo! —le gritó a la habitación vacía.

Puso más leña en el fuego y comenzó a inspeccionar los archivos de la caja y las notas de Joan.

Se le hizo raro leer los comentarios personales de Joan sobre el caso, teniendo en cuenta que quizás estuviera muerta. Sin embargo, Michelle tuvo que admitir que era muy meticulosa con las notas de la investigación. Mientras leía las anotaciones comenzó a valorar en mayor medida la profesionalidad y talento de Joan Dillinger como investigadora. Michelle pensó en lo que King le había comentado sobre la nota que Joan había recibido la mañana del asesinato de Ritter. La culpa que debió de haber sentido todos esos años al ver destrozada la carrera de un hombre al que apreciaba al tiempo que la suya crecía como la espuma. No obstante, ¿cuánto le había querido en verdad si había preferido su carrera a lo que sentía por Sean King? ¿Y cómo debió de sentirse King?

¿Qué les pasaba a los hombres? ¿Es que tenían un gen dominante que les impulsaba a actuar de manera noble, llegando incluso a ser ridículos, cuando había sufrimiento de por medio y una mujer les pisoteaba? Sin duda, una mujer también podría suspirar por un hombre con idéntica desesperanza. En demasiadas ocasiones las de su sexo se enamoraban del chico malo que acaba partiéndoles el corazón y, a veces, la cabeza. Sin embargo, las mujeres cortaban por lo sano y seguían adelante. No así los chicos. Obstinados y tercos lo intentaban una y otra vez, daba igual que debajo de la blusa y los pechos hubiera un corazón duro. Por Dios, resultaba frustrante que una mujer como Joan engañase a un hombre como King.

Entonces se preguntó por qué le importaba tanto. Trabajaban juntos en el mismo caso, eso era todo. Y King distaba mucho de ser perfecto. Sí, era inteligente, perspicaz, atractivo y tenía un gran sentido del humor, pero también tenía diez años más que ella. Además, era taciturno, distante y, a veces, brusco e incluso condescendiente. ¡Y era tan ordenado, maldita sea! Y pensar que había limpiado el todoterreno para satisfacer...

Se sonrojó al reconocerlo y volvió a concentrarse en los documentos que tenía ante sí. Observó la orden presentada contra Bob Scott que Joan había encontrado, la única pista que habían tenido para dar con el paradero de la cabaña y el búnker. Sin embargo, a tenor de lo que King acababa de contarle, la conclusión de que Scott era el responsable de todo había perdido base.

De todos modos, era su cabaña y la orden de arresto se expidió contra él por una infracción de armas. Leyó el documento detenidamente. ¿Cuál era exactamente la infracción? ¿Y por qué no se había entregado la orden? Por desgracia, las respuestas no figuraban en los documentos.

Frustrada, se dio por vencida y prosiguió examinando las notas de Joan. Encontró una que le dio que pensar. Para ella, el hecho de que Joan hubiera tachado el nombre, aparentemente para descartarlo como sospechoso, no era, ni mucho menos, concluyente. Aunque seguramente no lo reconocería, Michelle confiaba tanto en su talento investigador como King en el suyo.

Repitió el nombre lentamente, alargando las dos sílabas del apellido.

«Doug Denby.» El jefe de organización de Ritter. Según las notas de Joan, tras la muerte de Ritter el tren de vida de Denby se había acelerado visiblemente al heredar tierras y dinero en Misisipí. Debido a ello, Joan había llegado a la conclusión de que no estaba implicado. Pero Michelle no estaba tan segura. ¿Bastaban las llamadas telefónicas y la información general sobre su pasado que se habían encargado de obtener los hombres de Joan? Joan ni siquiera había ido a Misisipí a comprobarlo en persona. Nunca había visto a Doug Denby. ¿De veras estaba en Misisipí viviendo como un auténtico hacendado? ¿No era posible que estuviera en Virginia, a la espera de matar o secuestrar a la próxima víctima? King había dicho que Sidney Morse había eclipsado completamente a Denby durante la campaña, por lo que éste le guardaba un gran rencor. Quizá Denby también hubiera llegado a odiar a Clyde Ritter. ¿Qué relación tendría con Arnold Ramsey, si es que la había? ¿O Kate Ramsey? ¿Había empleado su fortuna para orquestar una especie de campaña marcada por la venganza? Las pesquisas de Joan no habían respondido esos interrogantes.

Michelle anotó el nombre de Denby debajo del que Joan había tachado. Se planteó llamar a King y preguntarle qué recordaba sobre Denby. Quizá debería llevar las notas a su casa y obligarle a sentarse y repasarlas con ella. Suspiró. A lo mejor su verdadero propósito sólo era estar cerca de él. Mientras se servía otra taza de té y por la ventana veía que las nubes anunciaban lluvia, sonó el teléfono.

Era Parks.

—Todavía estoy en Tennessee —dijo. No parecía contento.

—¿Alguna novedad?

—Hemos hablado con los vecinos de la zona, pero no ha servido de nada. No conocían a Bob Scott, no le habían visto y cosas así. Coño, la mitad de ellos también parecen criminales fugitivos. La propiedad era de Bob Scott. Se la compró a un tipo que vivió aquí unos cinco años pero que, según la familia, ni siquiera sabía que había un búnker. Y todo estaba más que limpio, no había ninguna pista salvo el pendiente que encontrasteis.

—Lo encontró Sean, no yo. —Titubeó y añadió—: Encontró algo más. —Le contó lo del nombre de la aldea vietnamita inscrita en la pared de la celda.

Parks estaba furioso.

—¿Por qué coño no me lo dijo cuando estaba allí?

—No lo sé —replicó al tiempo que recordaba lo desconfiado que King se había mostrado con ella—. A lo mejor ya recela de todo el mundo.

—Entonces, ¿has confirmado que fue donde Scott estuvo prisionero durante lo de Vietnam?

—Sí, hablé con un agente que estaba al tanto de la historia.

—¿Me estás diciendo que alguien vino hasta aquí e hizo prisionero a Scott en su propia casa?

—Sean dijo que quizá fuese un truco para despistarnos.

—¿Dónde está nuestro brillante detective?

—En su casa. Está siguiendo otras líneas de investigación. Ahora mismo no se muestra muy comunicativo que digamos. Parece que quiere estar solo.

—¿A quién le importa lo que quiera? —gritó Parks—. ¡Podría haber resuelto el caso pero no suelta prenda!

—Mira, Jefferson, se está esforzando por descubrir la verdad. Sólo que lo hace a su manera.

—Pues su manera está empezando a cabrearme.

—Hablaré con él. A lo mejor nos vemos luego.

—No sé cuánto tiempo me quedaré aquí. Seguramente no acabaré hasta mañana. Habla con King y hazle ver que se ha equivocado al ocultarnos información. No quiero volver a enterarme que está al tanto de otras pruebas que desconozco. Si lo hace le meteré en una celda que se parece mucho a las que visteis. ¿Queda claro?

—Clarísimo.

Michelle colgó y desconectó el portátil del datáfono de la pared, enrolló el cable y lo guardó en la funda. Se incorporó y se dirigió al otro extremo de la habitación para recoger algo de la mochila. Estaba tan absorta que no lo vio hasta que fue demasiado tarde. Tropezó y se cayó. Al ponerse en pie miró el remo con expresión iracunda. Estaba medio guardado debajo de la cama, junto con el resto de trastos del todoterreno. Tan abarrotada estaba la parte inferior de la cama que no cesaban de caer objetos que convertían la habitación en una carrera de obstáculos. Era la tercera vez que tropezaba con algo. Decidió hacer algo al respecto.

Mientras Michelle libraba una batalla campal con sus cachivaches, ignoraba que toda su conversación con Jefferson Parks había sido captada por una minúscula masa de circuitos y cables. En el interior de la caja protectora de la línea telefónica recientemente habían añadido otro dispositivo de cuya existencia no tenían constancia los propietarios del hostal. Era un dispositivo de vigilancia inalámbrico de última tecnología, tan sensible que no sólo detectaba las conversaciones en la habitación o cuando Michelle hablaba por teléfono, sino todo cuanto dijera la otra persona durante la conversación telefónica.

A un kilómetro de distancia del hostal había una furgoneta revestida de paneles aparcada junto a la carretera. En el interior, el hombre del Buick escuchó la conversación por tercera vez y luego apagó el aparato. Conectó el teléfono, llamó, habló varios minutos y acabó diciendo:

—Ni te imaginas lo muy decepcionado que estoy.

Esas palabras provocaron un escalofrío a la persona que le escuchaba.

—Hazlo —dijo—. Hazlo esta noche.

El hombre del Buick colgó y miró hacia el hostal. Finalmente, Michelle Maxwell ocupaba el primer lugar de su lista. La felicitó en silencio.

64

A pesar del ajetreo, King había encontrado tiempo para concertar una cita con una empresa de seguridad con sede en Lynchburg. Por la ventana principal observó que se detenía la furgoneta con el rótulo «Seguridad de primera».

Se reunió con el representante comercial en la puerta de entrada y le dijo lo que quería. El hombre miró a su alrededor y luego a King.

—Su cara me resulta conocida. ¿No es usted el tipo que encontró un cadáver?

—Exacto. Supongo que coincidirá conmigo si le digo que necesito un sistema de seguridad más que nadie.

—Vale, pero que quede claro, nuestra garantía no cubre cosas así. Es decir, si aparece otro cadáver no se le devolverá el dinero ni nada parecido. Eso es una especie de acto divino, ¿de acuerdo?

—De acuerdo.

Concretaron lo que debería hacerse.

—¿Cuándo podrá empezar? —preguntó King.

—Bueno, andamos algo retrasados. Si alguien cancela su petición entonces usted tendrá más preferencia. Le llamaré.

King firmó el papeleo, cerraron el trato con un apretón de manos y el hombre se marchó.

Al anochecer King pensó en llamar a Michelle e invitarla a su casa. La había mantenido al margen demasiado tiempo y ella no se lo había tomado muy bien. Pero él era así. Siempre se guardaba un as en la manga, sobre todo si no estaba seguro de la respuesta correcta. Ahora ya se sentía más seguro.

Llamó al apartamento de Kate Ramsey en Richmond. Sharon, la compañera de habitación, contestó al teléfono; Kate todavía no había llegado.

—Espera ahí y te llamaré si aparece. Tú haz lo mismo.

Colgó y contempló el lago por la ventana. Normalmente, cuando no estaba de humor, salía en la embarcación para pensar, pero hacía demasiado frío y viento. Encendió la chimenea, se sentó frente a la misma y disfrutó de una comida sencilla. Para cuando se hubo convencido de que debía llamar a Michelle ya era demasiado tarde.

Reflexionó sobre el secuestro de Bruno. Ahora le resultaba obvio que lo habían secuestrado porque, al parecer, había destruido la vida de Arnold Ramsey con acusaciones de homicidio falsificadas. Los cargos sólo se retiraron después de que interviniera un abogado cuya identidad King ahora conocía. Quería compartir esa información con Michelle, e incluso llegó a mirar el teléfono y pensó en llamar a pesar de lo avanzado de la hora. Decidió que podría esperar. Luego pensó en lo que Kate les había dicho que había oído por casualidad, o creía haber oído. El nombre de Thornton Jorst que, al parecer, el hombre misterioso le había dicho a su padre. Sin embargo, King estaba convencido de que el hombre no había dicho «Thornton Jorst» sino «caballo de Troya».*

Le inquietaba otra de las cosas que Kate les había

* En inglés, *Trojan horse*, que se pronuncia de modo similar a Thornton Jorst, de ahí la posible confusión. (*N. de los T.*)

contado. Según Kate, Regina Ramsey había dicho que un policía había sido asesinado durante una manifestación contra la guerra y había dado a entender que el incidente había empañado la carrera académica de Arnold Ramsey. Sin embargo, también les había dicho que la Universidad de Berkeley había permitido que su padre obtuviese el título oficial de doctor porque ya se lo había ganado. Kate tenía que saber que ellos averiguarían fácilmente que Ramsey se había doctorado en 1974 y que, por lo tanto, la manifestación no había sido contra la guerra. ¿Por qué lo había hecho? No se le ocurría ninguna respuesta plausible.

Consultó el reloj y se sorprendió al ver que era más de medianoche. Tras asegurarse de que todas las puertas y ventanas estaban bien cerradas, subió la escalera sin olvidarse el arma que Michelle le había dado. Cerró con llave el dormitorio y luego colocó la cómoda contra la puerta por si acaso. Comprobó que el arma estaba cargada y que había una bala en la recámara. Se desvistió y se arrastró hasta la cama. Con el arma en la mesita de noche, se durmió enseguida.

65

Eran las dos de la madrugada y la persona al otro lado de la ventana alzó el arma, apuntó a la figura que yacía en la cama y disparó. El cristal tintineó al romperse. Las balas atravesaron la cama y arrojaron al aire plumas del edredón.

Los disparos despertaron a Michelle, que se cayó al suelo desde el sofá. Se había dormido repasando las notas de Joan, pero en ese momento se encontraba completamente alerta. Tras darse cuenta de que alguien había intentado matarla, extrajo el arma y disparó hacia la ventana. Oyó pasos alejándose y se arrastró hasta la ventana, donde escuchó atentamente. Con sumo cuidado se asomó y miró por encima del alféizar. Todavía oía las zancadas de la persona que corría resollando. A juzgar por el sonido, las zancadas eran raras, como si la persona estuviera herida. En cualquier caso, no eran normales. Parecían embestidas inconexas y pensó que había herido al aspirante a asesino o que, cuando había venido a matarla, ya estaba malherido. ¿Sería el mismo hombre al que había disparado en el todoterreno, el que había intentado matarla? ¿El hombre que se hacía llamar Simmons?

Oyó que un vehículo arrancaba, pero ni siquiera hizo ademán de correr hacia el todoterreno para seguirlo. No sabía si habría alguien más esperándole. King y ella ya habían caído en esa trampa en una ocasión. No tenía intención de repetir el error.

Se dirigió hacia la cama y observó el destrozo. Había echado una cabezadita un poco antes y el edredón y las almohadas habían formado una especie de ovillo. El atacante habría pensado que se trataba de ella durmiendo. Pero, ¿por qué intentaban matarla ahora? ¿Se estaban acercando demasiado a la verdad? Tampoco es que ella hubiera avanzado mucho. Sin duda, Sean había averiguado mucho más que...

Se quedó paralizada. ¡King! Descolgó el teléfono y lo llamó. Sonó y sonó, pero nadie contestó. ¿Debería avisar a la policía? ¿A Parks? A lo mejor King estaba profundamente dormido. No, el instinto le decía que no. Corrió hacia el todoterreno.

La alarma despertó a King. Aunque aturdido durante unos instantes, no tardó en despabilarse del todo y enseguida se incorporó. Había humo por todas partes. Se levantó de un salto y luego se arrojó al suelo para intentar respirar. Llegó al baño, empapó una toalla y se cubrió la cara con el paño húmedo. Retrocedió arrastrándose, apoyó la espalda contra la pared y, con las piernas, apartó la cómoda de la puerta. Tocó la puerta con cuidado para comprobar que no estaba caliente y luego la abrió con cautela.

El pasillo se había llenado de humo y la alarma seguía sonando. Por desgracia, no estaba conectada a una estación central de control y el único cuartel de bomberos voluntarios que cubría la zona estaba a varios kilómetros de distancia. Su casa se encontraba en un lugar tan apartado que era posible que nadie viera el incendio. Regresó arrastrándose al dormitorio con la idea de llamar por teléfono, pero había tanto humo en la habitación que se desorientó y desistió de seguir avanzando. Se deslizó de nuevo hacia el pasillo. Vio chispas y llamas rojas abajo y rezó para que las escaleras estuvieran intactas. De lo contrario tendría que saltar, posiblemente hacia un infierno en llamas, y lo cierto era que la idea no le atraía demasiado.

Oyó ruidos en la parte baja. Tosía a causa del humo y quería salir de la casa a cualquier precio, pero era consciente de que podía tratarse de una trampa. Agarró el arma.

—¿Quién anda ahí? —gritó—. Voy armado y dispararé.

No hubo respuesta, lo que aumentó sus sospechas hasta que miró por la ventana principal y vio el destello de las luces rojas en el patio delantero y escuchó el sonido de las sirenas de los coches de bomberos que se aproximaban a la casa. Bien, la ayuda había llegado después de todo. Se dirigió a las escaleras y miró hacia abajo. Por entre el humo distinguió a varios bomberos ataviados con cascos y vestimenta abultada, bombonas sujetas a la espalda y máscaras en la cara.

—Estoy aquí arriba —gritó—. ¡Aquí arriba!

—¿Puede bajar? —preguntó uno de los bomberos.

—No creo, hay demasiado humo.

—Bien, no se mueva. Iremos a buscarle. ¡Quédese quieto y no se levante! Traeremos las mangueras ahora mismo. Toda la casa está ardiendo.

Escuchó el rugido de los extintores mientras los hombres subían por la escalera. King sentía náuseas y el humo le había nublado la vista casi por completo. Sintió que lo levantaban en vilo y lo llevaban rápidamente escaleras abajo. Al poco, estaba fuera y notó que varias personas se cernían sobre él.

—¿Se encuentra bien? —le preguntó una de ellas.

—Dale un poco de oxígeno —dijo otra—. Habrá respirado una tonelada de monóxido de carbono.

King sintió que le colocaban la máscara de oxígeno en la cara y luego tuvo la impresión de que lo levantaban para llevarlo a la ambulancia. Durantes unos instantes creyó que Michelle lo llamaba. Y entonces quedó sumido en la oscuridad.

Las sirenas, el destello de las luces, las voces entrecortadas de la radio y otros «efectos sonoros» cesaron de inmediato en cuanto el bombero desplazó la palanca principal de la caja de control con una mano y le quitó la pistola a King con la otra. Todo volvió a la normalidad. Se volvió y regresó rápidamente a la casa, donde el humo había comenzado a desaparecer. Había sido un «incendio» controlado hasta el último detalle. Entró en el sótano, oprimió el interruptor de encendido del pequeño artefacto situado junto a las tuberías del gas y salió de la casa rápidamente. Subió a la furgoneta por la parte posterior y ésta se alejó de inmediato de la casa. Llegó a la carretera principal y aceleró, hacia el sur. Al cabo de dos minutos el pequeño artefacto explosivo se accionó y la explosión destrozó la casa de Sean por completo.

El bombero se quitó el casco y la máscara y se secó la cara.

El hombre del Buick observó a King, todavía inconsciente. El «oxígeno» que le habían suministrado también tenía un sedante.

—Me alegro de verte finalmente, agente King. Llevo muchísimo tiempo esperando este día.

La furgoneta desapareció en la oscuridad.

66

Michelle acababa de tomar el largo camino que conducía a la casa de Sean cuando la explosión iluminó el cielo. Pisó a fondo el acelerador y arrojó gravilla y tierra por todas partes. Detuvo el todoterreno en un punto en el que los tablones, los cristales y otras partes de la casa destruida le impedían el paso. Salió de un salto, marcó el número de la policía, le gritó a la operadora todo lo que había pasado y le pidió que enviara todos los refuerzos que pudiera.

Michelle corrió por entre los escombros, evitando las llamas y el humo, y llamó a Sean a gritos.

Regresó al todoterreno, tomó una manta para cubrirse y entró corriendo por la puerta principal, o por donde antes había estado la puerta principal. Se topó con una muralla de humo tan densa que tuvo que salir tambaleándose, tras lo cual se arrodilló con arcadas. Respiró aire fresco y esta vez entró por un agujero enorme en lo quedaba de la estructura. Una vez en el interior, avanzó arrastrándose, llamándolo constantemente. Pensó que estaría en el dormitorio e intentó subir, pero las escaleras habían desaparecido. Los pulmones le ardían, por lo que tuvo que salir para respirar aire puro.

Otra explosión sacudió la estructura y salió corriendo del porche delantero unos segundos antes de que todo se desplomase sobre ella. La deflagración la arrojó por los aires y aterrizó como un peso muerto, sin aire en los pulmones. Sintió que toda suerte de objetos pesados caían a su alrededor, como si fueran morteros. Se quedó inmóvil, con la cabeza herida, los pulmones repletos de gases letales, las piernas y los brazos amoratados y magullados. Lo siguiente de lo que fue consciente fue del sonido de las sirenas por todas partes y de un equipo pesado. Un hombre ataviado con una vestimenta abultada se arrodilló junto a ella, le administró oxígeno y le preguntó si se encontraba bien.

No pudo replicar nada mientras llegaban más coches y camiones y los equipos de bomberos voluntarios luchaban contra el infierno en llamas. Mientras estaba tumbada en el suelo vio desplomarse lo que quedaba de la casa de Sean King. Lo único que quedó en pie fue la chimenea. Con esa terrible imagen, Michelle perdió el conocimiento.

Al despertarse, tardó unos minutos en comprender que estaba en una cama de hospital. Un hombre apareció junto a ella, con una taza de café y una expresión de alivio.

—Maldita sea, hemos estado a punto de perderte —dijo Jefferson Parks—. Los bomberos dijeron que una viga de acero de media tonelada de peso cayó a quince centímetros de tu cabeza.

Michelle intentó erguirse, pero Parks le colocó una mano en el hombro y la retuvo.

—Tómatelo con calma. Has recibido una buena. No puedes levantarte e irte como si tal cosa después de lo que te ha pasado.

Michelle miró a su alrededor desesperadamente.

—¿Sean, dónde está Sean? —Parks no contestó de

inmediato y Michelle sintió que los ojos se le humedecían—. Por favor, Jefferson, no me digas... —Se le quebró la voz.

— No puedo decirte nada porque no sé nada. Nadie sabe nada. No han encontrado ningún cadáver, Michelle. Tampoco indicios de que Sean estuviera allí, aunque siguen buscando. Fue un incendio terrible y se produjeron explosiones de gas. Es decir, es posible que no haya mucho que buscar.

—Llamé a su casa anoche, pero no respondió. A lo mejor no estaba en casa.

—O quizá ya había saltado por los aires.

—No, oí la explosión cuando me dirigía a su casa.

Parks colocó una silla junto a la cama y se sentó.

—Vale, cuéntame exactamente qué ocurrió.

Michelle lo hizo e intentó referirle todos los detalles que recordaba. Entonces recordó qué más había sucedido, un hecho que había apartado de sus pensamientos debido a lo que había pasado en casa de Sean.

—Anoche alguien intentó matarme en el hostal, justo antes de que fuera a ver a Sean. Dispararon contra la cama desde la ventana. Por suerte, me había quedado dormida en el sofá.

El rostro de Parks se tornó rojo.

—¿Por qué coño no me llamaste anoche? No, en vez de llamarme te vas corriendo a una casa que está saltando por los aires. ¿Es que tanto te atrae la muerte?

Michelle se recostó y tiró de los extremos de la sábana. Le dolía la cabeza y se percató de que tenía los brazos vendados.

—¿He sufrido quemaduras? —preguntó cansada.

—No, sólo cortes y magulladuras, nada que no cicatrice. En cuanto a tu cabeza, no lo sé. Seguramente seguirás haciendo tonterías hasta que se te acabe la suerte.

—Sólo quería asegurarme de que Sean se encontraba bien. Pensé que si iban a por mí, también irían a por él. Y estaba en lo cierto. La explosión no fue fortuita, ¿no?

—No. Encontraron el artefacto que emplearon. Dijeron que era bastante sofisticado. Lo colocaron junto a las tuberías del gas, en el sótano. Todo saltó por los aires.

—Pero ¿por qué, sobre todo si Sean no estaba en la casa?

—Ojalá pudiera responder, pero no tengo ni idea.

—¿Lo están buscando?

—Todo el mundo y por todas partes. El FBI, los *marshals*, el Servicio Secreto, la policía de Virginia, los locales; pero todavía no han encontrado nada de nada.

—¿Alguna novedad? ¿Se sabe algo de Joan? ¿Alguna pista?

—No —replicó Parks, desanimado—. Nada.

—Bueno, saldré de aquí y me pondré manos a la obra. —Comenzó a incorporarse de nuevo.

—No, te quedarás aquí quietecita y descansarás, que buena falta te hace.

—¡Me estás pidiendo lo imposible! —exclamó enojada.

—No, te estoy pidiendo lo razonable. Si sales de aquí en tu estado, hecha polvo y desorientada, es posible que pierdas el conocimiento en el coche, te mates tú y de paso mates también a alguien más, y no me parece que sea algo muy positivo que digamos. Y recuerda que es la segunda vez que estás en el hospital en apenas unos días. La tercera vez podría ser en el depósito de cadáveres.

Michelle parecía a punto de gritarle de nuevo, pero se contuvo.

—De acuerdo, esta vez ganas. Pero llámame en cuanto sepas algo. Si no lo haces, daré contigo y no te gustará.

Parks sostuvo la mano en alto fingiendo que protestaba.

—Vale, vale, no quiero buscarme más enemigos, ya tengo suficientes. —Se dirigió hacia la puerta y se volvió—. No quisiera crearte falsas expectativas. Las posibilidades de que encontremos a Sean King son escasas. Pero mientras haya la más mínima oportunidad, no descansaré.

Michelle logró esbozar una sonrisa.

—Vale, gracias.

Cinco minutos después de que Parks se marchara, Michelle se vistió apresuradamente, eludió a las enfermeras de guardia y se escapó por una salida trasera.

67

King despertó en la más absoluta oscuridad. También hacía frío. Intuía dónde estaba. Respiró hondo y trató de levantarse. Pasó lo que había sospechado. No pudo. Estaba atado. Por el tacto parecían ligaduras de cuero. Ladeó la cabeza e intentó que los ojos se acostumbrasen a la oscuridad, pero no había el menor atisbo de luz ambiental, por lo que no veía nada de nada. Podría haber estado flotando en medio del océano y no lo habría sabido. Se tensó al oír un murmullo lejano; el sonido era apenas perceptible, por lo que no acertó a distinguir si era humano. Luego oyó unos pasos que se aproximaban. Al instante sintió la presencia de alguien a su lado. La persona le rozó el hombro con suavidad. Entonces el roce se convirtió en un apretón. A medida que aumentaba la presión, King se mordió el labio, resuelto a no gritar de dolor.

Finalmente, logró hablarle en un tono calmado.

—¡Mira, no me matarás con las manos, así que lárgate!

La presión cesó de inmediato y los pasos se alejaron. King sintió el sudor en la frente. Entonces se enfrió y le entraron ganas de vomitar. Supuso que le habrían inyectado alguna sustancia. Ladeó la cabeza y vomitó.

Las arcadas le hicieron sentirse vivo.

—Lo siento por la alfombra —murmuró. Cerró los ojos y se durmió.

La primera parada de Michelle fue la casa en ruinas de Sean. Mientras caminaba por entre los escombros, los bomberos, los ayudantes de policía y otros inspeccionaban los daños y apagaban alguna que otra llama. Habló con algunos de ellos y confirmó que no se habían encontrado restos humanos. Mientras observaba los escombros de lo que había sido la casa «perfecta» de Sean King, Michelle se sintió cada vez más abatida. Allí no averiguaría nada. Se encaminó hacia el muelle y se sentó un rato en el velero de Sean, contemplando el lago en calma, intentando encontrar energía e inspiración al estar cerca de las cosas que King tanto apreciaba.

Le preocupaban dos asuntos: la orden contra Bob Scott y dar con el paradero de Doug Denby. Decidió hacer algo al respecto. Regresó al hostal y, de camino, llamó a su padre. Al ser un respetado jefe de policía, Frank Maxwell conocía a quien valía la pena conocer en Tennessee. Le dijo a su padre qué era lo que necesitaba.

—¿Todo va bien? No pareces muy animada.

—Supongo que todavía no lo sabes, papá. Anoche hicieron estallar la casa de Sean King y ahora no sabemos dónde está.

—Por Dios, ¿te encuentras bien?

—Sí, estoy bien. —No le contó lo del atentado contra ella. Años atrás, había decidido no confiarle a su padre nada de su vida profesional. Sus hijos podían correr peligro y el padre habría considerado que eso formaba parte del trabajo. Sin embargo, no se habría tomado nada bien que su única hija hubiera estado a punto de morir asesinada—. Papá, necesito esa información lo antes posible.

—Entendido, no tardaré. —Colgó.

Michelle llegó al hostal, recogió las notas de Joan de

la habitación y realizó varias llamadas telefónicas relacionadas con Doug Denby, la última de ellas a casa de Denby en Jackson, en Misisipí. No obstante, la mujer no quiso hablarle sobre Denby y ni siquiera le confirmó que viviera allí. Aquello tampoco le extrañaba demasiado ya que Michelle era una desconocida. Sin embargo, si Denby tenía dinero y no estaba obligado a trabajar todos los días, podría estar en cualquier sitio. Las personas con quienes había hablado no habían conseguido demostrar que Denby tuviera coartadas para ninguno de los momentos críticos en cuestión. Su situación en la campaña de Ritter le convertía en un sospechoso, pero ¿cuál habría sido su móvil?

El sonido del teléfono la sobresaltó. Descolgó. Era su padre. Habló de manera rápida y sucinta mientras ella tomaba nota.

—Papá, eres el mejor. Te quiero.

—Bien, no estaría mal que vinieses a vernos más a menudo. Tienes a tu madre muy abandonada —se apresuró a añadir.

—Trato hecho. En cuanto acabe con esto iré a casa.

Marcó el número que le había facilitado su padre. Era el bufete de abogados que se había encargado de la venta de la propiedad en Tennessee a Bob Scott. Su padre ya había llamado al abogado y le había comunicado que su hija se pondría en contacto con él.

—No conozco a su padre, pero he oído hablar maravillas de él —comentó el abogado—. Veamos, por lo que sé le interesa la venta de unos terrenos.

—Exacto. Creo que se encargó del traspaso de las propiedades de un difunto a Robert Scott.

—Sí, su padre me lo mencionó en la llamada. He consultado el archivo. Robert Scott fue el comprador. Pagó en metálico; en realidad no fue mucho dinero. Era sólo una vieja cabaña y, aunque la superficie en hectáreas es considerable, sólo hay árboles y colinas y está muy lejos de la civilización.

—Por lo que sé, el propietario anterior no sabía que había un búnker en la propiedad.

—Su padre me habló del búnker. Debo admitir que yo tampoco lo sabía. No figuraba en el registro de propiedad. Y no tenía razón alguna para sospechar que había un búnker. De haberlo imaginado, supongo que habría acudido al ejército. No lo sé. Es decir, ¿qué se hace con un búnker?

—¿Ha estado en la propiedad?

—No.

—Yo sí. Al búnker se entraba por una puerta situada en el sótano.

—¡Eso es del todo imposible!

—¿Por qué?

—No había sótano. Tengo el plano de la cabaña delante de mis propios ojos.

—Bueno, es posible que no hubiera sótano cuando su cliente poseía la propiedad, pero ahora sí que lo hay. Quizá Bob Scott sabía de la existencia del búnker y construyó el sótano para acceder al recinto.

—Supongo que es posible. He estado leyendo las anotaciones del registro y ha habido varios propietarios después del ejército. De hecho, cuando era propiedad del ejército no había ninguna cabaña. La construyó uno de los propietarios posteriores.

—No tendrá ninguna fotografía de Bob Scott, ¿no? Es muy importante —añadió.

—Normalmente fotocopiamos el carné de conducir del comprador cuando cerramos un trato con una inmobiliaria... para comprobar la identidad, ya que se firman documentos legales para el registro.

Michelle estuvo a punto de saltar de emoción.

—¿Podría enviarme un fax con la fotografía lo antes posible?

—No, no puedo.

—Pero no se trata de información confidencial.

—No, ése no es el motivo. —Suspiró y añadió—: Esta mañana abrí el archivo por primera vez desde que se cerró la transacción. Y lo cierto es que no encontré la fotocopia del carné de conducir de Bob Scott.

—Quizás olvidara fotocopiarlo.

—Mi secretaria lleva treinta años trabajando conmigo y jamás se ha olvidado.

—O sea, que alguien se llevó la fotocopia del archivo.

—No sé qué pensar. La cuestión es que aquí no lo tenemos.

—¿Recuerda qué aspecto tenía Bob Scott?

—Sólo le vi en una ocasión durante unos minutos cuando se cerró el trato. Y hago cientos al año.

—¿Le importaría concentrarse unos instantes y tratar de describírmelo?

El abogado así lo hizo, Michelle le dio las gracias y colgó.

La descripción del abogado era demasiado vaga para saber si se trataba de Bob Scott. Y en ocho años la gente cambia mucho, sobre todos quienes han pasado al anonimato como Scott. Y no tenía ni idea de qué aspecto tenía Denby. Por Dios, no hacía más que avanzar en círculos. Respiró hondo varias veces para calmarse. Si se dejaba llevar por el pánico no sería de ninguna ayuda a Sean.

Incapaz de seguir adelante con sus líneas de investigación comenzó a preguntarse por las de Sean. Dijo que estaba trabajando en algo... algo que exigía más investigación de lo normal. ¿Qué es lo que había dicho? Había ido a alguna parte. Se estrujó el cerebro tratando de recordarlo.

Entonces cayó en la cuenta. Recogió las llaves y echó a correr hacia el todoterreno.

68

Michelle entró rápidamente en la biblioteca de Derecho de la UVA y se acercó al mostrador. La mujer que atendía no era la misma que había ayudado a King, pero después de que Michelle le preguntara, le indicó qué bibliotecaria había sido.

Michelle le enseñó la placa del Servicio Secreto y le dijo a la mujer que necesitaba ver qué había estado investigando King.

—He oído en las noticias que su casa se había incendiado. ¿Él está bien? No han dicho nada al respecto.

—Todavía no lo sabemos. Por eso necesito su ayuda.

La mujer le dijo a Michelle lo que King había pedido, la llevó a la misma sala y la dejó entrar en el sistema.

—Consultó el directorio Martindale-Hubbell —dijo la mujer.

—Lo siento, no soy abogada. ¿Qué es exactamente el Martindale-Hubbell?

—Es una guía con todos los abogados colegiados de Estados Unidos. Sean tiene unas cuantas en el despacho, pero son las más recientes. Necesitaba una más antigua.

—¿Mencionó la fecha que buscaba?

—Comienzos de los años setenta.

—¿Comentó algo más? ¿Algo que restringiera más la búsqueda? —Michelle no sabía exactamente cuántos abogados colegiados había en Estados Unidos, pero imaginó que eran muchos más de los que tenía tiempo de consultar.

La mujer negó con la cabeza.

—Lo siento, eso es todo lo que sé.

Se marchó y Michelle miró la pantalla con desazón al ver que el directorio incluía más de un millón de nombres. «¿Hay más de un millón de abogados en Estados Unidos? No me extraña que el país vaya tan mal.»

Sin saber muy bien por dónde empezar, recorrió con la mirada la página inicial y observó un menú desplegable que hizo que se enderezara en el asiento. Se titulaba: «Búsquedas recientes.» Listaba los últimos documentos a los que había accedido el usuario desde aquella ubicación remota.

Hizo clic en el primer artículo. Cuando vio el nombre del abogado que aparecía, y de dónde era, dio un respingo y recorrió la biblioteca a toda prisa, lo cual hizo que muchos aspirantes a abogado la miraran extrañados.

Llamó por teléfono incluso antes de llegar al todoterreno. Las ideas se le agolpaban en la mente, llenaban los vacíos con tanta rapidez que la persona a la que llamó dijo «diga» tres veces antes de que ella le respondiera.

—Parks —gritó por el teléfono—, soy Michelle Maxwell. Creo que sé dónde está Sean. Y sé quién demonios anda detrás de todo esto.

—Bueno, tranquilízate. ¿De qué estás hablando?

—Reúnete conmigo en la cafetería Greenberry del centro comercial de Barracks Road lo antes posible. Y llama a un escuadrón. Tenemos que actuar con rapidez.

—¿Que me reúna contigo en Barracks Road? ¿No estás en el hospital?

Michelle colgó sin contestar. Mientras salía a toda velocidad, rezaba para que no fuera demasiado tarde.

Parks se reunió con ella delante de la cafetería. Estaba solo y no parecía muy contento.

—¿Qué coño estás haciendo fuera del hospital? —El *marshal* estaba de un humor de perros—. ¿Crees que yo y el escuadrón nos quedamos sentaditos alrededor de una fogata esperando que toques la corneta? Llamas y te pones a gritarme al oído y no me explicas nada de nada, ¿acaso esperas que convoque a una especie de ejército cuando ni siquiera sé adónde coño se supone que vamos? Trabajo para el Gobierno federal, señora, igual que tú, con presupuestos y personal limitado. ¡No soy James Bond!

—Bueno, bueno, lo siento. Es que estaba nerviosa. Y no tenemos mucho tiempo.

—Quiero que respires hondo, que pongas en orden tus ideas y me digas qué pasa. Y si realmente has resuelto este problema y necesitamos personal, lo conseguiremos. Me bastará con una llamada, ¿entendido? —La miró con una mezcla de esperanza y escepticismo a partes iguales.

Ella respiró hondo y se obligó a tranquilizarse.

—Sean fue a la biblioteca de Derecho y consultó información sobre un abogado que creo que representó a Arnold Ramsey cuando le detuvieron, allá por la década de los años setenta.

—¿Detuvieron a Ramsey? ¿De dónde ha salido esa información?

—Es un dato que Sean y yo descubrimos por casualidad.

Parks la miró con curiosidad.

—¿Cómo se llama el abogado?

—Roland Morse, un abogado de California. Estoy segura de que es el padre de Sidney Morse. Sidney Morse debió de conocer a Arnold Ramsey por aquel entonces, quizás en la universidad. Pero eso es otro asunto. Jefferson, no es Sidney; es Peter Morse, el hermano menor. Está detrás de todo esto. Sé que suena muy forzado pero estoy prácticamente segura de que se trata de él. Sean apartó la mirada unos segundos, entonces mataron a Clyde Ritter y su hermano cayó en desgracia. Tiene el dinero necesario para planear todo esto, y su historial delictivo refuerza esta teoría. Está vengando a su hermano, que se encuentra confinado en un psiquiátrico. Y nunca llegamos a incluirlo en nuestra lista de sospechosos. Tiene a Sean, a Joan y a Bruno. Y sé dónde.

Cuando se lo hubo explicado, Parks dijo:

—¿Y a qué demonios estamos esperando? ¡Vamos! —Se montaron en el todoterreno y Michelle se dejó un trozo de caucho de los neumáticos traseros al salir del aparcamiento. Mientras lo hacía, Parks llamó por teléfono y empezó a reunir al escuadrón. Michelle siguió rezando para que no fuera demasiado tarde.

69

Cuando King se despertó estaba tan aturdido que no le cupo duda de que lo habían drogado. La cabeza se le fue despejando poco a poco y fue entonces cuando se percató de que podía mover los brazos y las piernas. Palpó a su alrededor con cuidado. No había restricciones. Se incorporó muy lentamente al tiempo que se preparaba para un ataque. Fue bajando el pie hasta que tocó el suelo. Entonces se levantó. Tenía algo en el oído, algo que le rozaba la nuca y también notó un bulto en la cintura.

Entonces se encendieron las luces y observó su imagen en un espejo grande situado en la pared de enfrente. Llevaba un traje oscuro, corbata estampada y zapatos de vestir negros con la suela de goma. Y su mano, entrenada, acababa de extraer una 357 de la funda del hombro. Incluso llevaba un peinado distinto. Igual que allá por los años... ¡Maldita sea! Intentó comprobar la recámara, pero estaba sellada de tal modo que era imposible abrirla. A juzgar por el peso del arma sabía que estaba cargada. No obstante, se figuraba que la munición era de fogueo. Era exactamente el mismo modelo que había llevado en 1996, y también eran los mismos el traje y el corte de pelo. Poco a poco introdujo el arma en la funda de la cinturilla y miró en el espejo al hombre que parecía exactamente ocho años más joven. Cuando se acercó al espejo, observó el objeto que llevaba en la solapa. Era su insignia del Servicio Secreto, roja, el mismo color que había llevado la mañana del 26 de septiembre de 1996. Incluso llevaba las gafas de sol en el bolsillo del pecho de la americana.

Al volver la cabeza vio el cable enroscado del auricular en su oreja izquierda. Era innegable: volvía a ser el agente del Servicio Secreto Sean Ignatius King. Era increíble que todo aquello hubiera empezado con el asesinato de Howard Jennings en su despacho. Por pura casualidad. Observó su expresión asombrada en el espejo. Las acusaciones falsas contra Ramsey no habían sido obra de Bruno. La última pieza por fin encajaba. Y ahora no podía hacer nada de nada. De hecho, lo más probable era que jamás tuviera la posibilidad de reparar el daño.

Lo oyó de repente, en algún sitio a cierta distancia, los murmullos amortiguados de lo que parecían cientos si no miles de voces apagadas cerca de allí. La puerta del otro extremo de la habitación estaba abierta. Vaciló y luego la cruzó. Al pasar por el pasillo se sintió un poco como una rata en un laberinto. De hecho, cuanto más avanzaba, más aumentaba esa sensación. No era una idea reconfortante, pero ¿qué otra opción le quedaba? Al final del pasillo se abrió algo y a través del portal vio una luz brillante que acompañaba un sonido amplificado, el murmullo de unas voces que ya había escuchado con anterioridad. Irguió la espalda y entró en aquella estancia.

El salón Stonewall Jackson del hotel Fairmount parecía muy distinto de cómo lo había visto King la última vez que había estado allí. Sin embargo, seguía resultándole sumamente familiar. De hecho lo había esperado. La sala estaba muy iluminada; el cordón de terciopelo y los soportes se encontraban exactamente en el mismo lugar que hacía ocho años. La multitud, representada por personajes de cartón perfectamente pintados y sujetos en soportes de metal que agitaban banderolas y pancartas con el lema «Vota a Clyde Ritter», permanecía detrás de la barrera. El barullo de la simulación de las voces emanaba de altavoces ocultos. Era todo un montaje.

Mientras miraba a su alrededor, los recuerdos se agolparon en su mente. Vio los rostros de cartón pintado de sus colegas del Servicio Secreto situados exactamente en el mismo sitio que años atrás, aunque luego resultó que estaban mal colocados. Reconoció otros rostros. Algunos de los personajes representados en cartón sostenían niños para que el candidato los besara, otros esgrimían blocs de notas y bolígrafos para los autógrafos, y otros sólo lucían una amplia sonrisa. Habían vuelto a colgar el reloj grande en la pared. Según el mismo, eran las diez y cuarto. Si aquello era lo que creía que era, le quedaban diecisiete minutos.

Lanzó una mirada a la batería de ascensores y frunció el entrecejo. ¿Cómo iban a representar aquello exactamente? No podían hacer lo mismo porque el factor sorpresa había desaparecido. No obstante, se habían llevado a Joan por algún motivo. Notó palpitaciones y que le empezaban a temblar un poco las manos. Hacía ya mucho tiempo que había dejado el Servicio. En los años transcurridos lo más agotador que había hecho había sido levantar verborrea pesada en miles de documentos legales y aburridos, aunque algunos fueran creativos. Sin embargo, presentía que en un plazo de dieciséis minutos iba a tener que comportarse como el agente experimentado de antaño. Al observar las figuras sin vida dispuestas tras la línea violeta, se preguntó de dónde surgiría el verdadero asesino ferviente.

La luz se atenuó y cesaron los sonidos de la multitud;

oyó unos pasos que se acercaban. El hombre estaba tan cambiado que si King no lo hubiera estado esperando, probablemente no lo habría reconocido.

—Buenos días, agente King —saludó el hombre del Buick—. Espero que estés preparado para tu gran día.

70

Michelle y Parks se arrodillaron junto a la arboleda situada tras el hotel Fairmount. Un coche patrulla bloqueaba la carretera que conducía al hotel, pero no se veía desde el sitio. Al llegar, Parks y Michelle habían hablado con el agente que dirigía el contingente de la policía local que Parks había llamado. También había convocado a *marshals* y a otros agentes de la ley de la zona de Carolina del Norte.

—Llegarán antes que nosotros —le había dicho Parks a Michelle.

—Diles que formen un perímetro alrededor del hotel; está rodeado de bosques. Pueden ocultarse justo donde acaban los árboles.

Michelle había visto a un francotirador encaramado a un árbol con la mira de largo alcance del rifle apuntando a la puerta delantera del hotel.

—¿Estás seguro de que tienes suficiente gente? —preguntó a Parks.

Él señaló hacia otros puntos en la oscuridad para indicar dónde estaban situados los otros agentes del orden. Michelle no los veía, pero le reconfortaba notar su presencia.

—Son más que suficientes para hacer el trabajo —declaró—. La cuestión está en si podemos encontrar a Sean y a los demás con vida. —Parks dejó a un lado la pistola y tomó el *walkie-talkie*—. Bueno, has estado en ese hotel y sabes la distribución. ¿Cuál es la mejor forma de abordarlo?

—La última vez que estuvimos aquí, cuando pillamos a los presos huidos, Sean y yo conseguimos abrir un hueco en la alambrada de seguridad al marcharnos. Fue más fácil que saltarla. Podemos entrar por ahí. Las puertas delanteras están cerradas con cadenas, pero hay una ventana destrozada a eso de un metro de la fachada delantera. Podemos utilizarla y nos plantaremos en el vestíbulo en cuestión de segundos.

—Es un edificio grande. ¿Tienes idea de en qué parte podrían estar?

—Supongo que sí, el salón Stonewall Jackson. Es una sala interior situada justo al lado del vestíbulo. Hay una puerta que conduce a ella y una batería de ascensores en el interior.

—¿Por qué estás tan segura de que están en el salón Stonewall Jackson?

—Es un hotel antiguo y se oyen un montón de crujidos y rumores de ratas y a saber qué otros animalillos espeluznantes. En cambio, cuando estuve en ese salón con la puerta cerrada no oí nada, había silencio, demasiado silencio. Y al abrir la puerta, se oían de nuevo todos esos ruidos que te he dicho.

—No te entiendo.

—Creo que la sala está insonorizada, Jefferson.

Él se la quedó mirando.

—Empiezo a entender adónde quieres ir a parar.

—¿Tus hombres están preparados? —Él asintió. Michelle consultó su reloj—. Es casi medianoche pero hay luna llena. Hay un terreno abierto que debemos recorrer antes de llegar a la alambrada. Si podemos dirigir el ataque principal desde el interior, podríamos tener más posibilidades de no perder a nadie.

—Me parece un buen plan. Pero ve delante. No conozco este terreno. —Parks habló por el *walkie-talkie* y ordenó a sus hombres que cercaran el perímetro.

Michelle echó a correr pero él la sujetó por el brazo.

—Michelle, cuando era más joven era buen atleta, aunque desde luego no olímpico. Y ahora tengo las rodillas hechas polvo, así que ¿podrías ir a una velocidad que me permita no perderte de vista?

Ella sonrió.

—No te preocupes. Estás en buenas manos.

Corrieron por entre los árboles hasta llegar al espacio abierto que debían cruzar antes de llegar a la alambrada. Se pararon allí y Michelle miró a Parks, que jadeaba.

—¿Preparado? —Él asintió y levantó el pulgar.

Ella dio un salto y corrió hacia la alambrada. Parks la siguió. Mientras avanzaba, al comienzo Michelle se centró en lo que tenía delante. Pero luego se concentró en lo que tenía detrás. Y lo que allí había le resultó espeluznante.

No era el sonido de unos pasos normales; eran las mismas embestidas inconexas que había oído bajo la ventana de su dormitorio en el hostal, las que se correspondían a la persona que había intentado matarla. Se había equivocado. No se trataba del paso doloroso de un hombre herido. Era el trote artrítico de un hombre con las rodillas destrozadas. Y ahora también estaba resollando.

De un salto, se colocó detrás de un árbol caído una décima de segundo antes de que la escopeta diera una sacudida y el disparo fuera a parar exactamente donde había estado. Rodó por el suelo, extrajo su arma y disparó; disparos dispersos en un arco amplio y letal.

Parks despotricó por haber fallado y se tiró al suelo justo a tiempo de evitar sus disparos. Él volvió a disparar.

—¡Maldita seas, chica! —gritó—. No te conviene ser tan rápida.

—¡Cabrón! —gritó Michelle mientras escudriñaba la zona tanto para buscar una salida como para ver a los posibles cómplices de Parks. Le disparó dos veces e hizo saltar chispas de la roca tras la cual se había agazapado.

Parks le devolvió el favor con dos disparos de la escopeta.

—Lo siento, pero no tenía elección.

Michelle observó la línea boscosa que tenía justo detrás y se preguntó cómo podría alcanzar la protección de los árboles sin morir.

—Oh, gracias. Ahora me siento mucho mejor. ¿Qué pasa, que en el cuerpo de los Marshal no te pagan bien?

—La verdad es que no. Cometí un error grave hace mucho tiempo cuando era poli en la capital y ahora tengo que pagar por él.

—¿Te importaría darme una explicación antes de matarme? —«Hazle hablar», se dijo Michelle. Quizá podría encontrar una salida.

Parks vaciló antes de hablar.

—¿Te suena 1974?

—¿La manifestación de protesta contra Nixon? —Michelle se estrujó el cerebro y entonces cayó en la cuenta—. Cuando eras poli en Washington D.C. detuviste a Arnold Ramsey. —Parks guardó silencio—. Pero él era inocente. Él no mató al soldado de la Guardia Nacional... —La verdad le deslumbró como si fuera un destello cegador—. Mataste al soldado y le echaste las culpas a Ramsey. Y te pagaron por hacerlo.

—Fue una época de locos. Entonces yo era una persona distinta. Además se suponía que no debía salir así. Supongo que le di demasiado fuerte. Sí, la verdad es que

— 448 —

me pagaron bien, aunque al final ha resultado que no fue suficiente.

—¿Y la persona para la que trabajabas entonces te chantajea para que hagas todo esto?

—Ya te he dicho que lo he pagado caro. El asesinato no prescribe, Michelle.

Ella no le estaba escuchando. Había caído en la cuenta de que él estaba utilizando la misma estrategia: hacerla hablar mientras la flanqueaban. Intentaba recordar el modelo exacto de escopeta que Parks llevaba. Sí, lo sabía. Una Remington de cinco cargas. O al menos es lo que esperaba. Había disparado cuatro veces y había tanto silencio que estaba convencida de que no la había vuelto a cargar.

—Oye, Michelle, ¿sigues ahí?

A modo de respuesta, disparó tres veces hacia la roca y recibió un escopetazo a cambio. En cuanto el perdigón le pasó por el lado, se puso en pie de un salto y corrió hacia el bosque.

Parks la recargó rápidamente sin dejar de despotricar. Sin embargo, cuando apuntó, ella ya estaba demasiado lejos como para que el perdigón la alcanzara, y seguía corriendo a toda velocidad. Habló a gritos por el *walkie-talkie*.

Michelle lo vio llegar justo a tiempo. Se desvió a la izquierda, saltó por encima de un tronco y se lanzó al suelo justo antes de que la bala impactara en la corteza.

El hombre encaramado a un árbol que había tomado por un francotirador de la policía también iba a por ella. Michelle disparó varias veces en su dirección y luego se arrastró boca abajo unos diez metros antes de ponerse en pie.

¿Cómo era posible que hubiera estado tan ciega? Otro disparo impactó en un árbol situado cerca de su cabeza y volvió a lanzarse al suelo. Mientras respiraba hondo, valoró las escasas opciones que tenía. No había ninguna que no supusiera su muerte violenta. Podían rastrearla centímetro a centímetro y no podía hacer nada al respecto. ¡Un momento, el teléfono! Fue a agarrarlo, pero resultaba que se le había caído de la cinturilla. En ese momento no podía pedir ayuda y por lo menos había dos asesinos acechándola en la oscuridad de aquel bosque perdido en algún lugar remoto. De acuerdo, aquello superaba las peores pesadillas que había tenido de niña.

Lanzó unos cuantos disparos más hacia donde creía que procedían los que le dirigían a ella y se levantó para echar a correr a toda prisa. La luna llena suponía tanto una ventaja como un grave inconveniente. Le permitía ver por dónde iba, pero también se lo permitía a sus perseguidores.

Salió del bosque y se detuvo justo a tiempo.

Estaba justo al borde del terraplén del río que había visto en su primera visita al lugar. Si daba otro paso la esperaba una larga caída. El problema era que Parks y su compañero estaban justo detrás de ella. Comprobó el cartucho; tenía cinco balas y llevaba otro de recambio. Bueno, en unos segundos saldrían de la zona boscosa y podrían dispararle sin problemas a no ser que encontrara algún refugio y los atrapara ella antes. Aun así, aunque lo encontrara, de ese modo delataría su posición y el otro tirador probablemente la abatiría. Echó un vistazo a su alrededor para encontrar otra solución con mayores posibilidades de salvación. Volvió a mirar la caída larga y el río que fluía rápidamente. El plan se le ocurrió en pocos segundos. A algunos les podría parecer insensato, la mayoría lo consideraría suicida. Pero, en fin, siempre le habían gustado los riesgos. Enfundó la pistola, respiró hondo y esperó.

En cuanto oyó que llegaban al claro, soltó un grito y saltó. Había elegido el lugar con cuidado. Unos seis metros más abajo había un pequeño saliente rocoso. Cayó sobre el mismo y se separó para agarrarse a cualquier cosa que tuviera cerca. Estuvo a punto de resbalar y de no ser porque se agarró desesperadamente con los dedos, habría caído al río.

Alzó la vista y vio a Parks y al otro hombre mirando hacia abajo, buscándola. Un trozo de roca saliente situado a su izquierda les impedía ver dónde estaba. Y tenían la luna detrás, cuya luminosidad perfilaba a la perfección la silueta de ambos hombres. Podría haberlos liquidado sin problemas y realmente estaba muy tentada de hacerlo. Pero estaba pensando a largo plazo y tenía otro plan. Situó el zapato contra el pequeño tronco que se había quedado atrapado en el saliente en el que estaba. Eso y la protección natural la habían hecho escoger aquel punto de aterrizaje. Empujó el tronco del árbol hasta que estuvo justo al borde del precipicio. Alzó la vista hacia Parks. Estaban moviendo las linternas, buscándola y enfocando. En cuanto los dos se pusieron a mirar hacia otro lado, le dio un buen empujón al tronco y se desplomó hacia abajo. Al mismo tiempo profirió el grito más fuerte de que fue capaz.

Observó mientras el tronco golpeaba la superficie del río y entonces miró rápidamente a los hombres mientras enfocaban con las linternas aquel lugar. Michelle contuvo el aliento, rezando para que creyeran que se había muerto al caer al río. A medida que transcurrían los segundos y no se marchaban, Michelle empezó a pensar que tendría que intentar dispararles a los dos. Sin embargo, al cabo de unos momentos, parecieron convencerse de que había muerto, se volvieron y se internaron de nuevo en el bosque.

Michelle esperó unos diez minutos para asegurarse de que realmente se habían marchado. Entonces se agarró a una roca que sobresalía por el lado del terraplén y empezó a escalar. Si Parks y el otro hombre hubieran visto la expresión del rostro de la mujer mientras se alzaba del olvido, a pesar de todas sus armas y de superarla en número, habrían temido realmente por sus vidas.

71

—Vaya, Sidney, no te reconocía —dijo King—. Has adelgazado y has cambiado mucho. Pero tienes buen aspecto. Tu hermano no ha envejecido tan bien.

Sidney Morse, el brillante jefe de campaña de Clyde Ritter que en principio debía estar internado en un psiquiátrico de Ohio, miró a King con expresión sorprendida. También sostenía una pistola con la que apuntaba al pecho de King. Vestido con un traje caro, recién afeitado, el pelo fino y con canas pero bien peinado, Morse era un hombre esbelto y de aspecto distinguido.

—Estoy impresionado. ¿Qué te hizo pensar que alguien que no fuera el desdichado señor Scott estaba detrás de esto?

—La nota que dejaste en la puerta del baño. Un verdadero agente del Servicio Secreto nunca habría utilizado la frase «pisando un puesto», se habría limitado a escribir «pisando». Y Bob Scott había sido militar y siempre utilizaba el horario de veinticuatro horas. No habría usado el término «a.m.». Y entonces empecé a pensar: ¿Por qué Bowlington? ¿Por qué el hotel Fairmount, para empezar? Porque Arnold Ramsey lo tenía a media hora, por eso. Como jefe de campaña te resultaba fácil disponerlo así.

—Pero también podrían haberlo hecho muchos otros, incluido Doug Denby y el mismo Ritter. Y para el mundo soy un zombi que está recluido en Ohio.

—No para un agente del Servicio Secreto. Lo reconozco, tardé algún tiempo, pero al final até cabos. —Asintió en dirección a la pistola que tenía Sidney—. Eres zurdo, lo recuerdo. Los miembros del Servicio tendemos a fijarnos en los pequeños detalles. Sin embargo, el zombi de Ohio atrapa las pelotas de tenis con la mano derecha. Y en la foto del psiquiátrico Peter Morse sostenía un bate de béisbol con la derecha, así que ya tenía la confirmación.

—Mi querido hermano. Nunca sirvió para mucho.

—Bueno, formaba parte integral de tu plan —afirmó King para provocarlo.

Morse sonrió.

—Veo que no tienes la capacidad suficiente para entender todo esto, que quieres que te lo explique yo. Muy bien, la verdad es que no te imagino testificando sobre esto más adelante. Conseguí las pistolas «limpias» que Arnold y yo teníamos en el Fairmount gracias a mi hermano.

—Y escondiste la pistola en el cuarto de suministros después de que mataran a Ritter.

—Y esa camarera me vio y se pasó los siete años siguientes chantajeándome, y no paró hasta que creyó que me habían internado. Sin ser consciente de ello tu amiga Maxwell me reveló la identidad de la chantajista. Y me vengué. Con intereses.

—Igual que con Mildred Martin.

—Era incapaz de cumplir órdenes. No soporto a los estúpidos.

—Supongo que ahí incluyes a tu hermano.

—Probablemente fue un error implicarle en esto, pero al fin y al cabo era de la familia y estaba dispuesto a ayudar. Sin embargo, con el paso del tiempo y como mi hermano seguía abusando de las drogas, temía que hablara. También resulta que yo tenía todo el dinero de la familia y siempre existía la posibilidad del chantaje. El mejor sitio para guardar los «problemas» de uno es a la vista, así que iba con él por ahí, lo mantenía. Cuando llegó el momento, cambié nuestras identidades e hice que lo internaran.

—Pero ¿por qué cambiar identidades?

—Eso me garantizaba que el mundo pensara que yo estaba en otro sitio mientras urdía el plan. De lo contrario, la gente podría haber empezado a sospechar. —Morse extendió los brazos—. Piénsalo, varias personas implicadas en el embrollo de Ritter juntas en una trama compleja como ésta. Era inevitable que la gente pensara en mí. Estar internado era incluso mejor que haber muerto. Las personas pueden fingir su muerte. Estaba convencido de que nadie descubriría que en realidad era Peter el que estaba internado. —Morse sonrió—. ¿Y por qué hacer algo si no se hace bien?

King negó con la cabeza. Se imaginó que podría ganar tiempo si dejaba que Morse siguiera hablando. Estaba claro que el hombre quería jactarse de su gran plan y a King el tiempo extra le serviría para idear una estrategia.

—También podría haberlo hecho de otra manera —prosiguió Morse—. Internarlo y luego matarlo. Es una forma de asegurarse de que la gente te dé por muerto.

»Pero matándolo me enfrentaba a una autopsia y quizá se demostrase que no era yo si recuperaban los historiales médicos y dentales. Si muere de forma natural, no pasa nada. Además nos parecíamos mucho y los pequeños toques que ideé eran suficientes para engañar a cualquiera. Soy muy cuidadoso con los detalles. Por ejemplo, esta sala está insonorizada. ¿Por qué debía molestarme en hacerlo, si el hotel está abandonado? Porque con el sonido nunca se sabe: se desplaza de formas extrañas e impredecibles, y no quiero interrupciones. Estropearía toda la actuación y todavía ha de llegar el día en que decepcione a mi público. También me gusta hacer las cosas con cierto estilo. Como la nota que mencionaste. Podría haberla dejado en el buzón. Pero un cadáver colgado de una puerta... es memorable. Me gusta hacer las cosas así.

—Pero ¿por qué implicar a Bob Scott? Como has dicho, nadie sospechaba de ti.

—Piensa, agente King, piensa. Todas las obras dramáticas necesitan a un villano. Además, el agente Scott nunca me mostró el respeto que me merecía cuando estaba con Ritter. Acabó arrepintiéndose de ello.

—O sea que le destrozaste el cerebro a tu hermano, le mutilaste la cara para ocultar todavía más su identidad, lo engordaste mientras tú adelgazabas, te trasladaste a Ohio donde nadie os conocía y llevaste a cabo el cambio de identidad. Menuda puesta en escena. Igual que la campaña de Ritter.

—Clyde Ritter no era más que el medio para conseguir un fin.

—Cierto. Esto no tenía nada que ver con Clyde Ritter y mucho con Arnold Ramsey. Él tenía algo que tú querías. Lo codiciabas tanto que lo condujiste a la muerte para conseguirlo.

—Le hice un favor. Sabía que Arnold odiaba a Ritter. Su querida esposa lo había dejado. Su carrera académica había visto épocas mejores. Había tocado fondo y estaba preparado para la oferta que le hice. Le dejé revivir su gloria pasada como manifestante radical. Gracias a mí pasó a la historia como el asesino de un hombre inmoral y repugnante; ha sido un mártir para la posteridad. ¿Qué podía haber sido mejor?

—Tú te llevaste el verdadero trofeo. El trofeo que

habías intentado conseguir hacía treinta años cuando le tendiste una trampa a Ramsey para que le acusaran de la muerte de un soldado de la Guardia Nacional. Pero ese intento te falló, igual que el plan de Ritter. Aunque Arnold estaba fuera de juego, todavía no ibas a llevarte el premio.

Morse parecía divertido.

—Continúa, lo estás haciendo muy bien. ¿Qué es lo que no me llevé?

—La mujer que querías, Regina Ramsey, la actriz que tenía un gran futuro. Apuesto a que protagonizó alguna de tus obras por aquel entonces. Y no era sólo trabajo: la amabas. Lo malo es que ella quería a Arnold Ramsey.

—Lo irónico del caso es que fui yo quien los presentó. Conocí a Arnold cuando estaba preparando una obra relacionada con las manifestaciones en favor de los derechos civiles y necesitaba más información. Nunca imaginé que dos personas tan distintas... Bueno, por supuesto que él no se la merecía. Regina y yo formábamos un equipo, un gran equipo y teníamos el mundo a nuestros pies. Estábamos preparados para hacer algo grande. La presencia imponente que ella tenía en el escenario... habría sido toda una estrella de Broadway, una de las mejores.

—Y te habría convertido también a ti en estrella.

—Todo gran empresario teatral necesita una musa. Y no te engañes, saqué lo mejor de ella. Habríamos sido imparables. En cambio, mi poder artístico desapareció cuando se casó con él. Así que mi carrera se fue al garete mientras Arnold desperdiciaba su vida en su patético mundo académico en una universidad de tercera categoría.

—Bueno, eso fue culpa tuya. Tú te encargaste de arruinar su carrera.

—Has hecho muchas preguntas, ahora permíteme

que te haga yo una. ¿Qué fue lo que te hizo centrarte en mí? —dijo Morse.

—Algo que oí apuntaba en tu dirección, así que empecé a investigar sobre tu familia —explicó King—. Descubrí que tu padre fue el abogado que libró a Ramsey de la acusación de homicidio en Washington D.C. Supongo que tu plan era hacer que Ramsey pareciera culpable para que Regina dejara de quererle, así aparecerías como el caballero blanco, salvarías a Arnold y te llevarías a Regina como premio. Es como un guión de película.

Morse frunció la boca.

—Sólo que el guión no funcionó.

—Cierto, pero entonces esperaste a que surgiera otra oportunidad.

Morse asintió y sonrió.

—Soy un hombre muy paciente. Cuando Ritter anunció su candidatura supe que había llegado el momento.

—¿Por qué no matar a tu rival en el amor?

—¿Qué tiene eso de divertido? ¿Dónde está el dramatismo? Ya te he dicho que las cosas hay que hacerlas bien. Y además, si lo hubiera matado, ella le habría querido todavía más. Sí, tenía que matar a Arnold Ramsey, pero no quería que ella llorara su pérdida. Quería que lo odiara. Así podríamos volver a ser un equipo. Por supuesto, entonces Regina era más mayor, pero quien tuvo, retuvo y seguía teniendo talento. Todavía podíamos crear magia. Lo sabía.

—Así que el asesinato de Ritter fue tu siguiente producción importante.

—La verdad es que fue muy fácil convencer a Arnold de que lo hiciera. Regina y él ya se habían separado, pero yo sabía que todavía lo quería. Había llegado el momento de mostrarlo como un asesino desquiciado, no el activista noble y brillante con el que se había casado. Me reuní en secreto con Arnold varias veces. Les había ayudado económicamente durante las épocas de vacas flacas. Me consideraba un amigo. Le recordé su época de juventud, cuando quería cambiar el mundo. Le reté a que volviera a ser un héroe. Y entonces, cuando le dije que estaba dispuesto a unirme a él, que Regina estaría muy orgullosa, supe que le había pillado. Y el plan funcionó a la perfección.

—Salvo que la viuda afligida te volvió a rechazar. Y esta vez fue mucho más demoledor, porque el motivo era que no te quería.

—De hecho la historia no acabó ahí, que es por lo que estamos aquí ahora.

King lo miró socarronamente.

—Y más adelante se suicidó. ¿O no?

—Iba a volver a casarse. Con un hombre sumamente parecido a Arnold Ramsey.

—Thornton Jorst.

—Debía de tener una debilidad genética por ese tipo de hombres. Empecé a darme cuenta de que mi «estrella» no era tan perfecta. Pero después de todos estos años, si yo no podía tenerla, tampoco estaba dispuesto a que fuera de otro.

—Así que también la mataste.

—Digámoslo de otro modo: le permití que se reuniera con su desdichado esposo.

—Y ahora llegamos a Bruno.

—¿Sabes, agente King? Todas las grandes obras tienen al menos tres actos. El primero fue el soldado de la Guardia Nacional. El segundo fue Ritter.

—Y todo esto es la caída del telón final. Bruno y yo. Pero ¿por qué? Regina está muerta. ¿Qué ganas haciendo todo esto?

—Agente King, te falta la sensibilidad necesaria para admirar lo que he creado.

—Lo siento, Sid, mi mentalidad es más bien práctica. Y ya no pertenezco al Servicio Secreto, así que puedes dejar de llamarme «agente».

—No, hoy eres agente del Servicio Secreto —declaró Morse con firmeza.

—De acuerdo. Y tú eres un psicópata. Y cuando esto termine, me aseguraré de que te reúnas con tu hermano. Le podrás lanzar la pelota de tenis.

Sidney Morse apuntó a King en la cabeza.

—Voy a decirte exactamente lo que vas a hacer. Cuando el reloj marque las 10.30 a.m. ocuparás tu posición tras el cordón. Del resto me encargo yo. Tienes un papel muy importante en esta obra. Seguro que ya sabes cuál es. Te deseo suerte representándolo. Mala suerte, claro.

—¿Entonces esto será una réplica exacta de 1996?

—Bueno, no exactamente. No quisiera que te aburrieras.

—Quizá yo también tenga alguna sorpresa.

Morse se rió.

—No estás a mi altura, agente King. Y ahora recuerda: no es un ensayo general. Hoy es el debut, así que has de bordar el papel. Y para que lo sepas, esta obra sólo se representará una noche.

Morse desapareció entre las sombras y King respiró hondo. Morse seguía resultando igual de intimidante y autoritario que antes. King estaba a punto de perder los nervios. Era él contra vete a saber cuántos. Tenía un arma y ni por un segundo había creído que su munición no fuera de fogueo. Miró el reloj. Faltaban diez minutos para que todo empezara. Consultó la hora en su reloj. Eran casi las diez y media. No sabía si era la mañana o la noche. Morse, por supuesto, podía haberle puesto la hora que quisiera.

Miró a su alrededor intentando encontrar algo, cualquier cosa que le ayudara a sobrevivir. Lo único que vio fue una repetición de un suceso terrible sobre el que nunca había querido pensar demasiado y, mucho menos, revivir.

De pronto cayó en la cuenta. ¿Quién iba a interpretar el papel de Arnold Ramsey? La respuesta le llegó como un fogonazo: ¡El padre, la hija! Menudo cabrón. Iba a hacerlo otra vez.

Michelle se deslizó rápidamente por entre los árboles, manteniéndose ojo avizor por si había alguien cerca del hotel. Al hacerlo vio a Jefferson Parks subiéndose a una camioneta; los neumáticos levantaron polvo al marcharse a toda prisa. Bien, un contrincante menos del que preocuparse, pensó. Convencida de que no corría peligro intentándolo, se agachó y caminó como un cangrejo hasta la alambrada. Se disponía a trepar pero entonces retrocedió. El suave zumbido la había sorprendido y entonces vio el cable que discurría hasta la alambrada. Dio un paso atrás, agarró un palo y lo lanzó contra la valla de tela metálica. La golpeó y saltaron chispas. Fantástico, la valla estaba electrificada. No podía utilizar el hueco de la alambrada porque se lo había mencionado a Parks y quizá la esperaran allí, no convencidos todavía de que hubiera muerto ahogada. Y el hueco era tan pequeño que de todos modos no habría podido evitar tocar la alambrada.

Regresó al bosque y se planteó el dilema. Al final recordó lo que había visto en su primera visita al lugar y comprendió que quizá fuera la única manera de entrar. Corrió hacia la parte trasera del edificio donde la inclinación de la tierra iba aumentando hasta formar una plataforma de salto excelente. Había sido campeona de salto de longitud y de altura en el instituto, pero de eso hacía ya mucho tiempo. Calibró la distancia, practicó unos cuantos saltos, calculó la altura de la alambrada con respecto al punto desde el que saltaría. Se quitó los zapatos de tacón bajo, los lanzó al otro lado de la alambrada, rezó una oración en silencio, respiró hondo y salió disparada a toda velocidad. Contó los pasos, igual que cuando entrenaba. Estuvo a punto de abandonar la intentona a medida que se acercaba a la valla electrificada. Si fallaba, la derrota no se limitaría a unas lagrimillas por no haber ganado la prueba. Aquello sería definitivo.

Despegó, las piernas, los brazos y la espalda actuaron perfectamente sincronizados, recuperó su memoria muscular justo a tiempo para doblar el cuerpo, arquear la espalda y superar la parte superior de la alambrada en quince centímetros. No había una colchoneta para amortiguar la caída, se levantó lentamente, dolorida, y se calzó los zapatos. Mientras se abría paso hacia el edificio, encontró otra ventana rota y se deslizó al interior.

72

Cuando el reloj marcó las 10.26, apareció un hombre en la misma puerta por la que King había entrado. John Bruno parecía confundido, asustado y a punto de vomitar. King se sintió identificado con él, pues también tenía ganas de vomitar. Bruno y él eran los cristianos que esperaban a los leones mientras la muchedumbre sedienta de sangre aguardaba ansiosa la matanza. Cuando King se le acercó, Bruno retrocedió rápidamente.

—Por favor, por favor, no me haga daño.

—No le haré daño. Estoy aquí para ayudarle.

Bruno lo miró con expresión desconcertada.

—¿Quién es usted?

King empezó a decir algo pero luego se calló. ¿Cómo iba a explicar toda la situación?

—Soy su agente del Servicio Secreto —dijo al final.

Por sorprendente que pareciera, Bruno aceptó su respuesta sin rechistar.

—¿Qué ocurre? —preguntó Bruno—. ¿Dónde estamos?

—Estamos en un hotel. Y está a punto de suceder algo, no sé exactamente qué.

—¿Dónde están el resto de sus hombres?

King lo miró sin comprender.

—Ojalá lo supiera... señor. —Todo aquello era una idea descabellada pero ¿qué otra cosa podía hacer? Y debía admitir que había retomado su comportamiento de agente más fácilmente de lo que habría imaginado.

Bruno vio la puerta de salida del salón.

—¿No podemos marcharnos?

—¡Oh!, no, no sería buena idea. —King observó el reloj mientras pasaba a las 10.29. Ocho años atrás, Ritter se había colocado delante de él, enfrentándose a la multitud aduladora. King no cometería ese error con Bruno. Lo condujo hacia el cordón—. Quiero que esté detrás de mí; pase lo que pase, quédese detrás de mí.

—Sí, claro.

De hecho era King el que quería estar detrás del hombre. Después de todos esos años, ahí estaba: volvía a ser un maldito escudo humano.

Extrajo la pistola del bolsillo. Si las balas eran de fogueo, no tenía ninguna posibilidad. Lanzó una mirada al cordón de terciopelo. Avanzó un paso. Ahora estaba a unos dos centímetros del mismo, casi en el mismo sitio en el que había estado Ritter cuando Ramsey le disparó. Cuando la manecilla marcó las diez y media, King cargó la recámara.

—Bueno, que empiece ya la función —murmuró King—. Que empiece de una vez.

Cuando Michelle escrutaba la esquina vio al hombre que estaba situado al otro lado de la puerta que daba al salón Stonewall Jackson. Iba armado con una pistola y un rifle, y parecía el hombre que se había hecho pasar por francotirador de la policía en el árbol antes de reunirse con Parks para intentar matarla. No le veía la cara claramente, pero sospechaba que se trataba de Simmons. Si era así, ella jugaba con ventaja. ¿Debía irrumpir de un salto y decirle que no se moviera? Quizás él disparara y tuviera la suerte de alcanzarla. Y no sabía dónde estaba Parks. Tal vez estuviera acechando para darle apoyo. Entonces alzó la mirada y vio que el centinela consultaba su reloj y sonreía. Eso sólo podía significar...

Se estiró y apuntó con la pistola al pecho del hombre. Le dijo que no se moviera, pero modificó un tanto la táctica disparando al tiempo que gritaba. La bala le dio justo en los pectorales; él profirió un grito y cayó al suelo. Michelle corrió hacia delante, alcanzó al hombre caído, le quitó las armas, se arrodilló y le tomó el pulso. El pie con la bota se alzó, le golpeó el hombro, y Michelle cayó hacia atrás y perdió la pistola.

El hombre se tambaleó llevándose la mano al pecho. ¿Cómo era posible? Lo había alcanzado en la parte superior del torso. Respondió a su pregunta casi de inmediato mientras Michelle se esforzaba por ponerse en pie: chaleco antibalas. Se lanzó a recuperar la pistola, pero el hombre hizo otro tanto. Chocaron y él la agarró por el cuello.

—Esta vez vas a morir, zorra —le susurró al oído. Era el hombre que había intentado matarla en el todoterreno.

Ella no podía igualar su fuerza, así que decidió aprovechar su ventaja. Le clavó el codo en el costado, justo donde creía haberle disparado aquella noche. Gimió, la soltó y se arrodilló. Ella se hizo a un lado, se deslizó por el suelo y buscó el arma a tientas. Mientras la agarraba con las manos, se volvió y vio a Simmons levantándose y extrayendo un cuchillo del cinturón.

Michelle apuntó y disparó y lo alcanzó en plena frente. Se arrastró hasta él. Mientras observaba el cuerpo del hombre, se le ocurrió una idea. Quizá funcionara.

73

Exactamente a las 10.31, King se dio cuenta de que tenía un problema importante, o por lo menos otro problema importante que sumar a todos los demás. Lanzó una mirada al ascensor. Si el presente se correspondía con el pasado, en el ascensor pasaría algo. Lo malo era que si esas puertas se abrían y King no apartaba la mirada para ver qué era, podrían atacarles desde esa dirección. No obstante, si miraba para ver de qué se trataba, igual que le ocurrió ocho años atrás, esa distracción momentánea podría suponer la muerte para ambos. Se imaginó a Sidney Morse observándole mientras reflexionaba sobre ese dilema y desternillándose de risa.

Cuando el reloj marcó la hora fatídica, King extendió la mano hacia atrás y agarró a Bruno.

—Cuando le diga que se agache —le susurró en tono apremiante—, ¡hágalo sin rechistar!

Era como si King fuera capaz de ver cada movimiento del reloj mientras la manecilla pasaba a las 10.32. Preparó la pistola. Pensó en lanzar un disparo, para ver si la munición era real, pero era muy probable que Morse sólo le hubiera dado una bala de verdad. No quería desperdiciarla. Seguro que a Morse también se le había ocurrido.

Describió unos arcos amplios con la pistola y agarró con más fuerza el abrigo de Bruno. La respiración del candidato se aceleró hasta el punto de que King temió que se desmayara. Le pareció oír los latidos del corazón de Bruno y entonces se dio cuenta de que eran los suyos. Bueno, nunca iba a estar más preparado que en ese momento.

El reloj marcó las 10.32 y el arco que King describía con la pistola ganó en velocidad mientras intentaba cubrir cada centímetro de la habitación. Las luces se apagaron y quedaron sumidos en la más completa oscuridad. Acto seguido, se encendieron unas luces caleidoscópicas que habrían sido motivo de orgullo para cualquier discoteca. Recorrían la sala como fogonazos y las voces empezaron a sonar a todo volumen. Resultaba ensordecedor y cegador, y King tuvo que protegerse la vista. Entonces se acordó, se introdujo la mano en el bolsillo y se puso las gafas de sol. Un punto para los tipos con gafas de sol.

Entonces se oyó la campanilla del ascensor.

—¡Maldito seas, Morse! —exclamó King.

Las puertas se abrieron, ¿o era un truco? La duda estaba desgarrando a King. ¿Debía mirar o no?

—¡Al suelo! —le ordenó a Bruno; el hombre se dejó caer al instante. King volvió la cabeza con la determinación de mirar sólo una fracción de segundo. Le fue imposible.

Joan Dillinger estaba justo delante de él. Colgando a menos de tres metros, suspendida del techo, o eso parecía. Era como si estuviera en una cruz, con los brazos y piernas abiertos, el rostro pálido y los ojos cerrados. King no sabía si era de verdad o no. Dio un par de pasos hacia delante, extendió la mano y la atravesó. Asombrado, movió la cabeza en dirección al ascensor. Allí estaba Joan, atada y suspendida en un cable. Habían proyectado su imagen a través de medios mecánicos. Daba la impresión de que estaba muerta.

Al mirar a la mujer sintió una rabia inmensa. Y probablemente eso era lo que pretendía Morse. El hecho de darse cuenta de ello serenó a King.

Cuando se volvió, se puso rígido. De pie delante de él, entre dos de las siluetas de cartón, estaba Kate Ramsey, apuntándole al pecho con una pistola.

—Deja el arma —le ordenó ella.

King vaciló antes de soltar la pistola. La iluminación volvió a la normalidad y el ruido cesó.

—Levántate —le dijo Kate a Bruno—. Levántate, cabrón —gritó.

Bruno se puso en pie con las piernas temblorosas, pero King se mantuvo entre el candidato y la asesina en potencia.

—Escúchame, Kate, esto no es lo que quieres hacer.

Una voz retumbó desde algún lugar. Era Morse, asumiendo el papel de director, exigiendo la siguiente toma.

—Adelante, Kate, te los he traído a los dos, como te prometí. El hombre que arruinó la carrera de tu padre y el hombre que le quitó la vida. Las balas están revestidas de acero. Puedes matarlos a los dos con un solo disparo. Hazlo. Hazlo por tu padre. Estos hombres lo destruyeron.

Kate curvó el dedo sobre el gatillo.

—No le hagas caso, Kate —dijo King—. Fue él quien le tendió una trampa a tu padre. Fue él quien le hizo matar a Ritter. Bruno no tuvo nada que ver con eso.

—Mientes —dijo ella.

—El hombre al que oíste hablando con tu padre aquella noche, era Sidney Morse.

—Te equivocas. El único nombre que oí fue Thornton Jorst.

—No oíste su nombre, Kate, te pareció oírlo. Lo que

oíste no fue Thornton Jorst. Lo que oíste fue «caballo de Troya».

En ese momento Kate pareció vacilar.

King aprovechó esa pequeña ventaja.

—Estoy seguro de que Morse te dictó todo lo que tenías que decirnos. Pero lo que tú nos contaste era verdad, sólo que no eras consciente de lo que significaba. —Kate adoptó una expresión confusa y relajó el dedo ligeramente en el gatillo.

King siguió hablando rápido:

—Morse fue el caballo de Troya, el infiltrado de la campaña de Ritter. Así se lo explicó a tu padre. Morse sabía que Arnold odiaba lo que Ritter le estaba haciendo al país. Pero a Morse no le importaba la política de Ritter. Entonces, ¿por qué se unió a la campaña? Porque Morse amaba a tu madre. Era su modelo de estrella de Broadway. Si tu padre quedaba fuera de juego, entonces él se quedaría con tu madre. Y cuando eso no funcionó, la mató. Y ahora te está utilizando a ti igual que utilizó a tu padre.

—Eso es una locura. Si lo que dices es cierto, ¿por qué hace todo esto ahora?

—No lo sé. Está loco. ¿Qué otra persona concebiría todo este plan?

—Todo lo que te ha dicho son burdas mentiras, Kate —dijo Morse con voz retumbante—. Todo esto lo hago por ti. Para que haya justicia. ¡Ahora dispárales!

King siguió mirando fijamente a Kate.

—Tu padre mató a un hombre, pero lo hizo por lo que él consideraba una buena causa. En cambio Morse —King señaló en dirección a la voz—, Morse es un asesino a sangre fría y lo hizo por puros celos.

—Mataste a mi padre —dijo sin rodeos.

—Hacía mi trabajo. No tenía otra opción. No viste

la expresión de tu padre aquel día. Yo sí. ¿Sabes qué cara puso? ¿Lo quieres saber?

Ella lo miró con lágrimas en los ojos y asintió.

—Puso cara de sorpresa, Kate. Sorpresa. Al comienzo pensé que era por la conmoción de haber matado a alguien. Morse estaba justo a mi lado. Habían hecho un pacto. De hecho, tu padre le estaba mirando a él. Entonces fue cuando comprendió que lo había engañado.

Morse volvió a intervenir.

—Última oportunidad, Kate. O les disparas tú o lo hago yo.

King la miró con ojos suplicantes.

—Kate, no puedes hacer esto. No puedes. Te estoy diciendo la verdad y lo sabes. Por muchas mentiras que te haya contado, no eres una asesina, y él no puede lograr que lo seas.

—¡Ya! —gritó Morse.

En vez de obedecer, Kate empezó a bajar el arma. De repente, la puerta de la sala se abrió. Kate se distrajo un momento y King agarró el cordón de terciopelo, lo sacudió hacia arriba y le quitó la pistola de las manos. Kate profirió un grito y cayó hacia atrás.

King le gritó a Bruno.

—¡Corra! ¡Salga por la puerta!

Bruno se volvió y corrió hacia la salida por donde Michelle estaba entrando.

Las luces se encendieron y los cegó a todos momentáneamente. Michelle lo vio antes que los demás. Gritó y se abalanzó.

—¡Bruno, abajo! —gritó.

La pistola disparó. Michelle se lanzó delante del candidato y la bala le alcanzó el pecho.

King profirió un grito, apuntó hacia el lugar de donde había procedido el tiro y disparó también él. Entonces descubrió que Morse nunca había querido darle una oportunidad. Su pistola únicamente llevaba munición de fogueo.

—¡Michelle! —gritó King.

Estaba inmóvil, incluso mientras Bruno salía disparado por la puerta. Y entonces se apagaron las luces y quedaron sumidos en la oscuridad.

74

King se agachó en la oscuridad, buscando algo desesperadamente. Entonces volvieron a encenderse las luces, pero con menos intensidad. Notó algo detrás de él y se dio la vuelta. Sidney Morse estaba allí, apuntándole con la pistola.

—Sabía que no tendrías agallas para hacerlo —afirmó Morse al tiempo que apuntaba la pistola en dirección a Kate, que seguía tendida en el suelo—. ¡No como tu padre! —Hizo un gesto con la mano para incluir toda la sala—. Te he dado un gran escenario en el que actuar, Kate. Te he escrito el guión a la perfección, era la apoteosis final. Tu madre habría hecho una actuación deslumbrante. Has fracasado estrepitosamente.

King ayudó a Kate a levantarse y se colocó entre ella y Morse.

—Otra vez de escudo humano, ¿verdad? —dijo Morse, sonriendo—. Parece ser tu triste destino en esta vida.

—Bruno ha huido y nada me impedirá que te mate por disparar a Michelle.

Morse lo miró con seguridad.

—Bruno nunca saldrá del Fairmount con vida. Y con respecto a Maxwell, se le acabó la suerte. Al menos se interpuso en la línea de fuego. ¿Qué más puede pedir una agente del Servicio Secreto?

Desvió su atención hacia Kate.

—Me has hecho una pregunta. ¿Por qué hacer todo esto ahora? Te lo diré. Ya no tiene nada que ver con John Bruno ni con Clyde Ritter. —Apuntó a Kate con la pistola—. Hace ocho años era por tu padre. Ahora es por ti, mi querida y dulce Kate.

A la joven le palpitaba el pecho y las lágrimas le surcaban las mejillas.

—¿Yo? —dijo.

Morse se echó a reír.

—Eres una idiota, igual que tu padre. —Miró a King—. Dices que Regina me rechazó porque no me amaba, no quería la magia. Eso es sólo una parte de la verdad. Creo que sí me amaba, pero no podía volver a los escenarios después de la muerte de Arnold, no podía convertirse en mi estrella de nuevo porque había alguien que la necesitaba más. —Volvió a dirigir la vista a Kate—. Tú. Tu madre no podía dejarte. Tú la necesitabas, me dijo. Eras su vida. ¡Qué equivocada estaba! ¿Qué suponía una adolescente sola y patética en comparación con una carrera legendaria en Broadway, una vida conmigo?

—Es porque un hombre como tú no sabe lo que es el amor verdadero —declaró King—. ¿Y cómo puedes culpar a Kate de ello? Ella no sabía nada.

—¡Puedo culparla de lo que me dé la gana! —exclamó Morse—. Y además, cuando Regina quiso casarse con el idiota de Jorst, Kate estuvo de acuerdo. ¡Oh!, sí, tenía a mis espías. Quería un hombre igual que su padre. Este simple hecho justifica su muerte. Pero hay más. He seguido tu carrera, Kate. Y creciste igual que el desgraciado de tu padre, con las patéticas protestas, manifestaciones y siempre preocupada por las buenas causas. Era una repetición. Había matado a Arnold, pero ahí estaba otra vez, resucitado como la Hidra. —Morse entornó los ojos al mirar a la joven y añadió más calmado—: Tu padre me arruinó la vida apartándome de la mujer que yo necesitaba, la mujer que me merecía. Y entonces tú tomaste el relevo después de su muerte. Si no hubiera sido por ti, Regina habría sido mía.

—No me creo que mi madre hubiera amado a alguien como tú —afirmó Kate con actitud desafiante—. No me creo que pudiera confiar en ti.

—Bueno, yo también soy buen actor, querida Kate. ¡Y tú eras tan crédula! Cuando Bruno anunció su candidatura, pensé en ti inmediatamente. Qué golpe de buena suerte. Aquí estaba el mismo hombre que había procesado a tu padre por un crimen para el que yo le había tendido una trampa, presentándose para el mismo cargo que el hombre que tu padre se había cargado. Era perfecto. La idea de la recreación se me ocurrió de inmediato. Y por eso acudí a ti, te conté toda la historia de tu pobre padre y te lo creíste a pies juntillas.

Kate empezó a caminar hacia él, pero King la retuvo.

—Me dijiste que eras amigo de ellos —exclamó la joven—. Que habías ayudado a mi padre cuando lo detuvieron por asesinato, y que John Bruno había destruido su carrera. —Miró a King—. Me trajo todos los recortes de periódico. Dijo que conocía a mis padres y que les había ayudado, mucho antes de que yo naciera. Sin embargo, ellos nunca me habían hablado de él. Pero dijo que estuvo en el Fairmount aquel día y que habías disparado a mi padre sin auténtico motivo, que él estaba bajando el arma cuando tú le disparaste. Me dijo que eras un asesino. —Volvió a mirar a Morse—. Eran todo mentiras.

Morse negó con la cabeza.

—Claro que sí. Formaba parte de la obra.

—Resulta peligroso creer a un loco, Kate —declaró King.

—No un loco, agente King. Un visionario. Pero reconozco que la línea que los separa es muy fina. Y ahora —dijo Morse con un movimiento exagerado de la mano— viene el tercer y último acto. La trágica muerte de Kate Ramsey cuando, ayudada e instigada por el pobre y demente ex agente del Servicio Secreto Bob Scott, venga a su querido padre, llevándose con ella a John Bruno y a Sean King con, por supuesto, todas las pruebas corroborativas que luego se encontrarán por gentileza de quien aquí habla. Si te paras a pensarlo, la simetría es impresionante: padre e hija, los asesinos de dos candidatos presidenciales que mueren exactamente en el mismo lugar. La verdad es que es una de las mejores obras que he escrito.

—Estás completamente loco —dijo King.

—Los mediocres siempre arrojan piedras a los brillantes —afirmó Morse con petulancia—. Y ahora el último miembro de la familia Ramsey, la encantadora familia Ramsey, desaparecerá por fin de la faz de la tierra. Estoy seguro de que tendrás una muerte hermosa, Kate. Y luego ya podré continuar con mi vida. Ya he recuperado por completo mi poder artístico. Otro cambio de identidad y Europa me espera. Las posibilidades son infinitas, incluso sin tu madre. —Apuntó a Kate con el arma.

King alzó también su arma.

—De hecho, Sid, he reducido tus opciones a una.

—Sólo tiene balas de fogueo —dijo Morse—. Lo has descubierto hace unos minutos.

—Por eso hice que la pistola le cayera a Kate de la mano y la recogí cuando se apagaron las luces.

—Es mentira.

—¿Ah, sí? Mi pistola está en el suelo. Pero si intentas comprobarlo, te dispararé. Igual que el truco que utilizaste con el ascensor. Y de todos modos las dos pistolas son idénticas. Será imposible distinguirlas. Pero ve a echar un vistazo. Luego cuando la bala te perfore la cabeza, sabrás que estabas equivocado. La has cagado, Sid. En un escenario nunca hay que perder de vista los elementos del atrezzo. Un tipo brillante como tú debería saberlo.

De repente, Morse dudó. King aprovechó esa ventaja.

—¿Qué ocurre, Sid? ¿Estás nervioso? No hace falta demasiado valor para disparar a un hombre desarmado o ahogar a viejecitas en la bañera. Pero ya vemos lo valiente que eres realmente cuando no estás entre bastidores. Eres la estrella del espectáculo, por derecho propio, y tu público te espera.

—Eres un pésimo actor. Tus bravuconadas no convencen a nadie —repuso Morse, pero se percibía la tensión que dominaba su voz.

—Tienes razón, no soy actor, pero no me hace falta, porque esto no es ficticio. Las balas son reales y por lo menos uno de nosotros va a morir y no vamos a volver para un bis. Los duelos quedan muy bien en el teatro, así que tengamos uno, Sid. Sólo tú y yo. —King puso el dedo en el gatillo—. A la de tres.

Taladró con la mirada a Morse, que había palidecido y se le había acelerado la respiración.

—Venga, hombre, no te asustes —prosiguió King—. No soy más que un ex agente del Servicio Secreto. Claro, he matado a tipos que me disparaban pero ¿hasta qué punto puedo ser bueno? Como has dicho, no estoy a tu altura. —King hizo una pausa y empezó a contar—: Uno...

A Morse empezó a temblarle la mano y retrocedió un paso.

King estrechó con fuerza la empuñadura de la pistola.

—Hace ocho años que no disparo. Recuerdas la última vez que disparé, ¿verdad? Estoy oxidado. Con esta luz, incluso desde tan cerca, probablemente sólo te alcanzaría en el torso. Pero aun así te morirías.

Morse jadeó y dio otro paso atrás.

—Dos. —La mirada de King no se apartó del rostro de Morse—. Asegúrate de dar en el blanco, Sid, y no te olvides de hacer una reverencia mientras te caes al suelo con un agujero en el pecho. Sin embargo, no te preocupes, la muerte será instantánea.

Mientras King empezaba a contar el tres, Morse gritó. Las luces se apagaron y King se agachó mientras el disparo pasaba sobre su cabeza. Exhaló un suspiro de alivio. Su artimaña había funcionado.

Al cabo de un minuto, la mujer que había disparado a Michelle se movió por entre la oscuridad pasando al lado de las siluetas camino de King. En cuanto se apagaron las luces, Tasha se había puesto unas gafas de visión nocturna y veía las cosas con claridad, mientras que King no veía nada. Pasó junto a Michelle, caída, y entonces se agachó entre dos bastidores de madera. King se había retirado con Kate a un rincón, pero desde ahí Tasha podía disparar libremente. Las órdenes que acababa de recibir estaban claras. Con independencia de lo que había pasado, Sean King y Kate Ramsey tenían que morir.

Tasha apuntó sin dejar de sonreír. Matar a gente, a eso se dedicaba. Y ahora estaba a punto de añadir dos víctimas más a su lista negra.

El leve ruido que oyó detrás de ella le hizo darse la vuelta. El haz de luz de la linterna le dio justo en los ojos, deslumbrándola, y luego siguió un objeto mucho más duro. Cuando la bala le perforó la cabeza, la carrera homicida de Tasha terminó de forma abrupta.

Michelle se levantó temblando. Se frotó el pecho donde la bala le había rasgado el chaleco antibalas que le había quitado a Simmons. El impacto la había dejado inconsciente. Le escocía muchísimo, pero seguía viva. Afortunadamente, había recuperado el conocimiento a tiempo.

Alumbrando con la linterna, encontró a King y a Kate.

—Lo siento, he tenido un pequeño problema, de lo contrario os habría apoyado antes. ¿Estáis bien?

Él asintió.

—¿Has visto a Sidney Morse?

—Sidney, ¿él está detrás de todo esto? —King asintió y ella se quedó sorprendida—. Pensé que era Peter Morse.

—Lo he descubierto hace poco. ¿Tienes un cuchillo?

Le tendió uno.

—Se lo quité a Simmons, además de la linterna. ¿Qué vas a hacer?

—Espérame fuera de la sala. Y llévate a Kate contigo.

Michelle y Kate se dirigieron a la puerta. King se acercó lentamente al ascensor, donde Joan seguía colgada. Le tomó el pulso. Estaba viva. Le cortó las ataduras, se la colocó sobre el hombro y se reunió con Michelle y Kate en el exterior.

De repente, dejó a Joan en el suelo, se inclinó y se detuvo a respirar hondo. Ahora estaba pagando las consecuencias de su arriesgada confrontación con Morse.

—¿Qué ocurre? —preguntó Michelle.

—Me parece que voy a vomitar —espetó—. Eso es lo que pasa.

Kate dio su opinión:

—Te has marcado un farol con lo de la pistola, ¿verdad? No era la mía.

—Sí, he mentido sobre la pistola —dijo apretando los dientes.

Michelle le puso la mano en la espalda.

—Todo irá bien.

—Soy demasiado mayor para ir haciendo el machito. —Respiró hondo varias veces y se puso recto—. ¿Oléis a humo? —preguntó.

Corrieron hacia la salida y se encontraron con Bruno, que estaba horrorizado. Señaló pasillo abajo donde las llamas ya eran impenetrables. Otro muro de fuego bloqueaba el paso hacia las plantas superiores.

Michelle vio un cable negro en el suelo. Se lo señaló a King.

—¿Es lo que creo que es?

Lo examinó. Alzó la mirada con el rostro pálido.

—Ha cableado el edificio con explosivos. —Lanzó una mirada rápida a su alrededor—. Bueno, no podemos salir ni subir. —Miró hacia el otro lado del pasillo—. Y si no recuerdo mal, por ahí se va al sótano. Y desde ahí no hay salida.

—Un momento —dijo Michelle—. Sí que podemos salir por el sótano.

75

Llegaron al nivel inferior mientras el humo de las llamas crecientes lo seguía. Allí abajo las luces estaban encendidas, por lo que veían razonablemente bien.

—Bueno, ¿y ahora qué? —dijo King mientras contemplaba el largo pasillo que estaba bloqueado por escombros a media altura—. Ya te dije que no había salida. Lo comprobamos cuando Ritter estuvo aquí.

—No, por aquí —indicó Michelle. Abrió la puerta del gran montaplatos—. Con esto iremos a la tercera planta.

—¡La tercera planta! —exclamó Bruno enfadado—. Y luego qué, ¿saltamos? ¡Una idea fantástica, agente Maxwell, fantástica!

Michelle se colocó frente a Bruno con los brazos en jarras.

—Esta vez va a hacer exactamente lo que yo le diga, así que cállese y entre... señor. —Empujó a Bruno al interior del montaplatos y se volvió hacia Kate.

King dio un paso adelante.

—Sube con Bruno y luego mándalo hacia abajo. Yo os seguiré con Joan y Kate.

Michelle asintió y le tendió su pistola.

—Son balas de verdad, así que vete con cuidado.

Michelle se subió al montaplatos y ella y Bruno empezaron a tirar de las cuerdas para propulsarse hacia arriba.

Mientras King intentaba reanimar a Joan, Kate se dejó caer al suelo.

—Ya puedes dejarme aquí. No quiero vivir —dijo.

King se arrodilló junto a ella.

—Morse ha jugado con tu cabeza y con tu corazón, una combinación difícil de superar. De todos modos, aun así no fuiste capaz de apretar el gatillo.

—Me siento como una imbécil. Sólo quiero morir.

—No, no quieres morir. Tienes toda la vida por delante.

—¿Sí? ¿Para qué? ¿Para ir a la cárcel?

—¿Qué delito has cometido? No has matado a nadie. Que yo sepa, Morse te secuestró y también te retuvo aquí.

Ella lo miró.

—¿Por qué haces esto por mí?

Vaciló antes de responder.

—Porque te quité a tu padre. Estaba haciendo mi trabajo, pero cuando matas a una persona, hacer tu trabajo no parece una explicación suficiente.

Oyeron bajar el montaplatos.

—De acuerdo, salgamos de aquí —dijo King.

El grito de Kate le hizo volverse.

Sidney Morse se acercaba a ellos por entre el humo. Intentó atizar a King con la barra de metal, pero éste se tiró al suelo y la esquivó.

Tumbado boca arriba, King sacó la pistola de Michelle y apuntó a Morse.

—Se acabaron los faroles —dijo Morse con sorna.

—Tienes razón —respondió King.

La bala impactó a Morse en el pecho. Con expresión de sorpresa, Morse cayó de rodillas y soltó la barra de metal. Bajó la mirada, tocó la sangre que le brotaba de la herida y luego miró a King, ya sin fuerzas.

King se puso en pie despacio, apuntando directamente al corazón del hombre.

—El primer disparo fue por mí. Éste es por Arnold Ramsey. —King disparó y Morse cayó hacia atrás, muerto—. Además deberías tenerle más respeto al Servicio Secreto —declaró King con voz queda mientras se cernía sobre el hombre muerto.

Cuando King vio la sangre en el extremo de la barra de metal, se quedó paralizado durante unos instantes antes de volverse lentamente y quedarse observando, incrédulo. Kate estaba junto a la pared, con el lateral de la cabeza destrozado. Morse no le había dado a él pero sí a ella. Los ojos sin vida de la joven le observaban. Morse había matado al padre y a la hija. King se arrodilló y le cerró los ojos con cuidado.

Oía a Michelle gritando que subiera por el hueco del montaplatos. Se quedó mirando a la joven muerta durante un buen rato.

—Cuánto lo siento, Kate. No sabes cuánto lo siento.

King recogió a Joan y la colocó en el montaplatos antes de entrar en el pequeño cubículo y tirar de la cuerda con todas sus fuerzas.

En el interior de una sala situada junto al pasillo del sótano, el temporizador de detonación que Morse había preparado antes de su ataque mortífero había comenzado la cuenta atrás de treinta segundos.

En el tercer piso King levantó a Joan del montaplatos y le contó a Michelle lo sucedido con Kate y Morse.

—Estamos perdiendo el tiempo —dijo Bruno, a quien era obvio que la muerte de la joven le importaba un comino—. ¿Cómo vamos a salir de aquí?

—Por aquí —dijo Michelle mientras corría por el pasillo. Llegaron al final y ella señaló el conducto para la basura adjunto a la abertura de la ventana—. Hay un contenedor al final del conducto.

—No pienso tirarme al cubo de la basura —replicó Bruno indignado.

—Yo diría que sí lo hará —espetó Michelle.

Bruno parecía estar a punto de montar en cólera antes de percatarse de que Michelle lo estaba fulminando con la mirada. Entró en el conducto y descendió sin dejar de gritar gracias a un empujón de Michelle.

—Ahora tú, Michelle —dijo King.

Ella entró en el conducto y desapareció.

Cuando King, que cargaba con Joan, entró en el conducto, el temporizador de detonación marcaba cinco segundos.

El hotel Fairmount empezó a implosionar justo cuando King y Joan aterrizaron en el contenedor. La fuerza de la desintegración del hotel volcó el contenedor, lo cual probablemente fuera una suerte porque el fondo metálico les protegió de lo peor de la fuerte sacudida, del humo y de los escombros. De hecho, empujó el pesado contenedor a unos tres metros por el pavimento, donde se detuvo a escasa distancia de la alambrada electrificada.

Cuando el polvo disminuyó, salieron del contenedor y observaron la pila de escombros en que se había convertido el hotel Fairmount. Se había llevado los fantasmas de Arnold Ramsey y Clyde Ritter, el espectro de la culpa que había perseguido a King durante aquellos años.

King miró a Joan. Ella emitió un gemido y se incorporó lentamente antes de mirar a su alrededor, fijando por fin la vista. Vio a John Bruno y se reanimó. Se volvió y vio a King; estaba muy sorprendida.

Él se encogió de hombros y dijo:

—Ya puedes ir pensando en aprender a usar el catamarán.

King lanzó una mirada a Michelle, quien esbozó una sonrisa.

—Se acabó, Sean.

King volvió a mirar los escombros y dijo:

—Sí, quizá por fin se haya acabado.

Epílogo

Al cabo de unos días, Sean King estaba sentado en un trozo de madera chamuscado que había pertenecido a su bonita cocina mientras contemplaba la que había sido su casa. Se volvió al oír la llegada del coche.

Joan descendió del BMW.

—Pareces completamente recuperada —observó.

—No sé si llegaré a estarlo. —Se sentó a su lado—. Mira, Sean, ¿por qué no aceptas el dinero? Un trato es un trato. Te lo has ganado.

—Con todo lo que has pasado, te lo mereces más que yo.

—¡Todo lo que he pasado! Dios mío, me drogaron. Tú viviste una pesadilla completamente despierto.

—Quédate con el dinero y disfruta de la buena vida, Joan —insistió él.

Ella le tomó una mano.

—¿Por qué no vienes conmigo? Por lo menos así podrás seguir el estilo de vida al que te has acostumbrado. —Intentó esbozar una sonrisa valiente.

—Gracias, pero me parece que me quedo aquí.

Ella contempló la devastación del lugar.

—¿Aquí? ¿Qué hay aquí, Sean?

—Bueno, es mi vida —replicó, apartando suavemente la mano.

Joan se levantó un tanto avergonzada.

—Por un momento pensé que habría un final de cuento de hadas.

—Nos pasaríamos el día discutiendo.

—¿Y eso es malo?

—Mantente en contacto —dijo él con voz queda—. Me gustaría saber cómo te va.

Ella respiró hondo, se secó los ojos y luego contempló el paisaje montañoso.

—Me parece que no te he dado las gracias por haberme salvado la vida.

—Sí que me las diste. Y tú habrías hecho lo mismo por mí.

—Sí, es cierto —dijo ella con convicción. Se volvió con tal expresión de abatimiento que King se levantó a abrazarla. Ella le dio un beso en la mejilla.

—Cuídate —le dijo Joan—. Sé lo más feliz posible. —Se dispuso a marcharse.

—¿Joan? —Ella se volvió—. No dije nada sobre lo del ascensor porque te quería. Te quería mucho.

King permaneció solo un rato hasta que Michelle llegó con el coche y se reunió con él.

—Te preguntaría cómo te va, pero supongo que ya sé la respuesta —dijo antes de recoger un trozo de la pared de mampostería—. Puedes reconstruirla, mejor que antes.

—Sí, pero será más pequeña. Voy a simplificar mi vida. Líneas limpias, sencillas, quizás un poco de desorden aquí y allá.

—Bueno, no te enfades conmigo, pero ¿dónde vas a alojarte a partir de ahora?

—Estoy pensando en alquilar una casa flotante en el puerto deportivo del lago y amarrarla aquí. Pasaré el invierno y la primavera quizás en el muelle, mientras reconstruyo.

—Me parece un buen plan. —Le dedicó una mirada nerviosa—. ¿Qué tal está Joan?

—Va a empezar su nueva vida.

—Con sus nuevos millones. ¿Por qué no aceptaste tu parte?

—La servidumbre obligada no es tan bonita como la pintan. —Se encogió de hombros—. De hecho es buena persona, si vas más allá del caparazón de titanio. Y creo que me quiere de verdad. En otras circunstancias, quizás habría funcionado.

Michelle daba la impresión de querer saber qué circunstancias habían evitado tal desenlace, pero decidió que era mejor no preguntar.

—¿De dónde vienes? ¿De Washington? —inquirió King.

—Sí, he liquidado unos cuantos asuntos. Bruno se ha retirado de las elecciones, por suerte para América. Por cierto, pillaron a Jefferson Parks en la frontera canadiense. ¿Sospechabas de él?

—Casi al final. Todo esto empezó cuando trasladaron a Howard Jennings a Wrightsburg y vino a trabajar para mí. Parks era su responsable. Era el único que podía haber tramado todo eso.

—Bueno, tenía a ese tipo delante de las narices y ni siquiera me di cuenta. —Negó con la cabeza y continuó—: Parks reclutó a Simmons y a Tasha Reed, la mujer a la que disparé en el hotel; los dos habían sido testigos protegidos. Morse les pagó. La orden de Bob Scott era falsa. Parks la introdujo en la caja que le dio a Joan para que fuéramos al búnker que Morse había comprado en nombre de Scott. Encontraron el cadáver de Scott entre los escombros.

—Y todo por amor —dijo King con voz cansina.

—Sí, bueno, al menos por la idea enfermiza y retorcida que Sidney Morse tenía del amor. —Michelle se sentó a su lado—. ¿Qué vas a hacer ahora?

—Pues seguir ejerciendo de abogado.

—¿Me estás diciendo que después de todas estas emociones quieres volver a redactar usufructos y testamentos?

—Es una forma de ganarse la vida, ¿no?

—Sí, pero eso no es vida, ¿verdad?

—¿Y tú? Supongo que te han rehabilitado en el cargo del Servicio.

—De hecho he dimitido esta mañana. En realidad por eso fui a Washington.

—Michelle, estás loca. Acabas de lanzar por la borda varios años de tu vida.

—No, me acabo de evitar más años de hacer algo que en realidad no quiero hacer. —Se frotó el pecho donde le había alcanzado la bala destinada a Bruno—. He sido escudo humano. No es la forma más saludable de pasar el tiempo. Creo que me ha quedado el pulmón dañado.

—¿Y qué has previsto?

—Tengo una propuesta que hacerte.

—Otra propuesta de una mujer encantadora. ¿Qué he hecho para merecer todo esto?

Antes de que Michelle respondiera, se detuvo otro vehículo. Era una furgoneta de «Seguridad de primera». Dos hombres vestidos con monos de trabajo y cinturones con herramientas descendieron de la misma.

—Jesús, María y José —dijo el mayor de los dos mientras miraba hacia donde había estado la casa—. ¿Qué ha pasado aquí?

—No acerté al elegir el momento de instalar el sistema de seguridad —dijo King.

—Y que lo diga. Supongo que hoy no nos necesita.

—No, pero cuando tenga otra casa, será la primera persona a quien llame.

—¿Se produjo un incendio en la cocina?

—No, una bomba en el sótano.

El hombre mayor se quedó mirando a King y luego le hizo un gesto a su ayudante para que regresara a la furgoneta. El vehículo salió a toda velocidad.

King asintió hacia Michelle.

—Bueno, ¿cuál es la propuesta?

—Allá va. —Hizo una pausa antes de añadir con un tono dramático—: Que montemos una empresa de investigación privada.

King se quedó boquiabierto.

—¿Te importaría repetírmelo, por favor?

—Que montemos una empresa de investigación privada, Sean.

—No somos detectives.

—Claro que sí. Acabamos de esclarecer un misterio enorme y complejo.

—No tenemos clientes.

—Los tendremos. Me han llovido las ofertas por teléfono. Incluso me han llamado de la empresa de Joan; querían que ocupara su puesto. Pero he dicho: ¡Qué coño, vamos a montar algo nosotros!

—Lo dices en serio, ¿verdad?

—Lo suficientemente en serio como para haber pagado ya un adelanto por una casita a poco más de un kilómetro de aquí. Está frente al lago. Puedo hacer remo y también estoy pensando en comprarme un barco y una moto acuática. A lo mejor te invito. Podemos hacer carreras.

Él la miró y negó con la cabeza sorprendido.

—¿Siempre te mueves a la velocidad de la luz?

—Me imagino que si piensas demasiado en las cosas, la vida pasa de largo. Y siempre he tomado mis mejores decisiones al vuelo. ¿Qué me dices? —Le tendió la mano—. ¿Hacemos un trato?

—¿Quieres que te responda ahora mismo?

—Ahora es un momento tan bueno como otro cualquiera.

—Bueno, si quieres una respuesta ahora mismo, tendrá que ser...—Miró su rostro sonriente, y esa chispa que siempre tenía en la mirada, y entonces pensó en pasar los siguientes treinta años de su vida redactando documentos legales soporíferos mientras se ganaba un sueldo por incrementos cada cuarto de hora. Se encogió de hombros y dijo—: Entonces tendrá que ser que sí. —Se estrecharon la mano.

—Vale —dijo ella emocionada—. No te muevas, tenemos que hacerlo bien.

Corrió hasta el todoterreno, abrió la puerta y enseguida cayeron un par de bastones de esquí y una tabla para la nieve.

—Espero que tu despacho esté más ordenado que tu coche —dijo King.

—¡Oh!, lo estará, Sean. En el trabajo soy muy ordenada.

—Bueno —dijo él sin convicción.

Introdujo de cualquier manera lo que se le había caído y regresó con una botella de champán y dos copas.

—Te dejaré hacer los honores —dijo, al tiempo que le tendía la botella.

King miró la etiqueta y quitó el corcho de la botella.

—Buena elección.

—Teniendo en cuenta lo que me ha costado...

—Bueno, ¿y cómo llamamos a esta agencia en ciernes? —preguntó él mientras servía el champán.

—Estaba pensando en... «King y Maxwell».

King sonrió.

—¿La edad antes que la belleza?

—Algo así —respondió ella.

Le tendió una copa del líquido burbujeante.

—Por «King y Maxwell» —brindó Michelle.

Y entrechocaron las copas por su nueva empresa.

Agradecimientos

A Michelle, mi fan número uno, mi mejor amiga y el amor de mi vida. No estaría aquí sin ti.

A Rick Horgan, por otra gran labor editorial. Creo que nos debemos una cerveza.

A Maureen, Jamie y Larry por toda vuestra ayuda y apoyo.

A Tina, Martha, Bob, Tom, Conan, Judy, Jackie, Emi, Jerry, Karen, Katherine, Michele, Candace y el resto de la familia de Warner Books, por ir siempre un poco más allá por mí.

A Aaron Priest, mi guía en más de un sentido.

A Maria Rejt, por la perspicacia de sus comentarios.

A Lucy Childs y Lisa Erbach Vance, por todo lo que hacéis entre bastidores.

A Donna, Robert, Ike, Bob y Rick, por toda vuestra ayuda e inestimables aportaciones.

A Neal Schiff, por añadir tu sabiduría y ayuda.

A la doctora Monica Smiddy, por todas tus ideas y conocimiento específico. Aprecio sobremanera tu entusiasmo desbordante.

A la doctora Marina Stajic, por toda tu ayuda. Hablar contigo ha sido fascinante.

A Jennifer Steinberg, por volver a encontrar un montón de respuestas.

A mi maravillosa amiga, la doctora Catherine Broome, por responder pacientemente a todas mis preguntas.

A Bob Schule, por ser tan buen amigo y asesor de primera clase, por leer los primeros borradores y darme una buena dosis de sabios consejos.

A Lynette y Deborah, por mantener el buen rumbo de la «nave».

Y por último, pido disculpas a los pasajeros del tren Amtrak Acela que me oyeron hablar con varios expertos sobre técnicas de envenenamiento para el argumento quienes, con toda probabilidad, se llevaron un susto de muerte por mis intenciones aparentemente diabólicas.